错币

CUO BI

■ 陈一夫 著

陈一夫金融小说

九州出版社 JIUZHOUPRESS | 全国百佳图书出版单位

图书在版编目（CIP）数据

错币 / 陈一夫著. -- 北京 : 九州出版社，2013.9
（陈一夫金融小说）
ISBN 978-7-5108-2102-8

Ⅰ. ①错… Ⅱ. ①陈… Ⅲ. ①长篇小说－中国－当代
Ⅳ. ①I247.5

中国版本图书馆CIP数据核字(2013)第085974号

错币

作　　者	陈一夫　著
出版发行	九州出版社
出 版 人	黄宪华
地　　址	北京市西城区阜外大街甲 35 号 (100037)
发行电话	(010)68992190/2/3/5/6
网　　址	www.jiuzhoupress.com
电子信箱	jiuzhou@jiuzhoupress.com
印　　刷	九洲财鑫印刷有限公司
开　　本	710 毫米 ×1000 毫米　16 开
印　　张	23.25
字　　数	328 千字
版　　次	2013 年 9 月第 1 版
印　　次	2013 年 9 月第 1 次印刷
书　　号	ISBN 978-7-5108-2102-8
定　　价	35.00 元

人生因金融而多彩

原汇丰银行中国区董事总经理　李树林

陈一夫的金融小说以文学的笔触，全景式地描绘当代中国的金融业，为中国的金融作传，为中国的金融写史，我作为资深的金融从业者，也有了一点颇深的感受。

读大学时修金融专业，亲戚朋友们常问：金融是干什么的？我知他们是寒暄，并不真关心问题的答案，我也不愿多费口舌，通常都简答：是干银行的。一日，一位在国务院下属机构工作的长辈拍着我的肩亲切问：你学金融，要不要练习点钞票，打算盘？我怔住，隔了一会才回答：金融不是会计，更不是银行柜台业务。他看着我不以为然的样子心中不快，喃喃道：金融除了点钱、打算盘、记账外还有什么呢？

这个事情发生在上个世纪70年代末。那时，大部分国人对金融的了解几近空白，金融一词的使用范围也多限于象牙塔中经济类的莘莘学子、学者，以及京城中若干纵横捭阖，誓言改革的高官。我之所以选择金融专业，也并非因为懂金融，而是误打误撞。刚恢复高考的那几年，由于报考人员经过了十多年的积累，人数众多，所以大学录取率奇低，是真正的"百里挑一"，能入大学就是胜利，至于什么学校、什么专业就不重要了。我生恐没有学上，情急之中，便选择"金融"这个当时还是冷门的专业。

倏忽三十年，"昔日王谢堂前燕，飞入寻常百姓家。"金融这个"养在深闺人未识"的丽人走进了千百万普通人的生活之中。炒股票，炒期货，炒黄金，买债券，买保险，做贷款都不再是少数专业人士的专属。于是，有人一夜暴富，赚取数以百万计的财富，也有人瞬间失败，输掉前半生勤苦打拼而来的家当，更有人奋而跻身富豪之列，未及通知好友，荣归故里，就连本带利，输得精光。好在金融这个舞台从来就不乏表演者，永远是"你方唱罢我登场"。1991年国际金融大鳄索罗斯狙击英镑成功，一夜之间净赚数十亿美元；1995

年英国交易员利森投资衍生债券失败，造成英国百年老店霸菱银行亏损十多亿美元，破产倒闭；2008 年荣智健的旗舰公司中信泰富投资外汇产品失败，亏损 14 亿港币，最终需中信总公司注资支持，勉强度过破产危机，而荣先生则黯然下台。

金融是加速器，加速了财富的积累或消融；金融是放大器，放大了人生的苦与乐，人生的舞台因金融而更加多变，更加戏剧化，更加丰富多彩。我不知该为此快乐还是悲伤。

我学金融，做金融，在中资银行、美资银行和英资银行都做过行长。数十年间，经历了金融市场的种种惊涛骇浪，目睹了诸多风云人物的跌宕起伏，深感金融的云诡波谲与商场、政坛相比，丝毫不让。这些本是极好的小说素材，甚至不需太多的加工，因为它们本身已有足够的意外和悬念，足够的震撼和冲击，足够的承转和起伏。我一直期待这有人将这些金融场上的刀光剑影艺术化地再现出来。

好友陈一夫，身兼作家及金融家于一身，在短短几年时间里陆续推出了五部金融长篇小说:《金融街》(《扎钱》)、《资本魔方》(《做赔》)、《钱网》、《错币》、《热钱风暴》，在社会上引起了一定程度的反响。金融业内人士与文艺专家对陈一夫五部金融小说的创作和出版给予了很高的评价。2008 年，春风文艺出版社再版了陈一夫当时已经出版的前四本金融小说，《金融街》改名为《扎钱》，《资本魔方》改名为《做赔》，使陈一夫金融小说成为中国图书的品牌，也使金融小说被公认为新中国文学的一个类别。

在当今国内国际经济形势处于风口浪尖的关键时刻，在今天世界性的金融危机还没有尽头的时候，陈一夫的金融小说再次出版，其本身就是一个备受关注的经济和文学事件。

应该说，我的人生因金融而多彩；陈一夫的文学生涯，也因金融而多彩。金融并不深奥，金融就是运载财富的船，我想，许多读者的人生同样会因金融而多彩。

在此，我预祝陈一夫金融小说取得良好的市场反应，获得金融界和文学界更广泛的关注和好评。

【篇首语】

错币由于印刷错误不能流通，却被收藏家所追捧。它无益于国民经济，却因价值不菲而暴富于持有者，因而，也成为一种损人利己商业行为的象征。

目 录
CONTENTS

一、哪个狗日的丢了枪?

在古老的京城,一个没有星星没有月的深夜,爱枪的谭白虎竟然在五一支行门口的一堆破报纸里捡到了一把中国造的五四式手枪!

起初,这个小保安也以为是天方夜谭,爹着胆儿也不敢信这枪是真的,因为,他曾经在北京玩具市场上瞧见并买了一把类似的仿真枪。可在家乡的县武装部当过几天民兵的他,屏住呼吸,忍住心跳,战栗着双手卸下子弹夹的时候,他差点儿魂飞魄散!那子弹沉甸甸、滑溜溜、金光闪亮的,一颗颗地退下来,整整有五颗,跟他过去在农村用过的,一模一样,一丁点儿也不含糊!

他狠劲儿地掐掐大腿,那痛感有如呼吸一样真实,倏地疼到了心底。此情此景,咋样儿琢磨,咋样儿确信不是做梦!

"枪!哪个狗日的丢了枪?!"

谭白虎想喊。这声音如果喊出来,一准儿像狂风呼啸里的蝲蝲蛄叫,是战栗的,是亢奋的,是生命之中的最强音。但是,他张了瘦嘴巴,却没喊出声,本能一般地以做贼似的敏捷,把子弹重新上夹,推夹入枪,再把手枪用破报纸重新包裹起来,一下子塞进自己的怀里。那沉甸甸的铁家伙立刻落到肚皮上,被腰间那条花五块钱买来的假金利来皮带撑住了。当铁家伙触及自己肚皮的刹那,那凉冰冰的感觉,不禁让他在惊喜之余依然倒吸了几口凉气。

私藏枪械就是犯罪,要被判处七年以下有期徒刑,这是中国的法律。虽然谭白虎现在的最高学历依然是花五百块钱从形迹可疑分子手里买来的大专文凭,虽然他实际上依然只有初中文化,但是,对于喜欢读一切闲书、喜欢对啥子(地方话,意为:什么)事情都瞎琢磨一气的他来说,对现在行为的后果,依然心如明镜一般地清楚。

明知不可为而为之,是谭白虎的老毛病。这毛病就像狗改不了吃屎一样,咋样儿改也改不了。这毛病发展到暗恋女人方面,就更是登峰造极、不可救药了:明明晓得作为一行之长的美女龚梅,从地位、从模样、从学历、从金钱,从无论哪个方面都属于天鹅一类,可他这无论咋瞧、无论咋比,都只能算个癞蛤蟆的支行小保安,却偏偏总想着有朝一日能亲自吃一口天鹅肉,哪怕一口也行!

走进五一支行营业大厅晶莹剔透的玻璃门,谭白虎的心脏依然无法抑制地狂跳着。这时,一个黑影在冷不丁儿之间风一样地从楼梯上飘下来,惊得心绪未平的他险些失足跌坐在豪华的大理石地面上。就在他的呼吸几乎停滞的节骨眼儿上(注:地方话,意为:关键时刻),却听到了他熟悉、也迷恋着的女声:

"小谭?是你值班?"

这熟悉的女声像一针强心剂滋润了谭白虎的心田,让他终于缓过气来。他的舌头受强刺激的打击,依然不会打弯,就结结巴巴地支吾着:"龚行(注:业内习惯于把龚行长叫为龚行,有亲切及尊敬之意)!这么晚了,您为啥子才下班呀?"

龚梅风一样地飘到玻璃门前,玻璃门里映出的是她宛如清波中水草一般婀娜的身段,浮现的是她像晶莹剔透的白玉一样迷人的瓜子脸,闪烁的是她如同秋水一样幽深的大大的杏眼。她小小的红唇轻启,用天籁一般的声音先笑,然后再道:"工业部那五亿存款,要跑!今儿晚上,速发银行马行长竟请财务司施司长吃饭去了!"

"速发银行这一撮(注:地方话,意为:大吃),不是明摆着要挖咱们的墙脚吗!?"谭白虎做出忧国忧民状。

"我不赶过去陪吃陪喝,呛他们一杠子(注:地方话,意为:捣乱),不行呀!"

一个"陪"字飘进耳朵,只当是一个"暖"字钻进心窝儿,谭白虎捡枪的惊恐顿然之间飞入了九霄云外,舌头也利索起来。他受宠若惊地恭维道:“咱行都靠您啦,您没日没夜的,可太辛苦啦。”见美女行长飘飘速去没有停留的样子,也没有被自己言语打动的迹象,谭白虎又上前一步,谄笑道:“这么晚回家,康处长不会有啥子意见吧?如果他有啥子不相信您的地方,赶明儿我作证!”

美女行长听小保安在此时、以此种方式提到了自己的老公老康,气就不打一处来。她的细眉不自觉地扬起来,秋水一样的杏眼中也泛起无限的哀怨。她没说话,只是瞪了眼前的小保安一眼,就从他主动打开的玻璃门那里,风一样地飘出去,直飘到那辆白色的本田轿车前,才对跟过来伺候着她从车位里倒车的谭白虎支应了一声:“今儿,行里行外的,没什么事情吧?”

谭白虎正为自己马屁拍得不是地方而懊恼,冷不丁儿听美女行长问起五一支行安全的事情,不由得心里一惊,他真想把捡到手枪的事情招出来,以此来博得美女行长的一惊,从而也博得她对自己的关注,但是,他的嘴动了几动,最终忍住了,没有出声。他不假思索、几近本能地撒了谎:“没啥子事情!堂堂北京还能有啥子事情嘛!”

美女行长在小保安的帮助下从车位里倒出了车,才走出几米就又把车停在了谭白虎的身边。她放下车窗,对外边的他吩咐一句:“你们可给我清醒着点!在北京抢银行的,也不是一起两起了!”

“抢银行?”谭白虎学着古装戏里小太监对待慈禧老佛爷的德行,躬着干瘦的身子,连声说:“不能!不能!不过……”

龚梅见了小保安这副奴才相,像严冬里撒来了一缕斜阳,红唇上绽放出了一丝笑意。可谭白虎的一个“不过”立刻又让她的笑容凝固,而后消失了。

“不过什么?”

“刚才有一个大学生,拿了一张错币来兑换。顺便还问起了办助学贷款的事儿!”

“错币?什么错币?”

“一张百元大票,那阿拉伯数字的一百愣是并列着印了两排!”

“拿柜台上给他换了!”龚梅麻利地脱口而出,“贷款是怎么回事?”

“这学生是京城大学的，好像叫什么马苦苦，想办助学贷款，却是一副鬼鬼祟祟的德行！”

“马苦苦？怎么叫这么个不吉利的名？我不是早就说过吗？这种费力不讨好的贷款，一律不放！让他找国有银行去！国有银行舒舒服服地吃官饭，就应该负担社会的这种责任！”龚梅痛快地甩出一句话。

“不过，”谭白虎躬着的背像秋天里一只挂满丰硕穗子的红高粱杆儿，依然没伸直，“我已经告诉他，那错币，咱这儿不能兑了！贷款的事，我倒觉得他挺可怜的！是个豁嘴！”

不满像一缕微光映现在龚梅的脸上，她瞥了一眼小保安，吩咐道：“错币，人家下次来，一定要给换！你也没理由不给换！而贷款，越是兔唇越不能贷！一个豁子，毕业了找不到工作，贷款怎么还？我这是办银行，是企业，又不是开福利院！”

小保安见美女行长态度坚决，就赶紧谦卑着自己的嗓子，附和道：“成！如果这豁子赶上上班时候来，我跟柜台上的人说！坚决不贷！”见美女行长依然看着自己，他赶紧又补充了一句：“他再拿错币来，立马儿就换！”

龚梅刚要升起车窗，忽然想起了什么，关切地甩下一句话，撂给了谭白虎：“赶明儿，你也可以学点业务了，拉存款去！其实没什么难的，跟有钱的主儿搞搞关系，你一个大小伙子，又有大专文凭，足够了！”

龚梅不等小保安再说什么“感谢领导栽培”之类的小话，轰一脚油门，白色本田便带着一路的鸣叫，飞一样地开走了。

谭白虎在夜幕里眺望着，直到美女行长的车消失得无影无踪、再也看不到半点尾灯的光亮了，才咽一口口水，转过了身。

听美女行长说让自己学点业务、准许自己也去企业拉存款，他的心里像放了一个节日里才能够放的大烟火，赤、橙、黄、绿、青、蓝、紫，顿时同放光明，心里心外都灿烂极了。

由保安员到拉存款的业务员，对谭白虎来说，无异于人生的一大飞跃。他从进入五一支行的第一天就期盼着这一时刻！人往高处走，水往低处流，谁不希望在脱离农门之后，能够出人头地呢！只是他不晓得，美女行长今天的豁然开恩,是他对她一直卑躬屈膝加暗恋的原因,还是他不断地找在分行有个闲散位置的老乡任博雅说情的结果。

他透过玻璃门的反光,照见自己骨瘦如柴的小身板,咋样瞧咋样觉乎着今天的自己豁然高大起来。他偷偷地按按肚皮前的铁家伙,再用干瘪的瘦手胡噜一把没肉而多棱、方而瘦的脸,压低嗓音叫道:“狗日的,老子终于有出头之日啦!”

挥拳的鬼影映现在玻璃门的光影里,使他冷不丁儿地又想起了啥子,阴沉了瘦脸,自言自语道:“哎呀,我咋觉乎着美女行长和他的康老公,又有戏演啦!”

二、天生我才咋没用

在黑夜已然困顿得就要让位于白天的时候，龚梅的在任老公老康却还亮着一盏昏暗的台灯，留守在计算机旁，修炼一般地煎熬着自己。他在等，等着可能不忠、可能已经给自己戴了绿帽子的美女老婆。

忧郁王子王杰那首叫作《回家》的忧伤之歌，从计算机的音箱里，正如诉如泣一般地飘扬着："我走在清晨六点无人的街，带着一身疲倦，昨夜的沧桑匆忙，早已麻木在不知名的世界……回家的渴望又让我热泪满眶，古老的歌曲有多久不曾大声唱？我在岁月里改变了模样……"

他叫康迎曦，瘦高个儿，清瘦脸，一对外凸的大眼睛，高而细的鼻梁上架着一副金丝镜。虽然现在人人都依然叫他康处长，但是，这份荣耀早已是桃花逐水春去也，都是半年以前的事情了。

应该说，老康是个传统教育体制下培养出来的品学兼优的好学生。他经历过无数次的考试，每考必爽，先后获得过学士、硕士、博士学位。尤其是他的博士学位，竟然是中国人民银行总行金融研究所（注：号称中国金融界的黄埔军校）颁发的。但是，他却遗憾地发现，这些文凭随着市场经济的深入，变得越来越没用，几乎趋近于"博士毕业等于零"。他无可奈何地体悟到，在当今的中国社会，搞经营的挣不来钱，不是一条好猫；做官场的，讨不了上司的欢心，也不是一条好猫；对不会挣钱，又刚直不阿的他来说，在一个被别人控制的体系内，永远也不可能成为一条好猫！于是，为了不庸庸碌碌地活一辈子，为了实现人生的更大价值，为了痛痛快快地换一个活法，他终于学了一回王朔、王小波，更效仿了一次余秋雨，痛下决心：辞官回家，靠卖字为生兼找自我实现的感觉了。

老康一直怀疑自己的老婆有外遇，怀疑老婆像一只鬼鬼祟祟、喜怒无常、博取爱怜的小猫咪，已经在不知不觉之间给自己戴了一顶绿帽子，尤其是他辞去官职，落入潦倒文人之列以后，这种迹象更像瓜熟蒂落一般明显。他的怀疑不是毫无根据的，是很理性、很合乎逻辑的；而且，这种理性像他的学位一样，是博士级的。第一，老婆经常以陪客户为借口，深夜才归；第二，老婆竟然把做爱当累赘，要么敷衍了事，要么索性拒绝；第三，老婆的手机一水儿地是男人的电话，他如若私看，必招来老婆的震怒；第四……刚才他还接到一个莫名其妙的电话，他"喂喂"了两声之后，对方却又一声不吭地把电话挂断了！

由于还没有确凿的人证物据在手，现在的他只好充缩头乌龟，继续缩在自己穷酸文人的硬壳壳里，藏着、忍着。

现在的他，正用包月的宽带网出入于全国乃至世界各大网站的 bbs 论坛，义无反顾地在虚拟世界里徜徉着。他并没有搞网恋的雅兴，更没有和不男不女的网络人物聊天的兴致。他给自己起了一个很个性化的网名，叫："曲高和寡"，一路地发着一个同样的帖子。那帖子的标题叫："你不可不看银行高管（博士）的爱情诗"。他正在通过网络为自己自费出版的一本诗集做免费的推广工作。一本二百多页的诗集，印了三千册，他除了投入半年的心血和时间之外，还投入了自己五万元积蓄。他当然希望这诗集长上金钱的翅膀，生出荣誉的光环，带给他名利双收，至少也要收回成本，否则自我实现从何谈起呀?！

王杰在计算机里继续忧伤地唱着："谁还记得当年我眼中的希望，谁又知道这段路是如此漫长，我不在乎有没有梦里的天堂，握在手中的票根，是我唯一的方向……"

门外终于有了钥匙开门的"窸窣"之声。龚梅回来了！

老康本想像个老小孩一样飞到门口，用一个春光一样灿烂的热腻腻的吻，把妖精一般美艳的老婆吸进门来，甚至直接把她粘到床上，像年轻那阵儿一样，尽情地翻云覆雨，忘我地颠鸾倒凤，让现实与呆板的世界变得山花烂漫，变得莺歌燕舞。但是，他没动。男人的自尊心，尤其是落魄文人变态的自尊心像一块猪皮炼成的胶,粘着他没动;又像一个小心眼儿的虚荣鬼,驱使他的双手依然飞速地按着计算机的键盘,在bbs上发着无聊的帖子。

“我回来了!”龚梅见门声没惊动老公,便带了几分歉意,通报了一声。

老康依然装作没听见,身体依然纹丝不动,手依然在各网站上漫天遍野地大贴特贴着:“你不可不看银行高管(博士)的爱情诗”……

龚梅见曾经的康处长对自己的归来没有半点亲昵的反应,因工作压力过大且长期焦虑而越来越焦躁的心像着了魔力,顿生了怨气。她悄悄地进了卫生间,望着洗手池上镜子里自己美丽却疲惫的面容,独自洗漱起来。其实,她才不怕老公出幺蛾子、造反哪!家里的内战,不管缘由,她永远是无往不胜的战神,他则总是卑微弱小的凡夫俗子;每战,从来都是以她的胜利,以他的屈膝求和而告终。

她比老公小十岁,刚刚而立,尚在春天。而他却已然不惑,几乎迈进了暮秋的门槛。他们的爱情像雨后突发的春笋,不是父母之命,更没有媒妁之言,而有的,几乎全是童话一般自由、自然的曼妙意境。

在她还只有二十四岁,还是一个人见人爱的大姑娘时,她在遥远的江南小城的银行工作。她读到了一本叫《银行无序竞争》的书,是关于金融市场开发的。作者康迎曦在书中预见性地把中国金融进入市场经济,特别是加入WTO之后,银行的生存危机进行了描述,并预言只有国家加强监管,建立诚信体系,才能杜绝银行之间互相拆台式的恶性竞争。

不久,中央银行的领导同志到她所在的银行搞调查研究。她没想到带队的康处长竟是此书的作者:康迎曦!

在一次下级银行招待上级领导同志的舞会上,她和他相识了。仿佛是在横穿小城而过的桃花溪的清流中,望见了一条色彩斑斓的热带鱼,她见到他,不禁喜出望外。宛如在蒙古大漠中瞧见了小桥流水里一朵娇羞的水莲花,他遇到她,禁不住欣喜若狂。两人一见钟情之后,再一拍即合地结合,也就在所难免了。

为了爱,康处长把本来在江南小城只需两天的调查研究任务,硬是拖了一个星期;为了爱,她硬是辞去了小城上的银行工作,提着一个大包,不问青红皂白、没办结婚手续，竟风尘仆仆地像过去的革命青年投奔延安一般投奔到他在北京的家。

“又陪啥老板了？天都快亮啦！！！”见回到家来的老婆一本正经地依然像个工作中的行长，没主动和自己亲热，甚至没有近乎一下的意思，老康只得主动问话了。他的语调里洋溢着难以掩饰的阴阳怪气，这阴阳怪气是不满与怀疑的宣泄。对老婆给自己戴绿帽子的怀疑，其个中滋味，像在心中打碎了五味瓶，是难于言说的，更是不好压抑下去的。

龚梅没回答，像个骄傲的公主，径直进了卧室。她气愤的是，自己为了五一支行的业务开拓，整天没日没夜的辛苦，可这一切在老公的感觉里，却始终是陪吃陪喝的不正经！

老康见自己对老婆的有意冷落，换来了她的更加冷漠。只得叹口气，暗说：看来弱者咋样也成不了强者。只得暂时把自己的自尊心抛给了窗外宁静的夜空，悻悻地关掉计算机，随着王杰忧伤歌声的戛然而止，灰溜溜地追到卧室，再谄笑着追上了床。那可怜而可笑的模样分明像一只失宠的老狗！

老婆用一对秀丽的杏眼瞥一眼臊了巴儿（注：地方话，意为：尴尬、赖皮）的老公，索性盖好被子，一声不吭地闭眼睡了。

老康不甘心被就此冷落，赖兮兮地把鼻子伸到美女头上，嗅了嗅，阴阳怪气地搭讪道：“陪的又是男士吧？满脑袋烟味儿！”

心怀怨气的龚梅，没想到老康竟敢挑衅，怨气立刻有如火山下的岩浆，沸腾而汹涌，她坐起来，圆睁了杏眼，厉声呵斥道：“男人怎么啦！怕老婆跑呀？有本事，多挣点钱，你甭让我上班呀！”

老康被老婆点到了软肋上，仿佛挨了一脚重踹，嘴巴张了若干次，竟说不出一个字。自打他辞去了中央银行的官位，诗虽然攒了百余首，可钱却没有挣回一分。而且眼瞧着自己的一点儿积蓄已经随诗集而去，覆水难收一般。对于负收入者来说，哪里有钱把老婆养在家里呀！

老康自知理亏正准备拍拍老婆柔美的后背以示亲昵，龚梅却又轰然躺倒，蒙头再睡。老康举起的老手只得面向了虚无。

老康正臊得不知所措，龚梅放在两人之间的手机突然响了。

老康把自己变成了一只敏捷的鹰，以从来没有过的迅猛，率先抓起了手机，按了接听键，却屏住呼吸不说话。他想：这电话明摆着是个男人打来的！天要下雨，娘要嫁人，做了贼还要张扬！这真是太不把我老康当男人瞧了吧！

“是龚行吗?”对面果然是一个南方口音的男声。

这一句男声，把老康压抑已久的醋意激成了怒火，缩头乌龟终于露出了头，他对着手机，用终于男人了一把的最强音，恼羞成怒地大叫：“我是龚行长的老公！以后，不许你再打这个电话，否则……”

立刻，美女也把自己在长期拉存款的艰难困苦中郁积出的一肚子委屈与怨气化为了怒火做火山喷发状，蓦然起身，将小小的细手变为了雄鹰锐利的爪，一把夺过老公老手里的手机。一脸的急风暴雨，声音却强作平静，而且努力地柔声细语，她对对面的男人说：“对不起哦，您是……”

“谭白虎！我怕您出啥子事情，打电话过来，问一声！”对面的谭白虎已经被老康的一声怒号，搞得不知所措，舌头又转动不灵了，结结巴巴地支吾着。

现在的谭白虎已经回到了单身宿舍，并把手枪藏在床下的一块地砖下面。他刚一躺下来，就准备对美女行长再拍一回马屁，可没想到这次却不幸拍在了马蹄子上，把老康逗成了“伸”头龟。

龚梅一听是谭白虎捣乱，本想发作，以借小保安发泄一下自己的愤怒。但是，她控制住了，却把原本的倾盆大雨，改成了轻柔而发嗲的绵绵雨滴。她支吾道：“噢，是你！甭管我，自己先休息吧！”

龚梅本是想气气老康，在他醋坛子里再加上一勺子硫酸，以给冷落自己的他一点儿颜色看，可没想到心理由极度自卑变得极度脆弱的男人已经有如一叶狂风暴雨里的漏船，再也无法忍受戴绿帽子这等耻辱的撞击了。他终于没有在沉默中死亡，而却在沉默中爆发了。他一声怪叫，像一声能掀掉房顶的雷：“不给你一点儿颜色瞧瞧，你就不知道男人是啥东西！”

他的老手如恶狗扑食一样迅猛，一把夺过老婆的手机，仿佛是能就此甩尽自己一切的晦气一般，高高地举起，就要砸向地面。

龚梅毫不示弱，也是鹞子翻身一般敏捷，扑上来与男人抢夺手机。可一不留神，扬起的小手却一巴掌打在了老公的老脸上。这一巴掌激发了男人的羞辱感，把老康大脑里仅存的那一点点博士水平的理性全部打到天涯海角去了。一个高级知识分子仿佛突然之间变成了一条遭受了欺辱的老狼，立刻爆发了雄性动物的兽行。再没有了风花雪月的诗情画意，也忘掉了小桥流水里的水莲花，一下子骑在了美女的身上，用一只老手按住了她那一双无力的小手，另一只老手则在自己昔日水莲花一样娇羞的爱妻脸上狠劲儿地抽起来，每抽一巴掌，还疯狂地大叫一声：

"啪"——"我叫你骚！"

"啪"——"我叫你牛 B！"

美女面对男人从没有过的暴虐，像一朵暴风骤雨下的美艳花朵，无力又无助。她惊呆了，不再挣扎，也不再反抗，一声不吭地任恶狼一般的男人用一只老手抽打自己美丽的面颊，也仿佛有意任狂风暴雨冷却自己暴怒的心潮。

龚梅的这一举动，突然惊醒了老康。他失神落魄地松开了老婆，再落魄失神地望着默默流泪的爱妻，嘴里不由自主地叨念起来："我这是咋了？我们这是干啥呢？"

正在老康发傻发愣的当口，龚梅已经愤然而起，委屈与伤心代替了愤怒和不满。她哭咧咧地扭曲了自己秀丽的脸蛋儿，泪一把、鼻涕一把地冲出卧室，一边自言自语地说："谁喜欢陪那些无聊的男人，谁心里清楚！"一边敏捷更衣，继而收拾行囊。

等老公明白自己的老婆要离家出走的时候，龚梅已经提个大包，像一头发怒的母狮，冲出了家门。

"你到哪儿去？"老康急急地问。那声音里除了疑虑，已然没有了半点豪气。

龚梅头也不回，一声不吭地冲下楼梯。

眼见跪下求饶的机会都没有了，老康只得对着老婆美丽的倩影哀号一声："都是我的错还不成吗？！"

从楼道的窗户上眼睁睁地瞧着老婆消失在冬夜的黑暗之中，老康木然伫立，呆若木鸡。大约过了五分钟，他的脑海中才泛起了几许思维的涟漪，终于从牙缝里挤出几个字来：“捉奸！我一准儿要捉奸！！”

三、誓拉存款三千万

谭白虎对美女行长的担心果然应验了。就在他捡到手枪的当天夜里，在东方遥远的天际已经泛起鱼肚白的时候，龚梅又从家里回到了支行，一副悲悲切切、凄凄惨惨的样子，竟然把自己锁在她二楼办公室里，一宿再没出来！

这一夜，谭白虎从漆黑一团的窗户上，隐约看到美女行长办公室彻夜亮着灯光！他仿佛还从楼板的传导中，透过王杰那首凄婉的《回家》之歌，隐约听到随歌声一起传来美女行长的呜咽之声！那呜咽之声伴随着悲凉的歌，时断时续、如泣如诉，一直绵延到了天明："那刻着我名字的年老的树，是否依然茁壮？又会是什么颜色，涂满那片窗外的红砖墙？谁还记得当年我眼中的希望，谁又知道这段路是如此漫长……"

孤独的谭白虎，虽然因为自己心中美神的哀怨，在王杰《回家》的歌声之中一直未能入眠；多情的小保安虽然猜到美女行长两口子明摆着是闹了别扭，而且这别扭弄不好还与自己狗拿了耗子、没拍好的马屁有关，但是，任自己咋样在单人床上兔死狐悲地辗转反侧，任自己咋样思前想后、抓心挠肝地夜不能寐，他却始终都没敢溜下二楼来，去安慰一下他心中的美神。他担心自己落花虽有意，美女流水却无情。他心里明镜似地清楚：这个雷池可不是随便能越着玩的啊！

天已大亮的时候，谭白虎才迷迷糊糊地睡着了。

一早，当谭白虎下楼来，准备到营业大厅的时候，却见美女行长正从外面小风一样地飘进来，穿过营业大厅，连呼哧带喘地爬上楼。她的手里抱着满满的一大包床上用品及洗脸刷牙用的瓶瓶罐罐！

"龚行，您跟老康这是……"谭白虎不知道怎么问好了。

龚梅当然不会向这个小保安揭开自己昨夜痛苦的记忆,便故作欢欣地惨然一笑,再故作轻松地玩笑道:“我准备打持久战啦!”见谭白虎一副呆头呆脑的混沌样子,就打起十二分的精神,换上领导的语气,打岔道:“一会儿,你去找一下左经理!”

不等谭白虎再问什么,龚梅就已经“咚咚咚”地上了二楼,并在办公区里消失了。

五一支行业务部的左经理,名叫左忠堂,与清代洋务运动的代表人物左宗棠的名字谐音,其已逝老父望子成龙的意思跃然名外,就是:自己这儿子再咋没出息,也要与左宗棠齐名呀!

左忠堂年有四十许,是个老银行了。为了能在银行里有个升迁,不辜负九泉之下的老父望子成龙的厚望,他硬是大专毕业考本科;本科毕业考硕士;硕士毕业还要考博士。一路的考来,真是考白了少年头!虽然他是博士在读,虽然他把自己武装得满腹经纶、理论颇多,但就是存款拉不来、贷款放不出,受累于经营业绩不高,一直在龚梅手下窝窝囊囊地当着一个科级的部门经理。这是他的心病,也是他要完成老父厚望的雄心中一块永远抹不去的阴影。这阴影仿佛是一座大山,压得他无法透过气来,也几乎压歪了他的性格与灵魂。

左经理是主动找到谭白虎,并安排他到公司业务部做客户经理的。

此时,瞥见原来的小保安、现在的小职员一副喜形于色、乐不可支的神情,左忠堂把黑黑的瘦脸拉下来,瞪起小小的三角眼,半呵斥、半提醒地说:“甭美!小职员比小保安的工资高三倍不假,可你不知道吧?小职员的压力却比小保安高三十倍!”

谭白虎心里依然放着灿烂的烟火,得意洋洋的,嘴上也忍不住地笑:“不怕,我是农村来的。自幼能吃苦!”

左忠堂冷笑两声:“光吃苦也没啥用!你得板儿上钉钉儿(注:地方话,意为:肯定、保证)地拉来存款!三个月之后,日均存款额不足三千万,那您就还哪儿来哪儿走得了!”

谭白虎本来还是个二愣子，根本不晓得日均存款三千万是个啥子概念。他依然初生牛犊不怕虎地满口答应："成成成！你们能干，我就能干！"

见小职员转身要走，左忠堂高声叫道："等等！"

谭白虎赶紧虔诚地把干瘦的身体转回来。

"听说，你发现一张错币？"

谭白虎不知所措地点点头。

左忠堂用鼻子"哼"了一声，而后不屑地摇摇脑袋，说："你怎么就那么傻！"

小职员依然不知所指。

左忠堂一针见血地教导道："记着，客户的合理要求，你永远不许说'不'！而且，发现一张错币，可是一个人千载难逢的好机会！你要是自己拿一百块给人家兑了，你小子除了当一回活雷锋，自己也发大财啦！"

"发大财？换一张错币凭啥子发大财？"小职员被左经理说得丈二和尚摸不着头脑。

左忠堂高声笑起来："今天报纸上还登了：一张五元的错币被收藏家以二十万的价格买断啦！！！"

脱掉保安员非警非军的一身皮，换上银行职员高档的西服，谭白虎只兴奋了几天，便现了原形，山穷水尽地傻了眼。原来所谓日均存款三千万的任务就是要求在自己的吸存账号上每天要保持三千万的存款！他一个农村出来的初中生，虽然买了一个大专学历，但毕竟既不认识一个企业老板，更不认识半个有钱的大款！他依然没有从一个土生土长的农民脱胎换骨成为职业经理人，哪儿来的拉存款的路子？上哪儿找三千万人民币再每天趴在自己的吸存账号上?!

他的大脑几乎抑制了，但是，像一条出水的鱼临死也要挣扎一样，还是能思索出利害得失：这要是三个月没完成任务，可到啥子地方混饭去？还继续当小保安？他凭啥子就此承认自己是狗屎扶不上墙呢！

他急了，嘴上急出了大泡，晚上倒在单人床上，只会握着捡来的手枪不住地发呆。他把手枪对准自己的眉心，望着黑洞洞的枪口，忽然想到了抢银行。于是，他的心脏像触了电，不由得一激灵：这把手枪咋会掉在五一支行的门口呢？会不会有人真准备抢五一支行？

不祥的念头在脑际像流星一样地闪过，他立刻感到不寒而栗、心惊胆战起来。

意淫毕竟是虚幻，拉存款才是生存的硬道理。天一亮，谭白虎重新把手枪藏在地砖下面，又急急忙忙如热锅上的蚂蚁一般，赶紧忙活他拉存款的事情去了。可是除了一个五百块钱买来的假文凭，别无长物的谭白虎，除了求在市分行工作的老乡任博雅想辙之外，苦思冥想，绞尽脑汁，也再别无良策了。

任博雅人虽长得白净而英俊，其实一丁点儿也不雅。他没有任何学历。在空军当了几年地勤之后，复员了，却不甘心回老家务农。可在偌大的北京市，他又找不到一份固定的工作。正踌躇间，他幸好找到了一个在保险公司卖保险的老且丑的女人当了老婆，而老婆的舅舅又恰好在五一银行的总行当行助。于是，由老婆求舅舅，由舅舅吩咐市分行，由市分行给他终于在机关党委办公室找到了一份不用拉存款的闲差：负责管理党员学习材料、分发报纸，每月工资也不少拿。

“老弟，师傅领进门，修行可是在个人！我早就扶你上马，你难道还要我扶着走路吗？”任博雅有意拿出一丁点儿雅劲儿，借此表示对谭白虎不温不火的不满。

谭白虎也算聪明人，自然早就提来了两瓶家乡最上等的老酒来堵任博雅的口。他厚着脸皮，辩解道：“老兄，你以为基层的小职员像你一样滋润吗？小职员比小保安的工资高了三倍不假，可压力却涨了三十倍！拉存款的指标是硬的，完不成任务我可就又下马啦！”而后，自己嘴上急出来的大水泡指给任博雅瞧，以证明自己并不是空穴来风。

任博雅把两瓶上好的家乡老酒放进自己的保密柜，瞧在老乡嘴上急出一个大水泡的份儿上，无奈地拨通了保险公司梦幻支公司的电话：“老婆，你路子野，你给踅摸（注：地方话，意为：寻找）踅摸！我这儿有个老弟要存款，你那儿的保险收入能不能……”

“我路子哪儿野呀!”对面传来了老婆的声音,麻利儿脆:“拉存款? 没门儿! 让他先帮我卖保险!”

任博雅望一眼脸上先透出感激的一缕光、后飘来惊恐的一片云的谭白虎,摆摆手,示意他不要说话,挤巴着自己美女一样标致却比美女大一号的丹凤眼,接着对老婆诉苦:“他和我一个德行,在北京都是土包子! 半个有钱人都不认识,咋样给你卖保险嘛!”

老婆的声音又传来了:“让他们支行每人先买一份人身意外险! 现在抢劫银行的这么多,那么多的银行同志英勇斗歹徒,最应该上保险啦!”

任博雅无奈,为了敷衍谭白虎,只得硬求老婆:“得得,你先把公司老总给他介绍了,他们支行买不买保险,你们再具体商议嘛!”

老婆仿佛明白了英俊老公的为难处境,在对面压低了嗓音说:“我们卖保险的,还不如你们拉存款的哪! 保险收入一出单,立马儿就划到总公司了,我们哪儿来的钱往银行存呀!”

任博雅怕老婆的声音被谭白虎听了去,自己无法摆脱谭白虎的纠缠,便先“哼”了一声,而后一语双关道:“支公司的钱即便不能直接存,还可以介绍总公司存嘛!”见老婆还要分辩啥,任博雅索性堵上了老婆的嘴,“我知道你和总公司的侯董事长熟悉,谭白虎拉存款的事儿,你保准儿能帮上忙!”说罢,赶紧把电话挂断了。

谭白虎虽然没多少文化,但却是个明白人,见任博雅一副精明诡诈的德行,就晓得此时的任博雅明摆着是和他老婆一道唱双簧,在拿自己开涮(注:地方话,意为:糊弄),保险公司一行也必然毫无所获。但是,无奈的谭白虎只能做此次无奈之举,还得去! 死马当活马医呗!

现在依然要归入城市贫民之列的谭白虎,没有钱给自己买保险,自然对保险公司一无所知。他刚进入梦幻支公司的楼层,还没有走进大门,就仿佛来到了汹涌澎湃的大海边,听到了潮水一般高一声低一声的口号和鼓掌的声浪:

“爱! 我爱保险! 拒绝是成功的开始!”——“啪! 啪! 啪!”

“卖出五十单,完成月指标!”——“啪!啪!啪!”

“完成月指标,誓卖五十单!”——“啪!啪!啪!”

谭白虎带着好奇心正准备寻声而去,却被总台小姐挡在了大厅门口:“先生,您有啥事儿?”

“我找……找……”谭白虎嘴上支支吾吾、含糊其辞,细小的眼睛可没闲着,寻声四下里紧着踅摸。

只见梦幻支公司的大厅里,黑压压坐满了身着统一蓝装的员工,千人一面地都随着一个老女人鼓掌、振臂,齐声高喊着口号,一副群情振奋的样子。

“没啥好瞧的,我们齐总监正进行敬岗爱业教育呢!”总台小姐把身体直对着谭白虎,一副要把他压迫出大厅之外的意思。

“喊口号也算敬岗爱业教育?”谭白虎避开小姐的步势,有意赖着不动窝。

“激励!就像强心剂,是克服畏惧心理的关键!”

“有用吗?”谭白虎将信将疑。

“激励员工是我们梦幻支公司的促销法宝!前一天被拒绝得心灰意懒的推销员,经过激励之后,就像一针打了下去,又能重新精神饱满地卖保险了!”

小姐的话立刻让谭白虎茅塞顿开、豁然开朗了。他不由自主地随着浪潮一样的人声,轻声喊了一句:“爱!我爱银行!誓拉存款三千万!”他已经举起了双手,还想“啪!啪!啪!”的鼓掌,但是,在小姐审视目光的注视下,他实在没好意思拍。只得把已经高高举起的双手悻悻地放下来。

“爱银行?拉存款?”小姐如梦初醒:“你是银行的?”

谭白虎懵懵懂懂地点点头,不知如实交代了自己的身份是福还是祸。

“你是来扫楼的?”小姐颇为会心地笑了。

谭白虎倒对小姐的话不知所云。

“顺着楼道走,见一个推销一个!”小姐见谭白虎一副不解风情的模样,便毫不客气地揭露起来,“这些低级的扫楼推销已经让我们的业务员用烂了,也把保险公司的牌子搞臭了!你还是快走,甭在我们这儿,让银行再丢人现眼了!”

谭白虎见小姐言语犀利,对自己越来越不客气,下面恐怕就要发展到直接下逐客令了,赶紧猥猥琐琐地支吾道:“我找齐美丽,拉不成存款,还不能坐一会儿?!”

大厅里冷不丁儿地走出一个文质彬彬的中年男人,他穿着笔挺的蓝西服,系一条紫红色的领带,眼珠黄黄的,笑眯眯地走到谭白虎的身边,对总台小姐说:“让小伙子进来嘛!要是我们支行的行长们都有这种扫楼拉存款的精气神儿,还怕什么银行竞争?何愁业务指标完成不了哟!”

谭白虎正诧异得不知所措的时候,老女人齐美丽却恰逢其时地走出来了。

齐美丽一点儿也不美丽。没有半点三围的身材,尖嘴猴腮的长相,高颧骨把两条鼻沟夸张得异常清晰、明显,那西北高原上地沟一样深邃的两条鼻线,从颧骨左右两侧一直延伸到嘴角。

齐美丽已经讲完了话,口号也喊得足够累了。她真感到人活着不容易,那边儿刚激励完卖保险不利的员工,这边儿还得通过撒谎支应掉拉存款的银行关系户!

虽然感觉累,但是齐美丽依然满脸都是灿烂的阳光,格外热情地高声道:“你们都到我办公室坐吧!”

谭白虎刚要自我介绍,齐美丽伸出一只干瘦的小手,先开口了:“甭介绍我也知道你姓谭!和速发银行的马行一样,都是来拉存款的!”

谭白虎在业务上必然是个雏,头发虽然不长,可见识也很短。他见齐美丽揭了自己心里不足为外人直接道的老底,而且自己还没开口就遇上了规模更小、机制更活的速发银行马行长这样一个强有力的同业竞争者,不知不觉地红了自己方而大的瘦脸。

果然,谭白虎最担心的事情依然发生了。齐美丽告诉他,保险公司的存款被速发银行的马行长捷足先登地拉走了。谭白虎心里立刻如同装了一块大冰坨子,又沉又凉的。

当灰溜溜的谭白虎情绪低沉地离开了保险公司的时候,眼前的树,在他的眼里，已经不再是绿色，而是阴暗的灰色；鲜艳的花朵，在他的心目中，也不再美丽，而仿佛是一张张狰狞并嘲笑他的鬼脸。

他已经无路可走，他仿佛已经看到了等待着他的命运：脱掉潇洒气派的行员制服，重新穿起那身不军不警的保安皮！

突然，仿佛从天外飞来一片祥云，他的手机响了。

“是小谭吧？”是老女人齐美丽的声音。

谭白虎以为齐美丽是要说几句不痛不痒的话来安慰自己了，便有气无力地答：“齐总监，您说。”

齐美丽给自己先涂脂抹粉道：“刚才马行在我这儿，我没敢跟你说。一个呢，是马行的速发银行，虽然规模比你们合作银行小，可机制比你们的更活，他们在我这儿买了许多保险，马行又是分行的行长，我就不得不把存款给他！”

谭白虎压根儿就不晓得齐美丽根本无权支配保险公司资金的事实，说的全是谎话，他有气无力地哼了一声。

“小谭，你听着呢吗？”

谭白虎像霜打的茄子，再有气无力地“哼”一声。

“这第二呢，可是个好消息！”

“啥子好消息？”谭白虎立刻支棱起耳朵，腰杆也挺直了。

“你不是要拉存款吗？”

“对！”

“不是要大笔的吗？”

“当然！”

“我有一个朋友，叫阮大头，是至大投资公司的老板，他那儿有两个亿美元哪！据说，倒腾出来的人民币也不少！刚才，我跟速发银行的马行，一丁点儿信儿都没敢露！”

谭白虎虽然不知道等待自己的到底是福还是祸，但是，有病乱投医的他，立刻有如打了一针强心剂，对着手机话筒一连叫了八声“谢谢”！

四、地下黑钱庄

阮大头由于自幼有着一颗长而硕大的脑袋，因此他的本名就叫了阮大头，当然，这是他父母都没有半点文化、都很朴实无华所致。只是由于后来阮大头发了大财，当上了至大投资公司的董事长，故此手下、雇员、客户甚至支行行长、政府官员都为阮大头讳，尽量不叫“阮大头”，而都尊称其为“阮总”或“阮董”了。

阮大头原本是北京城边上的一个普通农民，是“文化大革命”政策下孳生出来的新文盲，也是中国大陆第一批下海经商吃螃蟹的主儿。在改革开放刚开始，个体户普遍被人民轻视那阵儿，阮大头就已经弃农经商，沿街叫卖韩国布头和假旅游鞋了。就在中国刚刚对海外洋人拉开一丁点儿国门之缝那阵儿，阮大头又成为了中国大陆第一批奔赴俄罗斯乃至欧洲挣洋钱的主儿。但是，阮大头的至大投资公司真的以几何级数的速度跳跃式发展，则是在九十年代中叶中国金融的混乱时期，是他成功地办理草根金融（注：未经政府有关部门批准就私下里经营的民间金融业务，没有金融许可证就办理实际上的存款、贷款业务）业务以后的事情。当下，虽然中国已经实行了严格的金融管制，可阮大头以地下钱庄为主体的倒腾资金的体系依然像一只庞大的章鱼，触角遍布了北京市各区县。只是这一直是他阮大头自己心里深藏不露、绝不对外人道的商业秘密。

早晨，上班的时间一到，阮大头就准时来到了自己的办公室。在大家的眼里，他做一切事情都是严于律己、身先士卒的，包括遵守作息时间也不例外。

“阮总！”阮大头刚一坐定，办公室门外就有人轻声招呼了。那声音轻得像是蚊子“嘤嘤”的清唱。

“进!”阮大头用膛音极重的大嗓门应了一声,只这一应,玻璃都仿佛被震荡得战栗了。

“董事长。”秘书文才子毕恭毕敬地站在了办公室的门口,依然有如蚊子“嘤嘤”。

文才子白净脸,戴近视镜,身材适中,一副精明诡诈的模样。他只是个函授大专生,是阮大头姨夫的侄子。阮大头虽然已经拥有数亿家资,但却从来不相信什么博士、硕士的学历。他周围的人首先是亲信,其次是有挣钱的本事。学历在他的眼里只是会背书本的证明,更准确地说,只是个留有精液的避孕套!这个避孕套只能说明“干”了,至于能不能“干”,干得怎么样,根本说明不了。

“小文子,有事儿说事儿,甭净虚头巴脑的!”

“齐美丽介绍的五一支行那主儿来了!”

“五一支行那主儿?这么早就溜达来了?”

“这小职员是一大早骑个红旗加重型破自行车来的!”

“银行的人骑破自行车?还是红旗加重的!”

“这主儿叫谭白虎,是才从小保安提拔成小职员的。保险公司的存款被速发银行抢走了,他没拉成存款,又立功心切呗!”

阮大头把自己的大眼珠子转了几转,心里明知道赚大钱的机会来了,可嘴上却没吱声。他点燃了一支粗壮的雪茄烟,深深地吸了一口。把在肺里转了几圈的烟雾含在嘴里,蹂躏了几秒钟之后,把其变成一个大大的烟圈,“噗”地一声,吐了出来,而后舒适地闭上了大眼。

文才子望着董事长的样子,不知进退,只得等待吩咐。

阮大头见文才子没明白自己的意思,只好开口吩咐:“说我有事,让他外面候着去!”

文才子立刻明白了董事长的意思,“嘤嘤”应声:“是”。他退出董事长办公室的门,再把门轻轻地关上了。

阮大头见秘书出去了,才自言自语地唠叨一句:“老子不是黑老大,才更得装装孙子哪！不摆点儿谱做给银行的人看，哪成?!”

文才子是个明白人，当然懂得董事长“文武之道，一张一弛”、欲擒故纵的经商手段。于是，他下了楼梯，准备对一楼会客厅里由于骑了十几公里自行车正汗流浃背的谭白虎大施拖延之术。可文才子才走到大厅门口，就被一个雄赳赳、气昂昂的黑脸警察拦住了去路。

“大头在不在?”黑脸警察一点也不为阮大头讳。

文才子被突然出现的黑脸警察吓了一大跳，他做贼心虚的定了定神，瞥一眼远处的谭白虎，才吞吞吐吐地支吾道：“董事长，在倒是在，只是……”

“甭只是了，我有事儿找他！”黑脸警察不管三七二十一，径直上了楼。

文才子被不速之客搞得不知所措，只好跑到前面，让他在门口稍等，自己赶紧进屋通报。

“警察？找我?”阮大头的大脸上掠过一丝让文才子绝对不会发现的惊慌，“他没说有什么事儿?”

“他只说，他姓陆，叫陆卫国！”

“陆卫国！他找我干什么?”阮大头的神经有了几许释然，狐疑着自言自语道。

陆卫国是阮大头的童年发小。阮大头逃学、考试交白卷那阵子，人家陆卫国就门门功课考一百分；阮大头用破自行车推着假旅游鞋，沿街叫卖那阵子，人家陆卫国就进了警校，而后就当上了一名让人人都羡慕的人民警察；在计划经济和市场经济初期，阮大头想巴结人家陆卫国一下都很难。但是，谁也没想到，人生会峰回路转！现在，阮大头已经做上数亿资产的民营公司董事长，而那陆卫国却依然窝窝囊囊地生活在传统体制之下，依然在派出所只当一个小警察，每月工资不足一千块！他们的地位由于经济的原因，已经彻底颠倒过来了！因为，派出所也不是设在真空里的，少不了有个杂七杂八抹不平的经济问题。有了杂七杂八的经济问题不踅摸当地的首富阮大头踅摸谁？于是，作为小警察的陆卫国现在想巴结阮大头一下，也就不容易了。

不等阮大头想明白自己是否应该接待这个作为童年发小的小警察时，门开了，小警察陆卫国已经大模大样地闯了进来！

阮大头只好尴尬地起身，强做出热情的模样，高声大嗓地叫道：“陆老弟！怎么是你？欢迎欢迎！”

陆卫国的脸上只有严肃，没有半丝笑容。他用自己充满血丝的眼睛，瞥一眼文才子，再瞅瞅阮大头，一副欲言又止的样子。

阮大头立刻明白了陆卫国的意思，大声咳嗽一声之后，对文才子说：“你先去吧，打发一下银行来的人！”

文才子刚退出身，就要出门的时候，又被阮大头叫住了。

“人家大老远来一趟，也不容易，别忘了倒杯水，再给人家一个好脸子看，别净给人家冷屁股瞧！你还嫩着呢，这些虚头巴脑的客套事儿，得学着点儿！”

文才子赶紧又说了一个：“是”。

陆卫国主动坐在了阮大头办公桌前的沙发上，等文才子悄没声地出去了，重新关好了门，他才唬着一张黑脸，阴沉地问：“你最近有一单大生意？”

阮大头心里一惊，脸上却强打笑容，支吾道：“没影儿的事儿！”

其实，现在的阮大头真的有一单大生意。这就是已经被存入公司的一笔二亿美元的巨额游资。在没有为这笔钱找到好的出路之前，他希望能以高息的形式暂时存入银行，以摊销成本，获得微利。由于目前中国的银行业竞争很不规范，不少银行存在利用各种手段和借口竞相私下提高存款利率的行为，所以，阮大头正准备演一出让银行之间鹬蚌相争，他自己则渔翁得利的好戏。

“看在发小的情分上，老弟我说一句本来不该说的话：你可得悠着点！分局那边已经有人开始整你的材料啦！分局后面的人是谁？是什么单位？我现在还不清楚！”

阮大头心虚嘴却硬：“我脚正不怕鞋歪！我敢向毛主席保证，我的业务，全都是遵纪守法的！”

陆卫国赶紧伸手拦住还要信誓旦旦、大发宏论的阮大头：“得得，我是点到为止！其他的，您自个儿瞧着办！”说着，开始品起了茶。

阮大头见陆卫国“哧溜哧溜”地喝起了茶，慢条斯理的，没有一点要走的意思,便心领神会地问:“我说,陆老弟,除了给我透个风,你横是还有事儿吧?”

陆卫国干咳几声,支支吾吾地说:“我媳妇下岗啦……”

阮大头没等陆卫国把话说完,便豁然开朗了,大大咧咧道:“弟妹没工作?好办!我帮着介绍!”

陆卫国眼睛一亮,一对单眼皮的大眼直视阮大头:“能不能到你的公司来呀?”

阮大头大脸上的笑容突然没有了,沉吟片刻,开口道:“如果是男的,想当个副总都能商量!咱哥儿俩谁跟谁呀!”

陆卫国听出了阮大头的话音:“你的意思是:不成?”

阮大头见陆卫国把不高兴写了一脸,赶紧从老板椅上走过来,拍拍陆卫国的肩膀,说:“我的公司从来不用女的!这么着吧,我把你媳妇介绍到保险公司。人家那边怎么说,也是一个正规的金融单位,钱也挣得多!怎么样?”

陆卫国只见到了金融单位的大楼漂亮,对保险呀、银行呀,一概不懂,于是,赶紧起身,痛痛快快、毫不含糊地答应了。

文才子下得楼来,见谭白虎依然无怨无悔地等在大厅的会议室里,便赶紧道:“董事长正在会晤美国客人,您呐,踏实儿地再等一会儿吧。”说罢,赶紧撇下谭白虎匆匆走了。

谭白虎心里骂了一句:“狗日的美国佬!”

连谭白虎自己都能感觉到,自打被美女行长由保安员升为客户经理之后,他的腰椎好像是撑起了一根钢棍,直愣愣的甚是硬梆。他开始气盛气粗起来了。他心底里仿佛时时总有一个莫名其妙的小声音在对自己说:“如今老子我怕谁?谁不服,老子拔枪就敢毙了他!”但是,现在无论咋样气足,他毕竟不敢也不能对文才子拔出铁家伙,只好耷拉了瘦脑袋,无奈地重回原处,依然一副农民德行地坐定了,眼巴巴地盯着大厅里的时钟,一声不吭。

由于他晓得至大投资公司地处郊区,公司不远处还有一片水草碧连天的野鸭湖,他今天准备早早谈成存款的事情后,立马抽空到野鸭湖里,对着浩渺湖面上纷飞的禽类,"砰砰"试枪去。

谭白虎正琢磨着如何试枪的时候,文才子再次出来了。他眨着眼睛,诡笑着对谭白虎说:"董事长有急事儿,随美国客人溜达出去了!今儿不能见你,他指望着你把情况先给你们行长叨咕叨咕,过后儿再来!"

无奈的小职员立刻忘掉了"爱,我爱银行,誓拉存款三千万"的誓言,耷拉下瘦脑袋,瞥一眼文才子,一句话没说,一句话也不想说,就灰溜溜地转身去了。

文才子等陆卫国走后,望着远处谭白虎蹬着自行车一歪一趔悻悻而去的德行,望着公司的看门人老马头儿把大门关上了,才跑上楼来,急急忙忙地问阮大头:"董事长,咱们高息存款的事儿不会黄了吧?"

阮大头站在窗前,遥望着谭白虎骑车的背影在烟波浩渺的野鸭湖里消失了,才转身回到老板台前,把一支已经快吸完的雪茄烟捻在烟缸里,一脸平静地传道授业:"中国是一个资金紧缺的国家!谁有钱谁就是爷儿!现在的银行比厕所还多呢!我还怕这笔钱生不出一丁点儿利息来!"

"警察来了,不会对咱们有什么威胁吧?"文才子一副忧心忡忡的样子。

阮大头故作平静地笑笑:"陆卫国是假公济私,来给她老婆找工作的!跟我们业务上的事儿,八竿子也打不着呀!"

文才子受到了鼓舞,忽然像蚊子见到了肥嫩的人肉,眼睛一亮,谄笑道:"我听说谭白虎他们行长,是一个美女!由于一天到晚陪客户吃喝,根本不顾家,她老公还要跟她离婚哪!这美女不但是个正规大学生,而且长得像个大明星似的!叫什么龚梅!"

阮大头的心里像突然点亮了一盏春灯,立马儿贼亮贼亮的,但在晚辈面前,他却是一副不动声色的德行,平静地应和道:"噢,银行行长里还能有美人儿?还真有什么美女行长?而且还一天到晚陪客户吃喝,还要离婚?!"

文才子表功一般地回答:"据说是个万人迷!板儿上钉钉儿的事儿!"

阮大头重新点燃一支雪茄烟:"那好嘛,不是更应该让他们的美女行长亲自来谈存款的事儿了嘛?!也让她一天到晚陪咱们吃吃喝喝!"

"对,美女不来,不一天到晚陪咱吃吃喝喝,咱就一分存款不给!"文才子坏兮兮地说。

见文才子还想继续说什么，阮大头不耐烦地打断了他，拿出一副长辈的架势，呵斥道："行啦，你个小文子，小小年纪怎么尽琢磨男男女女的事儿！我为什么不找女工？不光因为女人干活全是汤事儿！还是怕出鸡鸣狗盗的苟且之事，不好管理！"

在大众眼里，阮大头富而不近女色，几乎到了变态的程度。他有一个尽人皆知的怪毛病，就是从来不用女工。因此，至大投资公司百十号人，从六十岁的看门人，到十几岁的体力工人，除了老头就是毛头小伙子，一个女人也没有。有人说，这是董事长歧视妇女，觉乎着女人工作效率低下；有人说，这是阮大头当婊子立牌坊，有意掩饰他自己玩弄妇女不眨眼的那一丁点儿嗜好！

见文才子红了脸，一副不知所措的样子，阮大头吩咐道："你赶快把什么美女行长给我约来，这钱在我的账上多趴一天，你知道我要损失多少利息吗？几十万！几十万呐！"

阮大头的话音未落，只听野鸭湖那边传来"砰"的一声清脆的巨响，像是有人放了个大二踢脚！

"小文子！"阮大头一惊，脸色也随之一变，吩咐道："谁他妈敢在湖里放鞭炮？别把我养的丹顶鹤吓着啦！这湖是怎么看的？"

"我刚才倒是看见谭白虎往湖里去了！"文才子解释道："前一阵子看门的老马头儿带他的豁嘴儿子到云南边境上玩儿去了，一直没有巡逻。我立马儿再去布置！"

五、下身革命

在灿烂冬日里，像霜打的黄瓜一般身心俱疲的主儿，要数老康。

自打老婆离家出走，他的捉奸计划既没有设计，更没有实施，给龚梅准备服软的电话却没少打。

可打手机吧，电话对面总是传来一个声音：“对不起，该用户已经设置了呼入限制。”打办公室电话吧，人家要么是不接，偶尔接了，还没有等老康叫出一句完整的“老婆宝贝儿”呢，对面的电话就已经又挂上了。

一个女人外面有个野汉子勾着魂儿，一个大老爷们儿赖叽叽地找到银行门上去，哀求之后，再当众瞧老婆给自己脸子！曾经的康大处长还一时半会儿的下不了受这份洋罪的决心。

于是，老康只好逆来顺受，除了晚上独守空房，一日三餐糊弄着喝口粥或吃点速冻饺子之外，再就是一门心思地发奋作诗了。可作诗毕竟不是写经济论文，想加班也加班不出成绩来！虽然老康曾经才华横溢，但是，硬逼着自己写诗时，心灵的火花却仿佛熄灭了。除了“天生男儿振世兴，九死也要博一生；生时不成壮烈死，魂上天堂作英灵”之类既无诗情，也无画意的句子，他的大脑就再也产生不了一点儿闪亮的火花了。

“铃！铃！铃！”突然，电话铃刺耳地响起来。

老康被吓得一哆嗦。自打他辞去官职以来，家里就只有找老婆的电话了；而自打老婆离家出走之后，家里压根儿就没有电话了。这电话不是老婆打来求和的，还能是啥？老康这样一想，已经颓唐的神经又不觉一振。他赶紧抓起了电话。

“是康处长吗？”对面的，不是老婆，竟是一个陌生的男声。听声音，年纪不大,也就二十岁上下。只是他的发音很特别,像是拢不住声音,总在跑气一样。

老康诧异地支吾:“我是。”

对面传来了笑声,而后,陌生的男人神秘地说:“俺告诉你一个秘密!”

“秘密?”

“你不是一直怀疑被老婆戴了顶绿帽子吗?”

老康不知道如何回答,哑然了。但是,咋听咋觉乎着这男人的话语里充满着不怀好意的味道。

“算你猜着了!”陌生人异常肯定。

老康惊愕了。他不知道这是啥人,为啥要告诉自己这最不愿意证实的事情?!

陌生人继续说:“今晚,你到天上人间歌舞厅,就能见到你老婆和她野男人快活的德行啦!俺要是你,就立马儿把这顶绿帽子撕它个稀巴烂!”

老康又羞又怒,不知道是应该对熟谙自己隐私的陌生人感谢好,还是破口大骂好。片刻的犹豫之间,陌生人一阵高声淫笑之后,立刻就把电话挂断了。

卧榻之上岂容他人酣睡!老康愤怒了。激愤的他,立刻按照刚才来电显示的号码,把电话打回去,他要破口大骂,他要问个明白。

“请问,您找谁?”对面却传来一个女人清脆的声音。

“刚才谁在这儿打电话?”老康气冲冲地问。

“一个客人。”

“他在哪儿?”

“早就走了。”

“你是啥地方?”

“天上人间歌舞厅。先生,您需要预订座位吗?”

老康猜到对面的女人一定是天上人间歌舞厅的总台小姐,便没好气儿地问:“刚才那位客人啥模样儿?”

“是个先生,年纪不大。”

“我问长得啥样?”

“他戴着口罩,我没瞧清。先生。”

老康只得无奈地挂断了电话。他在房间里来回踱了几个圈,自言自语地安慰自己:“这是挑拨!完全是设套!这是圈套!完全是无稽之谈!”

老康不相信,他与龚梅的情缘,就真的这样结束。到现在为止,他的脑海里还恍如昨天一般地浮现着他俩初识的情景:

那是一场舞会。舞会是在银行会议室里进行的。椭圆形的会议桌被请到了室外,椅子顺着墙边一溜地摆开。康处长带领的总行调查组成员,外加分行、支行的领导,是一水儿的男士,不过十人,被安排坐在会议室的一边。对面坐着的竟是二十几个水莲花一般娇羞、璞玉一般清纯的银行女职工。而这之中,气质、身姿、脸蛋俱佳的当然就是龚梅!这一点,对于离婚不久,已经对鉴赏女人练就出一副火眼金睛的康处长来说,只一眼便发现并确认了。

就在康处长用一对外凸的大眼睛偷视龚梅的时候,他突然发现龚梅也正在用两只杏眼偷视着自己!这一男一女四只眼刹那之间的交汇激得康处长立刻心灵震颤了。当第一支舞曲响起的时候,虽然心脏狂跳不止,但康处长依然拿出博士的理性、拿出男人及领导的派头,立刻起身,想请龚梅跳这第一舞。可万万没想到的是,他刚走出几步,他的手下,一个名叫张冲锋的小伙子却以百米冲刺的速度飞过去,占了个先机,早把个龚梅揽在怀里,开始转起圈来。

幸好有其他美女早已经被当地领导动员着,主动邀请康处长跳舞了,尴尬之间的他,一张脸才没有一直红下去。

整个舞会上,最忙的要数当时的康处长和风华正茂的龚梅。康处长一曲接一曲地应付着主动送舞上门的银行美女;龚梅则一拨接一拨地打发着各级银行领导。但是,搂着美女的身体却毫无感觉的最忙的男人与搭着领导的肩头却无可汇报的最忙的美女却一直找不到哪怕是一个机会,单独地舞上一回。

当年的康处长可是个足智多谋、勇武有加、没有半点优柔寡断的主儿。他索性在音乐停顿、大家停下来休息的时候,毅然决然地来到了龚梅的面前，肆无忌惮地赶走了一个他不钟情的美女，直直地坐在了龚梅的身边。那时候的龚梅还是一个大姑娘，羞涩多于大方，温柔多于刁蛮，见到勇往直前的康处长竟这样恬不知耻地坐在了自己的身边，不觉羞红了自己美丽的脸蛋儿……

现在，虽然老康在心底里对老婆总是按捺不住地怀疑，但却决不愿意相信老婆真的给自己制了一顶绿帽子。当家里挂钟的时针指到七点多钟，当电视里的新闻联播刚一结束的时候，心绪不定的老康依然匪夷所思地坐不住了，还是鬼使神差地离开了家，杀奔北京最著名、最豪华的歌舞厅：天上人间。

捉奸！他依然身不由己地要去捉奸！

此时，在天上人间最大的 KTV 包房里，阮大头正对酒当歌，红颜相陪。而这相陪的红颜不是别人，正是美女行长龚梅！当然，在一边喝酒、聊天作陪的还有谭白虎、文才子以及两个摩登三陪女。

“面对你有点害羞，爱的话不要急着说！”阮大头用尽了丹田之气，把一曲《慢慢地陪着你走》唱得字正腔圆，声情并茂，表现得如鱼得水、特别特别的男人。

“让我想清楚，再多些把握，等等我。”龚梅笑盈着美丽的脸蛋儿，认认真真地发音吐字，嗲声嗲气的，一切的一切都极端女人，真宛如一个资深而职业的伴歌女。

“轻轻地牵我的手，眼里有满满的温柔！”阮大头唱着，还假戏真做地把自己的大手伸给龚梅。

龚梅用自己的小手一把将阮大头的大手打开，可嗓子里的歌声却依然柔情蜜意的：“暖暖的感觉，默默地交流……”

龚梅今天不是闻着阮大头的男人味儿来的，她是用精巧的鼻子，嗅到了阮大头身上利润的味道。那天，在五一支行豪华的会客室里，谭白虎只把关于至大投资公司存款的情况汇报了一半，她就对谭白虎举手叫停了。看在存款的份儿上，她便把已经安排好的与工业部财务司施司长的会面推后，主动向阮大头摇起了橄榄枝。

龚梅和阮大头一曲《慢慢地陪着你走》演唱完毕，一个夏日里艳如天仙的美女，一个暮秋里赖如蟾蜍的丑男，仿佛一个跨一步向前，从夏天里跨入春天；似乎一个退一步向后，从秋季里返老还春，一对金融商场上的对手，似真似假地顿觉彼此共同语言颇丰起来，一对各怀心事的两亿美元存款的甲方乙方，亦假亦真地感到彼此亲近了许多。

龚梅盛赞道："阮董可比蔡济文唱得好！完全是现代摇滚的做派，整个一个臧天朔！"

阮大头更是恭维得肉麻："龚行不但歌比梁雁翎强，人更比梁雁翎漂亮！"望着龚梅红扑扑的小脸蛋儿，阮大头吸一下口水，起腻（注：地方话，意为：挑逗）道："听说，你老公是一个博士级的书呆子？"

龚梅自然不会在外人面前说老康的坏话，来丢自己的丑；但是为了虚荣对老康进行违心地歌功颂德，也不是她的性格，于是，就轻描淡写道："中国的教育体制培养的就是书呆子嘛！他是中国教育体制下最好的学生，当然不会辜负了这种制度！"

"听说，他看不惯这，看不惯那，异想天开得最后连工作都没了？"阮大头颇为自得地揭着龚梅的伤疤。

龚梅没心思再提老康，便打岔道："人各有志！您总不能让天下的读书人，人人也都成大款吧？"

听了这一唱一和，文才子的小鼓眼睛"嘀溜"一转，立刻又为两位老总点了一曲《友谊地久天长》。优美的乐曲一起，文才子赶紧跑上来，抓起话筒，就着音乐煽风点火道："请我所崇拜之至的董事长和美丽动人的龚行一起，跳一个慢三步！"

现在的阮大头除了嘴头子上和美女行长你来我往地逗闷子，正愁一直踅摸不到机会和龚梅进行一丁点儿实实在在的身体接触呢，没想到机会却让文才子硬给制造出来了。于是，文才子的话音未落，阮大头心里赞许着文才子"孺子可教"，嘴上赶紧对龚梅连声说着"请"，可一只大手则早已经先于自己的声音把龚梅的小手牵起来，另一只早已经准备就绪的手掌则立刻搂定了龚梅纤细、柔软的小腰。立刻，像夏天里的大三伏天撮着了冰激凌，阮大头那个美，就别提啦！

躲在一边喝酒聊天的谭白虎瞧得眼馋，直咽口水。他本是农民出身，此前除了柴禾妞儿的黑脸，就是老妈子的粗手，哪里一下子见过这么多的美女！此前的他，除了意淫，还是意淫，还从来没碰过年轻女人的手呢。见到阮大头与龚梅这一对原本陌生的男女，就这样轻松自如地交往，就这样大大方方地耳鬓厮磨，他的男性激素在不断地释放着。这激素逼迫着他蠢蠢欲动，也想试一试男人的身手。他想请龚梅唱首歌，可他不晓得应该和自己心中的美神唱个啥子，咋样开这个口！他甚至想请龚梅跳个舞，可一晚上他鼓了无数次勇气，却终于没付诸行动，他就是不晓得咋样伸这个手，去搂龚梅的细腰！倒是那个大眼睛的三陪小姐对他热情而大胆的主动动手动脚，才让他体内膨胀的荷尔蒙稍稍得到一些释放，性亢奋也得到一些缓解。

“先生，我们也跳个舞嘛！”大眼睛小姐看在阮大头事先支付的三百块钱小费的份儿上，主动拉了谭白虎的瘦手，在角落里慢舞起来。

谭白虎虽然并不钟情于大眼睛小姐，但是，三陪女毕竟也是女人，而且还是妖艳的女人。她身上那浓郁的芳香，她手的纤细与柔软，毕竟与男人不同，因此也依然让谭白虎的下身顿然革命，让谭白虎的整个身体冷不丁儿地发冷，全身不由自主地战栗起来。这战栗的幅度一点儿也不亚于那天他在银行门口捡到了枪的时刻！

“先生，您冷吗？”大眼睛小姐虽久经沙场，却对谭白虎之类农民的风情一点不摸门儿，就真诚而诧异地问。

谭白虎的脸红了，而且那红法，完全像一只打鸣的大公鸡，一直红到了脖子根儿，直到双肩。他的舌头又转动不好了，结结巴巴地支吾：“没……没影儿的事儿。”

大眼睛小姐睿智地发现了问题：“您怕啥子嘛！”

“我……”谭白虎的瘦腿还在哆嗦着。

“我瞧呀，我今儿可以教您倍儿（注：地方话，意为：特别）多东西了！”大眼睛小姐坏兮兮地笑了。

诗人老康在杀奔“天上人间”的路上,很不舒坦。

为了省钱,他先赶到了公共汽车站,耐心等候开往“天上人间”附近的公共汽车。可一等不来车,二等车不来,转眼半个小时就白白过去了。谁知道在这半个小时里,美女老婆都与她的野男人干了些啥呀?

由于下班的时间刚过没一会儿,乘车的高峰期还没过去,这半个小时之内,车站里已经黑压压聚满了人。大家都像老康一样踮着脚尖、伸长脖子张望着,对久久企盼的公共汽车翘首以待。终于,等待四十分钟之后,公共汽车拖拉机一般“轰轰隆隆”地开来了。

本来老康位居人群的中央、前侧,占据了挤上公共汽车的最有利位置,可让老康万万没想到的是,公共汽车才一停稳,人群却涌动起来,身强力壮的老少爷们,体弱心不软的悍妇蛮女,便凭借着凶狠的狂挤,发动了夺位革命。老康整个是秀才遇上兵,有理说不清。本来可以顺利挤上车的他,在几秒钟之内竟被挤出核心圈。最后,轮到被挤到人群最外沿的他上车时,满当当的公共汽车已经实在无法挤下他这样一个文弱之身了。

公共汽车的售票员从车窗里挤出一颗硕大的脑袋,粗声大叫道:“那位戴眼镜的同志,别挤了。等下一辆!”

老康自然不甘心自己的失败,发扬自己考各种学位时那种锲而不舍的精神头儿,企图继续挤上公共汽车。售票员继脑袋之后,又把粗壮的手臂伸出车窗,拍着车的外皮,厉声大叫:“嘿,说你呢!那个戴眼镜的!不许挤啦!捣乱呀,是不是?”大有假如老康再不作罢,他就要跳下车去,施以老拳的架势。

老康哪里见过这种暴虐的阵势,只得败下阵来。望着刚才黑压压的车站,最后只剩下了孤零零的自己,他无奈地摇摇头,一脸的旧社会,自语道:“难道真的是我错了?”

终于,没有能力挤公共汽车的老康打了一辆价格最便宜的夏利出租车,痛花了二十多块钱之后,才赶到了天上人间歌舞厅。看看手机上的时间,才九点不到,他长长地舒了一口气:这对于捉奸来说,还为时不晚!

六、二亿美元的诱饵

在“天上人间”里正快活着的人们，除了酒色，现在又有了新的谈资。

阮大头已经是酒过三巡，红了大脸、红了粗脖子，也红了一对大眼珠儿。这酒劲儿一上来，就不需以跳舞的幌子来掩饰自己的行为了。阮大头索性用大手直接拉了龚梅的小手，像是玩笑，像是请教，热情而亲切地提出了问题：“龚行，你帮我出出主意，这两个亿美元如果给你，怎么玩？”

龚梅是个什么没见过的女人？在阮大头的酒兴上，自然没做淑女状收回小手，她当然怕扫了阮大头的兴。什么叫不入虎穴，焉得虎子？在当下中国已经加入WTO、金融残酷竞争的形势下，连手都不肯让人摸一下的美女行长，还怎么获得商机和利润？

“存我们五一支行不就行了嘛！”龚梅用特女人的声音说。她的脸因为酒精的作用白里透粉，真就像夏日里、绿水中，飘浮着的水莲花一般的娇羞。

谭白虎瞧着阮大头手里的美妙小手，连咽了几口唾液，应和道：“存银行生息，随时提取，没有风险！”

“小文子，你说呢？”阮大头问文才子。

文才子眨着诡眼，终于作了一条黄花鱼，把自己溜进角落，避开矛盾的中心，支支吾吾地没吭声。

大眼睛小姐争先恐后地开了腔：“炒股票！够坐庄的份儿啦！”

陪文才子的小姐是个单眼皮，也不甘示弱，很在行地反驳：“美元只能炒B股！可中国的B股呀，一丁点儿也不硬，老是挺不起来，没劲儿透啦！”

阮大头听了小姐的话，忍不住会心地坏笑起来。

龚梅没明白阮大头笑什么，一本正经地说：“股市风险大，看准了可以少做一些。大钱嘛,当然只有存我们五一支行。我不但给您生息,而且,还能给您再派生出人民币贷款来,让您再用人民币进行二次投资呐!"

阮大头和三位美女外加两个后生又喝了一杯酒,硕大的脑袋仰在沙发柔软的后背上,红红的大眼睛望着天花板,故弄玄虚地开了口:"龚行说得对。两位小姐说得也不错!"

大眼睛和单眼皮几乎同时说:"感情!甭总以为我们没文化!现在干我们这一行的,也与时俱进啦,也要大学生啦!我们还有学士学位哩!"

阮大头坐起身,眼睛盯住龚梅,那四射的目光宛如章鱼伸向美食的触角,一副神秘、贪婪的臭德行:"记得小时候瞅过一个美国电影,叫《百万英镑》。一个穷人捡到一张百万英镑的支票,这个穷人的命运立马儿就改了。围绕着他,便上演了一出又一出的闹剧。现在,我的至大投资公司来了二亿美元,我突然感到,我只当是那个捡钱的穷小子,虽然命运还没发生什么大的变化,可我周围的主儿,早就开始演闹剧啦!"

龚梅听阮大头这样说,便吃了心,心里一沉,开始感到不自在起来。如果换上别人,如果换上其他场合,心高气傲的她早就会一气而起,拂袖而去,她才不跟眼前的无耻男人扯这个哩个愣(注:地方话,意为:莫名其妙之事)呢!但是现在,她没有。她不但没发脾气,反而对阮大头越发地殷勤。为了能让阮大头的二亿美元成为自己支行的现实存款,为了可观的利润,为了行长的位子,她依然强打着精神,让自己美丽的笑脸继续水莲花一般地开放着。她趁阮大头起身倒酒之机,赶紧收回了自己的小手。当着谭白虎的眼睛,她当然要尽量给自己留着行长的尊严;当着三陪女的面,她也要尽量保持着自己职业妇女的气派。

"我的龚行!我告诉你吧,连我都没想到,这两个亿美元竟能培养出好几个行长呐!"阮大头突然发觉自己手中那软玉幽香的美人手没有了,立刻起身,对龚梅发动心理攻势,诡秘地起腻道。

"美元还玩出银行干部来了?"龚梅此次倒真的诧异了。

"是呀!"阮大头起身,把大眼睛盯住龚梅,继续起腻,"有一个姓马的,自称是速发银行的分行行长,说他们银行居然要为我的公司专门成立一家新支行,叫什么速发银行至大支行!”

一直没吱声的文才子终于说话了:“北京的所有银行几乎都来找过我们。有几个原来在银行做一般干部的主儿透露说,只要阮董有一个存款的承诺,就可以被他们的分行任命为支行的一把手!”

“呦!当行长这样容易呀!那我们俩也甭做三陪小姐,去当行长得了!”两个三陪女几乎异口同声地嚷嚷起来。

让三陪女取得了心理优势,让自己颇感自豪的行长位子变得一钱不值,龚梅很不痛快。她说:“银行是一个高风险、知识密集型的企业,怎么可能这样胡来!”

龚梅不假思索地反驳,一来打击三陪女,继续维护自己职业妇女的尊严,二来以求自己在对至大投资公司拉存款的问题上尽量占领有利地位。但是,虽然嘴上这样说,可她的心里晓得:当下中国的银行,金融产品都一样,利率又被中央银行限制得死死的!怎么竞争?只有争关系!只有靠人脉做业务!如果三陪女真有十几个亿的存款,当然也可以当行长,至少也可以当副行长!看来,阮大头已经懂得利用银行之间的无序竞争来使他的公司有利可图了!

阮大头似乎瞅出了龚梅的心思,用一只大手拍了拍龚梅在自己身边晃来晃去的秀腿,打气儿一般地说:“当然,干什么事儿都得有个先来后到的!五一支行是找我联系的第一家银行,我当然要和龚行永远地合作下去!”

龚梅也得理不饶人,见缝就插针,阮大头话音未落,她的酒杯已经举起来了:“那就祝我们合作愉快!”

阮大头连带着文才子也欣然举杯,就在三人酒杯碰响的时候,龚梅突然沉下了秀气的脸,掷地作金石声:“我们独家合作,绝不反悔!”

阮大头没有犹豫,连声称好:“我本来就没帮助其他银行培养行长的义务嘛!不过……”

龚梅晓得阮大头要和自己谈价钱了,生怕这个丑陋的男人开口就要出天价,让自己无力斡旋,正准备巧与周旋的时候,门外突然传来了剧烈的敲门声:“咚!咚!咚!”听这声响,不像是用手敲的,倒像是用脚踹出来的。

谭白虎离门最近，急忙起身，推门一瞧，外面却没有人。再向外探头张望，只见一个矮小的男人的身影正越来越快地逃走，那男人回头的瞬间，谭白虎发现他戴着一个硕大的白口罩，那口罩几乎遮住了他整个的脸。

“谁？”阮大头问，声音里有几许难以掩饰的惊恐。陆卫国递过来的那个消息，已经成了他的一块心病。这心病像一片难以抹去的阴影，压抑得他敏感而多疑。

“没瞧清楚。”谭白虎回答，无意间瞥了一眼美女行长。他发现龚梅此时一脸的阴沉，悻悻的，一副心事重重的样子。

刚才的敲门声真的让龚梅心里一沉，她似乎预感到了什么。因为，家里那位曾经的处长、现在的诗人已经连续好几天没打电话了。一刀两断不是老康的风格，藕断丝连、惹是生非才是他诗人的品质。这种男男女女的场合不正是老康大发醋意的沃土吗？难道老康能老实巴交地一直待在家里，不鸡鸣狗盗地跟踪着，找这种机会和场合挟私泄愤一下？

其实，龚梅的感应是对的，老康真的已经来过了。

就在阮大头和龚梅随着《友谊地久天长》的乐曲轻歌曼舞的时候，老康来到了天上人间歌舞厅的大厅。

“是康先生吧？”大堂的领班小姐主动迎上来，主动叫出了老康的姓氏。

老康现在还是有自知之明的，他绝不相信自己送出的几本诗集就可以使自己达到路人皆知的名人轰动效应，更不可能使自己的知名度一下子就达到让歌舞厅大堂小姐都能一眼认出的程度！于是，老康诧异地反问：“你咋认识我的？”

小姐回答得很实在，压根儿就与诗集风马牛不相及：“一个先生刚才告诉我的？”

“一位先生？”老康虽然感到了某种心灵深处的失落，但立刻警觉起来。

“您要到最大的房间找您的爱人，对吗？”小姐继续问。

老康惊愕了：为啥大堂小姐比自己都清楚自己要来干啥？“这也是那位先生告诉你的？”

小姐含笑点头，算作回答。

"他？人呢?"

小姐四处张望，而后诧异地回答："刚才还在这里！现在，可能走开了。"

老康立刻毛骨悚然起来，莫非又是那个陌生人在作祟？他是谁？为啥要帮助自己捉奸？

老康依然很不情愿的问："那位先生长得啥样?"

小姐摇摇头，含笑没有说话。

"他让你来带我找人，你居然不知道他长得啥样?"老康惊异起来，转动着一双外凸的大眼睛审视着这个大堂小姐。

大堂小姐甜甜地笑了："这位先生怪怪的，总是戴着一个大口罩！我怎么能看清他的样子嘛!"

当阮大头握着龚梅的小手抛出"二亿美元怎么玩"的把戏时，大堂小姐带领着老康来到了天上人间最大 KTV 房间的门口。

小姐准备敲门，却被老康拦住了。

"你先回去吧。有事儿我再叫你。"老康吩咐小姐。

小姐甜甜地笑了，异常职业地说："先生玩好!"

等小姐走远了，老康才把自己的老耳贴在门缝上偷听里面的动静。他毕竟是个有教养的文人，是个曾经见过世面的中央银行总行的处长，他不愿意没根没据地闯进去，让老婆不好做人，让自己自取羞辱。

在门缝里，他听清了阮大头关于百万英镑的故事；从门缝挤出的声音中，他听懂了文才子关于各家银行拍阮大头马屁的小话；透过门缝，他还听出了龚梅为了拉存款对阮大头的阿谀奉承，只是这细小的门缝无法使他瞧见自己老婆的小手此时是被一个丑男人握着的！从所有的谈话里，老康明白了，屋内之人在轻歌曼舞之中谈论的只有一件事：用别人的钱给自己赚钱！从他们的谈话里，老康还明白了一个道理，就是没钱的，巴结有钱的；有钱能使鬼推磨!

忽然，他不想再进去捉啥奸了。他相信，老婆此行绝对是为了钱，而不是为了奸！他相信，老婆现在还不至于为了钱而奸！那么，老婆之所以离自己而去，说到底也还是为了钱，是因为自己没有钱！正像龚梅自己说的："怕老婆跑呀？有本事，多挣点钱，你甭让我上班呀！”

他悻悻地离开了房门，心灰意懒地走回大堂。当他留恋地回望老婆依然在里面歌舞升平的房间时，他瞥见一个戴口罩的男人，在倏忽中，一晃就不见了。

老康仿佛突然明白了啥：这么瞧着，自己是落入别人的圈套了！那个戴口罩的男人是希望自己与老婆大战一番，让老婆作瘪子、难堪的！他是谁？为啥要这样做？难道他与老婆还有啥不可告人的旧根私仇？

在“天上人间”快活够了的人们并没有老康想得那么简单。当一曲《友谊地久天长》再次响起的时候，在几乎没有光亮的霓虹灯下，大眼睛小姐率先现出了妓女的原形。她把头贴在谭白虎的肩上，嗲声嗲气地开导道：“老公，要不要到楼上开房间吗？”

此时的谭白虎在心灵上早已不再是处男了。他一下子就晓得了大眼睛小姐的意思。这意思虽然再次引发了他的下身革命，但是却无法抵消他的囊中羞涩。他装傻充愣道：“我有银行宿舍，住高级宾馆干啥子？”

大眼睛小姐明知道这单生意恐怕要吹，却依然不死心地推销自己的肉体：“银行宿舍人家怎么去嘛？”

谭白虎只得装作啥子也没听见，闭上双眼，最大限度地享受大眼睛小姐给予自己的最后温馨。

此时的阮大头，也没闲着。他把喷射着酒气的大嘴巴几乎贴到龚梅白皙、娇小的耳朵上，轻声地呢喃着：“我早就在楼上开了房，等打发走小孩子们，咱俩再一起喝酒，成吗？”

龚梅把手扶在阮大头的厚肩上，心里头早就晓得阮大头的鬼心思，也早就有话儿备着呢。她不卑不亢、有虚有实地应对如流：“老公还在家等着呢！我再怎么一心扑在事业上，也不能没白天黑夜地连轴转，回去再看老公的脸色吧？而且，明天一大早，我还要到分行报一笔贷款项目哪！”

阮大头不甘心一个美人儿就这样白白地溜掉，起腻地哄骗道：“晚上，我们就把存款协议签了嘛！”

龚梅把一只纤细的小手在阮大头的厚肩上，轻轻地拍了几下，意味深长地说："谢了。我们来日方长呢！"等乐曲声刚刚一落，她招呼上谭白虎，竟又风一样轻盈地飘走了。

失落的阮董懊恼极了，自打他成了像模像样的董事长之后，还没有一个女人放着一张他准备的大床不肯上呢！无奈的阮董，只好先打发走了晚辈文才子，再悄没声儿地留下了大眼睛和单眼皮两个三陪女。他拉着她们一同上了他早已经为龚梅安排好了的豪华套间，让这两个有学士学位的妓女陪着自己演练已经千百次演练过的性爱功夫去了。

七、走在社会边缘的诗人

什么人生的价值，什么自我的实现，其实没有钱，什么全都是扯淡！没有哪个时刻比现在更让老康明白理想的虚伪和金钱的重要了。也没有哪个时刻，更像现在一样让老康感到自己的无能、无用。因为，他需要钱，却挣不来钱，而且还在不断地赔钱。

最最让老康痛心疾首、失魂落魄的是，他现在才知道，在当今中国，他所崇尚为圣洁之物的诗歌，却早已经沦落为读者无人问津、作者无病呻吟的无聊、闲散门类；诗歌之对经济社会不但不再崇高，而且已经变得可有可无；诗人之于经济社会，已经滑向了社会的边缘，“尊敬”与“高雅”也早已经被“讥讽”和“无用”所取代。他负气辞职后，没有踏入生财之道，却又不幸落入了一个寒酸得让俗人鄙夷的行当！光寒酸，他是可以快乐忍受的，但是，投身于无关社会痛痒的行当，他的人生价值又从啥地方体现出来呢？他辞官从文的意义又在啥地方呢？

他苦苦思索着，却始终痛苦地不得其解。

在古老的京城，有一个叫甜水园的图书批发市场。这里聚集了中国从事图书生意的人。从“天上人间”回来的翌日，老康手持自己装帧精美的《老康诗集》，便赶到了这个图书市场。当然，来的时候，他还是踌躇满志的，以为自己的诗集虽然不至于把古老北京搞个洛阳纸贵，但也不至于血本无回。

“哥们儿，要嘛货？”门口有一个大胡子摊主，主动和老康打招呼。

老康见此人留着披肩长发，一副天不怕地不怕、大大咧咧的劲头，大胡子遮掩下的大嘴巴里吐出一口地地道道的天津话，料定是个不足为伍的地痞之类。于是，他便装作没听见此人的话，没瞧见此人的招呼，头也不抬地径直走进了图书市场大厅。

大胡子只是咧咧嘴，自我解嘲地摇了摇大脑袋，并没计较老康的冷漠。

一直在中国社会里高高在上地居于领导岗位的前康处长是不会一下子就学会营销的。他可着图书市场转了两个圈，却发现，这里除了印质低劣的汪国真盗版诗集之外，就真的没发现一本诗集！

老康终于找到了一个瞧起来面善的摊主，站了下来。他把自己的《老康诗集》托在掌心，举在眼前，目视摊主，却不知道怎样开口。

摊主是一个五十多岁的老太太，见老康一副傻兮兮、木呆呆的样子，笑了。她带着浓重的上海腔，问道："说话好不啦！侬是买书还是卖书的呀？"

一提到"买卖"两字，老康仿佛当众露出了自己的白屁股，红了老脸，再僵持了片刻，之后，他才不得不支吾道："卖！不知道您进货吗？"

老太太很热情："侬应该晓得的呀，阿拉是做买卖的呀，当然是又买又卖的啦！"

老太太的一句话似乎使老康豁然开朗了，原来自己心目中高深莫测的所谓文学艺术，在这里竟这样的简单：低价进来，高价出去，而后钱就赚出来了！

"十八块一本的《老康诗集》，您啥价能进？"思想一通，老康说话也就有底气了。

老太太接过《老康诗集》，一双粗糙的老手，书里书外地摸了几下，再单手把书掂了掂，随意翻开几页，瞧了瞧，连声肯定道："纸好、印刷也好，阿拉晓得的啦，准是正版的啦？"

"还是作家出版社出的呐！"老康提醒道。

"侬有多少货？"

老康一听老太太问自己的货，顿时感觉自己诗集的销路有门儿，马上如实报来："三千册？"

老太太瞧一眼老康，再翻开书的扉页，看一眼作者像，睿智地笑了："侬是个大诗人嘛！"

老康终于在图书市场里找到了一点儿被尊重的感觉，心灵深处仿佛燃起了一朵灿烂的火花，立马儿谦虚道："不敢，不敢！"

"侬花多少钱买这个诗人的名呀？"老太太继续一副睿智的模样，嘴角上却挂着庸俗的微笑。

老康听了老太太这样的问话，感觉别扭，心里那朵灿烂的火花也立刻熄灭了：怎么刚刚被抬上诗人圣坛的自己又被老太太莫名其妙地拉下来了呢！？自己要实现人生价值的壮举，在老太太的眼里咋就成了花钱买名的玩乐呢？但是老康毕竟是诗人老康，他没发火，还是一丝不苟地说了实话："连书号再印刷，五万块进去了！"

老太太艳羡地咂咂布满皱纹的嘴，恭维道："侬北京人就是会玩的啦！买个诗人虚名还花五万块呀！乖乖，阿拉上海人没侬这么大方的啦！！"说着，把书还给了老康，准备走开，继续忙活自己的事情。

眼见着生意要黄，老康急了："大妈，您能不能进货？啥价格肯进呀？"

老太太见老康一副焦急的模样反而诧异起来了："侬不是想玩玩、再到图书馆捐捐的？"

此时的老康虽然脸红，但态度异常坚决："我要卖！市场经济了，我也得挣钱呐！不挣钱，不但无法生存，也不能体现我这诗歌乃至人生的价值呀？！"

"侬是卖的？侬也要挣钱的噢？！"老太太的脸上露出难以抑制的惊异，又重新走回来，再次拿起了《老康诗集》，"定价一十八块一本呦！成本是五万。侬应该晓得的呀！侬全部零售出去，也是不赚钱的啦！？"

老康拿出壮士断腕的劲头："我半价给您，也算挥泪大甩卖，咋样？"

老太太突然没了笑容，那张布满皱纹的嘴抿得紧紧的，态度异常坚决地道出了市场经济的一个真理："阿拉不做诗集的啦！没一个人要买的！没人要买的东西，就是废纸的啦！"

无论老康咋样死磨硬泡，老太太连给老康腾一点儿地方搞搞代销都不肯。最后，老太太为了脱身，便眨着狡黠的老眼，指点道："阿拉告诉侬说吧，门口有一个摆摊的，是个大胡子，他姓姚，姚文元的姚，据说也是诗人哩。侬去找他问问好不啦？！"

“门口的大胡子?”老康傻了眼,原来老太太建议他找的就是刚才被自己认作天津地痞的那个人!

为了生计,为了他的人生价值,瞧在钱的份儿上,老康虽然步履沉重,虽然内心忐忑,但还是夹着自己的诗集,匆匆来到了大厅门口。

“哥们儿,您进嘛货?”大胡子似乎已经忘记了刚才老康对自己的不恭,又主动和老康打招呼,“阳春白雪,下里巴人,连带着《汤加丽人体艺术》,我这儿嘛玩意儿都有哇!”

“您进诗集吗?”老康以为大胡子每天不知道要瞧多少人的脸色,大概早已经把自己刚才的不恭忘了,便也没绕弯子,试试探探地直接问。

大胡子笑了:“您是诗人? 自打您呐一进这屋的门儿,我就瞅出来了!”

老康自知大胡子还记着自己刚才的无礼,不觉把自己变成了一只正打鸣的老公鸡,窘红了老脸,一连声地喔喔着:“哪里,哪里,写着玩! 写着玩!”

“写着玩就对了! 您呐,这就比我强呀!”大胡子很友好,从摊位后面递出一个很破烂的圆凳,让老康坐,“老哥儿您不嫌弃,坐这儿,聊聊。”

老康半推半就地坐了,把自己的身体尽量地缩小,像一只乖巧的小猫咪,以期博得大胡子的好感。大胡子接过老康手里的诗集,像敲响了一口寺庙里的洪钟,高声大嗓道:“嘛玩意儿? 老哥您玩得不赖嘛,都玩到作家出版社去了!”

“自费书! 瞎蒙! 瞎蒙上的!”老康继续谦虚着。

大胡子瞧着《老康诗集》的作者简历,突然更高声地大叫起来:“嘛玩意儿? 您还是中央银行的处长呐?”

“曾经是。”

“嘛玩意儿? 您还是个金融学博士!”

“也曾经是。”

“嘛玩意儿?”大胡子眼珠子不停地转悠,大脑也保准儿在急速地思索着,“你横是犯了嘛事儿吧?”

“咋可能!”老康立刻坐直了身子,舒展开了自己的筋骨,立场坚定地否定,“我是看不顺眼官场上的一套歪风邪气,感觉没啥前途,才弃官从文的!

这些可是有案可稽的!"

"嘛玩意儿?做官没前途,写诗就有前途?你的脑子横是熬糨糊了吧?"

老康见大胡子眼睛越瞪越大,声音越来越高,感到极为不快,便把心一横,起身,准备走人。大胡子急忙跑出来,按住了老康:"再聊聊,我们再聊聊!"

老康索性一针见血了:"我这诗集,你能不能进货?"

一听老康这么说,大胡子刚刚恢复正常的眼珠子又鼓了起来:"嘛玩意儿?你辞职写诗,就为卖诗集?"而后,把眼睛盯视着老康,"弟妹没跟你离婚吗?"

老康先在心里平衡了一下"绿帽子"与"离婚"对于自己面子损害的孰轻孰重问题,而后,他索性狠狠地说:"早就离了。"反正现在的老康已经不再感到窘迫了,索性也来了逗闷子的劲头。

"嘛玩意儿?横是你们早就掰(注:地方话,意为:分开)啦?!"

老康索性没吱声,又点了点头。

大胡子爽朗地大笑了几声:"我早瞧出来啦,找不着自我,不知道自个儿是干吗的,你和我一个路!"大胡子只笑了几声,大嘴巴忽然合拢不笑了,一脸晴转阴:"唉!我原来的女人,也他妈不是好玩意儿!"

见大胡子像失了水的草,阴沉了下去,老康的内心忽然找到了一点儿平衡,立刻把自己变成阳光雨露下的向日葵,居高临下地盯视着衰草一般的大胡子那乌云密布的脸,学着大胡子的天津腔,高声反问道:"嘛?横是嫂夫人有外遇吧!?"

"嗨!我外出采风那阵儿,这玩意儿居然在自个儿的家里,招来一个阔佬儿,给我做了一顶绿帽子!"大胡子痛苦地回忆着。

老康毕竟是个善良之人,他不好意思再追问了,望着大胡子的胡子,想不起安慰的词,也说不出幸灾乐祸的话。

大胡子叹口气,用一只肥大的拳头痛捶了眼前的一包书,叹道:"唉!离吧!掰了好!诗人爱空想,女人爱钱财。诗人是一阵风,女人却是一片云。这风和那云,永远是两个劲儿!"

老康赶紧也感叹道："本来是先有女人，才有诗人。没有爱情，哪来的诗歌？可现在的社会，都物化得畸形啦！"

大胡子像打蔫的草又滋润了水，精神一恢复就又鼓起了眼珠子："你这话听着，还他妈是在写诗嘛！"

老康见大胡子一副热情、豪爽的样子，赶紧借机倒出自己的心声："所以我琢磨着赶紧把诗集低价卖了，换一丁点儿钱花。也算实现一丁点儿自我价值嘛！咋样？您能不能帮帮我，能不能进点货？"

大胡子见老康谈起了生意，立刻从对女人的诗兴感叹之中重回现实的金钱世界。他这次没有惊叹出"嘛玩意儿"的口头语，而是眼珠子一转，再转，倏地起身，赶紧把老康拉进摊子里，按住老康的肩膀，迫使其重新就座。之后，他压低声音，从人生最宏伟处、最制高点忽悠（注：地方话，意为：蛊惑）老康："你的心思我门儿清！你横是琢磨着以文强国，弄不好还想以诗歌启迪国民吧?!"见老康想再谦虚、再客套，大胡子则再按一下老康的肩膀，索性不让老康开口，继续勾勒起老康高尚的内心世界来，"我还瞧出来了，你琢磨着在此生，干一丁点儿能留下声音、名声的大事情。我原来也是诗人，我原来也是这样想来着。可后来不但跑了老婆孩子，最后连自个儿都吃不上饭了。一个五尺高的汉子，解决不了温饱问题！寒碜哪！最后，只好和你走相反的路，与时俱进、弃文从商了！"

"诗集是不是忒不好卖？"老康见大胡子颇为推心置腹，自己也像落水的主儿遇上了救生船，更感觉亲切起来，就趁热打铁，问起了他最忐忑、最关心的问题。

见老康一副认真、严肃的神情，大胡子的眼珠子重新转了几转："甭听他们瞎咧咧！好不好卖，关键是瞅谁卖！"

老康高兴了。他突然感觉和大胡子相见恨晚了，不禁兴奋地问："那，大哥，您进我一些诗集吧？"

大胡子拍一下老康的肩膀，坐回到自己的凳子上，又转悠几下眼珠子，做出处女一般的矜持状，就是不开口。

老康见状，以为大胡子为难，就恳求道："老弟我有一个感觉，就是没钱要受老婆气！最近，我的手头又紧，所以……”

大胡子点点头：“你说那些我都门儿清，我就是这么过来的！”

“那，您能不能先进一丁点儿？一百本也成呀？”

大胡子陷入了沉思，捡一个小石头在地上画了一会儿莫名其妙的圈圈点点，而后才自言自语地说：“直接进你的货吧，我一时还真没有资金。给你代销吧，还真占我的地儿。”

“就四折进，一百本也不过几百块钱嘛！”

“几百也是钱呐！足够我再活一个月啦！”

老康失望了：原来大胡子说了半天，都是在拿自己开涮、瞎掰扯！仿佛大胡子像这个救生艇，见死不救地抛下自己独自逃逸了一般，老康的脸上掩饰不住地阴沉下来。

大胡子见了，料定和老康谈生意的最佳火候到了，赶紧一刻不停地说：“不如这样得啦！”

老康见大胡子有些回心转意，脸上立刻多云转晴，赶紧追问：“您说！”

大胡子忽然站起了身，拍一下老康的肩膀，热情地说：“谁让咱们都是诗人，谁让咱们都走这根筋儿来着！这样吧，你在我这儿，自个儿卖！”

“我自个儿卖？”老康诧异了。

“你自个儿卖最好！”大胡子撺弄着，“一来你可以自个儿感受一下嘛叫市场，二来你好知道读者待见瞧嘛玩意儿，三来你以后才知道自个儿应该写吗嘛！”

老康踌躇了：“可你这摊位也不大呀！”

大胡子笑了：“我这摊儿每月租金三千块，您要愿意呢，就凑一个份子，每月交一千块，算你有三分之一摊位，如何？”

老康更踌躇了：“诗集到底好不好卖嘛？我能赚回这摊儿钱吗？”

大胡子搂了老康的肩，像老鹰捉住了一只小鸡：“嘛玩意儿？批一百本出去，四折，你还收回七百四呐！横是连你自个儿都没信心，那你还印那么多诗集干嘛吗？”

被大胡子这一将，老康那早已经被老婆压迫到爪哇国（注：古代地名，喻为遥远而子虚乌有的地方）去的男人劲儿终于又回来了：“成！那就试试！明儿个我就来！”

大胡子高兴了，一手拍着老康的肩膀，一手竖起大拇指：“这才有一丁点儿处长的样子嘛！”

老康也是说干就干，立刻把手头上带着的几本诗集像对待自己的独子一样，小心而麻利地放在了大胡子摊位的显要处。见着戴眼镜的走过来，猜定是文化人，他也忘了啥是面子，更不知道啥叫羞怯，扯着嗓子一通招呼：“快来看，快来瞧，新出版的《老康诗集》。老康其人，是阳春白雪，也是下里巴人呐！”

经过这一通吆喝，虽然应者寥寥，也没卖出一本书去，但老康似乎找到了自我，骨子里的雄心壮志像枯木逢春一般，一点儿一点儿地在恢复，内心深处也重回了春天，充满了快慰、欣喜和生机。

图书市场收市的时候，大胡子拉住了一把一脸喜悦的老康：“我说嘛来着，你行嘛！”

“试着来！我就不信没文化的主儿能干好的事儿，我就干不好！”

大胡子见老康一副雄心勃勃的样子，嘴上和心里都笑开了花。他把一只大手伸到老康眼前，食指和拇指使劲撮着，粗糙的皮肤相摩，发出“沙沙”的声响，见老康始终是一副熟视无睹、若无其事的劲头，他终于开口说话了：“钱！您得先交五百块呀？”

“钱？啥钱？”老康满脑子的计划经济，思维还在国有企业的供给体制上滑行，一时转不过闷儿来。

“嘛玩意儿？横是您忘了每月一千块的摊儿费？”大胡子鼓起了眼珠子，眼仁足有康熙通宝那般大。

“先交呀？”老康诧异了。

“先交五百。两个星期后再交另外的五百！”大胡子斩钉截铁，不容置疑。

书已经开始卖了，感觉也找到了，不交钱连老康自己都觉乎着不在理。于是，他只好故作大方地从钱包里排出五张大票，一手把钱递与大胡子，一手赶紧把钱包塞进口袋里。他倒不是怕大胡子抢劫，而是他觉乎着丢人，因为，排出那五张大票之后，钱包里已经只剩下毛毛角角的小票与硬币了！他现在只有坐公共汽车回家的资本，连最便宜的出租车都打不起了。

就在老康告别了大胡子，走出图书市场的大门时，他的衣角忽然被人拉了一下。扭头一瞧，却是在图书市场里早先遇到的那个上海老太太。

“阿拉有事情要提醒侬的啦！”上海老太太一脸的神秘。

老康诧异了：“您？要提醒我事儿？”

“姓姚那大胡子把侬吹成大诗人了吗？”老太太诡秘地挤咕两下老眼。

老康含糊着：“他？他是对我的诗还有我写诗的事儿很认同！”

“他是骗侬的呀！他是让侬拿钞票出来的呀！”老太太急赤白脸地踮起脚尖，把嘴巴咬着老康的耳朵，说：“侬千万不要跟姓姚那大胡子拼摊的呀！”

“为啥？”

“侬应该晓得的呀，侬的诗集不会有销路的！拼摊，不是要把钞票白白扔给大胡子的呀！”善良写了上海老太太一脸。

老康把对上海老太太的不屑挂在脸上，他对自己的诗集依然信心十足：“不会吧？”

“大胡子一定把侬当成二五眼的呀！”老太太因为爱护诗人，竟有些发急，尖了老嗓，一针见血道：“大胡子刚来这里时，也是被一个坏小子骗着拼摊的，结果他的啥子《姚胡子诗集》一本没有卖出去，摊位费却交了上万块的呀！侬是诗人的啦，应该晓得的，从古到今，无利不起早、逢商必奸，这里都是奸商的呀！”

老康一听，像是被人把几根冰棍直接塞进嘴里，心里立刻凉透了：“逢商必奸？这里都是奸商？难道我真是二五眼吗？”他含含糊糊地摇摇头，脸上让人分不出是春夏秋冬的哪一季：“诗人也骗人？不应该呀！他不是要帮我实现人生价值吗？难道真是我错了？这个市场经济到底是咋回事儿，难道挣点儿钱，一定要当奸商不可吗？”

八、石榴裙下的男行长

在宁静而悠长的暮冬时节，依然通过意淫打发孤独的谭白虎，在星期日，在暖阳下，终于骑上了他的破自行车，准备再闯野鸭湖，再次去试他的手枪。

上次独入野鸭湖，有如经历了一回最迷人的野游，使他忘却了猜测丢枪人可能抢银行的恐惧，获得了无限的身心欢娱。那情、那景，他此时依然难以忘怀，历历在目：

野鸭湖的湖水是静悄悄的，没有一丝涟漪，却有一片海一样的蔚蓝；野鸭湖的薅草很高，几乎没人，金灿灿的反射着阳光的灿烂。

谭白虎深一脚浅一脚地绕湖而行，走出几百米之后，就已经进入了人间仙境。他的周围除了湖水、薅草，就是蔚蓝的天。在野趣里，在纯净得发甜的空气中，他感受到了从来没有过的身心愉悦，那感觉恐怕只有想象着和自己心仪已久的美女龚梅在一起幽会可比。

谭白虎摸出藏在怀里的手枪，像演电影一样，"哗啦"一声，故弄玄虚地卸下子弹，再"喀嚓"一下，煞有介事地以最快的速度推弹上膛，而后瞬间举枪，黑洞洞的枪口，直指远方。他估摸着，那姿势保准儿是逼真而英武的。但是，他没有扣动扳机，因为，他找不到射击的目标。于是，他又放下枪，再次重复卸弹、装弹、举枪的动作，继续临摹着他脑海里的英雄人物如临大敌时的情景。

水边的薅草里冷不丁儿地像风一样轻盈地落下两只白身子、黑脖子、黑尾巴、红脑门儿的丹顶鹤。当然，谭白虎自己并不认识丹顶鹤，他还认为，这是谁家养的大鹅呢！因为，在他的眼里，这丹顶鹤除了长得秀气、修长一些，脑袋上多了一个红点之外，与他农村老家的大鹅没多大区别，而且那“呱呱”叫着的声音几乎与农村的家养大鹅一模一样。

说时迟，那时快，谭白虎以他最快的速度推弹上膛，“倏”地举枪，几乎没瞄准就扣动了扳机。“砰!”一声巨响之后，两只丹顶鹤“扑棱棱”地飞跑了。枪响那一刻，由于他的手剧烈地抖动了，因此子弹不但没命中目标，而且根本不晓得飞到啥子地方、飞到啥子方向上去了!

“狗日的!”谭白虎低声骂道。他参加民兵集训那阵儿，就不是一个好兵，本来就是一个十枪没一枪着靶的主儿。因此，第一枪不见踪影之后，恍惚间，他简直害怕自己开的枪，打中自己的脚了。

现在的谭白虎，当然不晓得自打他上次放了这一枪之后，阮大头已经叮嘱门卫老马头儿加强了野鸭湖的看管，一般闲散人等已经难于再接近野鸭湖了。此时此刻，他依然轻车熟路地来到了野鸭湖的湖滨，依然驾轻就熟地把破自行车停靠在了至大投资公司的院墙上。当他正准备悄没声儿地溜进野鸭湖的时候，手机却响起来。

“是小谭吗?”对面传来了任博雅的声音。

“啥子事情?”谭白虎颇感扫兴，因为，任博雅的电话已经引来了不晓得在啥子地方躲藏着的老马头儿。那老马头儿个子不高，一脸的褶皱、一脸的沧桑。大概他已经猜出谭白虎要偷进野鸭湖的想法，一直远远地站在湖边，手搭凉棚，观察着谭白虎下一步的行动。

“我立马儿就到速发银行的至大支行当行长了！新支行、一把手!”任博雅兴奋的声音里洋溢着踌躇满志。

谭白虎几乎不相信自己的耳朵，仿佛更不明白任博雅语言所表达的意思:“啥子？啥子？你到速发银行的至大支行当行长了?”

“有啥大惊小怪吗?”任博雅明显带着几分不屑。

“你在分行里混着不是挺好吗？甭拉存款，钱又不少拿!”

“俗！你忒俗!”任博雅一派居高临下的腔调，“我问你，人活着为了啥?”

谭白虎其实还真没思考过这个问题:“为啥子？为了活着呗!”

“狗屁!”任博雅一针见血地笑骂道,“你咋知道从小保安往小职员上蹦跶?你咋怕拉不来存款而下岗?”

谭白虎对自己的行为倒是挺明白的:“不就是为了活得舒服一丁点儿,自个儿也能娶一个心满意足的媳妇儿嘛!”

“这岂不得了!”任博雅拿出了雅劲儿,“这就是你的自我实现!我当然也要证明我自个儿是有本事的主儿!”

谭白虎冷不丁儿地瞧见远处老马头儿的身边又多了一个人,而且那人似乎有一点儿面熟。他很年轻,个子不高,瘦瘦的,嘴仿佛显得很大,只是远远的,瞧不太清楚。

任博雅热情的话语又传回来:“老弟,愿不愿和我一起干?我给你弄个部门副经理干干!今后,你也是副科级,可以牛B一下啦!”

谭白虎当然也愿意做官,但是,他又凭啥子弃才把自己从保安员提拔为客户经理的美女行长而去呢?如果每天看不到了美女行长的音容笑貌,他谭白虎简直就想象不出高强度的拉存款工作还有啥子乐趣!

“可我……手头……没有存款呀!”谭白虎以自己最不足为外人道的短处来婉拒任博雅。

任博雅见谭白虎如此实在,不禁笑了:“没存款不怕,我有路子拉存款,你跑腿就成了!”

谭白虎托任博雅拉存款那次,任博雅的表现无非只是介绍了一个齐美丽,而齐美丽也无非只给自己介绍了一个云山雾罩的阮大头,除了在天上人间开了一回洋荤,弄得自己到现在为止,还没拉来一分钱存款哩!他任博雅咋会几日不见就冷不丁儿地成了有路子四处找来存款的齐天大圣呢?谭白虎将信将疑地问:“你有拉存款的路子?那为啥子不早给我介绍一点儿?”

任博雅语塞了片刻,而后支吾道:“这世界变化得倍儿快嘛!我现在行市涨了!路子又冷不丁儿地打通了,开始野啦!”

谭白虎一针见血地追问:“你行市涨到啥子程度了?你到底能拉来多少现实存款呀?”

任博雅脱口而出:“保险总公司两个亿,还有……”任博雅感觉不对劲儿,急忙改口,“你这是招聘我呐!你琢磨着呀,如果我弄不来几个亿的存款,速发银行的马行长咋会让我当个支行的行长嘛!他可是个地地道道、不折不扣的金融商人!奸着呐!!”

听任博雅这样一说,谭白虎虽然怨恨任博雅当初给自己帮忙时明摆着是留了一手,但是,也开始艳羡,甚至嫉妒他这个娶了一个既有本事,又有裙带关系老婆的老乡了。他开始动心了:“我真能当副科长?”

“我说你行,你就行,不行也行!如果你不跟我走,以后我就不能罩着(注:地方话,意为:照顾)你,你只有在那个美女行长身后屁颠儿屁颠儿地跟到底啦!”

“可我只是个没名儿学校的大专生呀!”谭白虎继续迟疑着。

“你?大专生?”任博雅冷不丁儿地哈哈大笑起来,“我踅摸你的第二个原因就是你的学历问题!你这个大专文凭是咋样弄来的?”

谭白虎立刻涨粗了脖子、羞红了脸:他跟老乡也不能如实交代自己买假文凭的事实呀!于是,他毅然决然地一口咬定:“我自费学的!”

任博雅又笑了,而后讥讽道:“只自费了五百块钱学费,没几天就毕业了吧?”

“不是几天,不是……”

“你妈可跟我都这么夸你好几遍了!可她老人家却不想想,天底下哪儿来的这种好事儿?”

谭白虎见任博雅似乎晓得了自己的底细,尴尬的同时,顿感诧异,因为这个文凭,除了他向自己的老妈吹嘘过:“只花五百块钱学费,几天就毕业了”的事情,再没有和任何人提起过。这么瞧着,真是老娘跟任博雅揭了自己的老底!

任博雅见谭白虎支支吾吾一直不开口,才不再嬉笑,一本正经地说:“我也想这么‘学’一个,可我不要大专的,要本科,而且要有学士学位!”

谭白虎听任博雅这样一说,自己涨粗了的脖子才细下来,羞红了的脸也不红了,忍不住也笑了:“您都是行长了,咋还要这假东西!”

任博雅认真起来:“越是行长越得弄个学历,要不咋到中央银行报高管?

不够资格不是!? 唉,我到现在为止,才只有一个高中文凭呐!”

谭白虎更乐了,他从任博雅的自卑言语里找到了自己的自尊:“可这种假文凭被人家查出来,麻烦就大啦!”

任博雅信心十足:“这点我能把握住! 马行长瞧中的是存款,是能拉来存款的路子! 他对我的学历是高中还是本科才没兴趣呐!”

远处的老马头儿见谭白虎站在公司的大门旁迟迟不动窝,便远远地喊:“这湖封了,不让进去!”

谭白虎听老马头儿如此叫喊,又见老马头儿一副不见自己离开就不罢休的德行样儿,晓得自己今天的试枪计划泡汤了。他只好一边和任博雅打着电话,一边悻悻地推起了破自行车。他对任博雅说:“这事儿可是一准儿要天知地知、你知我知呀!”

任博雅急不可耐地应承:“为了共同的利益我们走到一起来了,我咋会说这些?!”

于是,谭白虎把没有支架的破自行车靠在自己的身上,翻开了电话簿,帮任博雅找出了一个制假窝点的电话,告诫道:“你可要小心哩,千万别让警察抓了现行儿!”

任博雅虽然一丁点儿也不雅,但却也不是一个没有一点儿想法、甘愿做一个绣花枕头、一门心思吃软饭的主儿。早在农村那阵儿,年少的他就是一个勤奋刻苦的好学生。无奈的是,农村的高中教学水平过低,他一连考了三年大学,却始终名落孙山。于是,为了脱离农门,他只好选择了当兵之路。在偌大的北京市,虽然他当下在分行安安心心地挣着一份不算低的死工资,但是,一辈子过这种今天知道明天的一成不变的生活,他还是不甘心;在人前人后永远充当一个没本事的角色,永远伴随着靠老婆的关系混饭吃的阴影生活,他也感到屈辱;像任何一个有想法、有抱负的男人一样,他也在时时等待着机会,等待着抓住机会来证明自己的本事和价值,也希望着自己能在有限的生命中做出轰轰烈烈的大事情。

前几天,他偶然地参加了一次速发银行马行长宴请老婆齐美丽的饭局。齐美丽的支公司虽然没有存款资金,但是,通过齐美丽做舅舅的工作,舅舅再做保险公司侯董事长的工作，保险公司十个亿的同业存款终于落户于速发银行了。因此，心存感恩之情的马行长除了宴请齐美丽以表示感谢的同时，也盛情地邀请了齐美丽的贤内助：任博雅。也正是这次意外的饭局，改变了英俊男人任博雅后半生的命运。

饭局上，马行长是最先举起酒杯的："感谢二位对我们速发银行的支持！"

当时的任博雅还不知道齐美丽真的帮助速发银行拉成了存款，因此，他私下里偷偷问齐美丽："马行你帮成了，谭白虎为啥就帮不成！"

齐美丽心里说："谭白虎一个农村盲流，有什么资格要破费我这么大劲儿！"可嘴上却没这么不给任博雅面子，她也压低声音说："人家马行从我这儿买了人寿保险几十万呐！"

马行长一双老眼很毒，见齐、任二位私下里嘀嘀咕咕地开小会，似乎猜出了他们的心思。为了稳住这笔同业存款，他便学了汉武帝，来了个"昭君出塞"一般的联姻之计："我们速发银行呢，虽然不比任老弟的银行大，可工资加奖金确实比任老弟的银行高出几倍。不知道任老弟有没有兴趣到我们银行来发展呀！"

齐美丽率先否决了："我们家小任，混碗饭吃还成，要干事情，就踅摸不着他啦！"

任博雅见老婆在马行长面前贬低自己，立刻感觉伤了面子，红着白脸，辩解道："我是没有平台，如果我有了平台，你瞧我能不能干事儿！"

马行长自然站在任博雅的一边："对呀！千里马没有伯乐识，也没有机会跑千里嘛！"

齐美丽根本没指望着美貌的老公能够事业有成，也不相信老公能有出人头地的那一天，就打哈哈道："好！那就由马伯乐给我们家小任踅摸一个行长位子，瞅他怎么给你跑千里吧！"

让齐美丽和任博雅都没想到的是，马行长却没把齐美丽的哈哈话当哈哈听，竟然把饭桌当了老板台，立刻拍板决定了："那我就给任老弟成立一家新支行，五个亿的任务！这十个亿的保险存款留两个亿算任老弟的，如何？"

任博雅像是下象棋被将了军，突然被逼到这个份儿上，不能不往前走，他一拍胸脯，说："成！"

齐美丽的智慧倒在这个节骨眼儿上被马行长开启了。她的大脑豁然开朗地盘算起了一本光明灿烂的经济账：她给速发银行拉来十个亿的存款，除了舅舅的人情，没有任何支出。为此，她的收入是：速发银行买了九十九万的人寿保险，她从保险公司一次性合法收取百分之三十的保险佣金，金额为二十九万七千块，来年银行再续保时，她还能再连续五年提取百分之十左右的佣金，金额也将近四十万。如果把任博雅安排到速发银行工作，在舅舅的帮助下，十亿存款自然不会动，任博雅就能不劳而获两个亿的存款，她自己再从阮大头那里拉来三个亿人民币，存在任博雅的支行，这样，只有一张美男皮，却毫无本事的老公，就能为自己合理合法地挣来年薪三十到四十万人民币！

"值！值呀！"齐美丽私下里一拍自己的小短腿，心里大叫着，"这么瞅着，值得一干！"

齐美丽盘算好了，就故作矜持地问老公："你真敢闯闯天下啦？"

任博雅听出老婆话音里带着许多的不屑，就涨红了白净净的脸："只要你别让我在家里围锅台转，晚饭甭用我每天做，我就啥事儿都能办成！"

马行长见对面的两口子动了心，自己心里也立刻对齐美丽介绍来的这十个亿同业存款踏实了。另外，除了齐美丽这一笔同业存款之外，马行长心里还另外扒拉着一个小算盘呐：

前不久，马行长听说工业部在五一支行有五个亿的定期存款，便千方百计，动用各种关系，与工业部财务司的施司长套上了近乎，千辛万苦地好不容易把施司长约出来吃饭了，酒过三巡之后，眼瞧着施司长对存款由五一支行搬家到速发银行的心思已经活动了，但是没想到，偏偏在这个时候，门开了，不速之客龚梅嬉皮笑脸地闯了进来。她硬是在酒过六巡之后，把施司长本来已经活动的心又稳住了。结果，自己是偷鸡不着蚀把米，不但存款没挖来一分钱，为此支付掉的费用竟有好几万！

望着美女行长那副妖精一样的美貌，洞悉着她优雅、美丽背后的强悍，想着龚梅在北京许多企业中独占鳌头般的竞争优势,马行长无奈极了。他真有三国周瑜“既生瑜何生亮”的感慨了!

最近,马行长听说至大投资公司有二亿美元要暂存银行,也听说龚梅已经打起了阮大头存款的主意,而这相当于十七个亿人民币的存款,对他速发银行来说,也是至关重要的。他当然要在这次拉存款的较量中,占得先机,击溃龚梅的五一支行。而由通过齐美丽与阮大头能搭上话儿的任博雅出面,组建速发银行的新支行,再与龚梅的五一支行面对面地交锋,无疑是“以夷制夷”的最佳选择!

马行长的小算盘盘算好了之后,便趁热打铁道:“齐总监,你可要小心呦!弄不好我的任老弟一年下来,收入要超过你!”

齐美丽不屑地否定了:“这第一呢,拉存款是到处制造需求,而卖保险是启发需求。拉存款比卖保险一丁点儿也不容易。这第二呢,银行是雇佣制,工资是死的;而我们保险公司呢,是直销体系下的代理制,收入是活的!我瞅着,他怎么干也不可能超过我!”

马行长笑了,也颇为速发银行的分配机制自豪起来:“我们银行除了工资,还可以按照存款额逐月提成呐!”

这次齐美丽和任博雅几乎异口同声地问:“提多少?”

马行长老脸一沉,作少女一般的矜持状,笑而不答。见齐美丽和任博雅都有些气馁了,他才含糊地回答:“等任老弟一干,不就知道了嘛!”

这次任博雅终于先于老婆开口了:“成!我干!”

齐美丽心里也乐了,也说出了自己的真心话:“好!如果小任肯干,我再把早就介绍给谭白虎的阮大头重新拉回来,介绍给你们速发银行!要知道,阮大头那儿有两个亿的美元呀!”

马行长一听,立刻像严冬里找到了暖火盆,虽然没听清阮大头的名字,就已经感悟到了齐美丽说的其人其事,心花怒放了:“如果把阮大头的二亿美元放到任老弟的新支行,你们想想,第一年存款就将近二十个亿人民币,支行利润二千万!我们任老弟自个儿,还不一下子就成了百万富翁呀!”

现在,任博雅的脑海里想着速发银行白花花的银子,身、心都预先体验着成为百万富翁的滋味,为了把自己包装得更漂亮,为了自己能够顺利通过中央银行的高管资格审察,他毅然决然地拨通了谭白虎告诉自己的造假窝点的电话。

九、所有初恋都美妙

在日常工作中忙而不乱、应对如流的龚梅,最近有点烦。最烦的,要算她那个倒霉的老公:康诗人。这个软柿子几天不见就不晓得被什么东西冻成了冰坨子,竟然一直没到银行来找自己服输认软,也就一下子使自己失去了与他上演回心转意好戏的机会,继而也失去了光荣回家的台阶。

她没好意思用自己的手机,也没好意思用办公室的座机往家里打电话,她怕那老东西通过来电显示发现了自己的电话,继而发觉自己了对他这种揪心揪肝地惦记,反而搞得自己面子上下不来。于是,在临近下班的时候,作为一行之长的她,也像个刚刚恋爱的小女孩,羞羞怯怯、鬼鬼祟祟地溜下楼来,准备用大街上的公用电话往家里拨一拨。这样,既晓得了老公的生死,也不伤自己骄傲美女的面子。

营业大厅里正放着轻松的流行音乐,王杰那一曲《回家》,平日里听起来是那么的迷人,那么的动听,可现在的龚梅听着,却怎么听,怎么感觉闹心:"……回家的感觉就在那不远的前方,古老的歌曲在唱着童年的幻想,走过的世界不管多辽阔,心中的思念,还是相同的地方……"

龚梅不由自主地嘀咕一句:"还回家的感觉呢?我都快不记得家是什么样了!"

在五一支行的大门口,一个个子不高、豁嘴子的小伙子首先映入了她的眼帘。他似乎要在银行办理什么业务,但是在银行大厅里坐了一会儿,便又匆匆出去了,像一片被风吹起的树叶,让人感觉飘忽不定、鬼鬼祟祟的。更奇怪的是,他出去之后,又不动窝,站在银行外面的空地上,左顾右盼地四处张望着。

“先生，您需要我帮助吗？”龚梅主动迎上去，见小伙子像刚进城的农民一般，似乎听不明白自己的话，一副因不解而发愣的样子，又解释道，“我就是银行的工作人员。”

豁嘴小伙子立刻红了脸，似乎受不了美女的热情，支支吾吾地解释着：“俺要存钱，可身份证让俺爹拿走了。俺正候着他呢！”

见豁嘴小伙子一副羞涩的样子，龚梅内心的疑虑立刻消失了，她继续关心着自己的客户：“没带身份证，可以到柜员机上直接存！”

小伙子对办理银行业务也很内行：“老客户成，可俺还没开户呢！”

龚梅只得为豁嘴小伙子提供了她目前可以提供的唯一帮助：“我们快下班了，但是，你甭急。如果你一定要今天办业务，我和柜员们都可以等着你！”

小伙子含含糊糊地支吾着：“别介！您忙！为俺这么一点钱不值当的！”

“没关系！只要到我们五一支行来，不管钱多钱少，都是我们的上帝！”龚梅依然热情。但见豁嘴小伙子一副窘态，仿佛不喜欢与自己多谈，也不好再勉为其难，只得撇下他，独自离开银行大门，来到了街头的电话亭。

拿起电话听筒的时候，龚梅没想到自己的心跳居然莫名其妙地加快了。“砰砰砰”，心脏跳动的声音，仿佛自己都能听到了。

这是怎么了？她对自己诧异极了。她有时候简直不明白自己，更不晓得老康。曾经是那样一见钟情、如胶似漆的一对，现在怎么就越来越难以融合，有时简直就像水火不相容一般了呢？

她终于拨通了家里的电话。

“嘟嘟嘟”，电话一直是长音，通了，却没人接。

龚梅一惊：“老康居然不在家！”

龚梅等待了片刻，再次拨通了她异常熟悉的电话号码。“嘟嘟嘟”，电话依然是长音，老康依然没接。

龚梅的内心，有如涨潮的大海，翻滚起波澜。她又拨通了老康的手机，依然是几个长音，依然没人接。龚梅的心头不由得有了某种不祥的预感：“难道他真的有了什么变故？”

不论与老康怎么如火如荼地吵闹，可她与老康的相识与初恋，在她的内心世界里，却一直有着玫瑰的色彩，那温馨的回忆像安徒生的童话一般浪漫、美丽。其实，在与老康相爱之前，龚梅早已经是名花有主的人了。在她家乡的那个江南小城里，至今还流传着这样一段美丽的故事：

在银行一个小小的储蓄所，本来是门可罗雀的，可最近却经常来一些不办业务的人。这些人有学生、有战士，有男、有女，他们三五成群悄悄地来，对柜台里一个年轻的女营业员瞥上几眼之后，便就又叽叽喳喳莫名其妙地走。

这个年轻的女营业员，就是龚梅。当初，储蓄所的人，包括龚梅自己都不晓得这是怎么回事。有一天，两个质朴的小战士贸然来访，终于揭开了这个谜底。

那天一早，明窗净几的营业大厅，空无一人。忽然，门开了，两个小战士学着天安门国旗班战士的英姿，手握钢枪，极威武雄壮地正步走了进来。小小储蓄所的人员哪里见过这般阵势，都以为储蓄所出了什么案子，全被惊得大眼瞪小眼，只顾面面相觑。两个小战士目不斜视地正步行进到营业柜台前，立刻“啪”地来了一个立定、卸枪，之后，一个小战士目不斜视、声音洪亮地大声询问：“哪一位是龚梅同志？”

储蓄所全体人员都把不知所措的目光投向了同样不知所措的龚梅，大家连同龚梅自己都不晓得在她的身上究竟发生了什么事情！

“您好。我就是！”龚梅本能地站起身，已经窘迫地红了俊俏的小脸蛋儿。

另一个战士，突然从怀里摸出一封信，一本正经地放在龚梅面前的柜台上，对惊慌失措的龚梅行注目礼，而后用洪亮的声音回答：“首长的信！”

“首长？给我信？”龚梅丈二和尚摸不着头脑，也不晓得如何是好。

“他要我亲手交给你！”战士依然慷慨激昂。

龚梅依然尴尬，可储蓄所的其他员工已经释然，开始叽喳着议论起来。龚梅万般无奈，只得收了信。

两个战士见信已送出，立刻“啪”的一声，来了一个极为规范的向后转走，正步出门，雄赳赳、气昂昂地消失了。

在大家的盯视下，为了表示自己的清白，龚梅立刻打开了信。旁边站着一位大姐，姓刘，原来一直与龚梅同住一间单身公寓，是刚刚结婚、成家的过来人，也把头伸过来偷看。

这一看不要紧，天性调皮的龚梅突然“咯咯”地笑起来。这一笑，把大家笑了个不知所措。那位刘大姐看了信，也忍不住笑了。她一边笑，一边念道：“美女同志：本人化装过多次，观察过你多次。你的确是咱们这座城市里最漂亮的女孩儿！今天，我心里的话，不能不说了！我是一位营级干部，按照我军规定，是可以结婚的……”

于是，从此以后，龚梅的美貌与绯闻便把整个小城市闹得无人不知、无人不晓了。

别人无端的爱火，把龚梅烧得难以工作。于是，害怕被不断骚扰的龚梅，经银行领导斡旋，很快便接受了一个比她年长几岁的大男孩一般人的爱，而这个大男孩的爸爸就是这个小城市的最高领导者。但是，当时的龚梅却没在任何时候向康处长提起过她的男朋友，更没有提起过她未来的市长公公。如果当时她提起了这些，她不晓得康处长还敢不敢继续追求自己，追求自己的决心和热情还能不能这样的大？

龚梅甜美的回忆像让自己的心在严冬里沐浴了一次春天的暖风，此时此刻，她对老康的惦念越发强烈了。她情不自禁地想：看在美好往事的面子上，就别跟老东西怄这个气儿了！不成呀，自己就主动一次，回家看看老东西算了。

突然，她的手机响了。电话是至大投资公司的文才子打过来的，寒暄过后，文才子问：“龚行，您现在方便吗？”

“什么事？你说。”由于至大投资公司存款的事情还没落实，龚梅也正准备主动上门找那个阮大头呢。

“请董事长和您直接谈。”文才子说罢，把电话交给了阮大头。立刻，阮大头雷鸣般的笑声从话筒里传过来。

龚梅赶紧把手机远离了自己的耳朵，等阮大头笑声过了，她才蹙着细眉，做出热情的腔调，说："阮董又有什么大进项吧？笑得真开心呐！"

"没影儿的事儿！没影儿的事儿！"阮大头洪钟一般的声音传过来，"你龚行不肯多给我利息，我哪里会有什么大进项嘛！"

对于龚梅来说，为拉这笔存款，把中央银行规定的最高利息和五一支行的全部业务招待费都给了阮大头，她都愿意。龚梅心里有很明白的一笔账：这两亿美元一来，她所领导下的五一支行连新存带旧存，按照人民币口径计算，存款余额就可以高达三十八个亿，成为合作银行全系统业绩最好的支行，随之而来的鲜花、掌声、经济利益不可胜数！

但是，做生意有如打仗，真刀真枪，没有半点含糊；做生意更有如打太极拳，要一张一弛，千万急不得，要在这无形的一招一式中，达到双方利益的最佳平衡点。于是，龚梅为了自己心中美好的蓝图得以实现，不紧不慢地嗲声说："哟，阮董一个大老板，怎么可能靠利息活着！我看，还是美元放我这儿，我再贷人民币给您，最好！"

"龚行，你真是会算计！"阮大头话语热情，但是，他没有提及那两亿美元其实早已经由美商全部兑换成人民币的事情，故意逗美女行长寻开心，"我美元存过去了，你给的利息低；我再办美元质押贷款，你要的又利息高，合着你不但两头赚钱，而且还两头算业绩呀！"

龚梅笑了，轻声细语道："阮董，您一定读过《资本论》。您是产业资本，我是金融资本，我的利润就是从你那里分的！站在您的角度看，您除了让我少分一丁点儿钱之外，最主要的，还是要多投资，企业多赚钱才行哦！"

"成成成！我没你会理论！今儿晚上，咱俩还在'天上人间'谈，怎么样？"阮大头虽然有意克制着自己内心那难以抑制的不怀好意，但是，怎奈曹操永远也成为不了刘玄德，他的话音里依然不自觉地带出了宣泄不尽的淫荡的味道。

龚梅晚上已经安排了与一家房地产商会面，又无法回绝。而且她早对阮大头的不怀好意留着一手，哪里肯轻易中阮大头晚上容易实施的食色之计，便转移视线地建议道："我一贷，就给您十个亿的人民币，您怎么也得让我到公司里遛遛一下吧!”

对面的阮大头像是突然受到了启发,豁然开朗地一拍桌子,叫道:“龚行说得对！我早就该请你到野鸭湖瞅瞅啦!”

龚梅赶紧顺坡下驴:“是呀！我也早想看看阮董的生态农业项目啦!”

阮大头不知自己已经中了龚梅的第三十六计,不但不知不觉地放弃了今晚“天上人间”的约会,而且还爽朗地大叫道:“好！一言为定,我立马儿让小文子重新安排。我这野鸭湖里,有鹤,有狗,都是我养殖的优良品种。保你瞅,还保你撮哪!”

十、美女买诗为推销

苦战于图书市场以致让老婆找不到的老康,好运终于来了。他不但赚到了钱,而且继与龚梅之后,又有了一份新的艳遇!虽然这赚来的钱只有一十八元整,可这也是老康在图书市场里用去十天的时间卖出的唯一一本诗集,因为有了第一个读者,自然也就使他的诗歌乃至人生的价值第一次得到了实现!虽然这钱在一般人眼里,根本不值一提,但是,一个大美女却是实实在在地站在了老康的面前。因为这唯一买诗集的人就是这个大个子、大脸庞、大眼睛的美丽女孩!这女孩虽然没有小桥流水下水莲花一般的娇羞,却有着大漠孤烟下晨曦一般的瑰丽,美艳得耀人眼!

"康老师,您可是个名副其实的成功人士呀!"美艳女孩用手只翻开诗集的一页,就对老康给予了至高无上的好评。

看来,任何人都是喜欢被恭维的,只要这恭维恰如其分。老康自然认为"成功人士"的评价是符合自己实际情况的,自然是心里甜滋滋、暖融融的。虽然这种恰到好处的好评自己已经许久没有听到了,但是老康依然没忘记谦虚。他态度诚恳地谦虚道:"差得远!差得远!"

女孩诧异了,睁着一对明亮的大眼睛望着老康,那架势有如太阳普照着一个冻蔫了的茄子。她真诚地问:"金融学博士,已是您的囊中之物!诗人的桂冠,您也当之无愧!您还要啥子样,才算成功呢?"

老康感受了来自大美女的热情,颇为感慨地叹口气:"我还在作稻粱谋!何谈成功哟!"

女孩惊异起来:"您卖诗集,难道不能财源滚滚?金庸可是靠武侠小说成了亿万富翁呀!"

老康当然不能把自己交了五百块钱摊位费只卖出一本书的老底交代给好不容易才出现的美艳崇拜者，只得强打精神敷衍道："赚钱！赚钱！咋能不赚钱呢！?"

女孩笑了，用清脆的嗓音，朗朗地说："这点，我和您的观念不差分毫！成功人士首先是金钱的成功者。如果一个白天黑夜都作稻粱谋的人，我也难以想象他会有啥子成功的！"

老康像咽掉一颗打碎的牙齿进了肚子一般，对美艳崇拜者频频点头："是的。是的。"而后，他叹口气，若有所思地自言自语，"市场经济了，产品不能转化成商品，智力不能转化成财富，这样的成功，能不能算成功？这样的自我实现能不能算作自我实现？也真难说！"

女孩翻看着《老康诗集》，忽然问："康老师，我能不能在您这里稍坐片刻?"

老康自知不会有人再来买自己的诗集，姚姓大胡子又没来，送上门来的美艳崇拜者像个小太阳一样地普照一下自己的诗集，给自己帮个卖书的人场，也是他现在求之不得的事情。于是，他赶紧把大胡子那个破旧的小圆凳递出来："欢迎！欢迎！"

女孩接过破凳，却轻盈盈地越过书摊，大大方方地坐进了老康的书摊里，而后不再与老康说啥子，就如饥似渴一般地读起了老康的诗。

老康心里美滋滋的，美艳崇拜者的出现又让老康恢复了那已经被老婆打击几尽的自尊，他一边不时瞥一眼美艳崇拜者，以养养自己的老眼，一边对着来往的顾客吆喝着："快来瞧，快来看，阳春白雪的《老康诗集》，外带《汤加丽人体艺术》卖，也成！"

老康吆喝声一停，女孩清脆的声音便甜腻腻地灌进了老康的耳朵：

时间像一个蹩脚的木匠
慢慢刻皱靓丽的脸
人类的真情
长久于少女的容颜

贫富的变化
快于候鸟的聚散
那永远闪亮的
是青春思想的火焰

老康几乎是兴奋了，想不到自己的诗从美艳崇拜者清秀的嘴里诵出，那琅琅的诗声，竟有如天籁之音，听起来让他如此地舒服！那感觉只有在冰天雪地里，在饥寒交迫的节骨眼儿上，突然喝了一杯热咖啡可比！

“康老师，您写得美轮美奂！我为啥子就写不出这么动人心弦的句子呢！?”女孩一对大眼睛忽闪忽闪地，洋溢着崇拜、四射着真诚。不等老康再谦虚地支吾啥子，女孩先开口了，“康老师，说起‘贫富的变化，快于候鸟的聚散’，我倒幡然醒悟了！保险公司推出了一项分红保障人寿险，就可以一劳永逸地解决‘贫富的变化，快于候鸟聚散’的遗留问题！”

“保险公司能解决‘贫富的变化，快于候鸟的聚散’问题?”老康诧异了，虽然在中央银行工作了多年，但是他对保险公司的事情却一无所知。因为，在中国，银行和保险虽然同属于金融行业，但是，银行由银监会管理，保险公司则由保监会指挥，两者各行其道，井水不犯河水。

女孩见老康对分红保障人寿险感兴趣，像白骨精见了肉头头儿的唐僧，立刻暴露出自己的真实身份。她从小巧的挎包里拿出自己的名片，双手呈给老康，同时用小提琴高音区才能发出来的美妙声音自我介绍道：“我叫江莉莉，是保险公司梦幻支公司的！”

老康接过江莉莉的名片，除了感到一股幽香扑鼻而来之外，没感到啥诧异，赞叹道：“没想到，你还是梦幻支公司的理财顾问！这么瞧着，我们原来干的还是同一行当呢！”

“岂敢呀！我凭啥子跟您这样的成功人士相提并论呀！”江莉莉嘴上谦虚着，一双大眼睛恍恍惚惚地忽闪着，心里仿佛有几只悬空的桶，七上八下地发着虚。江莉莉自己清楚，这理财顾问并不是传统意义上的职位，更没有固定薪金可拿，在齐美丽的梦幻支公司，为了大家工作方便，一只丑小鸭也愣要包装成白天鹅，最基层的见习保险代理人的名片上也是印着“理财顾问”的。而美艳的江莉莉目前的身份就是一只丑小鸭，是一个最底层的见习代理人。如果她在梦幻支公司每月不能够卖出一千块钱的寿险，便无法再混下去。而这个月眼瞧着快到月底了，她的任务却还有如秋冻了的果树，现在没有结果，以后能不能结果，也实在没法猜！

眼瞧着一只丑小鸭几乎快弹尽粮绝，没有饲料了！虽然老康现在是一腔的悲凉，但是，在江莉莉这只丑小鸭的眼里，“成功人士”康诗人就是目前解决自己任务问题的最好人选，是自己最好的补给者。他处长当过，书商当着，还能没有钱买一点人寿保险？

现在的老康当然也不知道江莉莉的难处。他只瞧见江莉莉一张美艳的脸蛋儿，却忽略了美女也要吃饭。如果他知道江莉莉这只保险丑小鸭与自己一起苦吟康诗的热情，实际上只是要诱导自己买人寿保险，以企图完成她在保险公司的任务，他恐怕早就没有了心中甜滋滋的味道，而且还完全有可能丢下书摊，弃大美女于不顾，逃之夭夭了。

钱！钱呐！这个孔方兄就这么神奇！可辞职之后更没有自我实现感觉的他上哪儿找大笔的孔方兄去呀！

不晓得老康窘迫的江莉莉按照保险公司既定的推销模式开始推销攻势了：“月有阴晴圆缺，人有旦夕祸福。”

不知道江莉莉艰难的老康自然对苏轼的词倒背如流，不等理财顾问江莉莉把话说完，自己就插了一句：“此事古难全！”

江莉莉继续把推销词倒背如流：“人的一生肯定要有灾病。而目前中国的医疗保障机制又残缺不全。人民群众一旦有了大病，基本医疗只负担医疗费的百分之五十，其余的大笔开销要毫不含糊地自食其力！”

老康灰溜溜地插嘴：“我是辞职人员，一切都得靠自个儿，就连那百分之五十也没份儿！”

江莉莉高兴了，一对大大的柳叶眉也像被下面来的小风吹着，高高地扬起来：“所以，您更要毫不迟疑地化解风险，更要在自个儿力所能及的时候，不要存款,要多多益善地买保险!"

老康好奇地问:"存款有利息,保险有吗?"

江莉莉见老康很专业地发问,立刻心花怒放了。她想,康诗人不但是自己的第一个高端客户,而且还定能成为自己一个派生利润的大客户:因为他知道保险的好处,就能为自己义务介绍更多事业有成的新客户。

江莉莉用最美妙的声音为康诗人描绘着一幅最美妙的保险蓝图,可康诗人只是默默点头,却一直沉默不语,似乎在劳神费力地盘算着啥子。江莉莉以为康诗人对保险公司有啥子疑虑,立刻把梦幻支公司的各项营业证明都从挎包里翻腾出来,推到康诗人面前。

囊中羞涩的老康见了江莉莉的材料,却装作视而不见,依然是一副若有所思的样子。江莉莉不知所措了,高扬着的柳叶眉也重新回归原位,她不晓得刚才还对自己的推销热情上路、一问一答的康诗人,怎么会突然不吱声了呢?难道是自己讲错了啥子?

"康老师,您意下如何?"江莉莉用一对大眼睛盯视着呆头呆脑的康诗人,低声下气、试试探探地问。

江莉莉火辣辣的注视让老康感觉出了过热的热度,他立刻像猴燎屁股一般地回过闷儿来,眨了几眨自己外凸而无神的大眼,惊异地望着江莉莉,问:"保险公司的收入是不是比银行高?"

江莉莉见康诗人答非所问的怪模样,开始莫名其妙了。她一个才毕业的大学生,生于贫苦的农村,除了庄稼地和书本,本是一个没见过世面的柴禾妞儿,是由于找不到其他体面工作,才进入保险公司大门的,她哪里晓得银行与保险公司在工资上的孰优孰劣!但是,她又不能把保险公司怎么提佣金,怎么分成的秘密外泄给康诗人,于是,只好把自己伪装成弱智女,大智若愚地支吾道:"也许……是吧!"

老康不知道柴禾妞儿江莉莉是在糊弄自己,无神大眼一亮,如梦初醒一般地大声说:"难怪你这么漂亮的女孩儿都去卖保险,而且推销起来还这么不畏劳苦、手段独特!"

江莉莉以为老康对自己诱导性的推销手段不满,赶忙解释:"康老师,您可别先入为主！我自幼喜读诗书，尤其是《古文观止》，我十岁就能倒背如流了！”

“难怪你说起话来文绉绉的，原来全是《古文观止》惹的祸！”

江莉莉仿佛当众裸露了私处，红着美艳的大脸蛋儿，赶紧继续解释：“我可是先对您的诗爱不释手，之后才因势利导说起保险的，更不是心怀鬼胎……”

“我不是说这个！我是说钱！”老康打断了江莉莉的道歉和解释，眉头皱起来，几乎拧成了一个铜钱样，直接揭了自己刚才愣头愣脑的老底，“钱！关键是我咋样给你弄来买保险的钱！”

江莉莉笑了，一对大大的酒窝凹现在她白嫩嫩的大脸蛋儿上，她的声音也更加爽朗而美妙：“我能否有幸光临您家，作一次家访，以便我给您制订一套切实可行的保险方案？”

对于一个美艳崇拜者，老康当然是心不设防，甚至是求之不得的。他满口答应了：“可以！可以！明儿个就来吧！”

江莉莉虽然高兴，但女性的敏感倒让她不解继之疑虑起来：“明天？明天既不是星期天，也不是星期六，您不在这里卖书了？!”

老康毅然决然起来：“我刚才琢磨明白了！在这俗人社会里，这诗集早就没辙、也没必要再卖了！”

江莉莉晓得了康诗人刚才做木鸡状的原因，但却依然好奇。她睁大美艳的大眼睛，诧异地问：“为啥子？”

老康终于说了实话：“我花五百块钱，交了半个月的摊儿费，就卖出你这么一本书！而且立马儿就又要交摊费啦！”见江莉莉用惊异的眼光重新打量起了《老康诗集》，似乎在对康诗的质量进行重新评估，老康赶紧把江莉莉手里的诗集推近江莉莉，急切万分地说，“你可千万别退货！就算你瞅在我买保险的份上，也照顾一回我的生意！”

十一、假硕士遇上真窑姐

任博雅是按照谭白虎提供的电话号码踅摸着假学历贩子的。

虽然目前中国还没有一条法律对买假学历者进行定罪、处罚，但是，任博雅依然留了个心眼，没有用可以找到他信息的座机，而是来到闹市区相对寂静的树林里，用装了临时号码的手机把电话打过去。那份心虚，那种鬼祟的模样，不亚于做贼。

电话拨通之后，对面却一直是音乐之声。任博雅一连“喂喂”了数声，可除了音乐、除了自己在冷不丁儿之间加快的心跳之音，始终没传来人声。

突然，一辆110警车从旁边的马路上驶来，任博雅立刻挂断了电话。现在的他，简直神经质得有如惊弓之鸟，竟以为警察同志寻着手机的方位来抓他这个购假之人了！曾经在军队里受过多年传统教育的他，冷不丁儿地良心发现了，他甚至想放弃买假文凭的想法了。但是，这想法在脑海里刚一掠过，任博雅的眼前，就冷不丁儿地仿佛瞧着一条可以过河的桥，一条可以载着他通向黄金彼岸的桥，被人拆除了。立刻，他的胸中溢满了苦闷。

突然，他的手机响了。手机上显示的号码就是刚才没人接的电话！任博雅的眼睛不由一亮，仿佛那条通向黄金彼岸的桥又出在眼前。

“喂！喂！”任博雅大叫几声，此时，慌乱和急切都同样地难以抑制。

“找啥子人？”一个男人的声音。

“你认识谭白虎吗？”

“谭白虎啥子人哦？”对面反问。

“他在你们那里做过证！”

任博雅的话，使对面的假证贩子确认了任博雅不是警察，而是顾客，因而放松了神经，主动追问道：“你办啥子证嘛？”

此时的任博雅自己倒有了几分紧张。曾经身为军人的他，正直得没有半点瑕疵，一直走的都是阳关大道，从来没有和鸡鸣狗盗之徒打过交道。

“学历能做吗？”任博雅终于发出了自己的心声。由于激动和紧张，他的声音是颤抖的，宛如初冬里苟延残喘的蟋蟀的绝唱。

“从博士到技校生，都能做！”假证贩子不但坦然，而且得意。

“多少钱？”

“六百。”

任博雅一听，仿佛是一股微风吹散了残云，心中的紧张立刻被难以抑制的窃喜所取代。他琢磨着，这世界真就这么怪？难道莘莘学子数年苦读才能得来的东西只花这么一丁点儿钱就能换来吗？

任博雅怀疑了：“像真的吗？”

“就是假的真货！”对方一副胸有成竹、做大生意的派头。

“听说，证的真假可以上网查？”任博雅明知故问。

“九八年以前的查不了！”

任博雅明知道银行不会有人怀疑他的学历，更不会有人上网查询，但是，为了保险起见，他依然保持了低调：“那我就要九六年的。”

“一般都做九六、九七的，这几年最乱！假货也成真货啦！”假证贩子绝对专业。

“我要硕士的！是以同等学历攻读的硕士学位！”任博雅更专业，因为他知道，这种硕士文凭，大专生都可以在职考取，拿在他手里，就显得合情合理，而不那么刺眼。

假证贩子沉吟了片刻：“硕士？那得加一百！”

任博雅心说：只要你假得逼真，加五百都值！但是，他嘴上却不依不饶：“咋那么贵？对你来说，不就是一张纸吗？”

假证贩子也很认真：“我给你的绝对真！对你来说，靠这张纸，怎么也能混一个高级白领吧？”

任博雅一咬牙，心说：为了支行行长的位子，真不真、假不假的，就赌他这一回！于是，他一口咬定："我就出五百。你做就做，不做就算。"

假证贩子被任博雅斩钉截铁的执著降服了，只得让步："行行。你是老客户介绍的，今儿算你捞上了，就便宜你一百块！"

假证贩子虽然气粗派头大，可他的行踪依然鬼鬼祟祟。接头看货的地点，竟被假证贩子安排在了北京南郊的南海子村。这是一片由杂乱而低矮的平房组成的有如蒙古草原一般浩瀚的胡同。

任博雅赶到南海子村约定的胡同口时，是准点的。可这里，除了衣衫粗劣的民工模样的人们匆匆过往之外，只有一个女人，抱着一个二三岁的小孩，蹲在地上，似乎在等待着啥人。女人黑瘦而丑陋，笑眯着诡秘的眼睛，上一眼、下一眼，左一眼、右一眼地观察着任博雅。

莫非假证贩子不敢来，先派个女人来试探自己？任博雅暗暗地笑了：那假证贩子也太小心了，这么一丁点儿小生意，又不是贩毒，至于得吗?!

任博雅望着依然不停打量自己的女人，不好直接说办假证的事，又不知道怎样顾左右而言他，憋了半天，才问出一句："你有事儿吗？"

女人见男人主动踅摸上门来了，脏兮兮的眼睛里有如乌云见太阳，立刻放射出兴奋的光芒，她对男人颇为认真、一本正经地低声说："跟我走！"

任博雅料想这女人必是假证贩子的前哨无疑，便跟着走了几步。见胡同里越来越脏，越来越窄，开始有点心虚，便停住脚，迟疑地问："人呢？"

"大哥你真直爽！"女人却莫名其妙地龇牙笑了笑，"你光要活人？碟子要不要？"

任博雅诧异了，他不摸门儿的是假证跟活人和碟子有啥关系!？他不解地问："啥碟子？"

"毛片呀！"女人说着从小孩的包裹里迅速摸出几张光盘，"一张才五块钱！全是阴部大特写！保你清楚!!"

任博雅立刻明白了，原来这女人是卖黄色光盘的！任博雅感觉丧气，不甘心这点时间就这样被女人白白的耽误了，就问道："一个年轻人你瞅见了吗？"

女人以为男人想招个年轻一点儿的妓女，就收了光盘，把光盘重新以光一般的速度塞进小孩的包裹里,再次龇牙笑了笑,低声恭维着说,“大哥,还是你实际,花钱解真渴!”

任博雅似懂非懂,继续追问:“你到底瞅见没有?”

女人不笑了,以为男人踅摸妓女的劲头已经是急不可耐了,便把脏兮兮的脑袋往胡同里一点,压低嗓子,像敌后工作者一样地说:“我先走,你在后面跟着!我们装着不认识!”

任博雅以为女人要把自己带到假证贩子那里去,望一眼肮脏而狭长的胡同,集自己多年留攒的男人气概于此刻,拿出一副大无畏的英雄气概,毅然决然地尾随在女人身后,不紧不慢地昂首阔步,大着胆子,继续往胡同里走。

任博雅记不清路过了多少个卖杂货的小店,也说不清拐了多少道弯儿,终于在一个狭窄的破门洞前停下了。见四周无人,女人才贴近男人,神秘兮兮地问:“大哥,价格都晓得吧?”

任博雅用自己的男人气概压迫走自己心里冷不丁儿地泛起的一丁点儿恐惧,有意摆出一副大大咧咧、盖不凛的劲头,大声回答:“当然知道!”

女人赶紧做个手势让男人不要高声,而后鬼祟地叮嘱道:“我带你到门口,剩下的就是你和她的事情了!”

“那当然!”任博雅依然无所畏惧。

女人面露艳羡之色,恭维道:“大哥真行!您这就对了,这儿虽然不咋排场,可倍儿安全!”

任博雅豪言壮语道:“我谅他也不敢把我咋样!”

女人一听倒怕了,赶紧求情一般地说:“她才二十岁,也不容易!您完了事儿,可别不给钱呀!”

英俊男人拍拍自己的胸脯:“你把我瞧成啥人了?只要他做得好,我一分钱都不会少他的!”

女人谄笑着恭维道:“那是!那是!她虽然年轻,但却是我们这南海子村里,做得最好的!”女人说罢,把男人带到大杂院一个角落的房间门口,淫笑一下,赶紧抽身溜走了。

任博雅站在房间的门口,透过门上的玻璃窗往里望去。房间里却黑洞洞的,啥也瞅不见。任博雅正准备敲门,房间里却传出一个女人甜甜的小声:"人都到门口了,还有啥子不好意思的!进来吧!"

任博雅心说:"做一个破证,我连怕都不怕,还有啥不好意思的!"于是,便轻轻地推开了房间的门,慨然而入。

房间不大,一张床几乎把房间的面积占满了。地面上除了脸盆和一把椅子上乱七八糟堆着的女人外衣、内衣,就啥也没有了。床上躺着一个女人,盖着一床棉被,只露出一个脑袋。此时,妓女正懒洋洋地用一对大眼、一张笑脸,迎接着任博雅这个儒雅、英俊又风流的客人。

任博雅诧异了,他虽然没见过制假窝点,但猜想要造假学历,也应该有一台计算机、一台打印机和若干个制章工具。难道自己是走错了地方?想着,他准备退出去。

妓女诧异了:"先生,您怎么不做了?"

任博雅停住了脚步,不解地问妓女:"谁做?"

妓女笑了:"傻样!当然是我!"

"在哪儿?"

妓女笑出了声:"你真可爱!我咋就不会像你这样幽默呢!"

任博雅依然感觉不大对劲儿,感觉这女假证贩子太莫名其妙,太懒惰而没有敬业精神。于是,他的话语里便带着不高兴,说:"那你得快一点儿,我还急着走呢!"

妓女"咯咯"地笑出了声:"自打我干这一行起,一直都是我寻思着快,还从来没有客人主动让我快点呢!"见英俊男人一副不解风情的怪模样,妓女只好催促,"你快上来嘛!"

突然,任博雅的手机响了。假证贩子已经在胡同口等得不耐烦了:"先生,您在哪儿呢?"

任博雅诧异了:"我在你家呀!"

"你在我家?"假证贩子简直不相信自己的耳朵。因为,干这一行的再傻、再利令智昏也不会把客人带到制假窝点来呀!

“不是你爱人做吗?”任博雅继续诧异。

“我爱人?!”假证贩子更惊诧了,“我哪里有钱娶媳妇呀!”

任博雅慌了:“一个卖毛片的女人带我来的。现在,这做证的女人还没起床呢!”

假证贩子冷不丁儿地哈哈大笑起来:“先生您真有钱呀!”

“这话咋说的?”

“您做证时跟我讨价还价的,可做证这么一会儿工夫,您还踅摸个最贵的小姐来潇洒!?”

任博雅惊呆了:“你是说,她是妓……”

“皮条客没跟您说?”

任博雅不等假证贩子的话音落下,就不管三七二十一地从妓女的房间里冲出来,在妓女惊诧的叫声里,像一匹受惊的儿马子,飞一样地逃走,以光一般的速度,在浩瀚的胡同里消失了。

十二、挖墙脚的商战

昨夜,四十好几岁的阮大头幸福、温馨得像一个妈妈怀里的乖娃娃,因为,他做了一个春梦。这春梦好美丽、好浪漫,每一个时段、每一个角落,都被点染成了玫瑰色!

大环境呢,阮大头依然记得,那是黄草、碧水的野鸭湖;小环境呢,阮大头也没忘了,那是一条带棚顶的小船。最美妙的是,在这清幽的美景里,阮大头瞅见的竟是龚梅的裸体!这裸体的皮肤,奶油一样的白皙;三围的线条,清晰而圆润;当然,最让阮大头不能忘怀的是龚梅那充满质感的小腹部位,圆润润、紧绷绷的,美极了。

阮大头梦着梦着,口水流下来了;口水流着流着,他的手机突然响了。文才子在对面请示道:"老马头儿的儿子又在野鸭湖里放二踢脚了,'砰砰'两声,肯定惊了丹顶鹤!"

一个美妙的春梦就这样被文才子无聊的事情打扰了,阮大头抹了一把枕头上湿漉漉的口水,懊恼之极。他本想对文才子大骂几句,像赶跑一只不知趣的小狗,让他远远地滚蛋!但是,他没有,最终还是控制住了自己。怎么说,自己也是一个长辈。怎么能不给后生做一个温、良、恭、简、让的好榜样呢?于是,阮大头只得化愤怒为没好气儿,哑着嗓子埋怨道:"这么丁大点的屁事儿,一大早的,也来烦我!按规矩,罚!罚!罚款就是了!"

文才子倒没觉出自己对董事长罪孽如山,依然执著地以功臣自居地"嘤嘤"道:"可老马头儿一直老实巴交、忠心耿耿的;他那豁嘴儿子又总是神经兮兮的,还是个大学生,恐怕他们一时还拿不出这一千块罚款呢!"

"是老马头儿父子惹了事儿!"阮大头睡意全无,只得起身,叹口气,不耐烦地吩咐："那就拉倒了吧！"

"不追究了？可这规矩，咱们怎么能破……"

"行啦！你当我这儿是国有企业呢！？规矩都是人定的，也当然要因人而改！老马头儿穷巴喽嗖的，你这边儿收了罚款，我那边儿还不是得再给钱！记着点，不积小善，你就行不了大恶！"阮大头说罢，感觉自己的话不对劲儿，赶忙改口，"我是说，吃小亏占大便宜！"

文才子在电话对面毕恭毕敬地点了头。

阮大头又吩咐一声："不过得跟老马头儿说清楚，以后不许他那豁嘴儿子有事没事的总往野鸭湖里跑！让他在大学里多读点书，甭竟想些邪门歪道的事儿！"

"成！"

"对啦，邀请龚行参观公司的事儿，折腾得怎么样了？"阮大头想着自己意犹未尽的春梦，摇晃一下自己压麻了的胳臂，用比正经人更一本正经的声音问。

"这个美女行长总找我说存款的事儿，可我一提让她过来，她就今儿见张总，明儿见李总的，说早有安排了，要么脱不开身，要么忙不过来！"

阮大头心里骂道："这个小娘们儿，还挺他妈的鬼！想得便宜，还不肯轻易地跟老子睡！"可当着文才子的面，他依然保持着一副温良、敦厚的长者作风，一板一眼、手把手地教着："你得把我们公司的优势在她面前显摆显摆嘛！告诉她，现在速发银行为我的二亿美元，已经建立了一家叫'至大'的新支行，那个大白脸的绣花枕头行长任博雅正天天堵我的门，要上门儿服务呢！如果她再不来呀，我们就和绣花枕头签存款协议啦！"

"成！"文才子谦卑而崇敬地说，"我就按照您的原话跟龚行说！"

阮大头知道文才子是个小聪明、大糊涂的主儿，赶紧对着话筒叮嘱一句："当然，你跟龚行提起任博雅呢，还要称'任行长'，可千万别说：'大白脸的绣花枕头'！让龚行知道速发银行派这么一个大绣花枕头给我们服务，那不是等于掉我自个儿的价儿嘛！"

阮大头不愧是能当上董事长的阮大头，龚梅一听文才子鹦鹉学舌般将的这一军，立刻就范了。

“什么？速发银行竟然建立了一家叫‘至大’的新支行？”龚梅惊诧起来。

文才子当然是一招得手、步步紧逼：“是呀，他们一个叫任博雅的行长几乎天天堵在我们公司门口，您再不来呀，我们只好和他们签存款协议啦！”

“任博雅？”龚梅听着这名字有一点儿耳熟，“他原来是干什么的？”

文才子想起任博雅那张英俊的白脸，真想说：“一个大白脸的绣花枕头行长”，但是，董事长的指示像一个紧箍咒，套牢了他的嘴，只得支支吾吾地说：“不太清楚。大概是分行来的。”

“哪一家分行？”龚梅继续问，她似乎记得自己的市分行有一个叫任博雅的党办干部，为谭白虎提升的事情，还打电话找她说过情。

“应该是速发银行马行长原来的手下吧！”文才子应付着，他没心思和龚梅谈论任博雅，对他来说，马行长的速发银行和龚梅的五一支行都一样，都只是一个可以利用的生意伙伴而已。他现在只关心这个美女行长能不能赏光赴约，因为他的心里有一个小九九，就是董事长阮大头表面上高举着贞节牌坊，可骨子里同样藏着男盗女娼的花花玩意儿。龚梅已经成了董事长的梦中情人，这一点，他文才子再怎么小聪明大糊涂，也在“天上人间”，从一开始就瞅出来了。

“明儿个一早，至大支行的任行长还要来呐。如果您来，我就把任行长那边先给推了！”

龚梅依然老道，继续做为难状，故作矜持道：“明天我本来要到财务司去……”见文才子在电话对面支吾着又要说什么，龚梅才答应了：“好吧！既然阮董这样忙于业务，我就明天一早去吧！”

文才子高兴了：“是您一个人来吗？”

“我，左忠堂，还有客户经理谭白虎！”龚梅异常机敏，她才不会把自己的美女之身单独展现在阮大头的大眼珠子下面呢！

放下文才子的电话，龚梅立刻拨电话找左忠堂。可左忠堂办公室的电话“嘟嘟嘟”地响了半天，就是没人接。龚梅立刻又拨通了左忠堂的手机，手机“嘟嘟嘟”地响了好几声，左忠堂才接了电话。

“你在哪里?”龚梅直截了当地问,对这个在读博士一点儿也没客气。

“我在分行!”左忠堂回答得支支吾吾,语调里也多少掺杂着几许不恭。

“你和谁请假了!”龚梅不客气地质问。

“我……走得急……没来得及跟您说!”

“到分行谈什么?”

左忠堂的话语里带着明显的慌乱:“在分行党办,跟任博雅谈……发展党员的事儿!”

龚梅似乎闻到了什么不对劲儿的味道,便想顺便问个究竟:“任博雅?他不是调到速发银行去了吗?”

“没影儿的事儿吧?我……倒没听说!要不我把电话给任领导,您亲自问问!”左忠堂狡黠地顺水推舟,语调中不恭的成分更多了一些。

“不必了!明天你和我一起,去一趟至大投资公司!”龚梅猜测这个左忠堂一定和任博雅玩着什么猫腻儿,但是,现在盘问,看来也不会有什么结果,便吩咐道。她本想让左忠堂通知谭白虎明天一起去野鸭湖的事情,但话到了嘴边,她却没说。

“明儿,不是已经安排去工业部财务司施司长那里了吗?”左忠堂诧异着。

龚梅一语双关道:“至大投资公司的存款再不抓紧拉,恐怕就要跑啦!我们再忙,明儿也得去!”

左忠堂做贼心虚地应承着:“成成成!”

龚梅正准备拨谭白虎的电话,但是,电话的挂断键刚一按下去,谭白虎却主动把电话打过来了:“龚行,你有啥子指示?办公室的电话上有您好几个未接来电!”谭白虎虽然已经把客户经理当了一月有余,可还没机会到美女行长的办公室来呢。他当然不会错过和美女行长单独接触一回的机会。

听到了谭白虎毕恭毕敬的声音,有如冰河遭遇了暖流,龚梅刚才心里因为左忠堂的居心叵测而造成的不快,慢慢地消失了。现在,她找谭白虎,不但要告诉他明天去至大投资公司的事情,而且还要从他那里了解一下任博雅的行踪,同时,探一探那个左忠堂到底和任博雅玩着什么鬼把戏。她龚梅的一双秀眼里是绝对不揉沙子的！任博雅想拉着左忠堂在关公门前要大刀，没门！

于是，她吩咐道："你过来一趟。"

"是！"谭白虎在无人的办公室里本能地来了个立正，不大的眼睛里几乎落下泪来。龚梅的这一声吩咐，是谭白虎今生今世第一回以银行白领的身份被领导主动召唤，也是他第一次到自己日思夜想的美女办公室，直接面授机宜。多年的媳妇熬成了婆，他凭啥子不激动万分？又凭啥子不对心中的美神感激涕零呢？

见谭白虎走进来，一副激动不已、慷慨激昂的样子，龚梅却感觉诧异。她当然不会晓得这个原来的小保安现在正心潮澎湃，却以为他在搞什么莫名其妙的鬼把戏，但又不好直接询问细节。为了表示领导对下属的关心，她没直接谈业务，更没直接调查任博雅和左忠堂的事情，稳如泰山一般地问道："小谭，一个多月了，感觉怎么样？"

对美女虽然日思夜想，但真的见到了，谭白虎却又难以抑制地紧张起来。美女行长的关心反倒把他搞了个大红脸，由于一个多月以来，虽然他摇着破自行车的轱辘，已经跑细了自己的两条瘦腿，虽然他在心里默喊了口号"爱，我爱银行，誓拉存款三千万"三千次，但却终因不得拉存款的要领，吸存账号依然有如一只铁公鸡一般，至今分文未进。因此，美女行长的关怀，现在的他听起来，却倒有如予以深刻的斥责。

"适应倒是适应，只是……"谭白虎不但脸红，而且后脊梁上都开始淌汗了。

龚梅示意谭白虎在办公桌的对面坐下来，起身给神情复杂、表情呆板的他倒了一杯热开水。现在的她，除了小保安对自己的暗恋之外，仿佛一眼就看透了他的一切心思。她自然有她的一套御人之道："小谭，存款一时拉不来，没关系！任何事情都要慢慢来！"

美女行长轻声细语的安慰，像一股暖风吹拂着心，让没见过世面、没感受过领导及美女关怀的小职员，竟感动得不会说话了。他只得用力点点自己的瘦脑袋，来表达对美女行长的谢意。

看着谭白虎傻兮兮的样子，龚梅的心里虽然多少有一点儿不屑之念，但更多的却是宽慰之情。她心想：要是全行所有的员工都能像眼前这个原来的小保安一样，对领导谦卑、对工作诚恳，没任何阴谋诡计、没任何患得患失，就是拉不来存款，自己这个行长也就好当了！为了打消谭白虎的紧张与不安，龚梅起身，也自己给自己倒了一杯水，走到小职员身后，瞥一眼猥猥琐琐的他，再走到落地窗前，轻轻地喝了一口热水，之后，才用杏眼注视着谭白虎，轻启朱唇，细语道："等至大投资公司的存款拉过来，全部算在你的吸存账号上。"

谭白虎一听，仿佛水点儿溅了热油锅，立刻"倏"地起立，但却依然不敢面对站立窗前的自己心目中的美神，而是面对着龚梅的办公桌，点头如捣蒜一般："谢谢行长！谢谢行长！可这存款拉来，主要也是你的……"

龚梅重新坐回办公桌前的老板椅里，用一对杏眼再瞟一眼谭白虎，见他已经对自己的决策感激涕零了，便提醒道："不过，要想把这二亿美元拉过来，可不那么简单呐！"

"我是农村出来的，别人能干的事情，我全能干！"

龚梅叹了一口气："这速发银行真狠哪！竟然为这相当于十七个亿的人民币成立了一家新支行！叫什么'至大支行'！如果我们拉来这笔存款，就意味着这家新支行的关门！"

小职员在美女行长面前咋会服软呢？自然慷慨激昂，英雄豪气万丈高；他在龚梅"拉来的存款全部算自己业绩"的决定下，哪里还能退却半步，当场便拍着瘦胸脯，表了红心："我就上门去磨，去硬磕，他们啥子时候存款，我啥子时候回来！"

龚梅"咯咯"地笑出了声："如果拉存款这么简单，倒好了！"见谭白虎语塞，又鼓励道："当然，你有你的优势，就是初生牛犊不怕虎的劲儿！你只要持之以恒，肯定能有结果！"

谭白虎在美女行长的激励下，大有了茅塞顿开的劲头，脑海里也顿然火花四射了，而且他还抓住了火花之一："对。我先给阮大头和文才子做催辈（注：地方话，意为：奴才）儿，而后处成哥们儿，存款就自然来了！"

“你有这种心态就行了!”龚梅见小职员的热情已经被自己调动起来,便毫不迟疑、一刻不停地问起了她一直揪心的问题:“任博雅是不是真到速发银行去了?”

“是。听说,还在一个新支行当一把手!”谭白虎见美女行长问起老乡任博雅的事,立刻思如泉涌;思如泉涌,就对答如流;对答如流,也就精神放松了。

“就是速发银行的至大支行?”

“这倒没听他说,不过,他老婆和阮大头认识。也是他老婆介绍我找着阮大头的!现在,我立马儿就可以问问!”谭白虎说着就要给任博雅打电话。

龚梅听谭白虎这么一说,脸上一沉,心里立刻有了数。她示意谭白虎不要急着打电话,自己喝了一口水,之后继续问:“最近,左忠堂还忙吗?”

“他总出去,应该很忙。”谭白虎对美女行长这问话的深意,一点不摸门儿。

“他都给谁打电话?”

谭白虎转着眼珠,思维了片刻,实话实说道:“任博雅倒是通过我找过他!”见美女行长脸上立刻阴沉下来,赶紧诧异着问:“有啥子问题吗?”

龚梅当然不会把自己的判断和想法全部告诉一个曾经的小保安,便红唇轻动,淡淡地一笑:“你那个老乡开始算计我们五一支行了!”

谭白虎睁大小眼睛,眼袋鼓得像一个小铃铛,他没搞明白美女行长话的意思。

龚梅继续说:“左忠堂必然是个老银行了,按资历、按学历,的确早可以做个副行长了。可他的存款却上不去,吸存账号里一直只有四五千万,离分行要求的副行长业绩标准:两个亿,还差得远!让我怎么办!”

谭白虎没想到美女行长竟然跟自己说出了领导才会有的心事,内心一热,嘴就感恩般地把啥子都交代出来了:“任博雅还说让我跟他去干哩!还说给我个副科级。我说,我也没有存款,才不跟你去受那份洋罪哩!”谭白虎自己的话音一落,冷不丁儿地像是悟到了啥子,睁大了细小的眼睛,眼袋又重新鼓成个小铃铛,惊叹道:“任博雅恐怕要挖左忠堂的存款吧!”

龚梅见谭白虎终于开窍了，便索性一针见血地揭了任博雅的老底："他恐怕不光是为了左忠堂的几千万，他是想让左忠堂给他当管家，要拉来阮大头的存款，还要把这两亿美元管好、用足！"

谭白虎心里一急，几乎忘记了自己的白领身份，差点儿骂出声来："日他奶奶的，谁敢动老子的存款，老子就拿枪毙了他！"

十三、诗人见美女

江莉莉不但是老康见过的最漂亮的保险推销员，也是一个有生以来对他最热情的艳丽女孩。

艳丽的江莉莉不但要上门为他设计人寿保险计划，而且还想诗人之所想，急诗人之所急，竟帮助他把只卖出一本的诗集，从甜水园图书市场一本不少、连呼哧带喘、原封不动地搬回了家！这可把老康美坏了，美得像枯木逢春一样，心里、心外都笑开了花。

在春天一般让人舒服、温馨的大美女身边，老康已经忘记了自己经济的拮据，竟然望着江莉莉一张娇艳的大脸蛋儿，置自己羞涩的钱囊于不顾，像在中央银行当处长时一样豪情万丈起来。他一拍胸脯，狮子大开口般地决定道："小江，你说吧，你让我买哪种保险，我就买哪种！"

江莉莉是一个心里、心外同样阳光的女孩。她自打一见到老康，自然在心里就认定老康是自己一个最理想、最可靠的高端客户，也自然认为这单业务手拿把攥一般稳固，自己在保险公司的饭碗也自然不会再飞，因此，她不慌不忙地帮助老康把最后一包诗集搬进了家门，听老康说出自己最需要听的话，却没像老康以为的那样，孩子一般地蹦起来，更没急不可耐地收钱、开单子，而竟像没听见他的慷慨承诺一般，没有回应。

她在老康家的门厅只转了两个圈，突然，满脸的疲惫一丁点儿也没有了，阳光一样灿烂的大脸蛋儿全部铺满明媚的朝阳，她丰满而线条清晰的嘴巴张开了，大叫道："哦！难以置信！这哪里是诗人雅居呀，这跟艺术博物馆一模一样嘛！"

老康本是以一个俗人之心来猜度江莉莉的，他已经以忘我的热情对江莉莉的要求狮子大开口地满足了,他不知道江莉莉为啥还要这样恭维自己。他扪心自问:“我早就把她最需要的东西交出去了嘛,她还需要啥呢?”

“哦!意想不到!你们家屋子里为啥子还有楼梯呀?”江莉莉见到了门厅天井旁的跃层。好奇让她的大眼睛更明亮,柴禾妞儿的本色也在此时此刻暴露无遗。

老康不觉得有啥奇怪:“这不就是普通的跃层嘛!”

“哦!大开眼界!你为啥子有这么多石头?”

老康也被江莉莉的土气逗乐了:“那不是普通的石头!是砚台?”

“目不暇接!要这么多砚台干啥子用嘛?”

老康被江莉莉这简单而直白的话问住了。过了好一会儿,才回答:“啥用?没用!我只是喜欢收藏一些不值钱的玩意儿而已!当处长那阵子,经常宦游全国,每到一处就买一处的砚台。”

“哦!你的书好多呀!琳琅满目的两层楼,所有的书架,全部满满当当的!”

这时,老康才忽然有了几分得意:“金融与诗歌,我通了两门,不就靠这一点儿书嘛!”

江莉莉明媚的大脸蛋儿上忽然飘来一片云,她忽闪着柴禾妞儿才有的纯真的大眼睛,开启轮廓清晰的嘴唇,露出一口整齐而洁白的牙齿,用依然清亮的嗓音问出了柴禾妞儿才能问出来的问题:“为啥子没看到您的手稿呀?我思量,它不应该被束之高阁,而应该妥善安置在啥子地方吧?!”

“手稿?”老康的老脸在江莉莉灿烂的阳光照耀下,立刻变成了红彤彤的西红柿,仿佛感觉被吹上天的自己突然因为自己千疮百孔的丑陋而泄了气,忽悠悠地落入了没面子的地界,尴尬地支吾着:“我又不是啥名人,留手稿干啥?全用计算机打啦!”

江莉莉依然大眼睛里四射着天真无邪,一边为老康着急,一边为老康主持公道:“您为啥子这么说嘛?您为啥子不是名人呢?您现在的一切,对我来说,都是不可企及的!您要知道,我上大学的时候就思量着,只要我今生今世能发表一首诗,哪怕只有四句话,就是死了,我也死而无憾!我也算不是王小波笔下的‘沉默的大多数’了!”

江莉莉的认真让老康内心的尴尬消失了。他的内心开始一点儿一点儿地自我膨胀:难道自己不是成功人士吗?与文学青年江莉莉相比,自己是在大出版社已经出了诗集之人!与金融圈的保险推销员江莉莉相比,自己曾经是中央银行的大处长!像江莉莉这样曼妙之大美女,要混到自己现在这一步,恐怕也难咧!于是,老康真的开始以成功人士自居了。他现在已经忘记了自己干瘪的钱袋,成功人士的感觉顿然涨满了他的身心,而且在他身心的每一个角落,这感觉都成长得踏踏实实、无怨无悔的!

老康真心地笑了。他从江莉莉的脸上吸来了灿烂,他从江莉莉的青春里感染了活力,他还感觉出了人生从来没感觉过的欢娱与轻松。他忽然找着了兄长般的尊严,有如老师对自己才被启蒙的学生一样,诙谐着说:“人生如跑百米栏,一首诗只是一个栏。要破纪录地跨到终点才行呀!当然,我早就摔倒了,只是还不至于死,要暂时做稻粱谋而已!”

江莉莉听了老康深奥的诙谐,突然阴沉了自己美丽的脸。她当然最不喜欢,也最不愿意听到康诗人说自己不成了,因为保险公司的营销策略已经明明白白地讲到了,就是在推销保险的过程中,除了激励自己以外,更要激励客户,而且有几分激励就有几份保险单!于是,江莉莉继续对康诗人激励道:“康老师,我觉得您矫枉过正,谦虚得有些虚情假意!”

老康诧异了,以为自己啥地方让江莉莉不满意了,赶忙追问:“我?有一丁点儿虚伪?”

“是呀!您口口声声说您在做稻粱谋,可您却有这么大的一个家,家里还有这么好的摆设,没有一百万是下不来吧?这些,我一辈子也是可望不可及呀!这不是虚伪是啥子嘛?”

老康赶紧以不惑之年的人生感悟解释道:“人对穷困的感觉不一定是衣食不足,而主要是怕现有生活水平的下降或丧失!我的稻粱谋当然就是要维持我的家,让我的摆设不至于被拍卖呀!”

江莉莉点点头,似懂非懂地附和着:“您真深奥!这又是一句诗!我一定要铭记在心!”说着,她真的煞有介事地拿出了一个小本,开始记了。

老康趁江莉莉记自己语录的时候，心里又冒出一句不工整的哲理诗：

人要谦虚进步，
要与强人为伍；
人要自满快乐，
就与没心没肺的美女相处！

瞧着眼前对自己崇拜备至的江莉莉，咂摸着自己心里哲理的话，老康忍不住"咯咯"地笑出了声。

"康老师，您笑啥子嘛？"艳丽的柴禾妞儿忽闪着美丽的大眼睛问。

老康当然不会把肚子里的警句告诉江莉莉，赶紧清了清嗓子，支吾道："没笑啥！没笑啥！"

江莉莉似乎悟到了啥子，美丽的大脸蛋儿上飞来一小片绯红，她有一点儿羞涩的问："我像不像刘姥姥进大观园？您是不是觉得我是一个'土老帽儿'？"

老康不笑了，他不但自己永远不会这样说江莉莉，他也不允许任何人用这样粗俗的语言污辱身心俱美的江莉莉。"听谁这样说你了？"老康问，话语里带着真心的愤愤不平。

江莉莉羞涩的一笑，小声里带着谦卑："你们城市里人，嘴上、心里，还不都是这样瞧我们这些土里刨食之人！"

老康一副凛然正气，慷慨激昂道："我也是农村的！我咋就没听说过啥'土老帽儿'不'土老帽儿'的话！"

"千真万确？您也是农村出来的！？"江莉莉的脸上早已经是多云转晴了，"那，您就是我此生学习的榜样、奋斗的目标！"

江莉莉话音未落，精巧的双频手机却悦耳地奏响了《欢乐颂》。

"是小江吗？"老康听得出，对面是一个男人的声音。

"姚老师！"江莉莉的眼睛里泛出了喜悦。

老康自己都不知道为啥，瞧见江莉莉眼睛里的喜悦，自己的一颗老心里却立刻涂抹上了许多阴影。他竟莫名其妙地问:“是你男朋友吗?”

江莉莉立刻对老康摆摆手,示意他不要说话,自己则继续对着手机说:“姚老师,您有啥子事情吗?”

“听说,你要到甜水园图书市场运书?! 那儿我熟,我帮你拉得了!”对面的男人说。

江莉莉甜美而阳光地回答:“谢谢姚老师,我们早就安营下寨啦!”

“嘛玩意儿?”

“我们已经拉回来了!”

男人问:“是嘛人嘛? 让您这样上心!”

老康感觉这声音有一点儿耳熟。他的一颗老心莫名其妙地酸溜溜的。

“我的客户!”江莉莉依然阳光灿烂。

“呵,你行嘛! 瞧起来,保准儿是个大客户!!”对面的男人顿了一下,“小江,晚上有时间吗? 我请您喝咖啡,带手儿帮您约见几个作家!”

江莉莉瞧了一下自己腕上的塑料小表:“都快八点了! 恐怕今天没有闲暇了,客户的单子我还没出哩!”

“行嘛! 那就改天吧!”对面的男人说罢,就主动挂了电话。

见老康瞪着一双莫名其妙的无神大眼虎视眈眈地直视着自己,江莉莉朗声笑了,解释道:“保险公司新聘的培训师,据说原来也是一个大名鼎鼎的诗人! 时运不济的时候,也在甜水园苟且偷安卖过书!”

“他培训啥?”老康问。他对这个声音耳熟的男人充满了好奇。

“激励!《员工激励与客户激励》,应该属于营销心理学。我们在全国各地分支机构的激励课,都是他亲自出马,言传身教。据说,年薪二十多万哩!”

“他姓姚?”老康突然想起了诓走自己五百元,一直把书委托别人代销,一直没露面的摊主大胡子。

“是呀!”

“姚文元的姚?”

“没错!”

“天津人?”

“对!”

“是不是一个大胡子?”

江莉莉见老康一副认真而惊异的样子,好奇地眨眨大眼睛,说:“不是呀!不过他的头发很长,羽扇纶巾的气派,一瞧就像一个学者、诗人啥子的!”

姚培训师的电话,倒让江莉莉想起自己还没办理的保险单。此时的她,当然已经自视与老康是老朋友,于是,不等老康邀请,就主动在客厅的沙发里坐了下来,从小挎包里麻利地拿出了保险公司的各种协议,一本正经地开始背诵公司的既定推销词。她当然晓得千里之行始于足下的道理,因此倒没像康诗人狮子大开口承诺的那样,狮子大开口地大卖特卖保险单,而是循循善诱、因因诱导道:“康老师,我对您的情况已经了如指掌了。您应该买我们公司的分红保障人寿险,每份一千元。按照您过去、现在和未来的经济状况来看,最恰如其分的投保额:应该是五份!”

老康还没从与江莉莉亲昵的私人交谈中缓过劲儿来,含含糊糊地问:“买五份?保多少?”

“五份就能保二十万哩!”江莉莉已经没有了艳丽崇拜者的诗情画意,像卖瓜的王婆一样开始自卖自夸了,“如果您在六十岁以前有幸没花这二十万,您的保费就自动转成存款,您就可以轻而易举地提走啦!”

“交多少钱?”

“每年五千。”

江莉莉的热情话,把她自己甚至整个屋子都搞得春光明媚、佛光普照一般了,但是,只有老康的脸依然是一副严冬,依然没被温暖过来,他心灰气懒地支吾道:“五千!每年就要交五千!”

老康刚才只想着江莉莉咋样漂亮、咋样可爱、咋样天真无邪了,因此色令致昏,狮子大开口,而现在江莉莉一具体说到保险,说到交钱,他的心突然从春情荡漾的季节回到了冬季严酷的现实之中,立刻想起了辞职回家时仅有的五万多块钱已经花费殆尽:五万块给了出版社,五百块给了诗人大胡子，一千块用于生活开支……如果为可能出现的大病和六十岁以后的幸福买了保险，那么现在的他就只有自己把脖子扎起来，学着骷髅的模样儿，干喝西北风了！

江莉莉见康诗人犹豫，便拿出姚培训师教的最后一招："推销决胜术"施加于老康，这一招有如大街小巷里始终如一贴着"因搬迁，挥泪大甩卖"招牌的小店铺一样，完全属于逼迫式促销："我们这种分红保障人寿险本是赔本的，只是权宜之计的促销，马上就要停办了。现在购买正是千载难逢的大好时机，如果您现在不买，以后获得同样的保额和收益就要多支付很多钱哩！"

老康似乎没被江莉莉的这一"推销决胜术"所蛊惑，依然是一脸的霜打茄子样："小江，能不能少……"

老康支吾着想收回自己刚才对江莉莉拍胸脯说的话，但是男人的自尊心又让他一时开不了口，情急之下热血上涌，脸、脖子，恐怕还有现在瞧不见的前胸、后背都红起来了。

突然，老康放在电视柜上的手机不早不晚地响了。像落水的主儿突然抓住了一根救命的稻草，老康赶紧跑过去，抓起了电话。他还没来得及说一声"你好"，对面却传来了一个男人的笑声，这笑声阴森而淫荡。

"你想干啥？"面对那个不断骚扰的莫名其妙的男人，老康愤怒，同时，也恐惧。

"当然是给你通风报信喽！"陌生人一副幸灾乐祸的态度，他的发音依然特别，依然像从嘴上漏气一般。

"你到底是谁？"老康赶紧走进卧室，以期避开江莉莉。

"俺是谁不重要！重要的是俺要告诉你的事儿！"

"无中生有！我不想听！"老康挂断了电话。可还没等他走出卧室，陌生人又把电话打回来。

"兼听则明嘛！你一个大博士，不会不明白这个道理吧？"陌生人煞有介事地认真起来，只是声音听起来，仿佛是飘散的。

老康没吱声，也没挂断电话。

"你老婆又跟一个男人快活去了！"

“在啥地方?”老康又将信将疑起来。

“野鸭湖!”

“野鸭湖? 这是啥地方?”

“这是至大投资公司的生态园! 你老婆不但和一个男人动手动脚,而且还住在了一起呐!”

老康又不吭声了,他对陌生人的话忽然信多疑少了。他在心里,顽强抵抗着自己对漂亮老婆的怀疑。想起天上人间总台小姐对陌生人外形的描述,老康不怀好意地问陌生人:“你为啥总戴口罩?”

陌生人突然不出声了。

老康见自己点到了陌生人的痛处,就赶紧把自己的猜测当成发现以刺伤陌生人:“你说话为啥跑气儿似的? 你的嘴是不是豁……”

陌生人立刻打断了老康的问话:“如果你不信,可以打听一下,至大投资公司的老板是不是叫阮大头!”说罢,他淫笑两声,立刻把电话挂断了。

老康木呆呆伫立在卧室里,有几秒钟,他的大脑里竟是一片空白,像一张白纸,更像白皑皑的一片雪地。等思维重新恢复的时候,他立刻把电话重拨回去。对面的电话“嘟嘟嘟”的长音响了好一阵,才有人接。

“踅摸谁呀?”一个女人的声音,很不客气。

“您是啥地方?”

女人一副怒不可遏的腔调:“你打电话过来的,咋倒问我是啥地方?!”

老康憋红了脸,说话也结巴了:“刚才有个人……找我,我想知道他是从哪儿打过来的!”

“这是公共电话,老娘我没工夫伺候你这没屁眼儿的事儿!”说罢,电话便被野蛮地挂断了。

当老康一脸懊丧地走回客厅的时候,江莉莉见了老康脸上的懊丧,自己的心里也懊丧起来了。她以为老康的这一张难看的老脸是有意做给自己瞧的,她没想到这最后一招:“推销决胜术”没显灵! 眼见得老康要打退堂鼓,她在心里天翻地覆地闹腾起来,简直像艳阳天突然下了倾盆雨,着急得差一点儿哭出了声。她想:如果老康这样一个有钱的高端客户都感化不了、都套不住的话，那自己在保险公司的饭碗恐怕真的就要保不住了！

“我是农村来的，您说您也是农村来的，我们本是同病相怜之人，可您为啥子言而无……”江莉莉本来没想哭，可话说到这里，声音就抑制不住地哽咽，声音一哽咽，眼泪就抑制不住地流下来。

老康慌了，就像自己是一个对艳丽的江莉莉始乱终弃的负心汉，竟忘了自己被老婆戴绿帽子的烦恼，不知所措起来。他嘴里支支吾吾不知道说的是啥，腿上急急忙忙在客厅转了几个圈，最后，终于找来龚梅用的一包面巾纸，一边递到江莉莉面前，一边结结巴巴地说：“我不是那个意思，我……”

老康一个“我”字还没结束，他那尴尬万分的样子正表演到最高潮，正是他与江莉莉两人撕扯不清的节骨眼儿上，房间的大门忽然开了，龚梅一脸盛怒地突然出现在了老康和江莉莉这一对老男孤女的面前！

那边的一对老男孤女正处于说不清、道不明的感情门口，而这边的美女龚梅呢，却是为了跟老康重归于好才回到家的！日夜辛劳的龚梅，现在多需要家里的一点温馨来滋润自己苦涩的心，多需要老康的一点安慰、哪怕是一句软话来唤回她与他过去那美妙的情感呀！可是，她看到的却是老康与一个大美女的鬼鬼祟祟，她等到的却是老康冷冰冰的话：“你还有脸回来！”

身边有了美女江莉莉大眼睛的忽闪，老康仿佛是色壮怂人胆一般，突然找到了做一回大男人的感觉。他不但不体味老婆的情感和苦衷，反而因陌生人的话扭曲了自己的德行，把陌生人的话变成了射向龚梅的火焰，对一脸怒火的龚梅继续大吵大叫：“你还知道有个家吗？”

龚梅第一次见到怂头屎脑的老康居然往家带回了年轻女人！心里对老东西男女作风问题的猜疑燃烧掉了主动与老康和好的想法，她的呐喊立刻像匕首一样刺向老康：“你还胆敢倒打一耙！几天不见，你倒出息啦！”

龚梅的话，让江莉莉眼中的成功人士立刻现出了丑陋的原形。老康自然不甘心失落，大男人的劲头本能地勃发出来，他面对老婆的愤怒不但没像往常一样服软，反而横眉怒目，也扯起嗓子，用比龚梅更大的分贝，大骂：“你！还敢骂我！”若不是有大美女江莉莉瞧着，老康感觉自己保准儿会照定龚梅妖娆的脸蛋儿，再“啪啪”地抽上几个耳光！

此时的江莉莉已经被吓得晕头晕脑，不知所措地傻立在一对几近肉搏的夫妻之间，支支吾吾地含糊其辞："我……你们……其实……"

龚梅怎么也不会想到，平日里老实巴交的老康，不但置自己出走办公室多日于不顾，竟然胆大妄为地勾引女孩儿来家里鬼混。于是，在不见老康这些日子里，她对老康已经恢复了的好感以及刚刚恢复了的思恋之情，立刻化为乌有。她指着老康的鼻子，愤怒地大叫："我没兴趣听你们说！离婚！我要离婚！"说罢，她穿着沾满尘土的皮鞋，愤怒地冲进铺着木地板的卧室，"稀里哗啦"地翻出自己的一大堆衣物，找了一个大提包，三下五除二地装了，二话不说，拔起两条秀腿，冲出家门。又走了！

十四、全是钱的祸

望着龚梅再次摔门而去的背影，瞧着江莉莉一对无辜而惊愕的大眼睛，老康沉思默想了，他继而得出了结论：女人没有钱不成，男人没有钱更不成；金钱对女人来说，是幸福；金钱对于男人来说，无疑就是生命和尊严。自己目前尴尬、潦倒的处境，说来说去，都是金钱惹的祸。与其说，以一个穷光蛋的幻想做水中捞月的美梦，倒不如与时俱进地成为一个富翁，用财富的积累和金钱的自主分配来实现自己真实的人生价值！老康下了决心，他要彻底放弃水中捞月的诗歌，弃文从商，投身到现实生活攫取金钱的商场洪流之中去。

江莉莉把老康的想法带给了自己的领导齐美丽，商场老手齐美丽则立刻从老康的身上嗅到了金钱的味道。于是，齐美丽以其刚升任的保险公司梦幻支公司经理之尊，主动给老康打来了电话，伸出了一根美丽的橄榄枝："康迎曦同志吗？"

"我是。"老康丈二和尚摸不着头脑，目前，除了保险推销员江莉莉，他没有和老婆之外的任何女人有来往。

"我是梦幻支公司的齐美丽。"齐美丽以为自己大名鼎鼎，一报家门，老康自会顶礼膜拜。

"齐美丽？有一点儿耳熟……"老康却根本不知道齐美丽为何方神圣。

"我是江莉莉的领导，你的保险单上曾经出现过我的名字！"齐美丽面对呆头呆脑的诗人只得自报家门。

"您找我……"老康诧异着，忽然担心老婆龚梅是否到保险公司告了江莉莉的歪状，便故作聪明地为江莉莉辩解，"你们的江莉莉同志，服务规范，很不错的！”

齐美丽见老康一副呆头呆脑的德行样儿，忍不住“咯咯”地笑了，赶紧解释道：“江莉莉跟我说，您现在倍儿想踅摸一份工作？”

老康顿了顿，支吾道：“是有这想法。”

“您能不能到我们梦幻支公司来一趟，我觉着我们这里有您很大的事业舞台！”

“卖保险？我拉不下那个脸来，我感觉自个儿不太……”老康倒不是谦虚，逢人便讲保险好的事情，老康自认的确干不来。

“您曾经是成功人士，您现在是成功人士，您将来也明摆着是成功人士！”齐美丽的热情几乎从电话听筒里飘荡过来再融化了老康沮丧的冰冷之老心。

“保险公司真的有适合我的岗位吗？”老康开始动心了。

齐美丽继续热情洋溢地开导老康：“我们专门为像您这样的成功人士设计了一个光彩发展计划，您一来，就可以做到业务经理一级。业务经理可是我们的二级业务干部呦！”

老康还有一点儿踌躇：“听说保险公司是代理制，没工资呀？”

齐美丽用铁一般的控制力感染着老康：“您说得没错，江莉莉她们刚开始就是没保底工资，但是，保险公司为了发展，也要不断吸纳您这样的成功人士加盟，没有底薪，怎么能吸引您这样的成功人士来嘛？因此，在光彩发展计划中，所有入选人员一水儿都有底薪，而且我现在就可以透露，您的底薪是每月六千呐！”

齐美丽的感染力有如太阳光一样把老康冰冷的心融化了，他几乎兴奋起来，马上答应了：“行呀！我立马儿带着我的学位证、任命书过去面试！”

齐美丽煞有介事地补充一句：“还要带上您的收入证明呦！年薪不足六万的主儿，是不能应聘业务经理的！”

齐美丽的这句叮嘱像刀子一样直刺老康的软肋：他现在不要说年薪六万了，连负六千也不到呀！

齐美丽仿佛在电话对面感受到了老康的难堪，温暖的话立刻传过来：

"您把存折复印件带来就成,去年的也成!"

齐美丽有意把"去年"两个字说得很重。也正是这两个字像一根救命的稻草,捞起了险些为收入证明而做了瘪子的去年的处长:老康同志。

老康的面试是由齐美丽亲自带领着到上级公司进行的。面试官竟是北京分公司的惠总经理。惠总经理苗条得像根麻秆儿,一对高度近视的眼睛,小而圆,且炯炯有神的。他透过近视镜片,望着比自己年长十岁的老康,惊异地问:"您曾经是中央银行的处长?"

老康平静地点点头。

"您还是一个博士加诗人?"惠总经理继续惊诧。

老康又点点头,不过这次是面露尴尬之色的。他不清楚惠总经理的"诗人"之称,是恭维,还是讥讽。诗人之路的落败让他自己都对"诗人"这个词,是褒义,还是贬义,已经把握不准了。

惠总经理高度近视的眼睛,忽然变得目光犀利了,他怀疑地直视老康,用尖细的嗓音一针见血地问:"您为嘛放着中央银行处长的职务不做,而偏偏要到保险公司来卖保险?"

老康被惠总经理直视得脸色微红,他没想到自己弃之如敝屣的职位在惠总经理的眼里却是那样的至高无上,那样的分量沉重!老康有一点儿糊涂了:难道真的是自己的价值观出现了问题吗?

"我感觉此生能做成点儿啥,可那个位置又让我做不成啥!于是……"老康停顿了一下,又老老实实地交代,"不甘心呐!"

惠总经理好长时间没开口,低头把老康的简历查看了一遛儿够,那份专注,那份认真,似乎在老康简历的字里行间里,依然隐藏着嘛秘密一般。沉默让老康坐立不安,脊梁骨淌汗,就在老康感觉自己没资格到保险公司拿这六千块钱的节骨眼儿上,惠总经理终于开口了:"梦幻支公司的任何一员,不管是业务经理,还是业务总监,首先是一名普通保险推销员,而后才是管理人员。不知道您对这种落差,有没有思想准备?"

老康为了获得男人尊严的基础——金钱,有意把自己儿时在农村的贫困包装成苦大仇深:"……我小时候啥苦都吃过,是穿着胶皮裤,站在水田里学习外语的……"最后,他态度坚决地对惠总经理表了红心:"我一个农村出来的穷孩子,一定要忘掉自个儿曾经是啥干部,坚决以空杯心态,从一个保险推销员开始做起,在保险公司干出自个儿的一番事业来!"

"前不久,也有一个在读博士来应聘,这主儿脸上的皮肤挺黑,好像姓左,培训只听了一个小时就跑了!最后竟说我们是骗子,宁可自个儿白扔了二百块钱培训费!"惠总经理依然望着老康的眼睛,"卖保险,美誉度不高,是事实。你是目前我们保险公司素质最高的被面试者,希望你把卖保险的工作坚持下去,千万别成为前无古人、后无来者的主儿!"惠总经理以这样一句话结束了面试。

终于,老康的面试在惠总经理将信将疑的眼神里勉强通过了。在门外等候的齐美丽像老康一样深深地舒了一口气:"太棒了!那你就参加我们的保险代理人培训班吧!"

江莉莉也高兴了,因为按照规定,老康每卖出一单保险,她都能以介绍人的身份,按照保险额提取百分之六的佣金!在老康小学生一样背着行囊,坐上保险公司开往远郊培训中心大巴车的时候,江莉莉含情脉脉地送给老康一句话:"多跟培训班的姚老师学习,他一定会让你豁然开朗的!"

来到培训中心招待所的宿舍,房间里已经住了一个老头儿。此人五十多岁了,个子不高,一脸的褶皱与沧桑,一副受苦受难、没有文化的样子。

老康诧异了:"您也是光彩发展计划的学员?"

老头儿坚定地点点头:"我已经听一天课了。"

老康继续诧异:"您也是齐美丽经理带着,到惠总经理那儿面试的?"

老头儿点点头,龇牙笑了,颇有几分得意地说:"惠总经理对俺的面试,只用了一分钟。他还一个劲儿地撺掇俺说,俺身边都是大款,做卖保险的工作,最合适!"

听老头儿这么大的口气,老康想自己是个博士、曾经的中央银行的处长,才和他同住,料定此人定会是一方神圣,便努力把自己的身体缩小,谦虚谨慎得以至谦卑地问:“您是……”

“俺姓马,大家都叫俺老马头儿,是至大投资公司看门儿的?”

“您?是看门儿的?”老康还不知道龚梅正对至大投资公司发动着一轮紧似一轮的存款公关,只惊诧与自己为伍者竟然是一个为企业看门的小老头儿!而且,通过惠总经理的面试关比自己还顺利!他真不知道保险公司的所谓光彩发展计划会是一个啥样的用人计划了!?竟把他这样一个博士加诗人、曾经的中央银行处长和为企业看门的老头儿搅和到一块儿了!立刻,老康把自己已经缩小了的身体重新复原,他的脸上布满了阴霾的疑云。

“您也是业务经理?”老康问。

“齐美丽说聘俺为业务主任!这业务主任听说是在业务经理的下面。除了自个儿卖保险,还要发展五个下线哩!”

老康听老马头儿说其职位在自己的下面,心里才稍显平衡:“啥叫下线?”

老马头儿没想到对面这个看起来像个大知识分子模样的主儿,竟然对啥是下线都不摸门儿,索性没立马儿回答,喝了一大口水之后,才解释道:“就是你发展的保险推销员!俺们除了要推销保险,还要拉人进来,帮着你卖保险,只有完成了卖保险和拉人的计划,才能拿到底薪和提成呐!”

老康这才明白了齐美丽六千元底薪的含义,于是又好奇地问老马头儿:“您的底薪多少?”

“齐美丽说是给俺两千!还不知道能不能拿到哩!”老马头儿神神秘秘的样子,仿佛泄露了保险公司啥大秘密一般。

虽然老康在保险培训班里,没发现一个像自己一样的博士,甚至没发现几个正规的本科生,而更多的人都是像老马头儿一样的退休职工和社会闲散人员,但是,他还是很欣喜的,因为,他终于又有组织了。

老康发现江莉莉推崇备至的所谓姚讲师果真就是讹走他五百块钱的诗人:大胡子!只是现在的大胡子已经一改以往的邋遢,不但大胡子没有了,还把原来的披肩长发像个道人一般地盘在了头顶,平添了几许智者的模样;

不但像保险公司的高级雇员一样西服革履，而且还在自己的白衬衣上，板板正正地系了一条大红色的领带，却显出一副不中不洋、不俗不仙的德行。

过去的大胡子之所以能够成为现在的姚讲师，据说是源于一起把大胡子撞出两米高、数丈远的车祸。大胡子自称车祸之后，大难不死的他从天空中落下来的时候，就同时从天外获得了大智慧。但是，据了解大胡子底细的学员们说，原来这把大胡子撞飞的人正是保险公司的惠总经理！老实巴交的惠总经理怕大胡子讹上自己，只得以进为退地聘用了大胡子，请他做了保险公司的带薪营销讲师。好在大胡子成了姚讲师之后，也有如立地成佛一般，不但在保险公司进行了洗心革面一般的改造，而且把他诗人的激情、商人的狡黠发挥得酣畅淋漓，从而干得一发而不可收拾了。

姚讲师自然不会认出现在只是课堂上一名普通学员的原处长、博士加诗人：老康。他首先一改在图书市场上的流气模样，代之以精神焕发的振作派头，用他洪钟一般豁亮的大嗓门，对全体学员叫道："同学们好！"

由于老康是插班生，尚不知道这保险培训中心的规矩，便只顾傻呵呵地端详着大胡子瞧，没吱声。其他同学，包括老马头儿，却突然齐声高喊："姚老师好！我爱保险！"而后，齐刷刷地"啪啪啪"鼓了三次掌。

同学们的精神头更感染了大胡子，大胡子微笑着嗽一回嗓子，便开始传道授业了："司马迁在《史记》里为我们商人说过一句话：赚钱无罪，经商光荣！"大胡子再嗽了一回嗓子，抑扬顿挫地朗诵道："'天下熙熙，皆为利来！天下攘攘，皆为利往！夫千乘之王，万家之侯，百室之君尚犹患贫，而况匹夫编户之民乎？'"

老马头儿悄没声儿地嘀咕一句："咋每天都要背这句话哩？"

大胡子似乎听到了老马头儿的嘀咕之声，把嗓音提高了八度，像毛泽东宣布"中华人民共和国站起来了"一样，慷慨激昂地宣布道："我为嘛每次讲课都要先说这句话？就是告诉大家，赚钱正当，卖保险光荣！当今中国，经济建设是唯一的中心，你拼命赚钱了，你人生的价值也就与国家的命运协调一致了！"

已经被大胡子洗了脑子的学员们，立刻齐刷刷地"啪啪啪"鼓了三次掌，而后高呼:“我爱保险!”

大胡子等全体学员的情绪都调动起来了,才转入自己讲课的正题:“昨天,我们已经讲完了《员工激励》。为嘛要进行员工激励呢?嘛人知道?”

课堂上好几个学员都齐刷刷地举了手。大胡子大手一指,选了一个最漂亮的女生,颇有指点江山的气势:“为嘛?你说!”

“因为卖保险的难度大,不进行员工激励,就不可能造就一批不怕客户拒绝,甚至不怕客户厌恶的员工队伍!”

大胡子满意地点点头,同时用大鼻子志得意满地“哦”了一声,便又开始讲课了:“这么瞅着,大家昨天的课复习得不错。我们今儿就开始学习:《客户激励》!”大胡子转身,在黑板上用龙飞凤舞的狂草写了几个字:“赞美、信念!”

“为嘛要激励客户?就是要让客户有买保险的勇气和信心!做嘛才能让客户有买保险的勇气和信心?就是要通过两个手段去激励!嘛手段?这手段一,就是赞美!”大胡子把黑板上的“赞美”用一个大大的圆圈圈起来,“嘛是赞美?就是让潜在的受保人感觉自个儿是个成功人士。人人都喜欢被恭维,人类天性中最深刻的冲动就是脱离平庸,成为受人尊重的成功人士。由于只有成功人士才能买和多买我们的保险,因此,你的客户感觉自个儿是个成功人士之时,也就是你的保险单成交的一刻!”

老康想起江莉莉对自己那番不断的赞美,品味着自己已经甜蜜了许久的“成功人士”的感觉,不禁咋舌。心想:看来,自个儿又被大胡子套进去了!只是大胡子这次套自个儿的手段不是摊位,而是大美女江莉莉让自个儿感觉“成功”的蛊惑!

大胡子继续传道授业:“这里有一个例子,可以很好地说明这个问题。梦幻支公司的江莉莉同学,为了开发客户,不辞劳苦的帮助客户运送图书的同时,不断对客户进行‘成功人士’的激励,最后感动了客户,使该客户在经济并不富裕的情况下,依然接受了我们的保险理念,以成功人士的身份,一回就购买了分红保障人寿险五单,她自个儿也一次性获得佣金一千五百元!”

大胡子的话把老康搞了一个大红脸,心里像是塞了一团乱麻,让他不知道应该哭，还是应该笑。

大胡子又在黑板上的“信念”两个字上，画了一个大大的圈。

“嘛是最好的推销？”大胡子转过身，环视在座的学员。他突然发现了老康，大眼珠子盯了老康的脸，端详了一会儿，大概还没有确认保险班的老康是否就是给自己交了五百块钱摊位费的诗人老康，就试试探探地冲老康一点大脑袋，说：“这位岁数大的同学，你说说，嘛是最好的推销！”

老康以为大胡子不但认出了自己，而且还恬不知耻地让自己站起来回答问题，竟憋红了老脸，心怀几许怨恨地说：“蛊惑人心！逢商必奸之道！”

此时的大胡子已经确认现在的保险员老康就是过去的诗人老康，一丝尴尬的影子在他的脸上飞快地掠过，在同学们都对老康的回答感到莫名其妙的节骨眼儿上，他却已经调整好了自己的情绪，脸上堆起了百分之百的笑容，颇为感慨地说：“老康同学说得也对！”

同学们见老康气哼哼的话不但没遭受姚老师的批评，反而得到了表扬，便都交头接耳起来：

“卖保险也是逢商必奸？”

“保险公司更是逢商必奸！”

“无商不奸！千古老话，谁改得了？！”

大胡子嗽嗽嗓子，以压制大家七嘴八舌的交谈。他大声说道：“什么叫逢商必奸？就是为了商业利益不择手段！我们也不择手段，也有一点点‘奸’的意思！可我教给同学们的，是盗亦有道！当然，就不能再用一个‘奸’概括，因此，我们不是奸商！”大胡子把眼珠子瞄准老康，问：“老康同学，你说我说得对不对？”

老康心里嘀咕着：“不择手段就不是完全的诚信，当然还是奸商！”但是，老实的他还是给了大胡子一个面子，嘴上终于没有再吱声，脸上也是一副不置可否的表情。

大胡子见状，赶紧见好就收，继续进行他的营销理论了：“最好的推销，不如引导消费，让自个儿的产品升格为社会时尚！因此，我为人寿保险业设计了一个价值无法估量的推销理念：‘当今中国的三大件：保险、别墅加汽车！’这无疑也是客户激励的治本之法！”

见课堂上有窃窃私语之声，大胡子踌躇满志地笑谈：“当中国人都把对新三大件的追求当成人生的奋斗目标时，试问，我们排列在三大件之首的保险单，推销起来还会像现在这样困难吗？”

回到宿舍，老康好奇地问老马头儿：“大爷，您这么大年纪咋还来卖保险？”

老马头儿一副随遇而安的模样，舒舒服服地躺在床上，喝一口用招待所的破杯子沏的招待所分配的劣质花茶，而后，长长地叹口气：“唉，就像大胡子说的，现在赚钱是中心，没钱不成呀！”

老康忽然感觉找到了知音：“男人没钱更不成！”

老马头儿对老康的观点没有肯定，又叹口气，说：“当爹的没钱才惨得邪乎哩！”

老康好奇起来：“咋？您家里头有困难？”

老马头儿终于踅摸到了发泄口，坐起身，声音提高了八倍，颇为激动地说：“你说这叫啥世道！我儿子马苦苦是豁子，明明考了个好成绩，可好几个大学愣是不要！结果，愣被作为计划外招生指标，交了学校三万块钱赞助费，才入学！”

“真有这种事儿？您儿子咋能起这么苦个名字！？”老康只从报纸上听说过教育腐败，可没想到身边还真有深受其害的人。

老马头儿更激动了，翻身下床，走到老康身边，控诉一般地说：“更可气的是，我家马苦苦不但遭同学白眼，还日他娘的受银行、学校欺负！国家开办了助学贷款业务，可因为他是个豁子，银行怕他以后找不到工作，愣是没人给贷！每学期不交齐学费，学校就不让他考试！不让考试，苦苦咋毕业？苦苦不毕业，又咋挣钱、养家糊口！！??”

老马头儿的窘迫，倒让老康对自己的一点不幸遭遇，顿感释然。心想：自个儿再咋样穷困潦倒，必然不是在生死线上挣扎。看来，不论男人、女人，对金钱的需要，第一位的是先要活着，而后才是面子。于是，老康对老马头儿同情地点点头，安慰道：“那您是应该来卖保险！”

“好在我每天看大门也不忙，业余时间打打公家的电话，多挣几个钱儿！为了让苦苦这孩子活得像个人呗！”

老康为老马头儿的爱子之情，有了几许感动，真挚地许愿道：“如果我真发了六千块工资，首先从您这儿买保险！这样，您每年就可以提走一千八百块钱了！”

听了老康的话，老马头儿的脸上只是在一瞬间显露出了一点儿笑容，很快就消失了。他喝了一口劣质茶沏成的水，又叹了一口气：“我觉着，苦苦已经被欺负成神经病了！这小子，整天介二二乎乎的，有时候，想自杀；有时候，想杀人。他总是想出人头地，一门儿心思地要干一番大事业，可现实却是……唉！只怕是这卖保险的钱，也救不了苦苦的难呀！”

老康好心提醒道：“前两天，我听广播说，有一个叫马加爵的大学生，一连杀了几个同学，是心理变态所致！你可得开导好你的儿子！”

老康的话音未落，他的手机响了。那个莫名其妙的陌生人又用他那特有的拢不住音的声音，把电话打了过来：“康处长，你在哪儿呢？”

老康既想挂断电话，又想听，二者混合之后，便化作了语言上的没好气儿：“你又有啥消息？说！”

陌生人快乐地笑了。那笑声在老康听来，像冬天里乌鸦的“呱呱”之声。之后，陌生人说：“你老婆在野鸭湖，又和人干上了！”

老康沉默了，心里像塞满了阴沉沉的乌云，压迫得自己几乎喘不过大气来。

“怎么？你不来捉奸了？”

老康叹口气，有气无力地回答：“我在保险公司的培训中心呢！”

“咋？你不在北京？反而跑那儿去了？”

老康只顾叹气，没吱声。

“连老婆都跑了，你还学什么卖保险嘛！”对面的男人惊诧地反问之后，大概是身边突然来了啥人，干扰了他打电话。话音未落，他就突然地把电话挂断了。

十五、食色妙计

龚梅与阮大头关于两亿美元存款去留的关键性谈判，是在野鸭湖上进行的。龚梅自然是一门心思把拉存款、挣业绩当成自己的事业。阮大头虽然希望自己的钱赶快存进银行，让钱生钱，但是更希望这笔存款在钱生钱的同时，也能成为诱饵，把龚美女沦落成自己裤裆之下的性奴隶！因此，他倒乐意与美女行长继续斗智斗勇一番，即便是输了，也可以从任博雅的至大支行那里，通过高息，再把这利息损失补回来。

野鸭湖对于久居闹市的人来说，简直是人间天堂。暮冬时季的天很高，虽然不蓝，但云很淡，像一个天生丽质、未施粉黛的少女的脸；由于野鸭湖与一条大河相连，数十年来，湖水几乎没有封冻过。冬日的湖水，青中带绿，自己虽然没有几分色彩，却把水中枯败的芦苇映衬得金黄饱满，灿烂而耀眼。

阮大头邀龚梅一行乘坐的小船，正是他春梦里出现过的那种带密封棚子的机帆船。这船可以乘坐十来个人，在浩渺的湖水里轻巧地游弋，像一条大鱼。船儿随着“突突突”的马达声，伴着宾、主的欢笑声，迎风破水，穿梭在遥无人际的野鸭湖里。

阮大头在上船之前，早已经私下计划好了：在野鸭湖上食美女龚梅之色的第一步，是打麻将，以期借此机会与美女建立良好的感情基础。这第一步完成得异常顺利。他刚一提议打麻将，龚梅不知是果然中计，还是半推半就，竟轻点秀首，慨然应允了！

阮大头心绪颇佳，因为现实的一切，有如春梦，板儿上钉钉儿一般的真切！

牌桌上，阮大头的对面是美女龚梅，左、右手是谭白虎和左忠堂。他一边出牌，一边时不时上一眼下一眼地瞟着龚梅，一只大手在洗牌的瞬间，也要装出不经意的样子，碰一下对面龚梅的小手，乐不可支地占一丁点儿小便宜。

龚梅虽然心知阮大头对自己的美体压根儿就没憋好屁，但眼见这一条小船上，有着四五个大活人，料他阮大头也没有在光天化日之下敢把自己怎么样的包天色胆！倒是身边的这个左忠堂，让她依然放心不下。虽然她心知左忠堂离开自己到至大支行后，必是自己搞定阮大头存款的一个死硬对手，但是，就因为这样，她才更要借野鸭湖一游，示之以德、感之以情，以期留住或延缓此人投奔速发银行的速度，哪怕等自己把阮大头的存款搞到手，再让这个怀才不遇的主儿另谋高就也好！

左忠堂自打接到了任博雅邀请他到速发银行至大支行任副行长的橄榄枝之后，早已是身在曹营心在汉。但是，对于他这种年已四张（注:地方话，意为:四十）的人来说，调动一回工作，也是人生中的一个大事件。由于待遇、任务的事情还没有落实，所以现在的他，还不敢贸然和龚梅说“拜拜”，只得应着头皮，来陪这个美女行长下企业，还要强颜欢笑地陪她摸麻打牌了。

谭白虎自打偷偷在野鸭湖里试了一回枪之后，早就憋着再来这里对着天上的飞禽“啪”地放上一枪，因此，美女行长一吩咐他随行到至大投资公司，他就美得屁颠屁颠的，兴奋得一宿没合上眼，满脑子除了美女行长艳丽的憨态，就是要不要带枪的思考。眼瞧着天已经开始发亮，他才勉强地眯了一觉。临下楼的时候，他居然还是把在地砖下藏着的铁家伙带了出来。没辙，只有怀里有了这个铁家伙，他才觉乎着自己特男人，才感觉气粗、腰也硬！

“屁和！”龚梅见对面的阮大头不断地看牌，不断地期待，预感到阮大头快要和牌了，赶紧吃了左忠堂打出的一张“饼”，推倒了自己面前的麻将牌。

阮大头惋惜得直撮牙花子，把自己面前的麻将牌一推，大声嚷嚷道：“你们瞅瞅，万字一条龙！就差个五万！”

龚梅会心地笑了：“而且，这五魁，您阮董已经捉了好几圈了！”

阮大头一脸的无奈，眼睛直愣愣地瞅着龚美女，嘴上叨咕着：“高！实在是高!”

谭白虎老实巴交地说:“幸亏左忠堂点了炮!否则,我这点钱一下子就要输光了!”

瞧了阮大头齐齐整整的万字牌,左忠堂也是嘘了一口气,连连道:“我给龚行点这一炮,小和辟大和,值!太值了!”

阮大头倒真有一丁点儿不高兴似的,似笑非笑地说:“你们五一支行这上下级配合得挺默契呀!”

龚梅一点儿哑巴亏也是不肯吃的:“我们工作上配合默契,牌桌上可是黑白分明,没一丁点儿猫腻儿呀!”见阮大头低头不语,龚梅便瞅了一眼左忠堂,一语双关地问:“是不是呀,左经理?”她这话一来说给阮大头听,可主要还是想就此和左忠堂套套近乎。

左忠堂似乎悟到了美女行长的深意,但他还不知道美女行长是否清楚自己暗地里准备跳槽的打算,也不知道美女行长将是一个什么态度,于是,只得尴尬地应付着:“那是!那是!”

阮大头挽一挽袖子,正要重新码牌的时候,他的手机响了。电话对面的人是他在北京市西城区开办的一家地下钱庄的经理。

“你说什么?客户要提前支取本金?!”阮大头急赤白脸地叫出了声。见牌桌上的几个人都大眼瞪小眼地望着自己,他自知失言,赶紧暂时停住了打电话,招呼文才子道:“小文子,来!快给我们上水!”

一直在船头观风望景的文才子赶紧跑进来,给大家重新上了一回茶:“顶级西湖龙井!没隔年的,大家可要慢慢品呀!”

阮大头趁机溜到了船边的无人处,对着手机压低嗓音吩咐道:“我们没这规矩!每年利息比银行多付好几倍,他们哪能说取就取!”

“阮董,这家人才死了男人!尿毒症,已经把所有的钱透析(注:治疗尿毒症的唯一办法,费用奇高)光啦!女人又诊断出是胃癌,不动手术不成!”

“他们的亲戚朋友呢!不会都死光了吧!”

“除了一个上小学的孩子,真就没有别人啦!”

阮大头望着浩渺的湖面,无奈地叹口气:“成吧!算我们倒霉!连本带利全还给她！只是这事可要保密，要不，在我们这儿买股票的老百姓都提前取钱，你就是把我嚼巴嚼巴吃了，也没钱还！”

阮大头心有余悸地回到船舱，见大家都在悠闲自得地喝茶，赶紧招呼一声：“对对对！大家慢慢地品。反正我们时间有的是！”说罢，不怀好意地瞥了龚梅一眼。

听了阮大头话里有音的话，龚梅抬起头，直视阮大头的大眼泡，问：“难道阮董要安排我们在这里打一天麻将牌不成？”

阮大头鼓着大眼泡，对客人宣布道：“你们恐怕不知道，我这野鸭湖里，还有一个不大不小的宾馆呢！今儿晚上，咱们就那儿住了，连玩再喝，不一醉方休，谁也甭想尥丫子（注：地方话，意为：跑）！”阮大头心里的小算盘正暗自打得“啪啪”响，心说：我不拉你这龚美女住这儿，我的食色计划怎么进行第二步嘛！

龚梅没有嗅出问题的严重性，依然半认真半玩笑道：“阮董不是要摆鸿门宴吧？”

文才子见阮大头支吾着没踅摸到合适的词儿开口支应，便抢先解释道：“我们董事长，是希望咱们五一支行的同志们，好好放松放松！”

左忠堂心里头惦记着与任博雅商谈调动的事儿，便先于龚梅赶紧推辞：“我晚上还有事儿呐！我可不能陪阮董啦！”

龚梅本来想坚决回绝阮大头不怀好意的热情，但见左忠堂急赤白脸的德行，料定他又惦记着跳槽的事情，便把心一横，索性改变了原来的决定：“成！银企合作嘛，今儿咱们谁也不许先走！”

阮大头一听龚梅的话，心里立刻笑开了花，一边把不慎喝进嘴里的茶叶往外吐，一边半真半假地对左忠堂下了命令：“左经理，你可不许走！有什么事儿还能大过龚行的事儿去！”

龚梅看一眼低头不语、心事重重的左忠堂，再瞥一眼得意洋洋、阴阳怪气的阮大头，借机叮了一句：“不过，喝酒之前，存款协议可得签了！我可不《慢慢地陪着你走》了！”

阮大头大大咧咧地笑了，大脸几乎笑成了一朵花：“没问题儿！我阮大头办事儿,你龚行尽可放一百八十个心!”此时,他心里笑开的花,比脸上的还大、还灿烂呢!他琢磨着:你个小俏娘儿们,想不“慢慢地陪着我走”,到时候可就由不得你了!

当夕阳像一个顽皮的孩子,姗姗来迟却又悄然而至的时候,阮大头望着西方血色的天空,用一双大手推倒了麻将城,站起了身。终于,他自认为圆满地就此结束了食色计划的第一步,并琢磨着实施其食色计划的第二步了:就是借吃饭的机会,灌龚美女及其他所有人的酒,让酒精壮起自己的色胆,让酒精麻痹龚美女的羞耻之心,让酒精麻翻身边的谭白虎、文才子、左忠堂这三个碍事碍眼又不能少的大灯泡!

“上船!上船!咱们去宾馆,开饭啦!”阮大头做了几次深呼吸,大声招呼着。就在船靠岸的时候,岸上的树丛里,有一个矮小的黑影像一只灵巧的猫一样,在众人面前一闪就不见了。

阮大头揉揉大眼泡,叫道:“那儿是他妈的谁呀!我的地盘上,不会也出了人猿吧!”嘴上大咧咧地说,可心里却直打鼓,他真的担心公安局的人瞄(注:地方话,意为:注意)上他的湖心岛。于是,他又此地无银三百两一般地脱口而出:“我这里没有鬼,谁来查,我也不怕!”

文才子东瞧瞧,西看看,而后对阮大头敷衍道:“我可什么也没看见!”

因捡枪而心怀鬼胎的谭白虎,虽然没有吱声,可心里却仿佛突然飞来了一块隆冬里的冰砣子,几乎把他的心脏冻成了零度乃至不会跳动!因为,在那个黑影从草丛里蹿出来之前,他分明看到那家伙手里握着一把黑亮亮的手枪!而且,正鬼鬼祟祟地用枪瞄着龚梅的脑袋!

龚梅对眼前的一切完全熟视无睹,她诧异地看一眼谭白虎,埋怨道:“愣什么神儿!快走!”

谭白虎想说啥子,又不知道说啥子,只得咽了一口口水,悄没声地上了岸。

至大投资公司的水中宾馆闹中取静,建在一片芦苇丛生的湖心岛上,有如世外桃源一般幽雅。从水中到岸上,有一个不大的码头;从码头到宾馆,有一条悠长的甬路;甬路的两边是被冬季蹂躏得一色枯黄的衰草。宾馆像一只五脏六腑俱全的麻雀，虽然不大，只有三层，但却功能俱全：一楼是餐厅，二楼是歌舞厅、桑拿浴室，三楼则是规格齐全的客房。

阮大头为了他的食色计划得以成功实施，不惜财力准备了一桌丰盛的野味、水鲜大宴。天上飞的，有野鸭子、有鸽子；水里游的，有鱼、有王八；草上跑的，有土狗、有绵羊；土里水里长的，有藕、有薯、有青菜；不论原来是活的，还是本来就死的，全部冠之以绿色食品美名。

阮大头的酒也是别出心裁、特色明显的。生啤、黑啤全部是自家生产线的自产品，尤其是一种号称："至大巡洋舰"的酒，虽然不是自产，却是阮大头亲自勾兑的，也更是他的得意之作：他把白酒"二锅头"与葡萄酒"长城白"勾兑到了一起，再瓶装封了半年，于是那酒，不辣不甜，却又辣又甜！阮大头对"至大巡洋舰"的酒性自然是了如指掌的，就是一大杯下去，让你晕头转向，昏昏欲睡；二大杯下去，让你兴奋不已，感觉不醉；三大杯过后，让你混淆阴阳，全无所谓。

人肉场上的老手阮大头，在酒桌上，不但装备齐备，而且经验老道。他虽然知道"至大巡洋舰"的厉害，但是，却没有一下子就贸然对龚梅及三个大灯泡使用这秘密武器。他先上了自家产的德国口味的生啤，三轮之后，再上意大利特色的黑啤，等在座的几位都已经到了晕头晕脑的节骨眼儿上，他才拿出了早已经准备就绪的绝活："至大巡洋舰"。

"来来来！喝喝喝！"阮大头拿起"至大巡洋舰"的大酒瓶，热情洋溢地招呼龚美女，大眼珠子里游荡着难以察觉又难以抑制的坏水。

龚梅依然轻敌，她再怎么晓得阮大头没憋好屁，也始终确信阮大头不敢当众把坏屁放出来。见阮大头的面部表情全是嬉皮笑脸，她断定自己主动出击搞定存款的时机已到。于是，她用纤细的小手推开阮大头推过来的大酒瓶，亮着细嗓，以美女天然的优越感，高声说："我说阮董，咱们还'慢慢地走'呀?！该签协议了吧！"

阮大头翻一翻大眼珠子，心说：这小俏娘们儿！还真他妈不糊涂！嘴上却娓娓动听地诚恳道来："存款嘛，跑不了你的！在哪家银行不是存嘛，对我来说，都一样！喝！咱们先喝个痛快！"

龚梅一把夺过阮大头手里的大酒瓶,一对杏眼锐利得像两把利剑,直刺阮大头的双眼。她以毫不妥协的态度对抗阮大头的死皮赖脸,说:“不行!您阮董日理万机,在哪家银行存都一样,才容易忘了我们五一支行呐!”

谭白虎已经把脸喝得像块大猪肝了,依然誓死捍卫美女行长:“对!阮董不签协议,我们就不能再喝啦!”

左忠堂大有借酒浇愁的意思,几杯啤酒下肚,小小的三角眼就已经是微开微合,眯眯瞪瞪地颓乎酒席之间,一言不发了。

文才子见阮大头面露尴尬之色,赶忙给阮大头解围,说:“存款协议我已经写好了,就在我的电脑里。咱们撮完了,我打出来,一式两份,咱们一签不就得了嘛!”

阮大头不等文才子的话音落下,赶紧一边说着“就是”,一边去夺龚梅手里的大酒瓶。他心里急呀,没有“至大巡洋舰”这个手段,他怎么实施自己的第三步:背醉酒的龚美女上床呢!

龚梅把阮大头的手一推,一张粉红的秀脸上露出了淡淡的笑容。她索性把大酒瓶放在桌子底下,而后,从身边拿过自己的挎包,抽出两份协议,推到阮大头身边,以美女习惯的盛气凌人之态,一字一顿地说:“你们打的协议,那叫存款承诺!协议存款,银行是用这种正式协议的!”见阮大头一副晕头晕脑的样子,龚梅乘势追击,“怎么样?我的阮董,银行的字,我早就签好了!银行的章,我也盖好了!您是不是就在这儿签了吧!”

阮大头心里回荡着孔老夫子的祖训:“唯女子与小人难养也!”而后又不出声地狠狠骂道:“美女做行长,真他妈比男人强!如果龚梅是个男的,敢跟老子这样拔份儿,老子不抽丫嘴巴,也得起身走人啦!”但是,阮大头心里的小算盘不论怎么凶神恶煞般地扒拉,可面对着自己日思夜想的美女行长,依然像一个怕老婆的丈夫,低头服软了:“成成成!签签签!”

龚梅见阮大头就范了,立刻从挎包里拿出了签字笔,塞进阮大头的大手里。

阮大头自然贼心不死,他怎么能让自己的食色计划就这样没有半点儿荤腥地泡汤呢!他的大脑袋以有生以来最快的速度盘算着,表面上却装出一副严肃认真的德行，嘴里衔着龚梅的签字笔，一字一顿地念着存款协议的条款："甲方：五一支行；乙方：至大投资公司……"

龚梅正准备宜将剩勇追穷寇的时候，左忠堂似乎突然醒了酒，眨着红红的小三角眼，装出一副无意的样子，结结巴巴地说："阮董，我今儿喝多了！按您的存款额算，每存一千万，我怎么着也得喝了一杯酒吧？"

左忠堂的话，像烂石头砸进了野鸭湖里，立刻激起了阮大头脑海里的火花。他乐了，似乎瞅见了自己继续实施食色计划的曙光。于是，他把签字笔一放，把协议往身边的椅子上一撂，大大咧咧地叫道："签签签！龚行你放三百六十五个心！我签！只是咱不能光谈工作，没有喝好，不成呀！左忠堂一杯啤酒就拿走我一千万美元，太不够意思了吧！"

龚梅见阮大头又要耍花招，心里暗暗叫苦，眼睛不动声色地瞪了一眼依然一副醉态、实则故意捣蛋的左忠堂，嘴上狠狠地说："那好嘛，有我们左忠堂在，阮董您想怎么喝？"

左忠堂立刻像被开水燎了屁股一般地站起来，醉意全无，执意推脱道："不成！不成！我的酒量，实在不能再喝了！"

谭白虎的确仗义，见左忠堂忽左忽右、鬼鬼祟祟的德行，便主动站起来，用一副大丈夫的气概拍了自己的瘦胸脯："阮董，您说，咱们咋样子喝？老弟我陪到底！"

阮大头怕谭白虎这个小职员坏了自己的好事，就借酒发疯地呵斥道："这没你说话的份儿！要喝，我得跟龚行喝！"

龚梅本是个有酒量之人，而且饭前还去卫生间偷吃了几片戒酒的胃药，面对阮大头的酒官司挑衅，依然不知也敢于不相信是计，心说："我没有喝倒你们的金刚钻，还敢揽五一支行行长这个瓷器活！"她站起婀娜的身体，坚决得像个大男人，毫不含糊地应战，"阮董，为了咱们银企的合作愉快，今儿你说怎么喝，咱俩就怎么喝！"

阮大头心花怒放了，他真想照定龚美女的小肩膀亲昵地拍上一巴掌，但他的大眼珠子一转悠，终于忍住了，心说："火候不到，切不可草莽行事！"嘴上却恶狠狠地下了酒令："一杯酒，一千万！"

龚梅应战:“行！不过是美元!”

阮大头本来想顺口答音地说“成”,可把两个喝啤酒的大杯子拿到自己和龚梅之前,立刻又心虚起来,心里盘算着:“我的计划可是食色！不是赌酒！这几大杯‘至大巡洋舰’下肚,可别把自己也他妈的放倒啦!”于是,他赶紧招呼服务员,踅摸来了几个中型杯,一边倒酒,一边吆喝:“喝喝喝！除了我和龚行,所有的人都得喝!”

龚梅反客为主地又逼了一句:“一杯酒,美元一千万!”

阮大头又踅摸到了占小便宜的机会,把一根肥硕的小手指套住龚梅细小的小手指,高声大嗓地叫道:“拉拉钩！就这么定了!”

十六、偷鸡不成蚀把米

在美女面前，最不争气的主儿要数做了瘪子的阮大头了。他既低估了美女龚梅的酒量，更像孩子一般地犯了一个孩子才能犯的错误。

在酒桌上，提着大酒瓶子的阮大头，吆三喝五一杯接一杯灌大家"至大巡洋舰"酒的时候，他以为自己早已经有如老猫按住了小老鼠一般，是胜券在握了。可喝来喝去不知道怎么的，他的眼睛就感觉越来越花了！他用自己肥厚的大手把一对大眼珠子使劲儿揉过之后，眼睛不但没有不花，甚至瞅见的东西都成了双影！他再重新、更使劲儿地揉，直到眼珠子感觉有些痛的时候，才停下来，向前一瞅，这回更糟糕，眼前所有的东西竟成了三个影子，完全是古人"对影成三人"的境界！他的脑子也感觉越来越糊涂了，本来在心里策划了许久的食色计划的第三步，即背着美女上床行动，喝着喝着，在脑海里不知怎么的，越来越淡了！而且，不知不觉地竟沦落成一个十足的酒鬼，一通地争强斗狠，先是只与龚梅一个人喝，而后又莫名其妙地扯进了谭白虎，竟一人对着两人杯碰杯地干起了酒仗。以致最后，是怎么结束这场酒官司的，又是怎么与龚梅分手的，甚至是怎样单独入床休息的，他都全然不知！那个食色计划像被什么鬼偷走了一样，早就被丢到了脑后，忘得干干净净了。

等阮大头重新睁开眼皮的时候，太阳光已经与野鸭湖的水面呈四十五度角，阳光撒在湖面上的温柔的金黄色，早已经变成了耀眼的眩光。

"董事长！董事长！"文才子不但在耳边叫着，而且还摇起了阮大头的肥肩膀，"大家都起来了！是不是应该吃早饭了？"

阮大头一激灵，突然坐起身，惊问："几点了？"

“早晨九点多！”

“她们……都起来啦？”

“都起来了！”

阮大头诧异着：“昨天，我……醉了？”

“昨天，全醉了！”

阮大头疑惑不解地摇摇大脑袋：“不能够呀！那么一点酒，怎么就能把我喝倒了！横是有人放了毒吧！？”

文才子笑了：“董事长，这是咱们自家的地儿，怎么可能有人放毒呢！”

“没毒？可我……是怎么进屋的？”

文才子没想到阮大头对昨晚的行为竟然一无所知，便笑着解释：“龚行引路，谭白虎把您背进来的！”

阮大头感觉大脸发烧，一下子下了床：“这怎么话儿说的！难道她们没醉？”

“都醉了！龚行吐了，连我都吐了，只是您醉得最厉害！”

疑云阴沉了阮大头的大脸，他诧异地嘀咕道：“还是不对劲儿！这一丁点儿酒，我过去可能控制，老子不应该出这洋相呀！八成儿还是谁他妈的放了毒！”

“毒！？”文才子听阮大头坚持这么说，自己的心里一哆嗦，也诧异了：“不应该呀！这儿除了几个老厨子，就只有老马头儿和他那豁嘴儿子了，再没有外人！”回想起昨天阮大头的洋相，文才子更诧异了，“合着，昨儿您不是有意装的？龚行和谭白虎私下议论，可说您这是酒不醉人人自醉呐！”

“我压根儿就没想醉！”阮大头整个是偷鸡不成蚀把米，懊恼地一拍大脑袋，问文才子：“怎么？老马头儿的儿子还来了？”

“今儿不星期六吗？老马头儿在湖里巡逻，他那豁嘴儿子也就一块儿来这儿蹭吃蹭喝呗！”

阮大头还没小气到怕老马头儿一个穷儿子吃穷自己的地步，也更没有担心那个豁嘴大学生给自己下毒的警惕，就没再吱声。望着窗外浩瀚的水面和一群南飞的大雁，阮大头又回想起昨天晚上的事儿：“可能是我真老了！

干不过我自己的‘至大巡洋舰’啦！合着那协议，昨儿个我没签?!”

文才子赶紧点了点头。

“那龚行喝够杯数没有？两亿美元，应该喝个二十杯！”

文才子谄笑道：“最后，谁也没精力算啦！”

阮大头在心里默念了一句：“还成，虽然折了兵，倒还没赔夫人进去！”见文才子毕恭毕敬地等待自己指示，阮大头一连打了几个哈欠。

“饭桌上就差您啦！”文才子提醒道。

“好！”阮大头的一颗贼心依然没有因为醉酒而死，“我收拾收拾，立马儿下去。我保准儿要把革命，进行到底！”

至大投资公司学着慈禧在颐和园建石坊的排场，在湖心岛上建了一座不大的船型二层茶楼。茶楼一侧傍岸，一侧完全建在了绿色的湖水之中。龚梅带着五一支行的一行三人，正临窗而座，一边品茶、嗑瓜子，一边欣赏着湖光野色。

龚梅实在没想到有备而来、憋着一肚子坏屁的阮大头竟这样不扛酒力。酒官司虽然胜利了，可她却一直揪着心，因为，胜利还没有果实，存款协议还没有签！如果阮大头来个死皮赖脸地一推六二五，自己这一晚上的工夫，岂不白搭了吗!?

见阮大头在文才子的陪同下走进茶楼，见这个男人不但没有萎靡不振，反而又容光焕发起来了，龚梅只得强颜欢笑地起立，主动迎了上去：“呦，我的阮董，您身体没事情吧?”

阮大头热情地拉了龚美女的小手，充满血丝的大眼珠子里，洋溢着阳光一样灿烂的光芒，嘴上一连说了几个“对不起”，可龚美女的小手却一直被他牵着，始终没舍得放下来。直到把龚美女安排在自己的身边就坐了，那只捞了便宜的大手才不得不放弃对美色的攫取。

“协议得赶紧签呐！”阮大头入座之后的第一句话，倒有一点儿让龚梅喜出望外。

“亏您还想着，我怕昨晚上那酒白喝了呐！”龚梅拿出美女得便宜卖乖的架势，没说半句感谢的话。

阮大头咧开大嘴笑了:“哪儿能呢！我的话怎么能一点不靠谱嘛!?”

谭白虎倒是沉不住气了,把昨晚阮大头扔在椅子上的协议重新拿出来,试探着提醒:“协议,我拿来了!”

阮大头大脸上立刻写满了“不高兴”,瓮着声音抢白谭白虎道:“先撮饭!撮完了,你们哥儿几个溜达着,龚行和我一起,到我这里的办公室签字盖章去!”

龚梅没多想,挺好奇地问:“怎么？您阮董,在野鸭湖里还有办公室?”

阮大头的脸上立刻重现了灿烂的阳光:“感情！我虽然不会附庸风雅,但总晓得临水办公效率高嘛!”他学着龚梅说话的习惯,没有用“知道”,而用了“晓得”。

见左忠堂一直是一副一言不发、闷闷不乐的德行,阮大头便打哈哈道:“怎么着？左经理一会儿和我们一起去,参观一下我的办公室?”

左忠堂本来下午和任博雅有约,正急得火上房似的,虽然明知道在这个野鸭湖的孤岛中脱不了身,但也断无参观、闲聊的雅兴,就支吾道:“岂敢！岂敢！等龚行一拿了协议,我们就得撤了!”

但是,阮大头的食色计划却不是按照左忠堂的需要安排的。吃罢早饭,阮大头又叫来一条小型机帆船,对五一支行的同志们说:“来一趟不容易,我得给你们弄点水产野物呀!”

龚梅推托起来:“我们怎么敢连吃再拿?”

阮大头笑了,把对银行多年的不满变成了一句实在而刻薄的话:“改革开放以来,银行同志不是一直这样嘛?”

龚梅也笑了:“您有没有搞错？现在中国早就入了关,早就是银行巴结企业的时代啦!”

阮大头一语双关道:“可我对银行同志的感情依旧嘛!”

龚梅只得玩笑着同意了:“行吧！看来,下次我请阮董的时候,不到五星级宾馆是不成了!”

见龚梅,尤其是左忠堂,面有焦急之色,阮大头脸上的阳光更加灿烂了,他爽朗地大声问:“是咱们一起去湖里取,还是咱们兵分两路,龚行和我签协议，其他人随船走？”

左忠堂不假思索道：“兵分两路吧，这样快！我和谭白虎坐船去！”

谭白虎想起昨天岛上那个手握手枪的奇怪黑影，心里有了几许不祥的预感，想反对，但见左忠堂一个劲儿地对自己摆手，只得把要说的话咽回肚子里。

左忠堂的话当然正中阮大头的下怀；而龚梅对三个灯泡被支走，也没理由跳出来反对。

望着文才子一行乘坐的小船在烟波浩渺中越来越小，最后变成一个米粒一般大小的点，终于，阮大头会心地笑了。他瞥一眼就要成为自己食色计划俘获物的美女龚梅，得意得几乎感觉出自己心跳“咚咚咚”地加快了。

龚梅倒不晓得阮大头葫芦里装着什么药，丝毫没有意识到一只男人的魔手正在一点儿一点儿地探向自己的美体。她现在还以为阮大头支走众人只是为了就存款利息问题与自己私下里讨价还价呢。于是，她落落大方地对阮大头说：“怎么着？阮董？这回就剩咱俩了，干什么都方便了，有什么您就直说吧？”

阮大头听美女龚梅这样落落大方地主动开口了，心里倒不由得一惊：难道这个美女行长像歌舞厅三陪女一样，也是水性杨花一般的角色吗？他心里的这一惊，倒让他匪夷所思地乱了方寸，也没有了勇往直前的潇洒，他迟疑地支吾道：“行，我们到办公室谈！”

机帆船上的左忠堂一行，在天水一色、鹤雁齐飞的世界里，被自然之美陶醉得几乎忘却了现实社会。左忠堂几乎把自己几十年在银行工作中压抑出来的一切郁闷，都化作了几声嘹亮的呐喊：“啊-哦-咦”。那呐喊带着几十年的郁闷，随着机帆船撩起的微风，飘向浩瀚的虚无世界去了。

文才子是个学历不高、悟性极强的主儿，他望着离开了龚梅的左、谭二人，似乎意识到了什么。由于他始终是以董事长之忧而忧，以董事长之乐而乐的主儿，所以，他的心里此时此刻也有了某种匪夷所思的快乐。左忠堂的呐喊也勾引起了他的呐喊欲，于是，他伫立船头，迎着寒风，哑着难听的嗓子，快乐地大唱起来："妹妹你大胆地往前走呀！往前走，莫回头……"

船上只有谭白虎是阴郁的。他的瘦脸上，面无表情，一对细小的眼睛眺望着无边无际的湖面。他默默地吸起了烟，一根接一根地吸着，仿佛他的烟瘾突然之间成倍地放大了。

文才子高唱一曲之后，还觉乎着不过瘾，正在人生二十几年的沉淀里搜肠刮肚地踅摸歌词的时候，谭白虎突然蹲了下去，没有吸完的烟卷儿落在船上，立刻被溅进来的湖水打湿，烟头的红色火星也随之消失了。他的一双瘦手按在自己的肚子上，龇牙咧嘴地哼哧起来："哎哟，哎呀，我的肚子疼呀！"

左忠堂不耐烦了，皱着眉头急赤白脸道："要蹿稀，也憋着点！可别蹿在人家的船上啦！"

文才子赶紧招呼船工："掉头！掉头！放小谭下去！"

上了岸的谭白虎，见机帆船远去了，立刻，把按着肚子的瘦手放下来，挺直了腰板，像狸猫一样敏捷而轻巧地跨进楼来。

蹑手蹑脚的他，突然在一楼听到了有人打电话的声音："康处长，快来捉你那美女行长的奸吧！"

谭白虎心中一惊：莫非阮大头真的与美女行长有了一腿！？而且不是施暴，是通奸？！他悄没声儿地走过去，发现电话声是从一楼餐厅的厨房里传出来的。厨房的门紧闭着，在门的上方有一块玻璃窗的玻璃破了，一个碗大的口子开裂着。

"咋？你不在北京？反而跑那儿去了？"这声音是一个男人的，仿佛是嘴里跑气，声音总是拢不住一样。但是，听这声音，依然可以断定，打电话的人年龄不大。

这会是谁呢？他为啥子会给所谓的"康处长"通风报信呢？而这所谓的"康处长"，又明摆着就是美女行长的老公：康迎曦！巨大的好奇心统治了谭白虎的身心。在好奇心的驱动下，谭白虎蹑手蹑脚地来到厨房门口。里面的人又说："连老婆都跑了，你还学什么卖保险嘛！"

谭白虎把自己的瘦脑袋悄没声儿地伸到门上的玻璃口子上，心却像做贼一样莫名其妙地狂跳起来。就在他要聚睛把厨房里面的情况瞧个清楚的节骨眼儿上，他的脚却碰到了门边的一个啤酒瓶。“啪哒”一声，里面打电话的人立刻没了声音。谭白虎赶紧往里探望，只见一个瘦小的黑影，“倏”地闪了一下，就从厨房的另一扇门里，消失了。

龚梅和阮大头并肩进了宾馆小楼之后，一步一款地上楼，龚梅心平气和；一步一停地走动，阮大头却神色恍惚，以至气喘吁吁。昂首阔步地来到办公室门前，龚梅笑容可掬，轻松快活；猥猥琐琐地走着，阮大头却思前想后。他不知道自己现在进行的到底是食色计划，还是落入了龚梅一宿索万金的妓女一般的圈套。在办公室门前停留片刻之后，阮大头虽然心怀忐忑，但眼看着就要入口的美丽猎物，还是痛下决心，毅然决然地决定不惜一切代价地继续实施他的食色计划！

“龚行，我真羡慕你老公呀！让一个年纪轻轻的美人在外面跑，自个儿在家里待着！可他怎么……就还不珍惜呢！”他早就听说了龚梅与其老公感情不睦的事儿，开始就此起腻了。

龚梅当然能从阮大头的话里听出他的弦外之音，便轻描淡写地一笑：“男人嘛，都一个德行！女人再怎么含辛茹苦他也看不见，得到的，不珍惜呗！”

阮大头咽了几口口水，“啧啧”几声之后，拿出一副信誓旦旦的架势，发表了豪言壮语：“我要是你老公呀，哪怕就当几天呢，我就‘君王从此不早朝’，也不让你再这么辛辛苦苦地拉存款啦！”

龚梅赶紧以贬低自己、抬高对手来打消阮大头的邪念：“女过三十豆腐渣！我也算是老女人了！况且我一个小地方来的女人，本就是整日里跑跑颠颠、拉存款受累的命！阮董本是梧桐树，还怕招不来金凤凰！？”

阮大头长长地叹上一口气，脸上仿佛挂满了灰尘，没有一点儿灿烂，他尴尬地“哼哼”两声，一句话没说。

人类在智力方面绝对存在着误区，就是对于任何东西的估价，不管是不是适合自己，反正没有得到的，就认为是好的；随意到手的，再好的东西，也是毫无价值的。此时的阮大头就进入了这一误区。

站在办公室门口的阮大头望着仿佛唾手可得的美女，竟然再一次忐忑不安起来了："咱俩真的什么都可以谈？"

"当然可以谈！"龚梅轻松而爽快。她在心里盘算的不是阮大头现在所想的。此时的她，正在心里为阮大头的存款设定着存款利息的底线，就是：人民银行基准利率+可以上浮最高限+五一银行存款提成+奖金！

阮大头打开办公室的门。现在的他几乎有一点儿畏缩不前了：他怕自己刚一提出性期待，龚梅立刻宽衣解带，而后再狮子大开口，狠宰自己一刀，可怎么办？完全满足龚梅的要求，那他阮大头岂不成了冤大头！龚梅再有文化、再有身份、再年轻漂亮，可她这身体，也不应该比宾馆的高级妓女再贵几百、几千倍吧？

走进办公室，龚梅望着畏首畏尾、狐疑不决的阮大头，不禁"咯咯"笑起来，诧异地问："我的阮董。突然之间，您这是怎么了？"

龚美女的一句话，倒把人肉场上的老手阮大头问了一个大红脸，他心里继续打着小算盘，舌头也像网格密布的算盘一样，多磕绊、不顺畅了："龚行，您……得先……开个价！"

龚梅诧异地睁大了杏眼，不解地问："咱俩的事情，您是主动的呀！您得先给个价嘛！"

阮大头一听龚梅的话，心里惊呼：完了，这回老子栽了！原来，这表面上道貌岸然的美女行长，其实不是一个良家妇女，而是一个老道的暗门子！这一刀宰下去，不知道讹掉自己多少钱呐！可如果眼下做了缩头乌龟，自己在嫖场上的一世英明岂不毁于一旦，甚至就此了断?!

阮大头咬了咬牙，一狠心一跺脚，为龚梅开出了从来没有出过的最高嫖价："十万！"说着，他做从饮水机旁打开水状，趁龚梅不备，偷偷按了一下门上的锁钮，锁死了办公室的门。他的大脑袋里也在这一瞬间闪现出一个思想的火花："接下来，只剩下宽衣解带啦！"

"十万？什么十万？这十万是怎么算的？"龚梅只想着存款利息的支付问题，当然搞不懂阮大头骨子里冒出来的坏水。

阮大头没想到美女行长对嫖费还这么理论化，真不知道说什么好了，只得把自己变成了处女的模样，羞涩地含糊道：“你想怎么算，都行！”

龚梅以为阮大头在利率上让步了，满眼里净是阳光灿烂，整个人也兴高采烈起来：“那太好了！我也不会亏待您阮董！”

出了血本的阮大头此时如瘟鸡一般耷拉了脑袋，只顾点头，索性连话都懒得说。

龚梅望着全线告退的阮大头，更加朝气蓬勃：“那就这么谈定：在人民银行基准利率的基础上，上浮到最高利率，而后，再一次性支付给至大投资公司十万元业务费！怎么样？”

龚梅话一出口，阮大头立刻鼓起了大眼珠子。现在，他才如梦初醒了，原来龚梅敞开来让他谈的是存款的利率，而不是男女性事！

他一屁股陷进沙发里，大口地喘着气，懊丧得几乎就此死过去。

龚梅把谭白虎留下的两份协议推到阮大头的手边，递过自己的签字笔，诚恳而亲昵地说：“阮董，您真是个大好人呢！说话算数，说办就办！您这个朋友呀，我算交定了！”

阮大头的精神几乎崩溃了，如果这是战场，他明摆着也会缴械投降的。他接过龚梅的签字笔，在乙方法人代表的位置上，潇洒地写上了“阮大头”三个龙飞凤舞的大字。而后，他把协议推给龚梅，有气无力地仰在了老板椅上。

龚梅不晓得阮大头的内心在自己的言语之间经历了几近残酷的剧烈震荡，诧异地望着突然之间疲惫不堪的阮大头，问：“阮董，您是不是身体不舒服呀？”说着，从饮水机里倒出一杯热水，递到阮大头手边，安慰道：“您先歇一会儿，公章可以一会儿再盖嘛！”

耳朵听着龚梅呢喃一般悦耳的声音，眼睛瞅着龚梅白皙的小手，这声音、这小手有如一针强心剂，阮大头体内的荷尔蒙突然剧增，他的精神立刻恢复了，他的食色计划在确认龚梅是个良家妇女之后又要实施了。

他的大脸上又恢复了灿烂，突然用一只大手拉住了龚梅递杯子的小手，嬉皮笑脸地说：“龚行，你来！”

龚梅面对阮大头突然的变化不知所措了，她不好意思马上抽回自己的小手，只得按照阮大头的手势，以被握着的手为圆心，绕到阮大头的身边来。

阮大头的大眼珠子把龚梅的一张秀脸盯了一遛儿够，而后用空着的另一只手，指一指老板桌上的计算机，诡称："公章在计算机里，早就套红了，打在协议上就行！"

龚梅不晓得阮大头又憋什么坏屁，只得半认真半玩笑地说："行，不过您躲远一点儿，别碍着我打开计算机呀！"

阮大头为了用计算机里面的黄色内容诱惑龚梅下水，只得松开了握着龚梅小手的大手，让龚梅坐在老板椅上，自己则赶紧另外踅摸来一个折叠椅，赖兮兮地坐在了龚梅身边。

龚梅打开了计算机，问："公章存在哪个文件夹里嘛？"

阮大头赶紧把自己的大手覆盖在龚梅握鼠标的小手上。龚梅推开了眼前那只肥厚而无耻的大手，不屑地撇撇嘴，很不客气地指责道："我的阮董，咱们都不是青春少年，都是好几十岁的人了，您还有心思占这种小便宜嘛？"

这次阮大头一点儿没脸红，见没有遭到美女行长的断然拒绝，立刻感觉今儿的食色计划有戏，赶紧厚着脸皮表白道："我就待见你嘛！"

龚梅一撇小嘴，命令似地说："快说，公章在哪个文件夹里？"

阮大头指了指一个他藏着黄色照片的文件夹，起腻地撒谎道："打开这个！"

龚梅不知是计，便把鼠标指针点中阮大头指定的文件夹，双击了一次，立刻，无数张可视的图片目录展示在眼前。由于图片呈浏览状，较小，对内容的黄色，还分辨不清楚。

阮大头借机撺弄道："从第一张开始踅摸！"

此时的龚梅还没看清图片的具体内容，便按照阮大头的指点双击了第一张图片。立刻，一张女人的阴部大特写呈现在龚梅和阮大头的眼前。

龚梅此时已经晓得阮大头是不怀好意了，她晓得自己说什么也不能再陪这个色迷独自在这四周无人的办公室里混了，否则，就无异于玩火自焚！如果男人犯混、犯坏，自己不是等于吃哑巴亏吗？！

"没想到，阮董还有做妇科医生的爱好！"龚梅故作玩笑地起身，准备伺机作鸟兽散,夺门而去。

“你老公连养家糊口的本事都没有,你还留恋什么?不如离了他,嫁给我得了!”阮大头急赤白脸地说。他当然知道龚梅想借机溜走,此时的他色欲已经完全战胜了尊严和理性,甚至让他忘掉了其食色计划的核心是诱骗而非强暴。于是,他当机立断,来了个一不做、二不休,张开双臂,像老鹰捉小鸡一般死死地搂住了龚梅的细腰。龚梅实在没想到身为董事长的男人胆敢冒天下之大不韪,在这里,在这种场合和自己动粗、玩了真的,她虽然做了三十几年的美女,可有生以来还是第一次遇上男人动粗。虽然她的心跳得有如打鼓,但还是异常地冷静。她用低沉而有力的语气警告阮大头:“放开!我与老康是和是散,与钱无关!更跟你无关!快松手,否则,我要喊无礼啦!”

阮大头几十年人肉场上的斗法几乎都是千篇一律的文斗,压根儿就没有一丁点儿武斗的经验,而且他的食色计划也只是对龚梅的诱奸计划,没有设计暴力的步骤。对龚梅进行的这第一回不期而遇的逞强,本来就像昂头高粱一样虚着心、打着晃,听美女用这样的语气说出了义正词严、不留情面的话,男人竟忍不住全身战栗起来。

“我出十万!就买你一回!”阮大头咬牙切齿一般地说出了让自己为钱而痛的真心话。

龚梅努力挣脱着阮大头的大手,冷笑几声,低声呵斥道:“甭以为自己有俩臭钱就可以胡作非为!你算看错人了!”

阮大头见龚梅没有大声喊叫,便越发地不肯撒手,气喘吁吁地讨价还价:“你还和老康好着,我再把存款全给你,一分钱高息也不要,行了吧?”

“放屁!那我直接当妓女去得了,还当什么行长!”

“那……”高大威猛的阮大头理屈词穷了。除了在这空无一人的水中宾馆对龚梅用强,逼迫她就范,恼羞成怒的他几乎踅摸不到一丁点儿辙了。

“放开手!”龚梅厉声呵斥。

面对理性的龚梅,阮大头借着怒气准备以身试法了。他索性抱起了龚梅,企图把她放到老板桌上,再继而图谋不轨。

忍无可忍的龚梅终于怒不可遏了，她气得秀脸绯红，又蹦又跳地挣扎，明晓得这水中宾馆有如贼窝一样空无一人，却依然对色胆包天的阮大头厉声吼叫道："流氓！臭流氓！放开手！"

龚梅的一声大叫，立刻把阮大头那一点儿恼羞而成的怒气惊到野鸭湖对岸去了，他竟被一个小女子的凛然正气吓得浑身发抖、四肢无力。骑虎难下的他忐忑不安、急速地盘算着，可怎么也盘算不清现在的他应该对龚梅继续施以暴力好，还是就此妥协好。

这时，阮大头身后的门无声无息地开了。他的后脑壳上，突然"咚"的一声，被一只凉冰冰的手枪重重地顶住了！

谭白虎一言不发、面无表情地站在了他们的身后！

此时的谭白虎好想、好想扣动扳机呀！他真想瞧见一颗钢铁制成的花生米，从阮大头的左脑进入，再从阮大头的右脑飞出！！

阮大头实在没想到，自己明明已经偷偷锁死的房门，怎么竟然会溜进人来！？这是他妈的什么人搞的鬼！！！

他立刻放开了已经被放到老板桌上的美女，头也不敢回地举起了双手，肥硕的嘴唇上下抖动着，结结巴巴地说："别！别开枪！我……"

十七、高龄跳槽者

从野鸭湖回来之后,左忠堂虽然不知道阮大头被枪顶住脑袋的那一幕,但是却感受到了龚梅无微不至的关怀和大喜过望的恩惠。当美女行长的白色本田轿车在五一支行的玻璃门前停稳后,谭白虎最先跑下来,准备把装在大塑料口袋里的鲜活螃蟹卸下车。

龚梅拦住了谭白虎,对最后下车的左忠堂说:“我跟小谭,都不自己开火。你却拖儿带女,上有老下有小的,这些,都归你得了!”

谭白虎自然晓得美女行长依然在办公室独居的事实,也明白左忠堂身在曹营心在汉的现状,更懂得美女行长不放过任何一点儿挽留左忠堂机会的良苦用心,便把已经卸下的三袋螃蟹重新装进一个大塑料袋里,随声附和着,说:“对对对!左经理一大家子人,这点螃蟹好打发!”

左忠堂望望美女行长,再瞧瞧谭白虎,诧异了:“龚行?怎么都成单身了?”

龚梅玩笑地撒谎道:“我们家老康长期出国。我当然也就是单身了!”

望着五一支行这身居一头一尾的两个人,感受着他们对自己的热情,左忠堂在独自拿走全部螃蟹之前,心里也真的产生了一点儿不好意思的情感,他半真半假地推辞道:“阮董给我们一人一份,我怎么能都拿走呢!”

龚梅索性让谭白虎把三份螃蟹都装进了左忠堂的黑色捷达车。望着左忠堂的车在京城的夜幕里消失得无影无踪了,她才和谭白虎一起,转身走进五一支行营业大厅的玻璃门。到了谭白虎二楼宿舍的门口,龚梅见四周无人,才站住脚对他轻声说:“阮大头的协议虽然签了,你可得防着他毁约呀!”

谭白虎摸一下怀里冷冰冰的手枪,冷不丁儿地有了一副特男人的派头,豪情万丈地悄声说:“他敢！我跟狗日的硬磕了!”

龚梅笑了:“你一把玩具手枪管什么用！他这种人,整个一个土财主加高级流氓,什么缺德事情做不出来!”

龚梅的一句话,倒让谭白虎张口结舌了。他没想到自己大义凛然的英雄救美义举,在美女行长眼里却是自己拿着一把玩具手枪,与阮大头做了一次小孩儿过家家一般的游戏!

“真没想到,你这么大个人,身上还带这种玩意儿!”龚梅一对杏眼像老师爱护学生一样地望着谭白虎。

见美女行长这样说,谭白虎只得带着几分尴尬地点点头,喑哑着嗓子说:“行呀,您甭以为我像黑社会一样黑吃黑就行了!”

“不过,你这枪可要收好了！万一阮大头心血来潮告你的状,警察一来,玩具枪一没,人家就要把假枪认作真枪啦!”

美女行长的话倒让谭白虎心里一惊,看来还真得防着姓阮的这一手!否则,自己稀里马虎地就进了局子啦!

龚梅见谭白虎阴郁着脸不做声了,便让自己的脸变成了中午的太阳,表情温暖,话更热情,她说:“不管怎么说,今天我都要感谢你!”

从来没享受过美女行长热情礼遇的谭白虎立刻红了脸,他的话语也开始结结巴巴的了:“应该的！应该的!”

龚梅见谭白虎羞红了瘦脸,便收住自己脸上灿烂的笑容,小声叮嘱道:“这事可千万甭跟别人说,否则,我们银行,还有阮大头,都该让人说成黑社会了!”

龚梅说罢,又以领导的姿态关照了谭白虎几句,之后,便小风一样轻盈地上楼了。

孤零零的谭白虎冷不丁儿地感觉身心疲惫了,他把自己的手枪重新藏到地砖下面,便倒头睡下。但是,脑袋一挨枕头,他就仿佛听到了楼上美女行长的脚步响,继而又听到她的洗漱之声。于是,他的脑海里立刻浮现出美女行长秀丽的笑盈盈的脸,还有那对秀气的充满热情的杏眼。可是不久,顺着楼板,从美女行长的办公室里竟又传来了那如泣如诉的呜咽之声!

那持续了很久的呜咽之声如音绕梁，悲悲切切得仿佛是一滴滴盐酸，侵蚀着谭白虎的心。

谭白虎叹口气，低声自语："真是一家一本难念的经！白日里风光无限、女强人一般的美女行长，晚上才露出了凄凄惨惨、弱女子的真情！看来，这美女当行长，看着挺好，可有老康这样不近情理的窝囊废和阮大头之流仗势欺人的土大款在，其实也难呀！！！"

于是，谭白虎一天的疲惫又随着不久之后楼上美女行长哭音的消失而消失了。

谭白虎正辗转反侧，不能入眠的时候，他的手机却冷不丁儿地响起了《桑塔露琪亚》。他立刻翻身下床，抓起了放在桌子上的手机，他希望，也以为，这是楼上美女行长打来的，心中不禁一阵窃喜。但是，对面传来的，却是任博雅的声音："老弟，您还没睡吧？"

谭白虎失落了，便没好气地问："大半夜的，你有啥子事情嘛？"

任博雅听出谭白虎一副不耐烦的口气，不但不介意，反而笑起来了："后半夜才是夜生活的高潮呀！"

谭白虎虽然已经成了银行白领，但依然囊中羞涩，自然对夜生活没有感觉："哎呀！啥子事情嘛？我可是梦才做半截哩！"

任博雅不笑了："左忠堂和我在一块堆儿呢！"

谭白虎诧异了："他拿了螃蟹，没回家？"

"我现在吃的，就是你们从野鸭湖带来的大河蟹！"任博雅一派得意洋洋的语气。

谭白虎有所顿悟："这个家伙，挺孙子呀！咋？他还想到你们至大支行去？"心里对左忠堂这个人开始鄙夷起来。

"人往高处走，水往低处流！我这儿一个副经理的位置就等着你了！"

"至大投资公司早就把二亿美元存我们五一支行哩！我还到你们那里干啥子嘛！"谭白虎想起自己白天的勇武，志得意满地对任博雅透露出了商业机密。

任博雅已经惊得从餐桌上跳起来，迫不及待地追问："怎么？怎么？你再说一遍！阮大头已经把两亿美元存你们五一支行了？”

谭白虎更得意了，以按捺不住的欣喜继续透露道：“我和龚行与阮大头一块儿签的协议，那还能有错！龚行说把这二亿美元全都算我的业绩，老兄你琢磨琢磨，将近十七个亿人民币的存款业绩，几十万的业务提成，我还能跳槽嘛？”

“左忠堂咋一丁点儿也不知道？！”

谭白虎得意地笑出了声：“我们签协议的节骨眼儿上，他正在湖里抓螃蟹哩！”

任博雅听了谭白虎得意洋洋地笑声，嗓子眼里像梗住了一块干土豆，连咽了几口唾沫，依然感觉不舒服，于是，他不怀好意地问：“老哥儿我问你一句：你丫挺的是不是已经让龚梅的俏模样儿搞乱心智啦？！”

“任博雅，你为啥子说出这种话来？”谭白虎也不高兴了。

任博雅心里一沉，暗自无声地叫苦：“别人都是娶了媳妇忘了娘，可这个谭白虎却他妈的是见了美女忘老乡！”他的嘴上，却言不由衷地敷衍道：“成成成！咱哥儿俩改日再聊！改日再聊！”说罢，任博雅不分青红皂白，一句“再见”也没说，就挂断了电话。

为了让老父希望自己出人头地的愿望得以实现，左忠堂力排龚梅的好意挽留，依然义无反顾地到速发银行正在组建的至大支行报到、上任去了。其实，对龚梅为留住自己而施加的各色小恩小惠以及种种小手腕，左忠堂不但没有一点儿动心，甚至还有了几许复仇的快感和心中压抑的阴影被揭开的舒畅。他左忠堂学位从什么“士”也不是的大专开始，到如今已经是博士在读，可在她龚梅手下，却一直当着一个管不了两个半人的部门破经理，他感觉自己真是被压制得太久、太惨了！每一想到自己仿佛西藏农奴摆脱奴隶主一般，挣脱了压迫，就要翻身求解放，老父望子成龙的愿望也有可能实现，他的心里就格外的阳光灿烂。但是，左忠堂灿烂的好心情，没维持几十个小时，就又被乌云笼罩起来。因为，他怎么也没想到，自己以四张多的跳槽高龄纵身跳到至大支行副行长位子上的第一天，行长任博雅便确认了阮大头两亿美元的存款的的确确已经签给了五一支行这一噩耗！而且那份存款协议的复印件就摆在任博雅的办公桌上，是任博雅千方百计地晓之以理、动之以情才从谭白虎那里搞回来的。两亿美元的存款额度白纸黑字地写着，龚梅、阮大头的签字以及银行和企业的公章也赫然在目地盖着，千真万确的没有一点儿错！

“没了这两亿美元，我们还叫什么至大支行！？我瞧，还没正式开业就已经可以关门了！”任博雅拍一下办公桌上的存款协议，气急败坏地叫嚣，“这让你、我的脸往哪儿搁！？”从农村进军营，再从军营进银行的任博雅，除了没考上大学受了一丁点儿挫折之外，由于家里事事都有一个强人老婆齐美丽罩着，自己还从来没作过这种瘪呢！

左忠堂面对年纪比自己小七八岁，学历比自己低一档的任博雅，只得做惭愧状，低了头没吱声。当然，他还不知道任博雅的所谓硕士，是假的，否则他保准儿更感觉自己愧对老父之厚望了。

“左行长，您也得想点辙呀！您这个副行长位子，就是我打着竞争至大投资公司这个客户的旗号从分行争取来的！这阮大头一跑，您……”任博雅没好气儿地对左忠堂唠叨着，见左忠堂的老脸上露出了几许愠色，他才勉强住了嘴。

左忠堂是一个有自知之明的主儿，他当然明白阮大头这两亿美元被龚梅拉走对至大支行以及对自己意味着什么。这种打击大得就仿佛张张扬扬地娶媳妇一样，人家分行的马行长满心欢喜大办婚事迎来了给速发银行生儿育女的新娘子，结果入洞房一瞧，不但发现新娘不是处女，而且根本就不能生育！其后，这婚姻的结果会是什么？左忠堂自然心知肚明：不是被马行长拉下脸来轰走，就是比在龚梅手下更窝囊地活着！可，早知今日何必当初哟！

“你倒是说话呀？”任博雅已经把原来对左忠堂称谓中的“您”字索性改成了“你”字。

在任博雅的逼迫下，也是老天有眼，左忠堂突然眼前一亮，开功开智了。他起身，拿起自己从五一支行带过来的口杯，先到饮水机旁给自己打了一杯白开水,“哧溜”一口下肚之后,才神秘兮兮地坐到任博雅对面,望着任博雅一张白净净的大脸,做出胸有成竹的样子,笑嘻嘻地说:“有了!”

任博雅被左忠堂忽左忽右、神经病一般的模样搞懵了,诧异着一对双眼皮的大眼睛,问:“有啥了?”

“有辙了!”

“啥辙? 你快说!”

任博雅的话音未落,办公室的门却被轻轻地敲响了。

在任博雅不耐烦地应了一声之后,门被轻轻地推开了。一张尖瘦的小脸从门缝中挤进来,这张脸上长着一张难看的嘴,像兔子一样呈蒜瓣状。

“你是谁? 想干什么?”任博雅诧异万分。

“我是京城大学的学生,叫马苦苦,是来办理助学贷款的!”马苦苦一对小小的眼睛看一眼任博雅,再瞟一眼左忠堂,赶紧羞涩地收了目光,低了头,死死地盯着自己的脚尖,再不敢把头抬起来。

任博雅眉头立刻皱成了一个肉疙瘩,毫不客气地脱口而出:“还有叫这种鬼名的?”

左忠堂见马苦苦老实巴交的样子,略略动了恻隐之心,和气着口气,问:“带证件和材料了吗?”

马苦苦赶紧把早已经准备好的材料递过去,红着一张瘦瘦的小脸,低头支吾道:“我妈是个残疾人,没工作。我姥姥一直卧床不起。我爸爸在北京是个看门的,都没钱。可我……不按时交学费,学校就不让考试,没法子,我只好……”

任博雅不等马苦苦把话说完,突然从左忠堂手里夺过材料,一把塞给马苦苦,一边推马苦苦出门,一边不耐烦地说:“你到国有银行去贷吧! 我们这种股份制银行不办理这种赔本赚吆喝的业务!”

马苦苦瘦小的身体被高大魁梧的任博雅压迫出门。此时的马苦苦一脸羞红,可小小的眼睛里却流露着狼一样凶狠的光,他依然不甘心地叫着:“国家有政策的,你们……”

等任博雅轰走了马苦苦,左忠堂喝了一口水,脑子重新从对马苦苦的那一点同情之中回到拉存款的问题上。他一脸胜算在握的神情，说：“在调到至大支行之前，我对我未来在至大支行的工作做了一回摸底调查。”

“这跟拉存款有关系吗?”任博雅有点沉不住气了。

“当然有关系!”左忠堂再喝了一口水，“我小姨子的丈夫的舅舅的妹妹……”

任博雅仅存的一点涵养已经消耗殆尽，他终于不耐烦了：“打住吧您呐！这都是啥乱七八糟的亲戚，你快说咋样拉存款得了!”

左忠堂见任博雅一副心烦意乱、心智不全的劲头儿，心里不觉一沉，暗暗叫苦不迭，心说：“这么瞧着，这个任博雅不但是一个大草包，而且比那个龚梅还他妈的操蛋呐！龚梅多少还有一点领导的样子，没那么多的私心，可这个任博雅却整个一市井之徒，完全是他妈的见利忘义之人!”但是，既然自己已经上了任博雅的贼船，也只得人在矮檐下不得不低头了，于是，他的嘴上依然颇具耐心地说：“总之，我有一个挺远的亲戚，在阮大头的公司上班。”

任博雅似乎听出了一点儿意思，赶忙打断左忠堂的话，问：“她在至大公司任啥职务?”

“就是一个小会计!”

任博雅大出了一口气，又不耐烦了：“一个小会计，屁大点儿的事儿都做不了主，你还提她干吗?!”

左忠堂这次没闲心喝水了，赶紧解释：“我是没指望她能帮着我做什么！但是，她告诉了我一个信息，忒重要了！她说：阮大头有一个老母，年纪已经快八张了，是个神经病。为了治好将自己含辛茹苦带大的老娘，阮大头跑遍了全国各大城市，什么大学附属医院、什么医疗中心，却连一个科学的解释都没踅摸到。因此，老娘身上的病也就成了一片阴影，成了阮大头埋在心底的一个心病!”左忠堂见任博雅又要打岔，便不等任博雅开口，赶紧继续说：“她还说，阮大头表面上道貌岸然，其实是一个十足的色鬼加流氓!”

任博雅没听出啥感觉，还是打岔了：“我说左行长，一个人是好是坏，十个人有十个说法！你说这些，跟拉存款一丁点儿也挨不上边儿呀!”

“您说得对！阮大头是有色鬼加流氓的一面，可从我这亲戚嘴里，我知道了，阮大头还有大孝子的一面呐！而且，至大投资公司的写字楼，其中两层的产权，是划在他神经病老母名下的！”左忠堂不管任博雅怎么不待见，只管加快了自己说话的速度，“现在，我们支行还没确定办公地点，如果我们把办公室租在至大投资公司的写字楼里，一来可以让阮大头的神经病老母挣些钱，二来也能体现出咱们和至大投资公司共存亡的意思。你琢磨琢磨，咱们让阮大头当了一回孝子，再让他享受了我们的近距离服务，还用愁他不把存款再放在我们这儿！”

“好！好！好！”任博雅终于听明白了，白净净的大脸上立刻神采飞扬的，他一边连声叫着好，一边蹦了起来，“这个主意没治了！”

“我们甚至可以就此在北京市的金融界树立一个就近服务于企业，银企一家亲的样板行来！”

任博雅站起来，只跳了两次脚，就又像泄了气的皮球，颓然坐了下来：“只可惜，五一支行把协议都跟阮大头签了！现在咱们再这么折腾，岂不是远水解不了近渴啦?!”

左忠堂见任博雅这一副弱智儿童一般的表现，搞不清自己是该气还是该喜，忍不住笑了起来。

任博雅瞥一眼左忠堂，颇为不满：“你笑啥?”

左忠堂心里骂着任博雅弱智，嘴上却换上了正面褒扬的词汇：“我笑你太善良了！”

任博雅还没傻到听不出好赖话儿的地步，便没好气儿地表白道：“我瞧出来了，在你眼睛里，善良就是愚蠢的代名词！”

左忠堂怕任博雅不高兴，赶紧说出了自己的想法：“现在可是社会主义市场经济的初级阶段，什么协议签了，不可以撕毁呀?!”

“撕毁?”任博雅睁大了美女一样的丹凤眼，“那龚梅要是把阮大头告到法庭上咋办?”

左忠堂认真严肃地解释道：“他们那份协议还能大过《商业银行法》去?法律明文规定储户对自己的存款，有存、取的自由！那些协议说破天，也只是一份君子协定，完全是龚梅的一厢情愿，根本就没法律效力的！”

任博雅大叫一声“好”，又站起身来，这一高兴不要紧，忍不住对左忠堂说了老婆不让他说的实话，“这么瞧着，我老婆的眼睛就是毒！她说我要是在支行当一把手，就一准儿得把你弄过来！出谋划策，业务把关，非你莫属！现在一瞧，你果真样样都没问题！”

左忠堂倒惊愕了，他现在也不知道任博雅的老婆是谁，更想不到任博雅挖自己过来，原来是他老婆的主意！自己在不经意之间，不幸沦落成石榴裙下的二把手行长！

望着左忠堂一张挂满了惊愕的脸，任博雅得意洋洋地笑了：“有一回保险公司招聘，你是不是投了一份简历？”

“是呀！”左忠堂老老实实地交代。

“是不是有一个女经理，拉你去卖保险，说给你月薪六千元？”

“对呀！”

“你不但复印了学位证，还把收入证明也复印给人家了？”

“没错！”

“可后来，你却没去！”

左忠堂一脸愠色：“这家保险公司把我骗了！她们说有保底工资，可后来才知道那所谓的保底工资其实就是业务提成！卖不出保险去，一分钱也拿不着！尤其是那个惠总经理，一脸的小九九，我一看就挺烦！”

“你知道最先骗你的主儿是谁吗？”任博雅眯起了自己的丹凤眼。

左忠堂似有所悟：“原来她是你……”

任博雅大笑起来：“就是我老婆齐美丽！后来，她把你的简历给了我，跟我说：谁让保险公司都是代理制呢，没死工资，自然招不来你这样优秀的人才！”

“我说呢！你在分行党办工作，怎么就知道我要跳槽呢！”左忠堂沉吟着。此刻，任博雅夫妻的苦心在左忠堂眼里，比龚梅要尽花招的挽留更令他感动。新官上任三把火，如果烧得好，既可以报答任博雅夫妻的知遇之恩，更可以使自己在至大支行立稳脚跟。左忠堂的心里对这个道理是像镜子一样透亮的。于是，他说干就干，不等任博雅再吩咐什么，回到自己的办公室立刻就按照名片拨通了阮大头的手机。

"该用户已关机!"左忠堂无数次呼叫,无数次得到这样的回答。他只得又拨通了阮大头办公室的电话,"嘟嘟嘟"的长音响了无数次,却始终是没人接。他只好又拨通了文才子办公室的电话。

"文秘书吗?"左忠堂现在的语气可比在五一支行时热情得多。

"您是……"听文才子的语气,分明已经把左忠堂忘了。

"我是左忠堂!五一支行那个老家伙!咱们在野鸭湖,还一块儿抓螃蟹来着!"

"噢,是您呀!您……"

"阮董是不是外出了?怎么办公室和手机都没人接呀?"

文才子沉吟了半晌,一直没开口。

左忠堂耗不住了,急不可待地问:"阮董出什么事儿了吗?"

文才子迟疑地回答道:"阮董从野鸭湖回来之后就病了。一脸的阴郁,像变了个人似的!"

"哪儿不舒服?"

"也说不好哪儿不舒服,有人说,是上次去野鸭湖中了邪啦!"

左忠堂急了,想赶紧跟文才子说自己的事儿:"我琢磨着踅摸一下阮董……"

文才子支吾着敷衍两声,不等左忠堂再问什么,就毫不客气地赶紧把电话挂断了。

左忠堂一脸的不快,心里暗暗骂道:"现在,这企业不但是上帝,而且都成大爷啦!银行这活儿,简直没法儿干啦!"

十八、上帝的报复

阮大头自打在野鸭湖作了瘪子回来，就一直待在家里，大门不出二门不迈，仿佛成了一个被污辱与被迫害的妙龄处女一样，感觉自己没脸见人了。

只要一闭上眼睛，谭白虎那只冷冰冰的手枪就仿佛顶在他的脑壳上；只要心里刚一静下来，他的耳畔就立刻回响起龚梅阴阳怪气的声音："签吧，否则谭白虎真要把游戏进行到底了！"

当时在野鸭湖的宾馆里，阮大头怎么听怎么觉乎着龚梅的话是为了自己好，现在怎么想怎么就感觉龚梅是与谭白虎沆瀣一气，跟自己玩了一回黑吃黑的把戏！

现在，不管自己的眼睛是闭着还是睁着，他的脑海里，总是不断浮现着自己最不堪回首、最令自己汗颜的那一幕：

谭白虎把手枪顶在自己的脑袋上，一对细小的眼睛放着恶狼一样的绿光，恶狠狠地一言不发；龚梅则像获得了新生的受难者一般，立刻从老板桌上一骨碌爬起来，故作惊异地大叫："小谭，怎么是你？"

谭白虎始终一言不发，不断地咬牙切齿，只顾把手枪顶住自己的脑壳恶狠狠地逼着自己向后退、再向后退，直把自己逼得屁股倚到了墙，大手按到了那份存款协议，再无路可退为止。此时，龚梅原本尴尬、羞涩的脸，忽然放射出了异常灿烂的光，她似乎如梦方醒了，仿佛终于找到了让他老老实实、乖乖签订存款协议的良机！于是，她叫出了那句不断在他阮大头耳边萦绕的话："签吧，否则谭白虎真要把游戏进行到底了！"

"把游戏进行到底"是他妈的什么意思？不是分明想要谭白虎开枪吗？唉，真是富贵荣华出怂人呐。想当年在东欧市场叱咤风云的阮大头，什么时候怕过死？又什么时候向别人服过输？可现在的阮大头却竟然当着一个自己没玩到手的美女之面，面对着谭白虎这么一个操蛋的外地打工仔的手枪，就低头认栽了！自己不但乖乖地签了字、盖了章，而且还与谭白虎私下里定了攻守同盟：谭白虎不向外说他阮大头强奸未遂之事，阮大头也不向公安局反映谭白虎手里有一支枪！

难道这一切的一切不是他阮大头的奇耻大辱吗？

经过几天几宿的辗转反侧，阮大头的脑子终于朽木发了芽，他突然想明白了：其实五一支行的人，要说老子强奸未遂，根本没门儿！因为，没一丁点儿物证！！而自己要说谭白虎手里有一支枪，却证据确凿，一抓一个准！！！

枪？谭白虎竟然有枪！他一个普通的银行职员，虽然当过银行保安，也不应该有手枪！？就凭这一把手枪，虽然不一定能把五一支行的一伙人一水儿地污蔑成具有黑社会性质的犯罪团伙，至少也可以把谭白虎治上一个私藏枪械罪！

一个清晰的报复计划终于在阮大头的大脑袋里形成了。他从卧室的大床上倏然翻身下地，抓起了一连几天都没好意思打开的手机！

阮大头拿起手机，又踅摸出电话本，翻来覆去地查找陆卫国的电话，可一时却怎么踅摸也踅摸不着了！是呀，他阮大头压根儿就没想主动和小警察陆卫国再发生什么联系！

突然，阮大头的手机响了。他刚不耐烦地“喂”了一声，就突然大喜过望地叫起来：“陆卫国？怎么是你？我正要踅摸你呢！”

对面的陆卫国听说几个月见不着一回面的老同学要找自己，自然不信：“得得得，我的哥哥哎！您现在能接我的电话，我就念‘弥陀佛’啦！”

阮大头听陆卫国说找自己有事儿，心里立刻一亮，他高兴了：这不等于自个儿在给老同学面子的时候，就把自个儿的事儿带手儿办了嘛！阮大头这么一想，几天来的颓唐立刻化为乌有，他强迫自己把精神振作起来，以从来没有过的热情，问陆卫国：“老弟，不会是分局又有人来调查我了吧？”

陆卫国很认真地回答：“最近倒没有！恐怕是他们往更高层次上调查去了！”

阮大头一连咽了几次口水，而后才镇定精神，说了一句空洞的老话："我是脚正不怕鞋歪！"

陆卫国敷衍道："那好！那好！"

"今儿有什么事儿？你尽管吩咐！"

"得得得！吩咐咱可不敢！谁让您是大企业家，我是小警察；您是大人物，我是小角色来着！"

阮大头没心思跟陆卫国逗闷子，他还指望着这个发小帮着自己重新做人呐！于是，他急不可耐地问小人物陆卫国："快说，什么事儿？"

"我老婆下岗之后，你不是帮着在梦幻支公司踅摸了一份卖保险的工作吗？可她们的……"

此时的阮大头，脑筋很灵，立刻又明白了，一拍胸脯，再大大咧咧地说："一准儿是让我买保险？好事呀！明儿个让弟妹来吧，我买她几万块钱的……"

陆卫国一听，反而更焦急起来："哥哥哎！我今儿不是麻烦您这事儿！"

阮大头倒丈二和尚摸不着头脑了，嘴里支支吾吾的不知道该说什么，心里也闹不明白这个发小现在的来意。

陆卫国趁阮大头没打岔，赶紧说："我老婆她们公司有个女经理，叫齐美丽！齐美丽有个老公叫任博雅！任博雅在速发银行至大支行当行长，他听说你有两亿美元，就想从你这儿拉存款，让我来给穿个线！"

阮大头一听陆卫国是帮助任博雅拉存款来的，立刻像一个泄了气的皮球，垂头丧气的，话都懒得说了。但是，他为了重新做人的大目标，只得深深地叹口气，没好气儿地牢骚道："看看，连你都出面为这两亿美元找下家了！我还能有什么问题？我还怕谁他妈的调查？唉！现在这银行都成神经病了！原来是我上赶着求他们，他们是爷爷！现在他们却又蚊子一样叮着我，他们成了孙子！"

对面的陆卫国听阮大头这么说，立刻不高兴了："瞧瞧瞧！刚才还说要踅摸我呢！我说你是玩虚的，还不承认，现在我还没求你呐，刚说给人家搭个桥，你就翻脸了不是！"

陆卫国的话立刻又让阮大头明白了自己眼前的处境，于是，就含糊道："我那二亿美元，早就签给五一支行啦！不过，老弟你出面了，我……"

陆卫国一听阮大头吐了活口，仿佛已经瞧见了自家老婆灿烂的脸，立刻高兴了："我的哥哥哎！您这就够意思啦！我不完成齐美丽交办的任务，我老婆她就不让我上床呀！"

阮大头听陆卫国这么老实巴交地说了实话，实在没想到在这个世界上，为人妻的女人还有学着妓女的手段驾驭老公的主儿！他一时忘了自己的尴尬处境和内心深处隐隐的不安，竟"哈哈"大笑起来。等笑得没一点儿力气了，他的大脑才又回到了现实。他重新阴沉下大脸，转了转大眼珠子，神秘地小声说："老弟！今儿我要报个案！"

陆卫国虽然不经意间泄露了自己怕老婆的隐私，但见大款发小笑得如此开心，自己也就一直是兴高采烈的，突然听阮大头这么一说，赶忙接茬儿："哥哥哎！您可甭吓唬我！"

"我不是跟你闹着玩儿！是板儿上钉钉儿的事儿！"阮大头大眼睛里凶光毕现，"五一支行有一个叫谭白虎的半彪子！丫挺的居然有一把'五四'式手枪！"

"您没瞧错吧？我们这片儿，可一直没有丢枪记录！"

"没跑儿！丫挺的居然把枪顶在我的脑袋上啦！"

陆卫国警惕性非常高，立刻把"枪"与"拉存款"联系起来："这么说，姓谭这主儿是用枪逼着你签存款协议的？这可就能比照抢劫罪论处啦！！"

陆卫国这一问一说，阮大头倒尴尬起来，他打死也不能承认因为自己强奸未遂才被谭白虎用枪顶住脑壳的事儿呀！他的脑子在大脑壳里急速地盘算了片刻，之后，他才结结巴巴地说："我和丫……都他妈喝醉了！丫跟我装孙子，拿枪和我逗着玩儿……"

陆卫国立刻严肃起来："老哥，如果情况属实，事儿可就大了！"

阮大头一愣，没吱声。

陆卫国出主意道："我瞧，先甭忙着下结论。为了你和你那个姓谭的哥们儿好，我先把他的枪收了，如果是真枪，咱们再立案！你瞧怎么样？"

阮大头心里虽然对陆卫国的想法不太满意，更不解恨，但是，他的心里也开始打鼓了：如果自个儿作为知情人正式报了案，一旦谭白虎的枪不是真的，再对自个儿倒打一耙，不也麻烦吗？于是，他点了点头，跟自己的发小唱起了高调："成！如果是真枪！你们就办了姓谭的，一丁点儿也甭客气，我这也算大义灭朋友啦！"

陆卫国依然没忘记自己求阮大头的事儿："存款的事儿，老哥儿您就尽量照顾一下弟妹吧！"

阮大头的大眼睛里洋溢着阴森与恐怖，喑哑着嗓子说："老弟，你就一百个放心！老哥儿我这心里头，明白着呐！"

十九、追枪记

陆卫国放下打给阮大头的电话，一刻没闲着，立刻把阮大头吐口存款的事情告诉了自己的保险推销员老婆；保险推销员老婆立刻又把喜讯转告了齐美丽，齐美丽没停半刻，就立马把消息告诉了任博雅；任博雅正在办公室里编制存款计划，马上从计算机旁转身，打电话通知了左忠堂。

“真的？”左忠堂一点儿不耽误地赶到任博雅的办公室，却是一副将信将疑的样子，“阮大头这个人我虽然接触不多，但是，一瞧，就感觉此人的话，不是十分靠谱呀！”

任博雅压低声音问：“你在野鸭湖那阵儿，发没发现谭白虎有什么异样？”

这次是左忠堂诧异了：“谭白虎的行踪和拉存款有关系吗？”

任博雅没心思再卖关子了，一针见血地直捣五一支行的致命处：“听说，谭白虎竟然有一把手枪！”

“手枪？谭白虎有一把手枪？”左忠堂惊愕万分，以他在读博士的智商，当然知道私藏枪支的利害得失，“怎么会有这种事儿？不会是假枪吧？谭白虎那个人本来就是个神神叨叨的主儿！”

“是阮大头亲自报的案！如果是真枪，谭白虎倒了霉，五一支行的龚梅就不攻自破啦！”

左忠堂立刻豁然开朗了，他突然起身，果断地说：“我立马儿带派出所的同志去抓谭白虎，问题不就迎刃而解了吗？”

刚才还在办公室里团团转的任博雅冷不丁儿地踌躇起来，在办公桌前停顿片刻，又坐入椅子，叹了一口气，他才亦真亦假地说：“咋样说，谭白虎也是我的老乡呀！你这一去，我不是等于大义灭亲了吗？”

左忠堂对谭白虎和龚梅，虽然谈不上苦大仇深，但也一直是揣着宁愿看其苦，不愿见其乐之心思的，自然不肯放过这个为至大支行建功立业的机会，于是，他便开始给任博雅做心理疏导工作了：“估计警察同志也只是了解情况。如果不是真枪，不也就没事了嘛！”

任博雅踌躇几秒钟之后，立刻撕掉了自己温情脉脉的面纱，“啪”地一拍桌子，最终下定了决心：“我立马给派出所打电话，我们支行出车，你就带警察同志过去，抓他谭白虎一个措手不及！”

左忠堂刚出门，又转身回来了，对任博雅邀功摆好一般地说：“警察去抓谭白虎，我带手儿把五一支行与阮大头签协议时的调查报告踅摸来！”

见左忠堂一副婆婆妈妈的德行，任博雅不耐烦了，索性把左忠堂推出办公室的门，说：“成成成！！赶紧去就是了！你再说一会儿，谭白虎就把枪处理掉啦！”

这边的左忠堂马不停蹄地带上民警陆卫国直扑五一支行，那边的谭白虎却是浑然不觉，依然是一副悠闲自得的样子。此时的他，正骑着那辆破自行车，“吱啦吱啦”地行进在前往野鸭湖的路上。

自打与阮大头签了存款协议之后，谭白虎一连几天都没听到至大投资公司的动静，至大投资公司既没人来支行开户，更没人来送那两亿美元的支票。在美女行长“小心阮大头毁约”的不断提醒下，谭白虎一连给阮大头打了N次电话，也没听到半点音讯；再找文才子呢，这小子更是莫名其妙，竟把手机设置了呼叫限制！好不容易把文才子办公室的电话打通了，却也只是“嘟嘟嘟”地空响，始终没人接！

这“嘟嘟嘟”的空响，仿佛是一个市井赖皮一次次地说“不”，让谭白虎焦急万分，更感觉出了不妙！

破自行车不圆的轱辘带着谭白虎随风而去，眼瞧着野鸭湖就在眼前了，他的手机却突然响了。龚梅在对面焦急万分地问：“小谭吧？你快回来吧！”

“可……我立马就要到了！”

“派出所一个姓陆的同志刚来电话，说要过来跟你谈一下！”

谭白虎一听说“派出所”三个字，吓得差点儿从自行车上掉下来。虽然美女行长的电话还没挂断，但他的瘦脸上，已经没有了半点男人之气，除了无法掩饰的惊恐之外，大汗珠子就像冰水结晶一样挂满了额头。他的舌头又像被啥子东西拴住了，不利索起来，结结巴巴地问：“派出所找我……干啥子？”

龚梅声音焦急而喑哑：“我想……你上次那枪，没问题吧？”

“没……啥子问题？一般的玩……意儿嘛！”

虽然听谭白虎如此说，但是，龚梅心里依然像装着水桶，七上八下的没有底。她以此生从来没有过的心虚，支支吾吾地念叨着：“是玩意儿……好！没问题最好！”

“您就跟他们说，找不到我得了！”谭白虎急中生智。

“据说，左忠堂跟来了！车是至大支行的！任博雅跟你是老乡，可老乡见老乡两眼却要冒阴光啦！恐怕是来者不善，你躲过了初一，也躲不过十五！”

谭白虎等美女行长挂断了电话，一颗没经过大是大非折磨的心脏，在他的瘦胸里开始以比平常快一倍的速度狂跳起来。他担心自己的宿舍在自己来不及赶回去之前，已经被警察翻了个底朝天！如果地砖下那把五四式手枪真的被翻出来，难道自己就真的要进监狱了？即便自己就此莫名其妙地进了监狱，其实还不算啥子，难道自己心中的美神龚梅也要就此莫名其妙地身败名裂吗？

冬日里的谭白虎虽然只穿着单薄的运动衣，却由于紧张过度，已经浑身是汗，把内衣都湿透了。他没再迟疑，立刻来了个一百八十度向后转，把红旗牌加重型破自行车骑得与红旗轿车一般飞快，风驰电掣般地赶回来。他气喘吁吁、上气不接下去地跨入玻璃门，再急不可耐地蹿上办公楼，在他办公的格子间里，却发现了已经调离的左忠堂！

左忠堂正独自一人吹着口哨，悠闲自得地在他的办公桌前，左瞧一眼，右掀一下，上上下下、里里外外、仔仔细细地翻着什么！

“左经理？你……在找啥子？”谭白虎把自己变成一只飞镖，风一样地射到左忠堂面前，急刹车一样站住了。

左忠堂是一个学过法律的主儿，自然知道自己目前行为的不妥，因为即便谭白虎真是一个犯罪嫌疑人，也轮不到他进行调查取证！左忠堂尴尬地起身，一脸绯红地支吾着撒谎道：“噢，有一份至大投资公司的调查材料，不知道是不是在你这儿？”

谭白虎的瘦脸上，全是难以掩饰的怒不可遏，声音急促而高声地问：“警察呢？你带来的警察呢？”

左忠堂的良心此时此刻似乎有了某种触动，小小的三角眼不敢直视谭白虎已经瞪圆的细眼了，他目光游离着自我解嘲道：“陆同志只是要找你了解一些情况，他恐怕……没别的意思！”

“我问你，警察在啥子地方？”

“警察？警察和龚行在楼下！”

“在搜查我的宿舍？”谭白虎嘴上依然怒不可遏，心中却如雷轰顶一样的大惊。

左忠堂尴尬地龇牙笑了笑，不怀好意地说：“哪能呢！你又没犯罪，谁敢来搜查？陆同志只是到你宿舍里找你，谈谈而已。”

谭白虎感觉自己的双腿没有一点儿力气了，他努力控制着自己双腿的战栗，故作镇静地学着左忠堂的样子，也呲着牙，做出一丝笑模样，而后慢慢地转身，在左忠堂的目光护送下，再慢慢地走到楼道口。当他的脊背感觉出已经逃离了左忠堂的目光注视时，立刻撩开两条瘦腿，三步并作了两步地从三楼下二楼，瞬间便冲到了位于二楼的集体宿舍门口。立刻，他傻了。因为宿舍门果真开着一条一尺宽的门缝！谭白虎真想把门一脚踹开，径直闯进去，瞧姓陆的警察到底发现了啥子。但是，他没敢，他晓得如果警察已经发现了他的枪，如果他再这样做，这行为无异于是拒捕！

谭白虎屏住呼吸，蹑手蹑脚地把身体挨门站住，把耳朵贴在门缝上，偷听屋里的动静。

“谭白虎同志平日里的表现很好，没任何反常迹象，更没发现任何违法乱纪行为!”这是龚梅的声音。

“关键是那把枪!到底是真的还是假的?”一个陌生人的声音,明摆着就是那姓陆的警察。

“我见过那把枪,根本不可能是真的!我看,报案之人明摆着是别有用心!谭白虎原本是一个农民,又老实巴交的,怎么会有枪?这岂不是天方夜谭?!”

“关键是他喝酒之后竟然用枪顶住了别人的脑袋!举报人虽然说他没有犯罪动机,但据说枪是铁的,又凉又硬!”

龚梅“咯咯”笑出了声:“我说陆同志,举报人不会是大脑有毛病吧?小孩儿的玩具枪也是铁的,只要是铁的东西当然就又凉又硬!怎么仅能从手枪的又凉又硬这一点上,就断定枪是真的呢!?”

“我也只是来了解情况,如果早就断定枪是真的,现在来的,恐怕就不是我一个人,而是整个刑警队了!”

谭白虎听里面这么一说,心里立马踏实了。看来,不但警察现在没找到自己的手枪,甚至连报案人报的案都似是而非!居然说自己是喝醉了才拿出了枪的!而且,竟然没确认枪的真伪!看来,这报案人非又当婊子又立牌坊的阮大头本人莫属!

这时,房间里又传来警察的声音:“真枪也好,假枪也罢,关键是枪在哪儿?找出来一瞧,我们就都明白了不是!”

龚梅耐心地敷衍道:“我早就通知了谭白虎同志,他一定会尽快赶回来的!”

警察冷笑两声:“他敢回来就好!如果就此消失,事儿可就大了!”

龚梅几句敷衍警察的话,虽然说起来平淡而不经意,但在谭白虎听来,心里却是暖烘烘的,像一只拨动他感情之弦的小手,把他的鼻子拨得酸酸的。他真的没想到,在这么关键、这么危机的节骨眼儿上,作为一行之长的龚梅不但没抛出自己以求自保,反而义无反顾地处处维护自己。这无异于是拿她的前途来给自己做赌注!他的心里热到一定程度之后,鼻子就酸得受不了了,细小的眼睛里几乎落下泪来。

谭白虎把心一横，嗽嗽嗓子，立刻敲了自己宿舍的门。他主动把自己送给警察！

龚梅听见敲门声，先于警察迎出来，一对杏眼惊喜万分又惊恐万状地盯着谭白虎，那眼神分明在说："你还真回来了！枪到底是真的还是假的呀?!"

陆卫国不愧是一个老警察了，龚梅刚一往外走，他立刻意识到犯罪嫌疑人的到来。说时迟那时快，他一个箭步冲上来，"呼"地站在了谭白虎面前，身体与身体只有半尺的间隔，此时，即便是谭白虎能够从哪里掏出枪来，除了两人肉搏，也没有任何可以施展的空间。此刻，陆卫国早已经把一对眼光化为了两把匕首，直刺谭白虎的双眼，令农民出身的谭白虎不寒而栗。

"你就是谭白虎?"陆卫国厉声问道。

"是……我。"谭白虎的个头本来比陆卫国高，可在陆卫国大义凛然的逼视下，已经显得比陆卫国矮了整整半个头。

"枪！交出来！"

"枪？啥子枪?"谭白虎在惊恐中还会狡辩。

"少废话！枪！快交出来！"陆卫国把自己匕首一样的双眼直直地逼近谭白虎的一对小小的细眼，四目的间距已经不超过二寸了！

"就是阮大头瞧见的那把枪?"谭白虎口吃起来。

"对！就是顶住阮先生脑袋的枪！"陆卫国的双手早已经攥成了拳头，就等着谭白虎有个风吹草动的动作，自己就可以无情出击了。

在人民警察的震慑下，谭白虎即便有美女龚梅深情助阵，也依然有如一个被押赴刑场就要执行枪决的罪犯，嘴唇情不自禁地剧烈抖动着，脸皮煞白煞白的，额头上沁出的汗珠子颗颗有黄豆粒一般大小。

"在……我的怀里……"谭白虎一边结结巴巴地支吾着，一边把自己的一只瘦手往怀里掏。

陆卫国是见过各色歹徒的主儿，好汉哪能吃这眼前的亏？他立刻以比闪电还快的速度，极职业地把谭白虎的整个身体揽在了自己的怀里，左手反擒住谭白虎的左臂，让谭白虎动弹不得，身体失去了重心，被迫倚在他的身体上，也让谭白虎的右手别在怀里，像被捆上一样根本拿不出来了！谭白虎疼得龇牙咧嘴地直叫:“哎呀!哎呀!您这是干啥子吗?”

陆卫国一声断喝:“放老实点!”

龚梅惊愕得岔了音:“怎么就动手了!”

谭白虎还保持着理性,吱吱歪歪地呻吟着:“我可没动手!我可没动手!”

陆卫国一声大喝:“举起手来,脸朝里,贴在墙上!快!”

谭白虎按照陆卫国的指令,把被折腾麻了的双臂举起来,前额乖乖地顶住了墙。

陆卫国眼疾手快,趁谭白虎龇牙咧嘴、举手贴墙的瞬间,立刻从谭白虎的怀里摸出一把乌黑瓦亮的五四式手枪!而后,把枪顶在谭白虎的后脑勺上,厉声喝道:“走!到派出所!”

龚梅见了谭白虎怀里藏着的东西,再听了陆卫国的一声断喝,立刻想到了阮大头那一双逼近自己的色眯眯的大眼珠子;眼前浮现了阮大头的大眼珠子就又立刻想到了谭白虎顶住阮大头大脑袋的那只枪!没有枪,便没有阮大头的存款协议!而这协议分明是阮大头被谭白虎用枪顶着脑袋签订的!

思维进行到这里的时候,龚梅开始后怕了。她是个聪明人,她晓得,如果五一支行被认定是顶住客户脑袋签存款协议的银行,对于她自己来说,甚至对于五一支行,乃至整个合作银行来说,将意味着什么!!!???

她的腿仿佛突然失去了骨头的支撑,感觉发软;她的眼前好似遮上了一层朦胧的迷雾,开始发黑,就在她几乎不能支撑自己的身体,摇摇晃晃就要倒下去的时候,她突然听到谭白虎的“哈哈”大笑之声。那笑声像在乌云里闪电之后炸响的一声惊雷,惊得她重新睁大了自己的一对杏眼。这时,她看到谭白虎继续大笑着,扶在墙上的手已经放了下来,陆卫国正不甘心地使劲儿拉动着手枪的保险,以期用这把枪对谭白虎进行威慑。

“别搞了!这保险是假的,是和枪身焊在一起的!”

龚梅如梦初醒,使劲儿眨眨自己的杏眼,望一眼怒气冲冲的陆卫国,再看一眼得意洋洋的谭白虎,不解地问:“你们是说,这枪是假的?”

谭白虎瞧一眼面红耳赤的陆卫国，再看一眼气喘吁吁的龚梅，慢慢腾腾地从裤子兜里摸出一张购物小票，举到陆卫国的眼前，装出一副极为谦卑的模样，说："陆同志，这枪真是仿真玩具！我花三十八块钱买的！你瞧，购物小票还在这儿呢！日期也是几个月以前的！"

二十、硝烟弥漫才开战

陆卫国的洋相让阮大头又跌份儿了！而且假如龚梅愿意，他阮大头还可以被告为强奸未遂呐！阮大头连自己都不摸门儿，他怎么就让一个外地烂仔用一把仿真的破枪给镇住了！

枪的文章没法儿再做了，可阮大头的麻烦也接踵而至！不但分布在北京市各区的地下钱庄经理们不断大事小事、没事找事地找他，而且为了拉存款，至大支行的任博雅、左忠堂打着租他写字楼作办公室、帮他老娘挣钱的名义也踅摸上门来。五一支行的谭白虎、龚梅，虽然让他恨得牙根疼，可也没放过他，不断地催要存款的支票，甚至厚着脸皮，竟打着为他阮大头赔礼道歉的借口，也找上门来！

一边是地下钱庄的闹心事儿，一边是欠了人情的哥们儿，还有拿捏着自己小把柄的姐们儿，这两个亿美元到底怎么打发呢？他阮大头既不想损失自己不近女色的好名声，也不希望在经济上吃亏，更不想窝窝囊囊地就这么被谭白虎治了。于是，他长长地叹了口气，自言自语道："这么瞅着，老娘怕女人，是有道理的。真他妈是'唯女子、小人难养也'！"

一贯雷厉风行、勇往直前的阮大头现在的大脑急成了一锅糨糊，没了主意。但是，有一点他门儿清儿，就是宁可让自己存款的利息暂时不能落袋为安，也不去主动得罪任何一头。拖吧！看来，只有拿出自己原来的看家本领，继续以市井无赖的劲头，把对自己不利的事儿，一拖再拖，最后让其不了了之了。于是，阮大头学了袁世凯以退为进的把戏，以医治脚疾为借口退隐了。只是他没回乡下钓鱼，而是秘密出国，去了俄罗斯。他计划在看十七八岁的洋妞跳艳舞的同时，再谈成一笔海外游资的引进项目。

阮大头这一隐退不要紧，可把五一支行的龚梅、谭白虎撂那儿了，眼瞅着煮熟的鸭子竟要飞，也是没着没落地干瞪眼儿。

谭白虎有如不幸闯到热锅上的蚂蚁，一天给阮大头打三次电话也找不到人，一来是到手的存款业绩就要没，二来是自己在美女行长面前的荣誉，不是也打了折扣吗？

“下一步我们做啥子？”谭白虎自打从野鸭湖回来之后，就敢独自到龚梅的办公室请示工作了。

“除了找阮大头，再找文才子！”龚梅心里不比谭白虎轻松，那要到手的存款本是自己险些赔了身体才获得的成果，怎么就能这么不明不白地飞走了！？

谭白虎为难了：“文才子也找不到了！”

“公司其他人呢？你全都问过了？”

“我骑自行车去三次。公司所有的人都说不晓得！要不，我们告阮大头强……”

龚梅赶紧伸出双手，做出足球裁判叫停的手势，打断谭白虎的话：“行行行！别再提那一段啦！”

龚梅在办公室里急急忙忙地踱几个来回，“无奈”把秀气的脸蛋儿写得满满的。牛不喝水强按头是市场经济里不应该发生的正常交易；真的以“强奸未遂”罪对阮大头进行威胁，既对拉存款的工作无益，也不是她美女行长的风格。

望着一脸苦涩的谭白虎，龚梅只得无奈地叹口气，安慰这忠实的员工：“跑了和尚跑不了庙！我就不信他阮大头放着这么大一个公司不要，永远不回来了！”

“那……”谭白虎一脸踌躇。

“那我们就等着瞧！”龚梅坐进沙发里，虽然是满心焦躁，却在谭白虎面前装出一副悠闲自得的样子，慢慢地品了一口茶，学着丁香花开放的淡雅，淡淡地微笑着。

阮大头的出走，给至大支行的任博雅、左忠堂提供了发展业务的机会。他们正好以租办公室为名，实施拍阮大头神经病老娘马屁的计划，以期把已经失去的阵地再重新夺回来。

本来在五一支行就没有多少存款的左忠堂到至大支行之后，业务上不但没长进，一个月下来，反而一分钱存款没有！副行长的名他挂着，副行长的工资他拿着，却没干出来半点副行长的事儿！任博雅心里对左忠堂开始有了看法，他的脸上也就不对左忠堂有啥笑模样了。一上班，任博雅就很不客气地叫来了左忠堂。

“咋着？我的大博士？五一支行与阮大头签协议时的调查报告踅摸来了没有？”任博雅的一张白脸上自然是乌云一片。

左忠堂现在才开始感觉出来，原来这市场经济下的官不是那么好当的！当多大的官，就要受多大的累！原来之所以自己在五一支行当官而没受累，都是因为有那么一个没日没夜忘我工作的女强人龚梅扛着，是她把应该他受的累给背过去了！他的良心忽然有了某种发现：过去对龚梅的嫉恨，其实是自己自不量力的表现，他现在的确应该对着五一支行的方向，默默地念美女行长的好！

见任博雅一脸的阴郁，左忠堂已经再没有那种怀才不遇的感觉了，眼见着自己的副行长位子已经到手，可却一分钱存款没拉来，只觉乎着理亏。于是，他便老老实实地哈着老腰，低声下气地回答：“谭白虎对我可警惕着呢！那份调查报告，他就是死活不肯拿出来给我瞧！不过，企业的情况，我也门儿清，咱们如果能与阮大头签协议，那建立业务关系的调查报告，我现编都来得及！”

任博雅瞥了一眼弓腰站在自己身边的大博士，心说：“净他妈的装孙子！丫挺的吹牛皮都不怕大风闪了舌头！”虽然心里如此这般地想，可嘴上却始终如一地装出一副心平气和的语气，半认真半玩笑地说：“签协议时，你还在五一支行，你咋就没自个儿留一份调查报告？”

左忠堂谄笑着回答：“都让谭白虎自个儿收走了！上次陪陆卫国到五一支行，我还真在谭白虎那里翻了半天呢！可这半彪子，连一个字也没留外边！”

任博雅故意深深地叹口气，拖长声音说：“这么瞧着，这份调查报告也得我亲自出马搞了！要不我们凭啥说至大投资公司是我们的优质客户呢！"

任博雅的一声叹息，无异于是对左忠堂无能的批判。左忠堂的老脸上立刻挂满了羞红，急忙顾左右而言他："我听我小姨子的丈夫的舅舅的妹妹……"

任博雅恼火地打岔："成成成！！您别绕圈子，直接说事儿吧！"

"我听我那亲戚说，阮大头的寡妇娘是一个神经病！"

任博雅不耐烦了："这跟存款还是没关系呀！"

左忠堂忍辱负重地极为耐心："有关系！知彼知己，百战不殆嘛！"见任博雅又不耐烦地鼓起了双眼皮的大眼睛，左忠堂赶紧接着说出自己话的主题，"我立马儿，要公阮大头寡妇娘的关去！"

任博雅点点头，脸上终于露出了一缕阳光："对！这么办，倒还八九不离十！"见左忠堂一副傻呆呆的样子，又不无讥讽地问："不过，你不会是想带她到神经病医院去吧？"

左忠堂苦笑一下："我再怎么书呆子，也不会冒这种傻气儿吧！"

"那你准备咋样公关呢？"

左忠堂这次笑了，而且笑得很开心："神经病的通病是爱听顺溜话儿。听说，阮大头的寡妇娘最讨厌女人，我就从这一点上跟她找共同语言！而后，先付订金，后租她的办公楼！"

任博雅在业务经费上还是很大度的："只要租的办公楼合理合法，订金先付后付，我都没意见！只是你有老婆，咋样去跟那老婆子找讨厌女人的共同语言去？"

左忠堂又笑了，只是这次的笑带了不怀好意的意思："那老婆子因为老伴得了性病就以为世界上各个女人都有性病！我买了几本书和几盘录像带，把古今中外女人让男人染上性病的故事都收集全了。而且，还更深入一步，把古今中外祸国殃民的女人也都一一罗列出来！我就不相信她不喜欢瞧！"

任博雅冷不丁儿地一拍桌子，大叫一声："好！你这样，就像个在读博士啦！"

二十一、难堪女色寡妇娘

这世界上，最痛恨女人的人，应该是女人。阮大头的寡妇娘就是这样一个女人。

早年的她，仿佛是与黄连为伴，的确是个苦命人。她不姓阮，而复姓诸葛，单名为秀。诸葛秀与丈夫老阮头儿的祖籍同在北京远郊的同一个村，是一个从土里刨食吃不饱、靠果树挣钱穿不暖的穷地方。可谁也想不到，即便如此之穷，不安分的老阮头儿在新中国成立前却染上了一身富贵病。由于他每每进城卖自产的水、干果的时候，总是忘不了悄悄地摸到京城胡同的窑子里，偷偷地踅摸上一个要价最低的窑姐，没出息地寻求一下新奇的刺激，无所顾忌地发泄一下额外的性欲，结果，淋病、梅毒全染上了。有病又没钱治，在阮大头才十一二岁那阵儿，老阮头儿便在卧病数年之后，一命呜呼，做了花下鬼。

老阮头儿的死让原本就没有性爱的诸葛秀成了一个真正的寡妇，而且还给她的神经带来了强烈的刺激。自打老阮头儿因性病发作一开始卧床不起，她就开始怕女人，就感觉女人很脏，而且脏得莫名其妙。等老阮头儿做了花下鬼之后，她对女人的恐惧便一发而不可收拾，甚至觉乎着天下的所有女人，包括她自己，全如污泥浊水一般不干净。大字不识几个的她以为，男人一挨了女人，就保准儿要得病的。过去得的，不是淋病，就是梅毒，现在得的，更邪乎，还有艾滋病！于是，在阮大头穷困潦倒那阵儿，一个个的柴禾妞儿被诸葛秀执著地从儿子的身边赶走了；在阮大头发家致富之后，半个小蜜阮大头也依然养不住。因为，诸葛秀一见到阮大头身边有女人，总会让儿子不得安生，不是嘴里唠唠叨叨个没完没了，就是索性当着阮大头的面，昏厥而倒，什么时候阮大头身边没女人了，诸葛秀才什么时候能够从床上爬起来。对于中国人来说，从过去到现在，不论是有钱的，还是没钱的，从来不把精神上的疾病当成病。虽然大家私下里都把诸葛秀叫做神经病，虽然诸葛秀因为儿子也成了兜揣数百万的富婆，可却没有任何一个人真的认为诸葛秀有病，更没人想到、建议或敢于把诸葛秀带到精神病医院里去做认真的检查。因此，贵为至大投资公司董事长，腰缠亿贯，又身为孝子的阮大头，在惧怕女色的神经病老娘监护下，其实是一个颇为可怜的男人。混到了四十岁，他除了不断寻花问柳般地在人肉市场上打野食之外，身边连一个长期的女伴都没有。但是，阮大头不愧是阮大头，做事儿不但很绝，而且总能把坏事儿变好事儿，把不利变有利。他顺着老娘的坡，索性下了自己的驴。为了标榜自己是个孝子，同时不近女色，数年来，他的公司里不但没有女秘书，索性连一个女工也不雇用。这样一来，老娘诸葛秀终于把一个破碎的心放进了肚子里，真的省心了。而他阮大头呢，一心只干事业的美名，也在四里八乡，不胫而走。于是，母子二人各得其所，相安无事了。

左忠堂小姨子的丈夫的舅舅的妹妹，虽然确属几乎八竿子打不着的远亲，但毕竟属于亲戚的范畴。虽然她只是至大投资公司的一个小会计，但为了左忠堂的工作，硬是与诸葛秀搭上了线，硬是带着他找到了诸葛秀的住处：北京市北郊的一片高档别墅群中的一座三层小洋楼。据小会计说，这约见诸葛秀的过程也是一波三折的。第一次去说，诸葛秀以为只是小会计要来，立刻拒绝了；第二次去约，诸葛秀以为来的是一个女人，也断然拒绝了；第三次把电话打过去，诸葛秀才听明白，原来来的是一位干干净净的有在读博士证书的男行长！于是，诸葛秀才欣然同意了。

“听说，你们银行准备要两层我的写字楼？你们到底出个啥价？赶快说给我听听！”诸葛秀一见面，没等左忠堂进门，就用苍老的声音快人快语地问起了价。

让左忠堂吃惊的是，阮大头的寡妇娘虽然声音苍老，虽然人已经是七十有余，但其既有农村妇女的硬朗，又有富老婆子的气派。她穿一身乳白色的休闲衣；头发挺多，但很短，活像个尼姑；面部褶皱并不多，瞧起来却像个五十多岁的人。只是不知道为什么，她的手总是不肯闲着，不是在自己的脸上挠挠，就是在自己的腿上捏捏，一副十足的猴相儿，挺让人闹心！

左忠堂见老太婆一开始就问了价格，害怕自己出的价离老太婆的心理价位相差太远，一下子便被老太婆拒之门外从而失去这次难得的拍马屁的机会。于是，左忠堂便一脸堆笑，先随着小会计走进门来，而后再以此生从来没有过的对老太太的亲昵，叫了一声："大妈！"。

诸葛秀虽然已经当了多年的富婆，但依然没有失去脸朝黄土背朝天的村妇的纯朴，被一句亲昵的"大妈"，叫得心里甜滋滋的。本来想在楼门口结束战斗的她，望一眼西服革履、文质彬彬的左忠堂，立刻改了主意，摆一摆老手，让小会计带着左忠堂进了屋。等小会计给大家做了介绍之后，诸葛秀又神差鬼使一般地请左忠堂在古色古香的明式紫檀木椅上就座，而且，竟要亲自动手为左忠堂和小会计倒茶。小会计早知道诸葛秀是个神经病，更知道老太太也许哪根神经一被触动，就要暴跳如雷，因此，哪里敢享受这等待遇！？赶紧自己起身，神色拘谨地按照老太婆的指引，倒了两杯白开水。

"有人瞧过您的写字楼吗？"左忠堂试探着问，琢磨着先摸摸诸葛秀的底。

诸葛秀一对老眼里洋溢着太阳一样温暖的光，不但没说谎，而且慈祥地笑了："这栋楼，挨着野鸭湖，瞅着挺美，可却在城边儿上，好模样儿的（注：地方话，意为：好好的），谁吃饱了撑的，愿意到这荒地儿来呀？"

左忠堂一听老太婆的大实话，本来疑云密布的眼睛里也像诸葛秀一样泛起了太阳一样明亮的光芒，他兴奋起来了，心里说："这老神经病，看来不但不可怕，反而像是一张白纸！这还不任自个儿在上面，随意画最好最美的图画吗！"心里这么想，可嘴上则一本正经地恭维着："我们银行可不这么看！至大投资公司是我们的大客户，为大客户提供优质的服务是我们的办行宗旨。那两层写字楼，我们作为办公室之后，几乎和至大投资公司合属办公了！这种写字楼，对我们银行来说，就是最好的写字楼啦！"

老太婆挠一挠自己的脸，突然"咯咯"地笑了。她的一对老眼里神采奕奕，完全不像一个七旬有余的老妇。她笑时，嘴咧得很大，几乎让人瞅见了全部的牙。这牙有假的,有真的;真牙乌黑,假牙雪亮,那惨不忍睹的样子无情地暴露了她的衰老。左忠堂和小会计都被老太婆笑得不知所措,甚至感觉脊背发冷,真有一点儿毛骨悚然。

"亮堂!听你这么一说,我这心里,冷不丁儿就亮堂了!"诸葛秀虽然表情和语言明显失态,可此时的神智却是正常而清醒的。她劝大家喝了一次水,又唠叨道:"当初大头盖这么大个房子的节骨眼儿上,我就担惊受怕的!好模样儿的盖一个差不离儿的,就得了,这多浪费!这么大,没用呀!"

左忠堂本来想拿出他为老太婆买的关于攻击女人为祸水的书籍和光碟,但是,见老太婆已经是一副兴高采烈的模样了,那已经伸向自己挎包的手又收了回来,他要避免节外生枝,并当机立断地主动出击:"我们银行愿意出最高价!"见老太婆继续让大家喝水,对自己的话一副无动于衷的样子,左忠堂只得又叫了一声"大妈",而后又开口了:"我们看好这房子了,只是要麻烦您自个儿开个价!"

"一千五百万不多吧?"诸葛秀突然起身,她说话时,眼睛里依然洋溢着热情。

左忠堂立刻张大了嘴巴,脸色骤变,眼睛里的阳光也在瞬息之间消失得无影无踪,连他自己都不知道这阳光消隐到什么地方去了。他在心里骂道:"这么瞧着,这老婆子真有神经病!一个农民房一样的写字楼,租金竟敢要一千五百万?而且还说'不多'!可这个老神经病为什么就神经得只往里拐,就不神经得往外拐呢!?"

小会计见左忠堂面色难看,便用脚尖碰一碰左忠堂的鞋,趁诸葛秀起身主动给大家沏茶的空当,悄没声儿对他小声嘀咕:"这么瞧着,得你自个儿跟老太太谈了!我先走,在小区大门口等你!"

"为什么?"左忠堂不解了。

"老太太觉乎着女人脏,男人干净。留下你一个干净人,老太太一高兴,要价不就下来了嘛!"

"你一走,老太太不高兴怎么办?"

小会计诡笑了:"就假说有事先走呗!"

左忠堂只得点点头，因为至大支行出价的最高线是每年三百万，还要包括装修、物业和维护费，而诸葛秀的开价岂不太离谱了！他也只有听从小会计的主意，再做最后的一搏，或者叫垂死挣扎。

小会计刚要起身，又忽然坐下来，把嘴巴伸到左忠堂的耳边，一字一顿地警告道："我可提醒你，你可不许向老太太施美男计！如果老太太痴迷上你，犯了神经病，阮大头饶不了我，可也饶不了你！"

左忠堂感觉莫名其妙，心想：诸葛秀一个年过七旬的老寡妇，难道除了对女人怨恨，还对男人情有独钟、感兴趣吗？

但是，让左忠堂万万没想到的是，小会计一提先走，诸葛秀连一声客气话都没说，就欣然同意了，而且还大大方方地说："好！我自个儿和左行长谈最好！"

小会计刚一在小楼的门口消失，诸葛秀一边端着一杯热茶，一边抿着老嘴微笑着，竟真的姗姗向左忠堂的身边走来！

左忠堂除了仕途上的野心勃勃之外，不但对男欢女爱的事情没兴趣，而且一直是一个"妻管严"。如果不等自己施什么美男计，这老婆子就主动向自己发动了富婆战争，那可怎么办？这样一来，自己真的就是跳进野鸭湖也说不清了！

左忠堂望一眼老眼里洋溢着热情和神秘的诸葛秀，毛骨悚然地站起身，惊得话都不会说了，只得结结巴巴地又叫了一声："大……妈！"

诸葛秀热情而甜美地答应了一声"哎"，舒舒服服地坐在沙发上，先捏了捏自己的腿，再挠挠自己的脸，而后用一只老手招呼左忠堂坐在她的身边，亲昵地说："小会计走了好！我就不待见身边有女人！"

左忠堂听老太婆这样说，更惊恐了，他真想学习被猎枪惊出来的野兔子，宁可放着至大支行的破副行长不当了，立刻夺门而出，落荒而逃。但是，就在他琢磨等一会儿逃还是马上逃的节骨眼儿上，诸葛秀此时此刻那一副颤颤巍巍、慈祥可亲的样子，终于让他忍住了，终于让他没像野兔子一样，逃之夭夭。同时，他把自己的手，急中生智地伸向了自己的挎包，摸出了苦心搜寻来的揭露女人是祸水的全部家当。

左忠堂想起了自己在心中已经不知道演练了多少次的对诸葛秀进行公关的计划,立刻照本宣科地开始公关了:“是呀!大妈,我也对女人没一丁点儿好印象!”

“脏!忒脏!女人别提有多脏啦!”诸葛秀望着干干净净的男人左忠堂,像是找到了知音,一边品着茶,一边用苍老的嗓音说。

“大妈!女人不光脏,而且古今中外的女人,大部分都还是祸水呐!”左忠堂背诵着自己肚子里的公关手册。

“祸水?对!是祸水!早先我为啥没想到这个?”诸葛秀的一对老眼珠,突然像发现了新大陆,变得贼亮贼亮的。

“这不但是我和您的共同观点,而且我这里还有古今中外许许多多的故事呐!”左忠堂一边说,一边把书籍、光盘一水儿地放到茶几上,推到诸葛秀的眼前,“比如,千金难买一笑、乱点烽火狼烟的褒姒;比如,让董卓和吕布都丢掉性命的貂蝉!多如牛毛,举不胜举!”

“最可恶的是,女人都带着病呐!越漂亮的女人,身上的病越多!”诸葛秀说着说着,老眼中不但溢出凶狠的光芒,而且还流淌出了泪水。

左忠堂赶紧安慰道:“大妈,您别气坏了身体!”

“唉,可怜我那孩儿他爸呀……好模样儿的就……”诸葛秀哭着哭着,竟用一双老手紧紧地握住了左忠堂也不算嫩的手。

此时的左忠堂没有慌乱,反而心平气和了。他从诸葛秀慈祥的眼神里,没瞧见一星半点的色欲,反而突然感觉到了母亲对儿子的那种依恋之情。这种感情没有任何龌龊,而是纯洁和动人的。对诸葛秀的过去,对老阮头儿有病无钱治的不幸,左忠堂也突然有了悲悯之情。他几乎就要陪着诸葛秀落下泪水来了。

“大妈,您现在早就活得很滋润了!何必总想过去呢!”左忠堂把诸葛秀的老手轻轻地拿开,站起身,拿起诸葛秀的茶杯,到饮水机前倒了一杯热水,又送给了诸葛秀。

诸葛秀擦擦一双老眼,深深地叹口气:“唉,人老了,好模样儿的,就糊涂了。一阵儿一阵儿的,根本分不清眼前的这些事儿,哪码子是过去,哪码子是现在啦!”

“大妈,您没事儿的时候,就瞧瞧我拿来的这些光盘! 心情就会越来越好啦!”

诸葛秀一边答应着,一边用手抚摸着左忠堂带来的书和光盘。

左忠堂见按照预定的公关手册已经对老太婆公关到位,立刻发动了租房攻势:“大妈,您那房子的价格是不是太高了?”

诸葛秀挠一把自己的脖子,依然用慈祥的眼光望着左忠堂:“孩子,那写字楼上下两层,将近一千平方米,卖给你们银行,好模样儿地一平方米才一千五百块钱呀! 我现在这小楼,每平方米还要一万块呐!”

左忠堂如梦初醒了:“您原来是要卖,而不是租!”

诸葛秀诧异了:“小会计说你们要高价收的呀!”

“那您能不能租呀?”左忠堂依然抱着一丝希望。

“可大头那孩子一直要出租,是我拦着不让,他才过户给我,赌气让我自个儿卖的呀!”诸葛秀的眼睛里没有了慈祥,而泛起异样的让左忠堂认作蓝色的光,一张老脸上,本来不多的褶皱也在突然之间如雨后春笋般地露出来,沟沟壑壑的,让苍老暴露无遗。那表情,只有坚定;那话语,态度鲜明,根本就没商量的余地。

左忠堂见状,认定老太婆犯了神经病,已经吓破了胆子,嘴里支支吾吾地不知道说着什么,手上赶紧抓起自己的挎包,腿上则以比野兔更迅猛的速度,夺门而出,落荒而逃了。

二十二、博士的新智慧

人的记忆力仿佛是一个很奇怪的过滤器。过去的生活分明就像眼前的现实一样,是充满了甜、酸、苦、辣人生百味的,可一经这过滤器筛选,对过去的体验则变了味道:苦涩越来越少,甜蜜却越来越多!

存款工作的不如意,再加上野鸭湖上发生的故事,让难得在工作中稍有停顿的龚梅,越来越喜欢忙里偷闲地回忆过去了。在片刻闲暇的不知不觉之中,她总能回忆起在江南小城与老康初相识时的那些日子,她还记得在与老康第一次相见的那次银行内部舞会之后,发生的故事:

江南的夜晚,静谧而温馨。她和他慢慢地走在灯光幽暗的桃花溪边。江水的清流被夜幕披上了神秘的黑纱,在月光的照耀下闪烁着粼光,像是在黑色的锦缎上,滚动着无数颗迷人的亮晶晶的珍珠一般。

"你怎么晓得我还没走?"龚梅是收拾完会议室的桌椅,在走出银行大门时,和康处长不期而遇的。但是,她不相信这是巧合。

康处长老实巴交地交代了:"我一直在外面候着呢,舞会散了,可我压根儿没走!"

看见著书立说、高高在上的康处长走下自己的官位之后,原来是一个像小孩子一样老实的人,龚梅不禁活泼地笑起来:"为什么?"

康处长的嘴蠕动着支吾了几下,却始终没为自己的行为找到一个合适的理由。

"我琢磨着请你吃一点儿啥。"终于,望着桃花溪水沉默了好一阵的康处长毫无新意地找到了一个理由。

"为什么?"此时,龚梅的一对杏眼,笑望着眼前的书生,更是一副十足的顽皮劲儿。康处长的学问、儒雅和做派是小城市的人无论如何也装不出来的。也正是康处长的儒雅与真诚，此时此刻深深地打动和吸引着她。

“你问为……啥？”虽然月光和灯光都不明亮，却依然依稀可见，康处长被搞了一个大红脸。

龚梅见康处长一副窘迫的样子，便不再逗弄这个书呆子，大大方方地先开口了：“还是我请你吧！”

康处长还想客气地说啥，龚梅索性打断了他的话：“我想听你谈金融无序竞争！”见康处长一副惊愕的神情，龚梅又忍不住玩笑道：“你是博士。这个理由，还算恰当吗？”

这个江南的古老小城，在九十年代，还没有酒吧，更没有麦当劳。他们俩身隔一尺距离，来到了一家西饼屋。

康处长的大脑兴奋异常，行动上自然更是一派殷勤。他点蛋糕，要咖啡，把面前的小桌摆得满满的。让他奇怪的是，西饼屋里的龚梅没有了江边的顽皮和活泼，总是一本正经、一脸的矜持。

“您认为中国的银行在外资压迫下，能继续维持吗？”这是龚梅一边喝咖啡，一边说出的第一句话。

康处长哪里想说枯燥无味的金融业务，他惦记着谈风花雪月的诗歌，更想听龚梅讲她以往的生命历程和各种人生感悟，这才是谈情说爱的开始嘛！但是，面对正襟危坐的龚梅，见她那一脸的严肃与正经，康处长只好悻悻地点头，没吱声。

餐厅里播放起了王杰那首忧郁的歌《回家》：“……谁还记得当年我眼中的希望，谁又知道这段路是如此漫长，我不在乎有没有梦里的天堂，握在手中的票根，是我唯一的方向……”

老康不由自主地跟着哼唱起来：“……回家的感觉就在那不远的前方，古老的歌曲在唱着童年的幻想，走过的世界不管多辽阔，心中的思念，还是相同的地方……”老康望着龚梅一对秀气的杏眼，意味深长地说：“每听到这首歌，我仿佛就感到自己的灵魂在漂泊，立刻就有一种冲动，想找一个可以寄托灵魂的地方安歇下来！”

龚梅意识到老康的弦外之音是在向自己求爱，她又何尝不是久久期待着这样一个可以寄托灵魂的爱的港湾呢？但是，她却没有应和老康，也没有提这首歌，反而用杏眼不安地望一下四周的食客，打断了老康接下来的意味深长的哼唱，继续问："您认为中国的银行之间应该怎样做，才算有序竞争？"

康处长无可奈何地应付道："我有一本书，对这个问题谈得比较细。我一会儿回招待所，可以送你一本。"

龚梅继续认真地讨教："我问的，正是您书里没说清楚的！"

他们就这样一问一答，没有半点温情、没有半点搞笑，极规范地喝完了咖啡，又吃了一点儿蛋糕。

康处长虽然失落，但依然没忘记表现男人的热情，他客气着想再点一点儿啥，龚梅却拦住了他，一本正经地建议道："康处长，明天您还要开会。今天，我们就谈到这里，可以吗？"

龚梅的行为举止把康处长心中的爱情火焰浇得几乎熄灭了。他只得悻悻地点点头，连出声的劲头都没有了。他勉强起身，准备为这莫名其妙的一餐买单，可他还没起身，龚梅早风一样的飘走了。她用自己每月几百块钱的微薄工资买了单。而后，两人一前一后、闷闷不乐地走出了西饼屋。待重新回到无人的江边之后，龚梅像演四川的变脸戏一样，突然撕下了冷脸变热脸，"咯咯"地笑起来，少女一般的顽皮写满了秀气的脸，而后用她那美妙的小嗓大声地唱起来："……回家的渴望又让我热泪满眶，古老的歌曲有多久不曾大声唱？我在岁月里改变了模样，心中的思念，还是相同的地方……"。

"你也喜欢这首歌？"康处长诧异万分。

"当然喜欢，谁不想有一个自己的窝，时时刻刻有着回家的感觉！"

老康的心智被眼前这个美女变化无常的脸式弄得稀里糊涂的；他的思维也被冲得乱七八糟的，简直混乱极了；他的语言更是颠三倒四，似乎忘记了顺序："刚才……笑啥……你笑？"

龚梅停住歌声，又莫名其妙地高声笑了两声，大声说："难为你了，刚才和我合作得那么好！"

康处长更诧异了："我？和你合作？啥时候？！"

“是呀！整整一顿饭的工夫，你除了银行改革、建立诚信体系，一句其他的话都没有！换上其他的人，恐怕早给烦跑啦！”

康处长被弄蒙了，心里怨狠狠地说：“不是我愿意谈商业诚信呀！你一句一句地问，我不说这个说啥！?”他正要开口诉苦，龚梅拦住了他的话，先开口了：“你知道吗？刚才坐在我们身边的一拨人，是市政府的！”

“那又怕啥？和我们有啥关系吗？”

龚梅没提起她未来的市长公公，只点到了结果：“在我们这个小地方，到处都是封建脑袋，到处都有不怀好意的眼睛！如果我和你说了什么工作以外的事情或者你和我一见人多就换地方，明天一早，就一定会说我们有苟且之事！如果我们边吃边唱，那更得满城风雨啦！”

办公室的门“咚咚”地敲响了，龚梅梦一般的回忆也就此戛然而止。她只得又从一个过去未出阁的大姑娘变回了现实五一支行的女行长。她轻声吩咐道：“进来！”

谭白虎一副谦卑模样地走进来，轻声说：“龚行，你们家的老康来了！”

“老康来了！”龚梅的心一惊，又一亮，“他怎没直接上来！?”

“他来之前给我打了个电话，说有一单业务要和您谈！”

龚梅面露尴尬之色，站起身，微笑着说：“他有什么业务？为什么不直接找我？”

“他说，您的手机设置了呼叫限制！”

“对！我倒忘了这事情！”龚梅几乎忘了自己现在与老康还处于冷战时期。其实，现在的她对老康的怨气早已经没有了，不用调查就已经不相信老康会与在家里见到的那个大眼睛、大脸庞的女孩儿有什么瓜葛了。她晓得，现在的女孩儿，尤其是漂亮女孩儿，一个赛着一个地精。难道一个被社会视为无用之人、身无分文的老康，对女孩儿还有那样的吸引力吗？对此，她表示坚决地怀疑。

“让他上来找您吧？”谭白虎问话的时候，感觉自己的心里忒不是个滋味，可他又说不清楚这不是滋味的滋味，到底是啥子滋味。

“那好,你就把他带上来吧!”龚梅说这话的时候,心里是甜滋滋的。她想,她与老康之间的战争,不论因为什么而起,都早就应该结束了。

现在的老康已经一改以往的颓唐,不但西服革履,而且头发乌黑发亮、红光满面的。他一进门,不等谭白虎退出去,就先对与自己分居多日的老婆,爽朗地笑起来,声音里没有半点喑哑地玩笑着说:“龚行长,你的脸色,比我想象的要好得多呦!”

等谭白虎为老康沏上一杯茶,转身出去之后,龚梅本来想对老康温柔而说的话,不知不觉地又变成了没好气儿地呵斥:“你又来找茬儿是不是?!”

“我咋能干这多余的事儿!?”老康见老婆依然横眉竖眼的样子,立刻收了自己的笑,“瞧瞧,咱俩这是咋回事儿!咋一开口气就不顺呢?”

“那要问你自己!一进门的第一句话就是阴阳怪气的!”龚梅改变了自己的语调,尽量让自己的语气平缓下来。她也给自己倒了一杯水,而后在老康的身边坐下来。她一边慢慢地喝水,一边不动声色地端详着老康,“多日不见,你倒真的滋润了!”

“悟已往之不谏,知来者之可追。实其迷途而未远,觉今是而昨非!”老康望一眼自己的老婆,做出很在意的样子,打着哈哈。

“怎么?那女孩儿没跑?”龚梅的话语里讥讽中带着难以抑制的醋意。

老康又笑了,他明白老婆依然记着上次在家里瞧见江莉莉的茬儿,本来想解释几句,可话一出口就不是心里想的味道了:“她凭啥跑?我们每天都能见面呢!”

龚梅冷笑两声:“你老康好福气呀!不但碰上我这么一个傻女人,又不晓得从哪里捡来一个更傻的!怎么?现在,她陪你一起卖诗集呢?”

老康见龚梅越说越不着谱,没心思再跟老婆逗闷子,就实话实说了:“我不是说了吗?觉今是而昨非!现在我已经不写诗了!到保险公司去了,那女孩儿也是保险公司的!算是同事吧!”

龚梅一听,心里更不舒服了,话音也就更阴阳怪气起来:“呦,看来人家不傻!不但让你帮了钱场,而且又帮了人场呐!”

“我今儿主动来,可不是来吵架的!”老康控制着自己的情绪没接茬儿继续抬杠,而是言归正传了。

“那你来干什么?快说,我马上还要出去下企业呢!”

“帮你做业务!”

“你?做什么业务?”龚梅一副不屑的神态。

“我听说,你们在拉至大投资公司的一笔存款?”

“没错。”

“董事长叫阮大头吧?”

“那怎么啦?”龚梅以为老康又要捕风捉影,甚至无中生有地吃醋。

“虽然签了协议,但没拉成!”

“你幸灾乐祸?”龚梅见老康一副神采飞扬的样子,开始不高兴了。

老康倒是不在意龚梅脸色的变化,兴高采烈地说:“我可以帮你们!”

龚梅冷笑了:“你?帮我们?”

老康见龚梅对自己一副不屑一顾的表情,瞧在钱的份儿上,不但没发火,反而进一步证实自己的实力:“至大支行也要拉这笔存款!有一个叫左忠堂的主儿正企图通过租阮大头老母的房子,来拍马屁!我觉着,你们也应该趁热打铁去拍一拍阮大头的马屁!”

想起自己为了拉这笔存款险些陷入阮大头的色狼之口,龚梅就气不打一处来:“你以为拍马屁跟作诗一样简单,想想就行了!光拍不行,还要拍得恰到好处!”

“阮大头老母有一种病!是走遍全国各地都没能治好的!而阮大头又是一个孝子,如果你掌握了治阮大头老母的药,他阮大头为了给老母治病,能不乖乖地就范嘛?!”

“她不就是有把女人视为祸水的神经病吗?”

“不是!是一种非常怪的病!”

“现在还有怪病?”

“她浑身上下好像哪儿都有虱子,总是奇痒无比!”

龚梅听老康这么一说,眼睛突然一亮,心说:看来,这市场经济就是能够造就人,没想到这个书呆子也晓得做事动脑筋、用手段了!于是,龚梅将信将疑地问老康："你是说，你不但晓得阮大头他妈得了什么病，而且还晓得到什么地方能找到特效药?!"

老康自打辞职以来，第一回在自己老婆的眼睛里找到了对自己欣赏乃至崇拜的神情，于是，老康得意洋洋地一拍胸脯："一点儿不含糊!"

龚梅的心里仿佛亮起了一道绚丽的彩虹，她笑了。起身为老康倒了一杯水，语气和缓地对老公说："先说，你怎么晓得这些的?"

老康迟疑起来，一时倒不知道咋样开口了。

"怎么？还跟我保密?"龚梅把脸贴近老康，笑嘻嘻地玩笑着。

"一个莫名其妙的人，总给我打电话。我也搞不清楚他是谁，更不清楚他是好心，还是歹意。但是，我从保险公司齐美丽那里证实了，阮大头的妈的确有这种瘙痒病！我觉乎着，这个人的话，应该是板儿上钉钉儿的!"

"行呀！那你就跟我具体说说!"龚梅追问道。

看老婆的脸对自己已经是阴转晴，听龚梅的话，多少有了和缓的意思，老康赶紧不失时机地进攻："我说老婆，你啥时候能搬回去呀？我一个人独守空房，可熬得都受不了啦!"

"那要看你的表现?"龚梅笑了。她没想到老实巴交的老康也学会揩油的方法了。

"瞧我的表现?"

"你认为不是?"龚梅一对秀眼盯视着老康，认真地反问。

老康以为龚梅依然忌讳着江莉莉的在家中出现，便把身体贴近龚梅，笑嘻嘻地说："老婆，咱们别闹腾了，咋样？你琢磨琢磨，除了你，还有谁会瞧上我这么一个老家伙!"

龚梅见老康服软了，便没挪动身体躲老康，自己也喝了一口水，笑盈盈地说："这点我相信。可咱们之间不是你自己在闹腾还是谁在闹腾呀?!"她当然希望老康认个错，给她这个美女老婆一个面子。

"咋是我在闹腾?"老康忽然想起龚梅那些自己瞧见和听说的不明不白的事情。想那个陌生人的话，关于阮大头老娘的病情是真的，那么关于老婆的绯闻就不是真的吗？于是，他顿时醋意大生，心里的火气又开始往上顶。

但他终于还是控制住了自己。

“古人说得好,‘天下熙熙,皆为利来！天下攘攘,皆为利往！’”老康引用了大胡子讲课时经常吟诵的话,停顿了片刻,索性对老婆直截了当道:“这么着吧？我现在也明白了,没有金钱就没有尊严！我把消息透露给你,你们支行每人从我这里买一份人寿保险,要求不高！你们每人买一千块钱的就行了！”

龚梅没听完老康的话,就惊大了自己的一对杏眼,简直不认识自己眼前的老公了:“你给我帮忙,还索要好处？什么‘没有金钱就没有尊严’,难道咱们两人之间的关系不是因为你一天到晚疑神疑鬼造成的？难道是我没给你尊严才这样的?!”

老康冷冷地笑了,望着龚梅急赤白脸的德行样儿,把自己的心一横,狠狠地说:“你的一些事情,这个哥们儿也告诉我了！虽然我没抓上现行吧,我相信,也不会假！”

龚梅站起身,气得浑身发抖,想不到自己没日没夜的辛苦,在老康的眼里,原来却是男欢女爱的苟且！她真想抽对面这个自己曾经爱过的男人一个重重的大嘴巴:“你放狗屁！我一天到晚,辛辛苦苦,求爷爷告奶奶一样地拼命,换不来你的同情和理解,也就罢了！可你……你竟然……”

老康见龚梅又拉开了开战的架势,赶紧对自己的情绪进行冷处理,一连喝了几大口茶,之后,缓缓地站起身,冷冷地说:“如果五一支行不能成交,我立马儿就找至大支行去成交！”

龚梅脸色煞白,嘴唇哆哆嗦嗦的,结结巴巴地说:“好吧！我们成交！你找楼下的谭白虎要钱卖保险吧！”

老康见平日里不可一世的老婆终于向自己低头服软了,快意立刻写在了脸上。他有生以来还从来没像现在这样感觉自己是个男人,他尽情地享受着卖保险获得金钱而给自己带来的尊严,得意洋洋地问龚梅:“咋着？你啥时候回家呀?”

龚梅大口地喘着粗气,咬牙切齿地说:“好吧,过两天我们办手续吧！”

老康收住笑,惊大了老眼,问:“还办啥手续?”

龚梅像发疯的母狮子一般,咆哮一声:“离婚！我要和你离婚！”

二十三、万里寻医为存款

龚梅对老康一句“离婚”的呐喊,吓傻了老康,却乐坏了谭白虎。一股难以对外人道的力量像膨胀的肥皂泡,涨满了谭白虎的身心,他一打发走老康,就进入了昂奋状态,竟突发奇想,“呼哧呼哧”地喘着粗气,扛着一桶矿泉水,敲响了龚梅办公室的门。

“进来!”龚梅应了一声,嗓音暗哑。

谭白虎转动着一对细小的眼睛,悄没声儿地推开门,贼溜溜地望一眼自己心中的美神,对依然是一脸怒气的她哈了一个腰,谦卑着嗓音汇报道:“龚行,老康的保险我给办完了。他还带着一个女孩儿来,叫江莉莉,具体手续都是江莉莉办的!”说着,蹑手蹑脚地径直进了门,上前两步就准备给门前那已经没有水的饮水机换水。

“出去!谁让你现在换水啦!?”龚梅突然一声大喝,把蹑手蹑脚的谭白虎吓了一哆嗦。谭白虎当然想不到,他带来的消息对于龚梅来说,无异于是火上浇油!

农民出身的谭白虎实在没想到自己的殷勤会招来美女行长的大发雷霆。但是,谭白虎就是谭白虎,农民也就是有农民的朴实与气度,他望一眼怒气未消的美女行长,连吭一声都没有吭,就又扛着大水桶乖乖地退出了门。

“你,进来!”龚梅不等谭白虎完全退出门去,就又喊道。

谭白虎迟疑片刻,对美女行长干笑两声,臊眉耷眼地小声说:“您有事儿,我一会儿再来换吧!”

龚梅白了谭白虎一眼,声音柔和了许多:“把桶放下!背来扛去的,累不累？还讲不讲工作效率！”

谭白虎听了美女行长的呵斥，不但没生气，反而听出那话音里的关怀，便乖乖地放下了桶，又低声下气地说：“刚才，老康办完了保险手续，还给您留下一个材料呢！说是，啥子病人的情况！”

龚梅没好气儿地摆摆手，对谭白虎说：“行行行，你先下去，待会儿再说！”

此刻，龚梅的心里像放着几个点了火却没响的二踢脚一般，焦躁极了，也烦闷极了。她下意识地拿起笔，在办公台历上无意识地写着：“离婚离婚离婚……”

她无奈地叹口气，仿佛释放出了在心里燃过的二踢脚的硝烟一般。虽然她对老康喊着要离婚，可这婚就真的这么容易离吗？即便是现在，她心里依然时不时地回味着自己与老康初恋时的日日夜夜：

康处长第一次住进她的女子公寓。

那进门之后的热烈的长吻结束了，康处长抱起她径直奔向卧室的床。

“你可同意的！我们单独睡！”龚梅挣扎着，不想在这大白天，不想在这慌慌张张的时刻，就与他偷食伊甸园里亚当与夏娃吃过的禁果。

那时的康处长骁勇无比，气喘吁吁地不管不顾：“一个孤男！一个寡女！我们到底怕啥？”

“我当然怕！”龚梅娇嗔着。

“怕啥？”

“怕上班迟到！”

“晚去一点儿不就行了？”

“银行是要打卡的！你以为我们像你们中央银行一样自由呢！”

康处长终于像泄了气的皮球一样，蔫了。龚梅赶紧把被他搞乱了的头发，用一根皮筋儿扎成个吊辫，迈开两条秀腿，“咚咚咚”，像救火队员一样，二话不说地跑出了门。她那棕色的头发在脑瓜顶上，一摇一摆地跳跃着，活像一个马尾巴。

龚梅一走，四周立刻静得让康处长感到不自在。独守空房的他这才有机会审视江南美女独自居住的这个江南小宅。康处长没想到，这美女的“闺房”却与亮丽、整洁的美女犹如天壤之别。这一套一室一厅的房间里，遍布尘土，有如久无人居的空房一样。除了龚梅平日里居住的卧室，他在任何一处都同样摸到了一手灰。尤其是厨房，没洗的碗居然摞了一摞，少说也有二十几个！于是，第一回进美女家的他自动把自己降格成了老妈子。龚梅走了四个半小时，他也就头也没抬地打扫了四个半小时的卫生！

当龚梅下班回来，又摇晃着马尾辫“咚咚咚”地跑上楼来的时候，她见到明窗净儿的家，再望一眼满脸灰尘的康处长，心里立刻开满了像桃花溪畔的芦苇花一样美丽的花朵，幸福地笑了。她主动拥抱了他，在这样一个男人的怀抱里，她感受到了从来没有过的踏实，从来没有过的温馨。

康处长不但不畏辛劳，反而坏笑起来：“咋样奖励我？”

“你说嘛！”

“就让我越雷池一步得了！”康处长厚着脸皮耍赖。

龚梅立刻警惕了：“想得美！”

见康处长不经逗，立刻臊眉耷眼起来，龚梅又笑望着他，说：“我先请你吃饭！”

康处长无奈地苦笑了：“你不请我吃饭也不成呀！你这儿，没有一根菜叶，也没有一粒米！真不知道你这美女的单身生活是咋样过的！你这美女咋就比我这丑男还懒呢！”

此时的龚梅想到这儿，俊秀的脸蛋儿上忽然放出了光彩，她的小嘴一抿，甜蜜地笑了。她把台历上写满“离婚离婚离婚”的一页纸撕下来，对着几个“离婚”的大字，望了望，毫不犹豫地把这页纸撕了个粉碎。

龚梅拿起了电话：“小谭吗？把保险公司留下的材料送到我这儿来！”

谭白虎没想到美女行长这么快就召见自己，赶紧问一声：“现在吗？”

“对，现在就拿过来！一会儿，我还要下户（注：意为下企业）呢。”

材料是老康以他博士的分析水平写出来的，简直像一篇博士论文。题目叫《论治愈阮大头老母对拉存款的必要性》，论点是：满足阮大头的孝心是存款公关的最佳选择;论据有十几条,条条中肯。但是,龚梅看来看去,只记住了关键的一句话,就是:诸葛秀的全身瘙痒症只有用土方医治;土方在江南云雾山下云雾镇一个土郎中的手里;土郎中的名字叫:冯百利,据说是个瘸子。

龚梅终于笑了,抬起头,问一直焦躁不安地坐在自己对面的谭白虎:“小谭,保险公司从我们这里拿走多少钱?”

“每人一份一千元的人身意外险!总共三万六千块!”

“值!值呀!”龚梅见谭白虎望着自己的眼光游离叵测,便补充道,“我想,你是最清楚的,我并不是有意照顾老康的这单生意!”

谭白虎想起曾经听到过的美女行长在夜晚伴随着王杰《回家》之歌的呜咽之声,赶紧点头哈腰,不怀好意地说:“那是!那是!这一点我门儿清儿!你和老康本来早就要离……”

龚梅见谭白虎一副幸灾乐祸的样子,脸立刻又晴转多云了:“要什么?要离婚?是吧?”

谭白虎见美女行长又冷不丁儿莫名其妙地阴沉了脸,心怀鬼胎的他,红了瘦脸,言不由衷地支吾道:“我是说,老康喜欢听王杰的《回家》,您离开了老康,不是也还一样能听吗?”

龚梅心说:“我连一个窝都没了,还往哪里回呀?!还哪里来的心气儿,听这歌?!”望一眼尴尬万分的谭白虎,她没好气儿地“哼”了一声,也言不由衷地答了一句违心的话:“这个世界谁离开谁都能活!”

龚梅当然不晓得也想不到谭白虎心里的小九九,见谭白虎额头上窘出了细小的汗珠,便像母亲,又像大姐一样,叹口气,无比深沉地说:“小谭,你还年轻。感情的事情,复杂呀!一句话说不清楚!”

谭白虎听自己心中的美神跟自己谈感情,瘦胸里藏着的一颗贼心不禁“砰砰”地狂跳起来,继续红着瘦脸,居然一时语塞,竟没说出话来。

龚梅见谭白虎没吱声,以为他已经把自己的话当成长辈的教诲暗记在心了,便从办公桌前站起身,走到饮水机旁,准备给自己接一杯水,可按了几下却没有水,瞥见门边的水桶,突然想起了谭白虎要换水被自己呵斥出去的事情，明知自己不妥，可又不好意思现在就给这个小保安出身的小业务员道歉，只好温柔了自己美妙的嗓音，问："小谭，这几天，你手头有什么事情吗?"

谭白虎似乎没听到龚梅的话，却在龚梅打水而无水的过程中仿佛找到了自己的价值，立刻起身走到饮水机旁，拔出了空水桶。带着几分歉意说："龚行，我先给您换水！"

龚梅见谭白虎这样一副傻呵呵的样子，气不得、恼不得的，想起在阮大头危及自己贞洁的时刻，谭白虎突然出现、奋不顾身的样子，不禁有了几分感动。她这次没高声大嗓地呵斥，而是伸手拦住了谭白虎："以后，这换水的活儿，是现任保安的事情！你的工资是保安的三倍，再管这事，简直是浪费银行资源！"

谭白虎被龚梅拦住了手，倒不知所措了，只得在一只瘦瘦的大手里攥着一只空水桶的把手，木呆呆地站在龚梅的面前；他那一对细小的眼睛不敢瞧美女的脸，也不敢看行长的脸，目光游离着，始终不晓得应该放在啥子地方。

龚梅在情场上一直属于简单而春风得意的人，本是饱汉不知饿汉饥的境界，当然体会不出只会意淫加暗恋之人的尴尬与龌龊，更是不会分出一星半点儿的爱意给谭白虎这个小可怜儿，甚至就连半句安慰或同情的话都没有。她无声而漫不经心地笑了，继续着刚才的话题，亲切地问："小谭呐，你还没出过差吧?"

尴尬的谭白虎不知其意，瘦脸依然红着，回答："是……龚行……我啥子地方也没去过！"

龚梅重新坐回老板椅里，一边低头看着办公桌上老康的材料，一边继续着和小职员谭白虎的对话："明天，你和我去一趟安徽，怎么样?"

谭白虎听说到外地出差，无异于像听到派自己出国考察一般；再听说要和美女行长同去，又无异于在出国考察的基础上又听到了奖励美元一样！他的尴尬立刻没有了，代之而来的是眼前顿现了霞光万道一般的灿烂和鼻前飘逸着玫瑰花一样的芬芳，由于尴尬而尚未消退的一脸绯红，又因兴奋而加重了红的颜色，他结结巴巴地点头答应着："成成成！！"只是他现在连自己都说不清楚，这结巴是由于紧张，还是由于兴奋造成的。

“你也不问一下，去干什么?”

谭白虎结巴着回答:“您让干啥子，我就干啥子!”

“这样不对! 你要学着多动脑子，这样才能进步呐!”龚梅不是黑老大，虽然不喜欢左忠堂式的怀才不遇，但也看不上不假思索的一味愚忠，她希望自己的手下先有头脑，再服从自己的领导。见谭白虎一副绝对服从的样子，她叹口气，“我们到安徽找一个土郎中，叫冯百利，是个瘸子。只有他的药，才能治好阮母的病，我们也才能控制住那个臭流氓!”

“难道这个冯瘸子是个半仙吗?”谭白虎小心翼翼地问。

“也许吧! 这世界上人类没搞明白的事情，多着呐!”

由于美女行长的抬爱，谭白虎不但有生以来第一回因公出差，而且还第一次坐上了飞机。当飞机从跑道上急速滑行而后蓦然升空的瞬间，谭白虎惊得心都要浮出嘴巴并随飞机一样升空了；当飞机进入平飞状态的时候，谭白虎的手心里，依然湿漉漉的全是冷汗，像刚捧过水一般；当空姐送来小点心之后，龚梅已经是一杯咖啡下肚、小点心全无的时候，谭白虎却依然望着手中的食品，迟迟没动嘴。

龚梅望着身边的小职员，睁大了一对杏眼。她以为谭白虎晕机，便很关切地问:“怎么? 你身体不舒服?”

听了美女的话，谭白虎仿佛如梦初醒，不觉一怔，赶紧把手里的食品盒递给美女行长，做出豪侠大度的样子，说:“龚行，您吃! 您吃!”

龚梅却一副大惑不解的样子:“我哪里吃得下!”她由于整日围着企业转，北京市的大小宾馆已经有如出门入室一般熟悉，为了让企业满意，什么山珍海味没陪着吃过。吃这些小点心对她来说，也是在飞机上闲得无聊，借此打发光阴罢了。

谭白虎望一望被龚梅一扫而光的食品盒，以为龚梅客气，便故作聪明地揭露道:“瞧瞧! 您这么快就吃光了! 您明摆着爱吃! 您吃! 您再吃!”

龚梅看一眼谭白虎，推开他递过来的食品盒，以玩笑的口气说出了自己的实心话:“你不喜欢吃，也不能像我们家老康卖保险一样，强行推销、让我的胃难受呀!”

谭白虎却以为龚梅依然是客气,便坚持着说:“您不吃,我也不吃,那不是糟蹋了吗?”

龚梅见推托无效,便不经意地出了主意:“东西是人家的,胃可是自己的。东西又没法儿带,你实在不喜欢吃,就放椅子兜里,让空姐处理吧!”说着,见身前的卫生间没人,就把一只纤细的小手伸向谭白虎,说,“正好,我要去洗手间,要不我帮你送给空姐?”

谭白虎现在才发现美女行长原来真是这样对待美味点心的,于是,把一对细小的眼睛睁得老大老大的,惊愕道:“您真要处理了它?”

龚梅无动于衷地点点头。

谭白虎仿佛发现龚梅的小手是火钳子一般滚烫的物件,赶紧把拿着食品盒的手缩回去,支支吾吾地说:“那,还是我自个儿吃了吧!”

龚梅不解地望望谭白虎,看他迅速地揭开食品盒的盖,真的准备自己吃了,就摇摇头,笑了笑,径直去了洗手间。没过五分钟,当龚梅重新坐回座位上的时候,却发现谭白虎并没在吃什么,他手里的食品盒也早已不翼而飞了。龚梅以为谭白虎最终还是把食品盒按照自己的想法处理掉了,就不解地问:“怎么?最后,还是想明白了?”

谭白虎点了点头,没吱声。

龚梅赞赏道:“这就对了!这就等于救了自己的胃!省了胃药就等于省了钱!”见谭白虎一副低头不语、不置可否的样子,就接着问:“东西放哪里了?”

谭白虎倒诧异了:“我没扔啥子呀?”

龚梅又对谭白虎睁大了眼睛:“没处理?那你刚才不想吃的一盒东西呢?飞啦?”

谭白虎见龚梅这样问,刚恢复常态的瘦脸又红了,老老实实地招供道:“我早就吃了!”

“可我走了没几分钟呀!这么快?”

谭白虎没好意思吱声,瘦脸依然红彤彤的。

龚梅忽然感觉,在身边这个小职员的身上,似乎总有一种让自己琢磨不透的说不清、道不明的东西。她越发诧异地问:“那装食品的盒子呢?”

谭白虎的脸更红了,红得几乎与猪肝别无二致。在龚梅眼光的逼迫下,他终于慢吞吞地从脚底下拉出了他的行李包,从行李包里很不情愿地拿出了一个空空的食品盒。

“你要它干什么?”龚梅惊异万分。

谭白虎低着头,活像一个犯了错误的小学生:“点心,早就吃了;我以为这空盒,是可以带走的!”

龚梅似乎晓得了什么,赶紧把谭白虎手里的空盒重新塞进他的行李包里,小声说:“这盒,飞机上没说让带走,也没说不让带!你装着就是了,不会有谁说你什么!”说着,她竟当着空姐的面若无其事地帮助谭白虎把一只空盒子重新装进了行李包里。

飞机平飞了很久,谭白虎见龚梅一直闭目养神,沉默不语的样子,便喑哑着声音,小声解释说:“龚行,您不晓得。我家是个超生户,孩子多,穷得您连想也想不出来。我打小开始,所有好吃的东西都舍不得自个儿吃,全拿给几个妹妹吃了!”

龚梅心里仿佛被谭白虎的话深深地触动了一下,她睁开眼睛,直直地看着他,用玩笑的口气反问:“这么说,刚才我也享受你妹妹的待遇了!”

谭白虎自然晓得自己小职员的身份,慌忙解释:“不是不是!好东西我妈吃了,我也舍不得……吃!”

龚梅“咯咯咯”地笑出了声:“看,你又把我和你妈一样对待了?那就更不对了!”

二十四、古镇新发现

龚梅与谭白虎一下飞机便打了个出租车，直扑云雾山。云雾山位于九华山附近，树大山高，虽是暮冬时节，这里却依然林木苍翠，姹紫嫣红。

山色虽美，可龚梅的心情却不佳。因为，她们千里迢迢地赶了来，结果在冯瘸子的门诊室，只拿了个“外地二十一号”！冯瘸子的老婆热情洋溢地告诉两位远道而来的求医者：“后天再来，二十一号就排到哩！”

谭白虎不解其意，大惊小怪地问：“你们家抓号，为啥子还分外地、本地？”

“是照顾外地人哩！”冯瘸子的老婆是一个黑脸膛的驼背女，膛音洪亮，皮肤有几许粗糙的褶皱，但却没有显示衰老的细纹；腿脚灵便，行动迅捷，以至于无法断定她的年龄。

“本地人要多得多吧？”龚梅对冯瘸子一家半农半医、不仙不俗的劲头很感兴趣。

“本地人早就抓到三百多号哩，咋说也要排到下个月去哩！”

云雾山下是云雾镇，云雾镇是在两座大山之间、一条大河之侧的平坝上修建的千年古镇。在蜿蜒的石子路上，一座座历经千百年的汉白玉贞节牌坊，在云雾中依稀可见；在白墙青瓦的院落旁，溪流随处就在眼前；溪流上架起的土石结构的拱桥，倒映着青年村妇的倩影，宛如仙境、美轮美奂！

龚梅只得与谭白虎一起在云雾镇住下了。他们的住宿地，是一栋木质结构的小楼。这栋小楼的后面，紧挨着一座呈七十五度角陡峭而上的小山。龚梅让谭白虎住在了自己隔壁的房间。谭白虎欣喜若狂起来，因为这两间房之间只隔着一块不厚的木板，他不但成了美女行长的守护神，而且成了美女行长声音的窃听者!

刚一安顿好了,龚梅便招呼对自己忠心耿耿的小职员,逛街去了。

“龚行,您咋晓得这里有啥子土郎中呢?”谭白虎见惯了家乡的穷山恶水,一颗没经过艺术熏陶的心,也在这梦幻一般的美景里顿悟了啥子是美感。

“还不是用三十六张保单,从保险公司换的!”龚梅在云雾镇一条蜿蜒的商街上,慢慢地走着,她不时地走进农家狭小的店铺,欣赏与玩味着民间工艺品。

“可老康又是从啥子地方晓得这个土郎中的呢?”谭白虎在美女行长身边待得时间一长,对美女的甜蜜情感多了,对行长的畏惧之心就等量地少了。

龚梅仿佛在一门心思地玩味着云雾镇的土产漆器,没说话。其实,她的心里也在惦记那个陌生人的鬼祟之事。他为什么要给老康提供消息?是这个陌生人神经不正常,还是老康有意撒谎?

在蜿蜒商街的尽头,是龌龊的垃圾场;在垃圾场的旁边,有一间用竹竿做支柱,用土、草作墙,用茅草和塑料布作顶的茅草屋。茅草屋的四壁斑驳,房顶乌黑,惨境与江南小镇的秀丽极不协调。远远的,还能听到从茅草屋里传来的呻吟之声。

一个卖安徽茶叶的店铺小老板告诉龚梅:“这家是捡破烂的!几年前从山里下来,守着破烂堆,就不动窝哩!”

“政府不管吗?”龚梅问。

“咋样管哩?一个残疾女人,五十多岁,再带一个七十多岁老娘,乡政府哪里找钱,养她们嘛?”小老板一脸苦相。

谭白虎很不客气地问:“她们偷东西吗?”

小老板摇摇头:“她们倒是规矩人!只是命不好!人家都说,嫁汉嫁汉,穿衣吃饭。可残疾女人的老公不但不管她们吃饭,反而带着一个豁嘴儿子到北京上大学去哩!”

龚梅对小老板的话不肯苟同,提出了不同的想法:“会不会残疾女人为了儿子有出息，心甘情愿地牺牲自己呢！？”

小老板做出不屑的神情，说：“她儿子上大学也不会有啥出息！她是瘸子，她的儿子生下来就是豁嘴哩！考上京城大学，还是交了钱，学校才要的哩！”

谭白虎越听越觉乎着这个京城大学的豁嘴学生像自己捡枪那天晚上来银行兑换错币的马苦苦！他赶紧好奇地问：“这家人姓啥子？”

“我们这里的女人，姓是没人晓得的！”

“她男人呢？姓啥子？”

小老板停下手中的活，思索着：“她男人姓马，叫个啥子东西我还真的不晓得哩！”

“女人的儿子呢？叫啥子？”

小老板回答得很干脆：“马苦苦！他这名字，好怪好怪否？”

谭白虎立刻惊喜了瘦脸，对龚梅小声说：“原来，这家人的儿子就是上次来咱们银行换错币、申请助学贷款的豁嘴大学生！”

龚梅早已经忘掉了这码子事情，不是很上心地问：“最后，兑换错币和贷款的事情，怎么处理的？”

“您不是说，不放这类贷款的吗？您那天交代完了，我特意到左忠堂那里去了一趟，把您的想法告诉他了！他还说，那错币比一般的钱还值钱呢！”

龚梅不动声色地点点头，没吱声。其实，此时此刻，她的心情很复杂。她对那张错币的价值是不是高于真币没有兴趣，只是觉得按照银行规避风险的原则，不给豁嘴大学生贷款的决定虽然没半点错误，但是，面对着江南美景下这间破草房和破草房里那一定是困苦不堪的两个女人时，她忽然为自己的决定感到了汗颜和内心的酸楚，她仿佛感觉自己欠了这家穷人的良心债。这一对艰难活着的女人，可以舍弃自己的一切来支持马苦苦读书，而自己却在国家政策准许的情况下，为了自己规避风险，竟不肯向马苦苦伸出援助之手！她在心里不断地问自己：“当时是怎么想的！？怎么会做出这样不近情理的决定！？自己在什么时候，变成了一个铁板一块、不近情理的人！”

“以后，我们支行也对真正的穷学生开办助学贷款！”龚梅说这话的时候，声音很低，声调喑哑极了。

谭白虎猜到美女行长一准儿是触景生情了,便终于聪明了一回,用事实来安慰自己心中的美神:“龚行,您甭为难!当时,您也不知道这个马苦苦的真实情况!而且,马苦苦后来,压根儿就没再来!”

小老板见两个外地人都动了恻隐之心,自己倒笑了:“要是这社会上的人都像你们二位一样有同情心就好哩!听马苦苦的残疾娘说,京城大学因为马苦苦交不起学费,已经不准许他考试哩!你们想,一个学生连考试成绩都没有,还咋毕业?一个毕不了业的学生上大学,还有啥用?前几天,看报纸上说,有个大学生叫马加爵。因为自卑,犯了神经病,把同学杀了好几个!马苦苦这孩子,脆弱又虚荣,自卑得很,跟那个马加爵差不多,是一个不是自杀,就是杀人的殃子!我看这一家人的辛苦,算是白费哩!”

龚梅终于没有忍心去看马苦苦的残疾母亲和七十多岁的姥姥。她不想把别人的困苦当成自己猎奇的材料;也不想通过当众排出兜里的一点儿人民币而消除自己欠了豁嘴学生的良心债。当她远远地看着那间破草房的时候,仿佛已经听到了两个女人饥寒交迫的痛苦的呻吟;她忽然感到那两个贫困交加的女人的灵魂,似乎正在那间毛草房里升腾,她们变得异常美丽、异常高大,因为,她晓得,这是两个为了别人的好日子,甘愿让自己下地狱的高尚的灵魂!在那个时刻,她的眼睛模糊了,泪水从那一对秀丽的杏眼里,像脚下的潺潺小溪一样,无声地流淌出来。

就在那天的晚上,在垃圾场旁边那间破草房下,借着朦朦胧胧的月色,有人看到了一个娇小玲珑的身影。那个身影没有敲响破草房的门,只在破草房下蹲了片刻,就像影子一样,立刻消失得无影无踪了。

第二天,云雾镇的大街小巷里,流传开了一个美妙而神奇的故事。说有一个仙女悄然下凡了,她长得娇小玲珑、美貌无比。她顺着月光飘然而下,给云雾镇带来了真情的关爱。她乘着月色的翅膀,给云雾镇最困苦不堪的一家人,给那一残一老两个老妇人,如雪中送炭一般地悄悄撒落了人民币:一千元!

在云雾镇挨到了第三天，龚梅和谭白虎终于见到了土郎中冯瘸子。这个人间半仙的外形却没有半点仙气，瘦小枯干的身板儿，獐头鼠目的长相，一口长而黄的龇牙咬在下唇上。他的皮肤呈古铜色，几乎没有一点儿皱纹，长发茂密而油黑，像个道人一样盘在头顶，比他的老婆更难判断年龄。

龚梅赶紧按照老康的书面材料，把阮大头老娘的瘙痒症描述给冯瘸子听。谭白虎倒是会开动脑筋了，将信将疑地问："不号脉，能行吗？"

冯瘸子不动声色地闭目听着龚梅的病情叙述，谭白虎疑虑的话音未落，就用一支古旧的毛笔，在安徽土产宣纸上龙飞凤舞地写了一味药方，对门口的驼背老婆招呼道："他娘，抓药！"

龚梅馋巴巴地望着药方，迟疑着问："这方子……"

冯瘸子立刻明白了龚梅的意思，打断了她的话："一副三包，只吃一副，可以好一个月；二副连着吃了，可以包好！俺给你们开三副药，这样即便是病人吃了一副之后，没连着吃，再犯之后，只要再连续吃一回，也是可以包治的！"

龚梅听了冯瘸子的话，仿佛感觉这个山野半仙已经真的钻进了自己的骨子里。她不远千里来拿这味药，不就是为了拿捏住阮大头吗？对于阮大头这样的老流氓，自己能够让其老娘一次就好彻底吗？没有存款入账，没有存款稳定在五一支行，当然不能！

她想到这里，开始从心底里佩服面前这个其貌不扬的瘸子，以至于连大气都不敢出了。

谭白虎似乎并没悟到冯瘸子的大智慧，也没想到此时美女行长的心情，依然大大咧咧地嚷嚷着："那不行！这方子我们得带走！"

冯瘸子非常有耐性，不动声色地劝解道："不是老夫俺舍不得方子，是你们拿回去也没啥用！同仁堂没俺的药，而且这方子除了俺老婆子，也没第二个人看得懂！"

见谭白虎还要不依不饶地理论，龚梅一声不吭，狠狠地拉了谭白虎一把，示意他不要再闹腾了。

二十五、不食嗟来之爱

由于弃文从商的老康，是江莉莉介绍到保险公司来的，她拿着老康保险收入百分之十六的提成和百分之六的介绍费，因此，她就有义务，更有积极性指导老康做好、做大保险业务。老康原来的人脉关系，自然也就成为了江莉莉帮助老康开发的保险市场。

“一定要先找那些有老公做大官的女同事！”江莉莉为老康策划保险推销计划时，也是有板有眼的。

“为啥？”老康疑惑不解。

江莉莉轻轻推了老康一把，亲昵地一针见血：“买保险是家庭琐事，家庭琐事就分明是女人一言九鼎！如果找了男同事，他再怎么腰缠万贯，再怎么想买保险，没老婆一锤定音，他凭啥子买嘛？！”

老康对大眼睛美女信服地点点头，左思右想了半天：“不如找我在中央银行时的王司长？据说，他早就要升银行副行长了！”

“不行！这样的公务员虽然表面上两袖清风，可实际上却是要风得风，要雨得雨，要啥子有啥子，人家的工资是一块当十块花，含金量极高！我们找他，肯定是徒劳无益！”江莉莉一口否决了。

老康望着大学毕业没一年，在他的眼里纯洁得犹如一张白纸的大美女江莉莉，简直不知所措了：“你咋明白这么多！”

江莉莉笑了：“都是齐总谆谆教导的！她每次讲课，都会对社会进行有板有眼的阶级分析！”

“你没逗我吧？”老康将信将疑。

“她按照职业，对社会人群进行了分类排队，对啥子人买保险容易一拍即合,啥子人买保险容易顽固不化,都进行了定性、定量分析!"

金融学博士老康对数字最感兴趣,急忙问:"齐美丽咋样进行定量分析的?"

江莉莉不耐烦了:"多啦!等我给你说得不差秋毫了,我们俩也就孔雀东南飞,都下岗啦!只有一个数字是她总提醒我们的,就是:如果你打算在保险公司坚持不懈地干下去,那么,你每天至少要一丝不苟地走访六户人家!同时,一定要向至少六个人滴水不漏地说一遍:中国最时尚的三大件,人寿保险排最先!"

老康智慧的大脑终于与卖保险的机智融为了一体,他一拍脑门子,说:"我原来有一个同事,姓许,叫俊男,当了一辈子处长,也就怀才不遇了一辈子,结果临老临老,总行派他到一个公司当老总去了。这回钱是多了,可他又开始担心自个儿以后的失业问题了。他老婆我也熟悉,先找这个许俊男咋样?"

"行!按图所骥,在齐总的阶级分析里,这个人就是一流的买保险客户!"江莉莉立刻赞同了。

老康进入保险推销员的角色也很快:"对!也别跟他说我现在是卖保险的,这样功利性太强!容易招人不待见!我就说我是职业诗人,给他来专程送诗集的!保险的好处,由你在陪他跳舞时,慢慢聊!"

听老康这样说,江莉莉又阴沉了美丽的脸,垂头丧气地坐下来,一言不发了。

老康以为农民出身的江莉莉不愿意跟男人跳舞,就诡笑着怂恿道:"你又不是单独和他跳,不是还有我灯泡一样地照着呢嘛!"

"我还没你想得那么像出土文物!你以为现在的大学生还像八十年代那样故作矜持吗?那反倒会被认作顽固不化的活化石啦!"

"那……"老康倒实在对二十一世纪的大学生不摸门儿了。

"钱!我们还没挣到,哪里有钱请他花天酒地嘛!"

江莉莉的小聪明,在老康的眼里却越发显得纯朴了。他不禁大笑起来,自打辞官回家之后,他还从来没这样开心地笑过呢!

这次是江莉莉丈二和尚摸不着头脑了:“你笑啥子嘛?”

老康望一眼大美女江莉莉,一拍胸脯,说:“一个沦落为诗人的前处长,主动来瞧一个老色鬼,俗人大款许俊男不请客,还能让我这潦倒诗人请客吗?没这个道理!”

让江莉莉没想到的是,平日里老实巴交的老康,卖起保险来却也装了一肚子坏水。原来,这个平日里自己敬爱着的老东西,竟把自己当成一个美丽的糖衣炮弹投向了那个怀才不遇的国营大款许俊男!

在国营大款许俊男的办公室,老康送出一本《老康诗集》之后,就立刻又隆重地送出了江莉莉!

国营大款许俊男瞥见老康身后的江莉莉,一对老眼立刻贼亮贼亮的,放出了蓝幽幽的光。当江莉莉一对大大的酒窝凹在白嫩嫩的大脸蛋儿上时,许俊男立刻招呼自己的司机,把原来在办公室闲聊的计划,改为大家一起到顺风海鲜城撮鲍鱼了。一只鲍鱼入口,几瓶洋酒下肚之后,国营大款许俊男的荷尔蒙排山倒海似的高涨起来,望见江莉莉忽闪忽闪的大眼睛上,那一对大大的漂亮的柳叶眉,他不由分说,立刻又招呼司机,把本来吃完晚饭就结束的聚会又转移到天上人间歌舞厅去了。

老康一改故辙,竟自始至终吆三喝五地主动张罗。刚一进KTV包厢,他立刻吆喝起来:“咋着?许总,也不陪我们江莉莉小姐跳一曲!这也太不尊重女士了吧!”

许俊男一听,当然正中下怀,立刻不失时机地伸出干瘦的手臂,抱住了江莉莉婀娜的小腰。虽然许俊男的个头与江莉莉差不多,虽然许俊男的小身板带着江莉莉丰满而高挑的身体跳舞,累得呼哧带喘的,但他却依然要将革命进行到底。一曲快四步舞下来,许俊男把自己脱得上身只剩下个白汗衫了。而且,此时此刻瞧他那对自己下身拉来拽去的样子,似乎还要脱掉里面的衬裤才凉快呢!

老康笑了,一半恭维一半嘲弄道:“许总!您这老总没当几年,身体可见虚呀!”

许俊男先把江莉莉拉到自己的身边,端起茶几上的啤酒杯,与江莉莉的杯子一碰,也不管三七二十一,就让一杯啤酒下肚了。他这才顾得上老康的提问,叹口气,说:“为了公司,我是喝坏了党风、喝坏了胃呀!”

江莉莉挤咕一下漂亮的大眼睛,竟一板一眼地说出了一句黄话:“父母给了一杆枪,枪枪打在好地方!改革开放政策好,可惜子弹打光了!”

老康没听明白咋回事,许俊男却“哈哈”坏笑起来,一张老脸上容光焕发,又倒了一杯酒,和江莉莉还没喝完的酒杯再碰,眯着饱含色情的老眼,说:“这么瞅着,我与江小姐是有缘的!”随后和江莉莉作了一个对子:“爹娘给了一块田,恐怕慌了二十年?改革开放政策行,尽可用它把钱生!”

听着这一对老男少女打哑谜一般逗闷子的话,老康依然是一副似懂非懂的样子。老康知道许俊男的公司自打他接手以来,一直是亏损的,便明知故问地打岔:“我说许总,您伤胃伤身的辛苦了半天,可您那公司的结果如何?”

许俊男把一只瘦胳臂搭在江莉莉背后的沙发背儿上,出了一口粗气:“结果还是亏得一塌糊涂!”

江莉莉睁大了秀美的大眼睛,嘴里一停下顺口溜,天真无邪的神情便写满了她那美丽的大脸蛋儿,她问:“那为啥子?”

“为什么?”许俊男再叹一口气,“国有企业,干部子弟一大堆!七姑八大姨的一百多号人,全都是拿钱不干活儿的主儿!我还不能说、不能开的!能好得了嘛!”

老康赶紧把话题往防范人生风险上引,以期为江莉莉的卖保险计划开山铺路:“这样下去,以后咋办?总是国家出钱养着?”

许俊男又端起一杯啤酒,举到老康面前:“当一天和尚撞一天钟!干一天算一天吧!反正我是‘夜夜做新郎,村村都有丈母娘!’来!康博士,咱们喝!”

老康还没把杯端到嘴边,许俊男已经又把一大杯啤酒“咕咚咕咚”地灌进肚子里去了。

老康不喜欢酒,当然是少喝一口是一口。他偷偷放下酒杯,立刻又为许俊男点了一首对唱歌曲:《想说爱你不容易》。

许俊男却借酒撒疯一般地大叫起来:“不唱！不唱！不唱这首歌！什么他妈的《想说爱你不容易》,只要你想爱、敢爱,那就容易。给我点《糊涂的爱》,我要和江小姐一起唱,我就待见糊涂的爱!”许俊男说着,竟拉了江莉莉丰腴而柔软的手,一同站起来,高声吼唱起来:“爱有几分能说清楚？爱有几分,是糊里又糊涂?”

江莉莉此时此刻也进入了角色,被许俊男握着的手没一点儿要找机会抽回来的意思,声情并茂地附和着:“情有几分能说清楚,情有几分是涩涩的酸楚!”

老康见这对孤男怨女各自都进入了角色,估摸着这卖保险的事儿有门了！如果这国营大款许俊男一时兴起,给他公司的小姐、少爷、姑奶奶、大爷们,一人上一份人身意外险,一百多号人,他老康的业务额一下子就能达到十几万！他老康的提成也一下子就能达到四五万啦！这是他卖多少本诗集也卖不出来的收入呀!

老康叹口气,虽然没骂一句“人心不古”,但是却在心里感叹道:“这么瞧着,如今这世道,是俗人好当,秀才难做呀!”于是,老康也起身,为许俊男与江莉莉天衣无缝的对唱,学着一个弱智者的模样,鼓手叫好起来:“好！好！好!”

当三个人都为自己的心事儿喝得几乎酩酊大醉的时候,老康用他依然保持着的清醒,把话题引向深入:“许老哥儿,您能不能帮帮小妹呀!”

许俊男把酒杯又端起来,先跟江莉莉而后再跟老康又碰了杯,睁着被酒精侵蚀得充满了血丝的眼睛,结结巴巴地说:“我就知道,大美女上门,不可能没事儿!”

老康感觉脸上有一点儿热,刚想解释,却被许俊男一挥手拦住了。许俊男把头转向江莉莉,结结巴巴地问:“小妹,你自个儿的事儿,你自个儿说!”

江莉莉偷偷地瞪了老康一眼,那意思分明是骂道:“你真坏!”而后对国营大款做出惨兮兮的样子,一脸的旧社会,嗲着小嗓,如泣如诉地说:“我在保险公司工作,离初出茅庐还相差悬殊,就行将被辞退了!”

老康趁江莉莉瞧自己的一瞬间,也瞪了江莉莉一眼,那意思是说:“你可真够损的!"

醉眼惺忪的许俊男并没发现老康与江莉莉的眉来眼去,豪侠地应承:"行! 看在莉莉小妹这文雅的遣词造句上,我也要帮帮你! 可话说回来,给公司职工买保险,也是天大的好事儿呀!"

江莉莉和老康刚要在各自的心里山呼万岁的节骨眼儿上,许俊男突然阴沉了老脸,一字一顿地问江莉莉:"不过小妹,你可要老实告诉我,你和康博士到底是个什么关系?"

江莉莉也感觉出了自己的脸一热,连她自己现在都没法子确定,她和老康的现在或者未来到底是一个啥子关系。片刻迟疑之后,她毫不含糊地支吾道:"情同手足!"

"你是老康的妹妹?"许俊男大惊小怪起来。

江莉莉瞥了一眼老康,一声不吭地点了点头。

许俊男笑了,结巴道:"这是怎么扯的! 他姓康,你姓江! 怎么能够套得上?"

江莉莉的脸更热了,急忙解释:"妻妹总是毫无疑义的吧!?"

"狗屁!"许俊男笑得难听起来,"康博士的老婆姓龚,是个标准的江南美女,我原来还打过主意呢!"

江莉莉诧异起来,为了排遣自己刚才的尴尬,赶紧跟许俊男开起了玩笑:"老康的老婆,本是名花有主,你为啥子枉费心机?"

"我一心想当司长,就是为了把康博士调外地去! 那样,龚美女不就独守空房啦!?"

许俊男的玩笑倒把老康搞得尴尬起来,他趁机帮江莉莉自圆其说:"江莉莉是我小姨子老公的亲妹妹,她们一水儿都是美女!"

江莉莉故作姿态地问许俊男:"我和老康的关系与我的保险工作,不是风马牛不相及吗?"

许俊男终于说了实话:"当然有关系! 我和康博士的交情,就是今晚的吃吃喝喝! 我跟你的关系,才是帮你卖保险呢!"

江莉莉一听,酒劲儿全无,撒着欢地蹦起来,大声叫着:"谢谢许哥! 许哥救苦救难,就是比老康强！他还和我沾亲带故呢,却连一点怜香惜玉的劲儿都没有!”

“真的吗?”许俊男将信将疑。

“千真万确！老康从来不实实在在,更不会尽心竭力地为我做半点事情!”

许俊男也兴奋起来,重新端起酒,一手握杯,一手索性把胳臂搭在江莉莉的肩上,高声大嗓地张罗:“一杯酒可不成,咱们要学着银行拉存款的样子,咱们每喝一杯酒,我就买你一万块的保险！怎么样?”

老康担心着江莉莉的安全,企图见好就收,走上来打岔说:“可杯子里的酒,不能太多!”

许俊男毫不客气地把老康轰到一边,急赤白脸地说:“你只管给我俩收尸就行了!”于是,许俊男大叫服务员,又上来十几瓶啤酒,拉着江莉莉的手,一杯是“好哥哥”,一杯是“亲妹妹”地喝起来。等一连十几杯酒下肚之后,许俊男快乐地躺倒了,从茶几下,从横七竖八的啤酒瓶丛中,传来了他如雷贯耳的鼾声。

江莉莉依然嘻嘻哈哈地笑着,东倒西歪地靠在了老康的肩上。

无奈的老康只得招呼许俊男的司机送国营大款回家,而自己则架着依然东倒西歪的江莉莉,打上个出租车,不得不先回了自己的家。

他把江莉莉放进自家的客卧,稀里糊涂地为她盖上一床被子就准备走人。突然,江莉莉却像诈尸一样地坐了起来,一把抱住了老康的脖子,把嘴贴在老康的耳朵上,遣词造句时,也没有了半点文雅派头,赖叽叽地对老康说:“康哥,我想！你要我,好吗?!”

老康被吓蒙了,自打他和龚梅相爱之后,从骨子里都没再打过任何女人的主意。面对大美女公然提出的做爱要求,他战战兢兢地拒绝道:“别胡说没影儿的事儿！你把我当成啥人了!”

“你是好人!”江莉莉睁大了醉醺醺的大眼睛,柔情万种、粘糊万分,“自打在书摊上,我一瞧见你,就一见钟情了！你有才华,你啥子事情都早就功成名就啦！我想要！你要我！你要我呀!”

虽然江莉莉美体的丰腴、温馨与柔软，已经让老康的下身断然革命，但是，他却依然将江莉莉强行推倒在床上，一边惊慌失措地逃离客卧，一边坚定不移地说："别瞎说！你醉了！"

二十六、“花”招

自打通过租诸葛秀房子来拍阮大头马屁的计划一流产，左忠堂整日里，猴烧屁股一般地抓耳挠腮，一张老脸的面子没处搁、没处放的。任博雅现在更是一副怂头屎脑的德行，他让马行长不冷不热地挖苦了几句之后，一着急一上火，竟卧床不起了。齐美丽也如热锅上的蚂蚁一般，急得团团转起来。她一急老公，怕他为拉存款做瘪子的事儿，急出个好歹来，这可是哪多哪少呢?！她二急自己，也真是丢面子，把任、左两个大男人介绍给了速发银行！一个自称硕士，一个号称博士在读，却宛如乌合之众一般，哪一个也拉不来一分钱的存款。如果不是她从保险公司跑回来的那十个亿同业存款趴在至大支行一直没动，要不是她这张老女人的脸罩着，这两个窝囊废弄不好早就都让速发银行给一撸到底了！

自己的英俊男人自然只有自己来心疼。而对想成就一番事业的英俊男人，光从家里面心疼也不成，还不得不帮助他成就事业！做女人真累，做嫁给绣花枕头的强女人，更累!!!

但是，齐美丽就是齐美丽，人家就是有临危不乱的劲儿！在自己焦头烂额之际，她忽然想起了最近因男女问题口风不佳的大美女江莉莉。江莉莉能为了卖保险对国营、民营大款大施美人计，难道就不能借用一下她的美色和大方，为自己的英俊老公所用吗?

想到这里，齐美丽的心中一亮，立刻生出一计。

她抓起办公桌上的电话，三下两下就拨通了。她先让自己长舒了一口气，等心平气和了，才用平缓的语气，胸有成竹地开腔：“莉莉吗？你来一下！”

一阵“嘎哒嘎哒”的皮鞋声过后，江莉莉的大脸蛋儿花一样地开放在了齐美丽的眼前。她笑盈盈地开口问道：“齐姐，您有啥子指教？”

江莉莉自打和老康绑在一起做了几单业务，认识了老康原来许多有身份的同事之后，漂亮的衣兜渐鼓，开拓业务的路子渐野，她自己也仿佛在暮冬里提前享受了暖风，颇感春风得意起来。但是，唯一让她感觉闹心的事情，是关于她与老康的关系，在保险公司内外竟有了不少沸沸扬扬的绯闻。

有的说，老康每给她介绍一个高级客户，她必陪老康玩上一宿。反正老康与老婆的关系也正处于要离婚、没离婚之间，老康家里又空无第二个人，孤男怨女，还不纵情在大床上驰骋吗？啧啧啧！

还有的说得更离谱，说她已经为老康做了两次人工流产，一次手术，一次药流。可叹老康那条老色狼，跟自己的行长老婆搞不出个名堂，可跟她江莉莉干起来，真可谓一枪一个日本鬼儿！

其实，与老康的关系，江莉莉自己心里最清楚。一切的一切倒不是她思想老八板儿、不开放，而是那老康木讷、太禁锢，或许他在心里压根儿就一直唱着王杰的《回家》那首歌！还惦记着他那个永远不回家的美女行长，根本就没把她江莉莉当回事儿！

齐美丽为了拿捏住这个在业务上蒸蒸日上的大美女，自己主动混淆了上下级关系，反而对大美女大献殷勤起来。她拉了一把椅子，让江莉莉坐下来，嘴里毫不吝啬地胡诹一般地赞美着：“莉莉呀，你真是越来越漂亮啦！”

“齐姐，您尽管开门见山吧！我还有一个大客户，催着我送保险单呢！”保险公司本是一个认钱不认人的行当，江莉莉有优异的业绩在手，自然甭跟齐美丽搞啥子毕恭毕敬的客套。目前，她已经学着公司老职工的样子，索性不叫齐美丽“齐总”而改叫“齐姐”了。

现在的江莉莉气质已经变得越来越富态了，言谈举止里少了几许清纯，多了一点自信。眼下她和老康的业务额已经高居梦幻支公司的前两位，她第二；第一的，自然是老康。也是士隔三日，当刮目相看。一不注意，江莉莉竟也成了北京的有车一族，虽然她的车，只是一辆小小的奥拓！

齐美丽不但没直接回答，反而从自己的办公桌前走出来。她围着江莉莉前前后后地瞅了两圈,又用自己的一双老手摸着江莉莉柔嫩的肩头,继续胡诹一般地赞不绝口:“好呀!真是又能干、又漂亮!”

江莉莉见齐美丽一副莫名其妙的样子,憨厚地笑了,索性把大眼睛眨上几眨,任凭齐美丽怎么摸、怎么赞美,自己只管享受着,就是不开口。

齐美丽对江莉莉的美貌欣赏累了,才重新回到办公桌前,重新入座。瞅着江莉莉那副志得意满的样子,她明白了:非得杀杀江莉莉的气焰不可,不把此大美女的嚣张气焰打压下去,此大美女怎么会为自己所用呢!?于是,齐美丽脸上的笑容突然没有了,一对与香港歌星林忆莲一模一样的小眯缝眼里,忽然闪烁出神秘叵测的光芒。她把椅子往江莉莉身边拉了拉,压低声音,说:“莉莉,最近有一些关于你的不好消息,都听说了吗?”

江莉莉没有脸红,反而把自己的大眼睛一翻,拿出一副不屑一顾的神情,回答道:“木秀于林风必摧之。走自己的路,让别人去说吧!反正我早就准备就绪了!”

听江莉莉一副无所谓的语气,齐美丽的心里一沉。她实在没想到平日里总是一副天真无邪模样的大美女,遇上事情却这样地有主见。看来,这二十一世纪的女大学生的确比自己这个年龄的老大学生更激进、更能适应社会了。齐美丽见对男女作风问题只是轻描淡写已经无法有效地制服江莉莉了,于是,她又笑了笑,把话题进一步引向深入:“你是无所谓,孤身一人,轻松自在!可老康却有所谓啦!”

江莉莉把美丽的眼睛睁得大大的,望着齐美丽说:“可我们毫无瑕疵,一清二白,真没啥子!”

齐美丽见江莉莉动了心,便继续对大美女实施打压:“人言可畏哟!现在我们梦幻支公司,里里外外都是满城风雨啦!”

江莉莉苦笑起来:“我才叫没逮着狐狸弄身臊呢!反正,我是身正不怕影子斜!”

齐美丽见大美女的弱点终于暴露出来了,赶紧再对她被打疼的脸揉上一把:“我也相信你们没什么!你是一个既聪明又漂亮的女孩子,怎么会跟老康这么一个书呆子有什么呢!?”

“不，齐姐！其实，对别鹤孤鸾的生活，我早就心有不甘了！”江莉莉脸上苦涩的笑容突然没有了，她睁着大眼睛，颇为认真地说：“我的确是别有用心的，也早就想跟老康狼狈为奸，有啥子啦！”见齐美丽睁大了惊愕的眯缝眼，她毫不含糊地继续说，“可老康却自始至终都洁身自好，偏偏不心甘情愿地跟我苟且偷安！”

齐美丽狭小的心胸里笑开了花，心说：“这么瞅着，江莉莉再怎么变得有钱，也只是一个胸无城府的大花瓶！她怎么就能没心没肺到自个儿说出自个儿的隐私呢！”于是，齐美丽赶紧做暂停手势，以情真意切的模样，让江莉莉住口：“莉莉，我瞧出来了，你们现在的年轻人敢爱、敢恨，活得真实、自由、随意。我太羡慕你们了！”

“其实，我早就心知肚明，在保险公司，即便我做个节妇烈女，人人都说我温良贤淑，可卖不出保险，还不是一文不值？还不是一样没工资拿吗！?”

齐美丽听江莉莉这么一说，心里又是一沉，心想：“合着，这个江莉莉心甘情愿做一只花蝴蝶！？一个人破罐破摔，一旦什么都不怕了，也是无法控制的呀！”为了控制住江莉莉，她只得又打出了自己准备好的另外一张牌：“老康跟你可不一样！你也得为他想想！”

江莉莉翻一下大眼睛，简单而利索地回答：“他老婆早就离家出走了。他自个儿孑然一身，他怕个啥子？”

“可人家两口子还没真离呀？据说，人家两口子没分居那阵儿，都爱听王杰的《回家》；现在即便是分居，可各自依然爱听《回家》！《回家》是一首什么歌？是怀恋过去的歌，是思恋家庭温暖的歌，也可以说是对爱情和婚姻忠贞不渝的歌！！！弄不好还是这两口子的定情之音呐！”见江莉莉依然一副无所谓的神态，她赶紧加重语气，几近恐吓一般地说，“莉莉呀，你就别傻啦！听说，老康的老婆早就知道了什么，还要踅摸老康闹腾呢！”

江莉莉淡淡地一笑：“我设身处地为她想过，她不敢！人家大小也是一行之长，在十几个人的支行小圈子里，也算得上是德高望重之辈，没凭没据的，她闹个啥子！”

齐美丽几乎要放弃对大美女实施控制的想法了。她没想到这个江莉莉的智力发育得如此奇怪！有时候，她天真得像一个小女孩儿，有时候，她却又老道得像个泼妇！

齐美丽只得打出了自己对付江莉莉的最后一张牌："老康属于我们那个年代！由于老康学历高，业绩又好，惠总经理有意把他调到分公司去！现在总公司和分公司的业绩每况愈下，正需要老康这样学历高又正派的人，弄不好，给他一个总经理助理当当，让他来点新花样儿，也未可知！"

江莉莉的大眼睛里立刻泛起了明亮的光："真的？这倒是意想不到！保险公司也有干部调动？"

齐美丽终于在二十一世纪的大学生面前踅摸到了自己年纪、阅历上的优越感。她介绍道："高级管理人员也是聘任制，年薪还挺高哩！"

"那老康不用卖保险，就能轻而易举地拿到工资了？"

齐美丽点点头，没吱声。

"那我有没有可能也不卖保险，就能始终如一地拿工资呢？"

齐美丽没想到江莉莉又把自己送到她的手头上来了，就赶紧顺坡下驴地说："当然可以了！而且，现在就有一个机会！"

"啥子机会？"

齐美丽见江莉莉上钩了，自己心里的一块石头算是落了地。她没有立刻回答江莉莉的问题，索性起身，走到饮水机旁，在自己的茶杯里续了一点儿水。再走回自己的办公桌前，重新坐下来，亮着自己的小眯缝眼，对江莉莉神秘地说："我老公在速发银行至大支行工作。银行一水儿地是雇佣制，每月有固定工资。他们现在正缺一个部门经理，每月不算业绩提成，也有个五千块拿着，怎么样？你愿不愿意去呀？"

江莉莉犹豫了："顺风吹火，倒是何乐不为的好事情！可我卖了这么多保险，每年都有提成，我这一走，几万块的提成不就竹篮打水……"

齐美丽豪爽地答应："那好办，你不是跟老康好吗？把你的业务算在他头上，让他把提成的钱再还给你，不就完了嘛！"

江莉莉还有顾虑："可是，我不熟悉银行业务，怎么去滥竽充数呀！"

齐美丽笑了："银行拉存款跟我们卖保险一模一样，你连保险都卖得这么好,还有什么事儿你干不好?!”

“可我……没名正言顺的新客户呀!”

“客户你甭发愁!他们那儿正有一个现成的户,需要做工作呐!是至大投资公司,董事长叫阮大头,手里就有现成的二亿美元!你琢磨呀,你一旦把这笔钱拉过来,这里有你的提成,那里每月有五千块固定工资,再加上拉存款提成,你算算,一年下来,怎么着你也该把奥拓换成奥迪了吧!”

江莉莉终于动心了:“可至大支行能为我虚位以待吗?”

“我老公就在至大支行当行长,还不跟我自个儿当行长背着抱着一边儿沉嘛!”

“可那个阮大头要是从中作梗,死说活说地不把存款放我这里……”

齐美丽打断了江莉莉的话:“你拉国营大款许俊男那单保险,怎么做的?”

江莉莉的脸上立刻沁出红色,支支吾吾地吭哧道:“到他办公室略施小计,几次斗智斗勇,而后……当然……”

齐美丽走到江莉莉的身边,在她美丽的大脸蛋儿上轻轻地一拍,亲昵异常地说:“莉莉呀,瞅在钱的份儿上,你还继续如法炮制就行啦!”

江莉莉听齐美丽这么一说,就仿佛被人当众脱掉了内裤一般,不知是恼,还是羞,大脸蛋儿绯红绯红的,比公鸡的大冠子还醒目呢!

二十七、英雄与流氓

当至大支行就要把江莉莉变成一颗极具杀伤力的糖衣炮弹投向阮大头那两亿美元的时候，五一支行的龚梅与谭白虎也抓好了诸葛秀的治痒奇药，准备第二天就起程回北京了。

临近傍晚的时候，一轮朦朦胧胧的夕阳，没有露出半点倩影，就在一片混沌的雾气里消失了。天空中厚重的云层，宛如在眼前拉上了一层越来越沉重的黑幕，让一切的一切都只是依稀可见。等雾霭不见了，天也已经黑了，雨点稀稀拉拉地落下来。不久，雨点越来越大、越来越密，打得小木楼楼顶“噼噼啪啪”地响，不一会儿山上的雨水就已经汇成了巨流，龙一样地“轰”然泻地，云雾山区下起了冬日里少有的大雨。

龚梅来到屋外，对正站在木拦上远眺的谭白虎说：“早一点儿休息，明儿好赶飞机吧！”

“明儿个，飞机能起飞吗？”谭白虎站在木楼的廊沿下，望着泻地的洪水，开始思索问题了。

龚梅开了个玩笑：“有冯瘸子保佑，我觉得不应该有问题！”她叮嘱谭白虎一句“早早休息”之后，便回屋里去了。

重回木屋里的谭白虎，孤独得像茫茫沙漠里的一棵小草，躺在床上怎能将歇？想那隔壁的大美女，虽然近在咫尺，却又有如远在天涯。那思而不得的感觉仿佛是让饿疯了的人干闻炖肉味儿一般，令人煎熬难耐！由于小旅馆里，没有电视，谭白虎为了排遣自己的失落与煎熬，只得拿出了自己随身带着的一本恐怖小说，躺在床上津津有味地读起来。

他眼睛瞧着书，耳朵里却可以清晰地采集到隔壁的各种声音。读了没多一会儿，就听到隔壁传来“啪哒”一声响。他琢磨着：明摆着是美女行长关灯睡觉了。又读了一会儿，似乎听到龚梅轻微的鼾声，他又想：美女行长的睡姿会是啥子样呢？他情不自禁地向空中伸出了瘦手，仿佛这样真的就能触摸到她的肌体一般。也不知又读了多久，当眼睛实在累得睁不开的时候，他一闭眼，就稀里糊涂地进入了梦境。

他仿佛来到了溪水潺潺的蜿蜒小街上，云雾宛如白色的轻纱，把远山装衬得若隐若现、神秘莫测；而在轻纱里，那白墙青瓦的民居也好像害羞的少女，一张张美丽的脸蛋儿时而露出一下，时而又羞隐不见了。他的身边仿佛跟着一个人，定睛瞧时，龚梅那张清秀的脸蛋儿却已经带着芬芳、带着水莲花一般的娇羞映现在他的瘦脸边。他立刻无所顾忌地伸出了自己的唇。

此时此刻，他仿佛懂得了美女的芳香，转化到嘴上，原来却是现实的甜！他勇猛果敢地抱住了龚梅娇小的美体，此时此刻，他仿佛又懂得了女人的美，在现实中却是异样的温馨。他和她仿佛来到了一个更加云雾缭绕的地方，这大概就是龚梅的床！此时此刻，他和她竟都是裸体的。他的身心都仿佛被火山体内的气流压抑着，当仿佛听到龚梅那美妙的低吟时，他身体的热浪突然又像火山一样喷发了。那火焰吞没了身下的美女，同时也吞没了他自己。在那激情四射的火焰里，床被燃烧得“嘎吱嘎吱”地响；旅馆的小木屋也突然山摇地动一般地摇晃起来。床的摇动和木屋的怪响吓坏了谭白虎，从来没有性爱体验的他，实在不敢断定男欢女爱的事情是否真有如此的神力！

他睁大了细眼，对四周仔细地瞧；恨不能把耳朵伸长半尺，好把四面的嘈杂，听得真切。他发现床与木屋依然在“嘎吱嘎吱”地响着，这不是梦，而是现实！而且床和木屋都在不停地摇晃着，这更不是梦，更是实实在在的存在！

“地震了！”谭白虎惊叫一声，一骨碌翻身下床。冷不丁儿地，他听到一楼有人声嘶力竭地叫喊：“泥石流来了，快跑吧！”

身上只穿着一条短裤的谭白虎立刻惊跳起来，瞬间就来到了门口，此刻小木屋的门已经由于木楼地基的塌陷而变形了，他一连几下都没有推开！

谭白虎来了虎气,用出浑身的力气,照定小小的木门就是狠狠的一脚。“咚”的一声,门依然没有开,可门板却被整个踹了下来。谭白虎立刻把自己从门板破裂处,像箭一样地射了出去。跑到楼口的时候,楼后的山体正挤压着小木楼“嘎吱嘎吱”地怪叫着,惊心动魄;楼上楼下,以至楼前的坝子四周,已经是人声鼎沸,呼儿唤女的惨烈之声撕破了云雾镇原本宁静的夜空。

谭白虎正要逃亡楼下的时候,冷不丁儿地想到了龚梅。跑过她的房间时,那房间的门还是关着的!龚梅分明还在里面!于是,谭白虎又不假思索地跑回楼道,站在龚梅的门前,连捶门再大喊:“龚行,你在里面吗?”

房间里的龚梅刚被莫名其妙的声音吓醒,惊恐万分地问:“怎么了?小谭!”

“泥石流!快出来!被山体捂里面,我们连尸体都没啦!”

龚梅虽然出生在江南小城但却不晓得泥石流的厉害,在房间里急急忙忙地回答:“你先走,我把衣服穿上!”

楼后的山体把整个小木楼压迫得“吱呀吱呀”怪叫着,整个楼梯也像地震一样不断地摇晃,不断地倾斜。此时的谭白虎仿佛闻到了死亡的味道,他那农民质朴的本性冷不丁儿之间得到了恢复。他二话没说,用出自己吃奶的力气,照定龚梅房间的木门,狠狠地一脚踹了下去。那扇小木门立刻就被踹开了。

此时,房间里的龚梅正是一副狼狈不堪的境况,她下身穿衬裤,上身则刚刚换上一个精巧的紫色乳罩,胸前那一对尤物宛如秋天里熟透了的高粱穗,沉甸欲坠,她望见破门而入的谭白虎,惊慌失措地尖叫:“你干什么?”

谭白虎像一只发疯的狮子,一言不发,把小巧玲珑的龚梅一把抱在了怀里,跑出房门后,又顺势把不足一百斤重的美女驮在了自己的背上,跌跌撞撞地跑下楼去。

龚梅在谭白虎的肩上怒不可遏地大叫:“谭白虎,你想干什么!?”

谭白虎背了美女,冲过乱糟糟逃离小木楼的人群,踏着满地上滚落的泥石,一直冲到远离小木楼、远离山体的平坝的另一侧,才把龚梅放下来,小身板儿累得摇摇晃晃的,只顾自己大口大口地喘粗气。

此时的龚梅已经气急败坏地扭曲了自己漂亮的脸,没等谭白虎定下神来,就大叫一声“臭流氓”,挥起小手,一巴掌抽在谭白虎的瘦脸上。此时的谭白虎已经跑得没有力气了,正处于站立不稳的节骨眼儿上,被龚梅重重地抽了一个耳光,立刻歪歪斜斜地摔倒了。

虽然黑暗,虽然四周全是乱糟糟的人群,有着类似夏娃模样的龚梅依然感觉难堪,她看也不看谭白虎,就准备冲回小木楼,去找衣服。谭白虎连滚带爬地冲上来,一把拉住了她,歇斯底里一般地大叫:“你不要命啦!?”

龚梅望着四散而逃的人群,愤怒而难堪地大叫:“哪里会有这么严重!?”

龚梅的话音未落,楼后那原本倾斜七十五度的山体突然“轰”的一声巨响,完全坍塌了,一座好好的小木楼像被原子弹的冲击波冲击一样,顷刻之间化为乌有。龚梅此生都不会忘记小楼被吞噬时那触目惊心的一刻:山体的下部像一把锋利的砍刀先从底部掀翻了小木楼,山体的上部则化成了千万吨泥土,把向山体一侧倾倒的小木楼严严实实地埋葬了!龚梅站立的平坝地段虽与小木楼有百米之隔,却依然被巨大的泥石流埋了半尺有余。在她与小木楼之间站立的人们,虽然已经逃离了死亡的危险,但是,却没想到这泥石流的巨大威胁,有的被泥石流冲倒后,爬出来,侥幸逃生;有的则被泥石流完全掩埋,永远也无法再跑出来了。

龚梅被眼前的惨境惊呆了,此时此刻的她,已经忘记了当众扮演夏娃的难堪,更没有了对谭白虎畜生一样抱起自己的愤怒,她呆呆地望着曾经是一座完整的木结构建筑现在却成了一片惨不忍睹的废墟。突然,她把自己夏娃一样的身体投到了谭白虎赤裸的胸膛上,“呜呜”地哭了。那一对秋天里成熟的高粱穗竟然顶住了谭白虎的胸膛。谭白虎无疑又一次扮演了英雄救美的角色,成了再一次拯救她的恩人!只是这次拯救的不是她的贞洁,而是她的生命!

当日思夜想的美女行长真的像一只可爱的小猫,趴在自己的胸膛上哭泣时,谭白虎却被吓得不知所措了。“别!别!别!”他本能地推开龚梅半赤裸的身体,老实巴交地安慰道:“龚行,别担心啥子!公款我都带出来了!药,还可以再找冯瘸子抓!”

谭白虎的一句话唤醒了龚梅,她终于想起来了:自己不但是一个漂亮女人,而且更是一个行长!一个大行长趴在小职员的怀抱里哭泣,成何体统呦!?于是,她不好意思再挨着谭白虎的胸膛了,羞答答地起身,把双手抱在自己美艳的胸前,以期遮掩住那秋天的硕果,呜呜咽咽地嗔怪道:“狗屁!看你这德行!还能带出钱来?”

谭白虎瞧一眼自己亚当一般赤裸的身体和身上唯一的一条短裤,赶紧呼噜一把脑袋,再呼噜一把脸上的雨水和汗水,尴尬万分地笑了,支吾着说:“我短裤上……有一个兜!”

龚梅立刻破涕为笑了:“农民!真是农民!亏你琢磨得出来!”

虽然天色黑暗,虽然四周乱糟糟的,虽然还有借口,但是,谭白虎没好意思拉龚梅的手,更没有勇气重温那被秋天的果实压迫胸膛时的温馨感觉,他只是用自己的声音招呼美女:“走!赶紧弄几件衣服吧!一会儿就该冻得受不了啦!”

龚梅擦干了自己的眼泪,问:“这么晚,到什么地方买衣服去?还是等一会儿,让政府救济吧!”

谭白虎急了,终于跑上来拉起了龚梅的手:“龚行,您这是咋了?政府咋样也得先救人呀!等轮上救济我们那阵儿,恐怕咱俩早就冻得嗝儿了屁(注:地方话,意为:死)啦!”

此时的龚梅早已经没有了柔弱女人的无助之感,恢复了美女行长的自尊之威,毫不犹豫地甩开了谭白虎的手,说:“行,那就听你的!”

谭白虎此时已经顾不得尴尬了,用瘦而长的指头指一指蜿蜒小街的尽头,大大咧咧地说:“找马苦苦他妈去!咱们高价买几件衣服凑合着,也算给她们扶贫了!”

龚梅不动声色地赞美道:“行!能有这样的心思,说明你真的进步了!”

谭白虎倒不好意思了,吭吭哧哧地说了实话:“龚行,其实,我本来也想在走的时候,给这一老一残捐个一百二百的!再怎么说,我也比马苦苦他娘好过不是?!”

只是此时此刻的谭白虎自己都没意识到,虽然他的人格受到了美女行长的肯定，可在龚梅扑进他怀抱的那一刹，当他的胸膛被那一对秋天里熟透了的高粱穗一般的尤物压迫之时，此生本来可能有的癞蛤蟆吃到天鹅肉的幸运，却让他本性的质朴，白白地葬送掉了！男女之情的交叉线就要连接到一起的节骨眼儿上，他却没有勇气完成那最后的一下连接，于是，交叉线又变成了平行线，他与她又沿着人生各自的轨迹平行前行了。留下的，是道德？是高尚？是悔恨？是惆怅？除了他依然意淫式的日思夜想，恐怕只有天晓得了。

二十八、大美女的新角色

江莉莉到至大支行刚一报到，就被求贤若渴的任博雅以行务会的名义任命为至大投资公司的专职客户经理，享受副部门经理级工资待遇；江莉莉正式上班的第一天，就被任博雅火急火燎地紧急召见到了行长办公室。

“小江，阮大头回国了！”任博雅对江莉莉没有半句客套话，直截了当地向齐美丽提供的美女外援通报了情况，那份迫切的感觉不亚于落水之人见到天上飞来了一块救命的木板。

“阮大头？何方神圣？”江莉莉还没有进入银行工作的角色，对这个男人的名字还很陌生。

任博雅急不可耐地提醒道：“就是至大投资公司的董事长啊！”见江莉莉依然一副不在状态的样子，他索性直接布置了任务，“你立马儿找他，立马儿把存款拉来呀！”

“可我……和他……还未曾谋面嘛！”江莉莉漂亮脸蛋上露出了难色。

任博雅一拍脑袋：“对对对！应该先让左忠堂给你约一个时间，吃饭、跳舞、唱歌，哪种场合都成！”他说着，急忙召见左忠堂。等左忠堂刚一进门，他就又对左忠堂布置道：“左行长，你立马儿约一下阮大头！踅摸个机会，赶快让江莉莉和他搭上头呀！”

左忠堂由于至今没有一分钱存款入账，自己都对自己的能力产生了怀疑，吃白饭的阴影开始笼罩了他的心。见任博雅紧急布置了工作，也赶紧特事特办，没离开办公室就抄起了电话，拨通了文才子的手机。几句寒暄之后，左忠堂学着任博雅的样子，风风火火地直入主题：“文秘书，听说阮董回来啦？”

“还是那二亿美元的事儿?”现在的文才子正被几个地下钱庄的经理们缠着要找董事长,对死皮赖脸的左忠堂没有一点耐心。

“好久没见到阮董了,我想约个时间,大家一块儿乐呵乐呵!”

文才子知道阮大头在银行之间无序竞争中的优势,当然也懂得他的难处,他不想给左忠堂好脸,同时也不希望得罪了至大支行。于是,他便推脱道:“董事长刚回来,正忙着,改日再说吧!”说着,趁左忠堂支支吾吾的机会,赶紧把电话挂了。

“改日哪儿行呀!”任博雅急了,命令左忠堂,“不成!再打!直接给阮大头本人打!”

无奈的左忠堂已经习惯于在任博雅面前卑躬屈膝了,只得又拨通了阮大头的手机。结果对面永远传来一个女人的标准声音:“对不起,该用户已关机!”

“这帮孙子,不接电话呀!”在读博士也急了,一张口,忍不住说出了脏话。

任博雅团团转着,没有半点思维的火花,只是一口一个:“不成,继续打!”

江莉莉在两个男性领导做热锅上之蚂蚁状的时候,却突然爽朗地笑起来。等任博雅白脸上的丹凤眼和左忠堂黑脸上的三角眼同时鼓起来,大眼瞪小眼、匪夷所思地望着自己的时候,她开口说话了:“任行长,左行长,与阮大头见面的事情,不敢有劳二位,就让小女子自行安排吧!”

任博雅先挤咕两下丹凤眼,笑了:“好!这样好!”

左忠堂的三角眼一耷拉,也如释重负:“成!这样也成!”

“不过……”江莉莉稳了稳神,大眼睛瞟一瞟两位领导。

“不过啥?”任博雅问。

“有什么困难,尽管说出来!”左忠堂随声附和。

江莉莉把大眼睛停留在任博雅白白净净的脸上:“人马未动,能否粮草先行呀?!”

本来站着的任博雅,听江莉莉这样一说,知道大美女是在伸手要钱,可又怕自己白白挨了宰,美女一样的丹凤眼翻了两翻之后,就一声不吭地一屁股坐到了椅子里。

左忠堂多少大气一些,见任博雅没开口,则试试探探地问江莉莉:“预支多少钱?”

“去天上人间,一刻千金;连吃再跳,一天下来,省吃俭用也得四千块吧?”江莉莉有了和国营大款许俊男外出的经验,现在对高消费的事情,自然说起来头头是道。

任博雅终于开了腔:“关键是把存款拉回来!”

“对对对!花多少钱,其实是小事儿!”左忠堂赶紧附和。

江莉莉爽快地决定了:“那我就先开仓放粮,从支行借五千吧!”

左忠堂见任博雅把胖身体陷在软椅里,脸上自始至终是一副不置可否的德行,而江莉莉在一边却又拿出踌躇满志的样子,嘴努了几努,又闭了几闭,之后,终于还是把想说的话跟任博雅说了:“我瞧,成!任行,您说呢?”

虽然这五千块钱是从支行的钱柜里出,但是,这钱必然是他任博雅可以自己消费掉的费用,眼见得这厚厚的一沓子人民币就要放进大美女的小挎包,他依然心疼得拉肝、拉肺一般。他自己心疼地沉默了几许,在别人看来聊做思考状之后,终于一声不吭地点了点头。

江莉莉笑了,见自己脸上的灿烂与领导们脸上的阴霾形成了太大太大的反差,便笑盈盈地安慰这两个大男人:“不过,我也许随机应变,不去天上人间!我也许花样翻新,换一种新的玩法,这样,也许就破费不了五千块钱啦!”

任博雅见左忠堂没有再对江莉莉的沾沾自喜开口置个可否,自己也不便开腔,心里则对老婆介绍来的小妖精暗暗骂道:“呸!别因为自个儿长着一个漂亮脸蛋儿就不知天高地厚!你要能主动上了阮大头的床,支行连他妈的一分钱都花不了啦!”

由于中俄石油管道的建设,吸引了俄罗斯国内的大量游资,这使阮大头在俄罗斯进行融资的计划最终泡了汤。回国之后,阮大头在老娘的三层小洋楼里，陪着她闲住了几日。可这几日的闲住，越发地让他不开心，除了地下钱庄不断地引发事端，一会儿一个电话地通报不祥之兆外，老娘的全身瘙痒症也越来越重了。在吃饭的时候，在说话之间，她总是情不自禁地抓耳挠腮，活脱脱地像一只老母猴！

“科学！科学算个屁！不但癌症治不了，这么多医院、这么多医生，连抓耳挠腮好几年的病，都他妈的没一个说法！”阮大头心里暗暗地骂着，而后，又暗暗地下定了决心：“横竖也要把老娘的病治好！”

心烦意乱的阮大头没心思再陪诸葛秀了，便一早就赶往办公室。除了地下钱庄的问题，公司两个亿美元存款的问题也该解决了。他盘算在利息上一准儿不能亏的基础上，就先给美女行长存上一个亿！但是，他又不甘心，毕竟自己对龚梅这个美女，就有如逮不着狐狸弄了一身臊一般，尴尬万分，窝囊难言呐！

阮大头的小型卡迪拉克轿车穿越市区，经环路，奔向南郊。没一会儿，一望无际的野鸭湖已经映入眼帘。但是，当轿车行驶到公司大门口的时候，他却发现在门口的外面，不当不正、不偏不斜地停着一辆小奥拓，挡住了进门的路！而且按了几声喇叭，竟然没有动静！

“嘿！谁他妈的这么没眼力见儿！”阮大头骂骂咧咧地推门下车，猜不出是哪方神仙敢在自己的家门口挡横儿！阮大头冲到小奥拓的旁边，正准备强行拉开小奥拓的车门，与里面的司机讨个说法的时候，奥拓的车门却忽然自动开了。下来的竟是一个大美女！

这个美女不但个子高，眼睛大，而且那对大眼睛里忽闪而出了无限的妩媚和不可言说的大方。当阮大头的一对大眼珠子与美女的大眼睛对视的刹那之间，他的心突然战栗了，他突然心醉魂迷了。因为，他发现了一个有生以来最最对得上眼儿、最最称心如意的大美女！

这个大美女就是挎包里塞着五千块钱公关费的江莉莉！

“大哥，实在对不起，我也是不遂人愿，车居然坏在这里了！”江莉莉发出小乖猫一样的声音，装出一副万分歉意的样子，当然，实际上这是她早就蓄谋已久的。

阮大头开心地笑了，却一声不吭。他的一对大眼珠子死死地盯着江莉莉，上一眼、下一眼，左一眼、右一眼地瞅。他一眼瞅脸，一眼看腰，一眼瞅眼，一眼看腿，活像一个欣赏雕塑的大傻子！

江莉莉终于被阮大头瞧得不好意思了："怎么？大哥，您瞧啥子？难道我身上，有啥子与众不同吗？"

江莉莉的一句话让阮大头猛醒了。他阮大头必然是董事长阮大头，而不是老地痞阮大头，他做事当然要有个分寸！于是，阮大头把江莉莉从头至尾地欣赏了一轮之后，尴尬地支吾着："没影儿的事儿！我瞧了一遛儿够，也没发现什么不同！我……只是觉乎着我们好像在哪儿见过呀！"

江莉莉对阮大头这再老套不过的套词没有顺坡下驴，她自有与民营大款套近乎的方法，她嗲着声音揭露道："不会吧！我本是方外之女，大学毕业来北京的时间屈指可数！大哥一定是鱼目混珠了！"

阮大头尴尬地"哦哦"两声："是吗？也许，你长得像……"

江莉莉忽闪着大眼睛，笑盈盈地说："天下的美女都是一样的！我叫江莉莉，大哥肯定不会认识我这样一个小国寡民的！"

阮大头在江莉莉一句一逼的话语里，几乎踅摸不到泡妞的套路了，于是只得拿出自己的看家本领，嬉皮笑脸地要赖道："江莉莉！毕业不久的大学生！我们现在不就认识了嘛！"

江莉莉倒是落落大方，大眼睛一闪，嗲声嗲气地说："承蒙大哥不弃，我可要以石投水了！"

"什么以石投水？什么意思？"阮大头在美女面前，第一次感到了自己的没文化，一脸难以掩饰的尴尬。

"就是我要如鱼得水一般地找麻烦了！"

阮大头一听江莉莉要有求于已，大眼珠子里刚才已被打压下去的色眯眯之光立刻重新亮起来，他拿出男人的豪侠之气，大大咧咧地嚷嚷道："除了别到我至大投资公司工作，哥哥我帮你什么都成！"

江莉莉没想到在任、左两个大男人眼里如此难于接近的阮大头原来是一个十足的见美女就流口水的色鬼，真想开口就问："拉存款的事情能帮助我吗?”但是,江莉莉毕竟不是一张单纯的白纸,她没把心底的秘密说出口,而是从与拉存款相差十万八千里的地方开始公关了:“我还要到射击场去呢! 意想不到,车却在您公司门口,不合时宜地坏了! 心急如焚呐!”

阮大头一听,感觉泡妞的事儿有门儿,大嘴巴里真的要流淌出口水了:“去射击场? 射击场就在野鸭湖的对面! 我送你过去不就完了嘛!”

江莉莉当然明白逢商必奸的道理,也很会抬高自己的身价,便故作矜持道:“怎么好无功受禄呢?”

“有什么不好意思的? 我就是助人为乐的活雷锋呀!”阮大头学着江莉莉的遣词造句,赖兮兮地开着玩笑。

美女没有了对失去贞洁的恐惧,还怕个啥子? 江莉莉真想马上就上阮大头的车,但是,她却晓得欲擒故纵的道理,这个糖,她明摆着得拿到底! 于是,她就继续假惺惺地矜持道:“我的车其实也是略有小恙,只是水箱没水了。大哥只要帮忙加一点水,我就感恩戴德了!”

江莉莉话音未落,阮大头就敲响了公司的大门:“老马头儿,干吗呢? 快来开门,带手儿打一桶纯净水来!”

江莉莉望见阮大头一副急赤白脸的臭德行,赶紧把手捂住了嘴,她怕自己发自内心的情不自禁的笑,一不注意,被阮大头看见了!

二十九、手枪天才

近来的老康是一喜一忧，一对外凸而无神的眼睛也是时明时暗的。

喜的是，他被调到分公司，在惠总经理手下当上了总经理助理。虽然这个助理，除了增加许多出谋划策的工作量之外，依然没有拿上固定工资，但是，对于保险业务额已经高居全公司之首，而总经理助理的提成比例和范围又远远大于普通推销员的老康来说，保险佣金提成多得仿佛是一头牛，死工资少得好像牛身上的几根毛，他早已不把每月几千块钱的死工资瞧在眼里了。现在他已经由一个黄花鱼一般溜着路边走的穷酸文人，摇身一变成为日进数沓人民币的大款，而且保险公司有诸多人等，又开始毕恭毕敬地喊他"康总"了。为此，老康常常颇为踌躇满志地想："这个破助理，咋说也应该套一个副局级吧！总比在中央银行当处长时升了半格嘛！"

忧的是，老婆从云雾山回来之后，依然没回家，依然住在她五一支行的办公室里。据说，在她外出期间，支行还出了一点儿事，于是，她的行踪就更加捉摸不定了。而原来跟他有着说不清、道不明关系的江莉莉，也已经人往高处走一般地飞跑了。偌大的一个家，除了没生命的摆设，就是孤零零的他，既没了老婆的温馨，也没了江莉莉的欢声笑语。尤其是星期日，他落寞得简直像石头山上的一棵枯松，死不了，活不成，没着没落的！

突然，"铃铃铃"，家里的电话铃响了。他刚一拿起电话，对面就传来了难听的笑声。老康自然知道，那个神秘的陌生人又要透露消息了！

"你不是活雷锋吧？现在是市场经济了，找你这样无私奉献的人，还挺不容易呐！"老康挖苦道。他与这个陌生人的交往，不应该说是没有获得好处的。现在，他与陌生人的关系已经没有了开始时的相互厌恶和猜疑，除了陌生人那神经质一般飘忽不定的情绪之外，他在某种程度上与这个陌生人似乎达成了默契与神交。他可以从陌生人那里轻而易举地获得消息，陌生人从他这里获得啥呢？他琢磨不明白。

“狗屁雷锋！”今天的陌生人似乎情绪很暴躁，跑风的嘴里开口就是脏话，“整个社会主义的初级阶段，就像资本主义的原始积累，可谓逢商必奸、满眼尔虞我诈，人人损人利己，就没他妈的一个好人！”

老康是一个知恩图报的人，想起因陌生人的信息而获得的五一支行的那单业务，便心平气和地说：“你还年轻，看问题难免偏激。我觉着你就不是一个坏人！你上次透露的一个信息，就让我有了一单三万六的业务。我们提了一万零八百，我个人分了五千块，现在全给你！”

陌生人沉吟着，好久没吱声。他似乎没有为金钱所动。

老康赶紧补充一句：“这是你应该得的！告诉我，咋样给你？”

“燕雀安知鸿鹄之志哉？”陌生人跑气的声音忽然喑哑了，他岔开了老康的话题，“俺今儿要告诉你，你老婆又到阮大头家里去了！”

老康一听陌生人说起自己的老婆，便冷笑起来，违心地声称：“她爱咋着就咋着吧！”

“你不怕被戴绿帽子了？”

老康早已经对陌生人对偷鸡摸狗之事洞若观火的动机开始怀疑，甚至不以为然了，便故作轻松地说：“是我的跑不了！”

陌生人冷笑起来，毫不客气地揭开了老康心灵的伤疤：“你老婆有一个倍儿漂亮的乳罩，是紫色的！对吗？”

老康嘴上一声不吭，可心里却“咯噔”一下，心也一痛，仿佛被人撕了一把。他当然知道龚梅确实有这么一个物件，这还是去年他在处长位子上时，送给老婆的生日礼物呢！

“你老婆和支行的小保安也有一腿！”

好脾气的老康听陌生人这样一说，立刻愤怒了：“你放屁！”正准备挂断电话，陌生人又难听地冷笑起来，赶紧补充一句：“你老婆的乳房大而沉，像秋天的高粱穗！那个小保安一定知道得门清儿！”陌生人说罢，送给老康一阵歇斯底里的大笑之后,不等老康大骂就主动把电话挂了。

虽然身为“副局级”的总经理助理,自己的钱包渐鼓,也没有了自卑感;虽然由于江莉莉的出现,对自己老婆的监管不由自主地越来越放松,但是,老康对绿帽子的恐惧和愤怒却像健康人体内的病毒一样,虽然没有发作,却也依然没有消失。他望着窗外的天空,虽然柳树上已经泛起了一点点鹅黄色,虽然天空中已经飞舞着越来越多的报春的鸟儿,但是,他却没有半点早春一样的明媚心情。他咬牙切齿地说:“这么瞧着,这奸,不捉,还是不成呀!”

他的话音未落,电话铃却又“铃铃铃”地叫起来。电话对面首先传来的,还是笑声;只是这笑声,不是冷笑,而是爽朗的大笑。“哈哈哈”的发笑者,不是别人,正是已经在保险公司脱胎换骨了的大胡子!据说,老康的总经理助理之职,一半是由于老康自身素质加业绩使然,一半则是由于大胡子的鼎立举荐之功。

“老弟,我又发明了一种新的营销方式,定义为‘保险神仙术’!”大胡子爽朗地说。

“不是纸上谈兵吧?”自打大胡子摇身一变成了有钱人,自打老康再次从穷人变成有钱人,两人之间因为五百块摊位费而有过的龃龉,早已经被永远地丢到历史的垃圾堆里去了,并成为了不足挂齿的趣闻。

“嘛玩意儿?横是你不信老哥儿的大智慧?”

老康笑骂道:“啥保险神仙术?还不都是些逢商必奸、坑蒙拐骗的雕虫小技!”

“嘛叫逢商必奸?我只是循循善诱而已!我准备先实践后理论。这个实践者,我就选定了你老康!”

老康不敢恭维:“你不是拿我打岔吧?我可是一直想逢商不奸呀!”

“你呀就请好吧!”大胡子语气严肃了,“咱哥儿俩怎么说也算个老朋友。按照我的辙卖保险,循循善诱出业绩。你的营业额,咱俩可还得对半撅呀!”

“你这么一说,我倒有一点儿兴趣了!你先说说,我再试试!”

大胡子拿糖了:“下午,我有一个客户,到射击场打靶。你赶快来,咱哥儿俩就开始推销!”

北京市的射击场位于野鸭湖之南,一座无名小山之北,是由一座备战备荒、反美防修时期的民兵靶场改造而成的。临湖林立的全部是咖啡厅、茶馆、餐厅;临山而建的则是有一百个射击位的射击大厅。

老康是从农田里直接考入大学校门,再从大学校门直接分配进入机关门的人。虽然早已经过了不惑之年,但是有生以来却还是第一回摸枪。他一梭子机关枪打过去,一阵“突突突”的巨响之后,一百米之外的人形靶却纹丝不动,只是周围的土坡上扬起了几点尘土。

大胡子笑了,操着浓重的天津话挖苦道:“嘛玩意儿? 横是您光戴着眼镜,忘带眼睛来吧?”

陪大胡子来的一个白头发老先生却没笑,颇有涵养地认真指点道:“康总,您不妨先试一试手枪慢射! 如果手枪能打上靶,再打这些长家伙,就没问题儿啦!”

这位老先生姓谢,据说,是一个很大很大的干部,但是,大胡子却始终不肯透露他官居几品,是何种来历。

老康一连问了三次老先生的情况,大胡子就一连三次打岔:“你只管叫谢老,不就完了嘛!”

让老康疑惑不解的是:大胡子分明是拉着自己来卖保险的,可没想到人家谢老不但接受了大胡子的邀请,而且自始至终对保险公司的人客气有加,甚至可以说,已经到了毕恭毕敬的程度。谢老竟然不惜以自己一个老迈之身,对比自己小十几岁的大胡子,一口一个“姚老师”地叫,而大胡子也毫不客气地点头领受了! 这在老康不长但却辉煌的保险推销史上,还是从来没有过的事情! 据说,这次射击的费用,谢老一开始就说死了,不用他老康买单,说自然会有更应该买单的主儿来买单!

“谁更应该买单?”老康趁谢老不注意,悄没声儿地问大胡子。他简直不明白这大胡子到底有啥魔法,竟然把这市场经济的黑白都给颠倒过来了!

大胡子诡笑了一下,没马上吱声。等谢老端起五四式手枪,照定二十米之外的人形靶“砰砰”慢射的时候,他才神经兮兮地咬着老康的耳朵说:“嘛叫逢商必奸?‘保险神仙术’要奸,也奸得有水平!这就已经实施一部分啦!”

老康将信将疑,想着自己与大胡子推销保险的险恶用心,望着谢老对大胡子那毕恭毕敬的虔诚,他的大脑细胞几乎完全混乱了,博士的智慧也完完全全成了一片混沌的糨糊。

老康按照谢老热情的指点,把五颗金光灿灿的子弹装弹入夹,继而端枪。他集中了自己的全部目力,瞄准人形靶的眉心。

“别死瞄!”谢老看着老康射击的进度,不停地发号施令,“开枪!”

“砰!”一声巨响之后,老康的第一发子弹,根本没着靶,远处的土坡也没有扬起半点尘土,只有鬼才知道那个弹丸跑到啥地方去了。

“靠感觉!顺好气儿!”谢老大喝一声,“射击!”

“砰!”老康的第二枪终于上靶了,不过只打掉了靶人的耳朵。

“心平气顺,开枪!”在谢老的指令下,老康的第三枪居然打中了靶人的眉心!

“好!”谢老兴奋地叫起来,“找准感觉,调好呼吸,再打!”

“砰!砰!”老康连打两枪,一枪命中靶人前额,一枪竟然再中靶人眉心!

大胡子走过来,煞有介事地跟谢老夸耀道:“我说嘛来着?自打一开始,我就认定康总是手枪天才,机枪蠢蛋!结果一点儿没错嘛!”

谢老开心极了,一张本来就神采奕奕的脸更是光芒四射。他的头发虽然全白,可脸上却没有一点儿皱纹,自始至终都是一副红光满面、精神焕发的样子。他笑盈盈地对大胡子说:“您是半仙嘛!”

“我倒没想到,打五枪,我竟能中四发!”优异的战绩让老康一时兴起,他竟也开始莫名其妙地对大胡子敬畏起来,“你之前,真的预测了结果?”

谢老依然一副笑盈盈的慈祥模样:“姚老师的确有这种先见之明!我早就多次领教了!准!非常准!”

老康突然来了少年一般的顽皮,调侃道:“那我就再打五发,瞧姚老师算得准不准!”

“嘛玩意儿？横是你康总变着法儿想坏我的名声吧?!”大胡子这话是发自内心的，他怕老康诚心胡打乱来。

老康笑了：“你一个半仙还不知道我现在想的是啥?”

大胡子见老康这么说，赶紧敷衍道：“就是知道你有了邪心，我才提醒你嘛！”

谢老很认真地说：“打枪，也要有一颗平常心，该是嘛样儿就是嘛样儿！我在战争时代，跟着首长，就是这么打出来的！”

老康再次推弹上膛。

谢老发号施令了：“举枪！顺气！找感觉！射击！”

老康一连五枪打过去，真的是枪枪着靶，而且一枪打中人嘴，一枪打中人耳，三枪命中额头！

大胡子深深地舒了一口气，原本密布着阴云的脸，立刻洒满了春天一样的阳光，高声大嗓地嚷嚷道：“我说嘛来着！你就是行嘛！”

老康也正兴高采烈的时候，突然听到一声悦耳的召唤：“老康，你为啥子也来啦?”

江莉莉像一朵灿烂的迎春花开放在了老康的身边，不等老康在惊讶中如梦初醒一样地缓过劲儿来，她就像一个童真无忌的小女孩儿，一把挽住了老康那只没拿枪的左臂。

老康睁大了自己兴奋的眼睛，刚准备和多日不见的大美女说几句体己话儿，却发现一个山一样大的人影突然遮了过来，到了嘴边的话又被原原本本地吓了回去。这时，一个大块头，大眼珠子的男人，不怀好意地龇牙笑着，出现在了江莉莉的身后。在大块头男人的身后，还跟着一个尖嘴猴腮、獐头鼠目的小白脸！

三十、美人功

大美女江莉莉的出现,乐坏了大胡子,却气坏了老康。大胡子就此认识了阮大头,无异于又拓展了一块卖保险的阵地。

当江莉莉把阮大头介绍给大胡子的时候,大胡子的眼睛立刻贼亮贼亮的,放出了一般神仙道士的眼里永远不会出现的那种不俗不仙、既雅又贪的光。只见他热情洋溢地走上前去,像他乡遇故知一样握住阮大头肥厚的大手,用力摇晃着,同时高声大嗓地嚷嚷道:“嘛玩意儿?横着您就是大名鼎鼎的阮大……”想起阮大头名字的粗俗,立刻为其忌讳,瞬间改口为:“阮董!”

阮大头面对江莉莉的朋友当然要打起千倍的精神,拿出百倍的客套,一口一个:“幸会!幸会!”

而当老康知道眼前的大块头就是与老婆纠缠不清的阮大头时,仿佛心中点燃了一股鬼火,这气真就不打一处来!这气之所来的两处,一处是老婆龚梅,另一处则自然是大美女江莉莉。他心里骂道:“这个丑八怪是不是命里跟自个儿犯克?咋自个儿身边的女人,都有他来纠缠呢!?”如果不是自幼就不喜武斗,他真想立马儿冲上去,照定阮大头的大脑袋,狠狠地抽他几个大耳光子!

见大胡子与阮大头一副一见如故的样子,老康既没有进攻的气势,更无忍气吞声的理由,于是,只得悻悻地说:“姚老师,我还有一点儿事儿,你们聊着,我先走了!”

谢老自然也有与阮大头一类农民企业家交往上的避讳,便也顺着老康的话茬,说:“姚老师,你们一块再聊聊,我还有个会,也先告辞啦!”

阮大头见大家要散,立刻来了豪侠之气,大大咧咧地叫道:“这射击场跟我的地盘差不离儿！客人来了，怎么能不一块堆儿撮一顿！?”他说着，一边拉住了老康，一边又要走上来拉谢老的袖子。大胡子赶紧拦住了阮大头的手，打哈哈道：“谢老是日理万机的人，我们放他老人家的假就是！我和康总留下陪你嘛！”

谢老走到一辆挂军牌的黑色奥迪轿车旁，把大胡子拉到身边，轻声细语道：“哪天到我家来，再给我算算升迁之事！”

大胡子一脸严肃，神秘兮兮地轻声回答：“应该算！应该算！我看您老，近来头上有光，我一定得给您破解破解！”

谢老对老康摆摆手，笑道：“康总，你的手枪再练练，就可以参加射击比赛啦！”

望着奥迪轿车一阵风似的开走了，老康才敢大声问大胡子：“我说，老哥儿，你给这老家伙到底灌了啥迷魂汤呀？这么一个本该前拥后呼的大干部，咋被你整治得服服帖帖呢?!”

“嘛玩意儿?”大胡子做出抗议的样子，见老康一副执著的神态，立刻不再演戏，爽朗地哈哈大笑起来：“这不就是‘保险神仙术’嘛！神仙永远比人高一个层次不是嘛！”

见老康依然是一副丈二和尚摸不着头脑的样子，大胡子就拉一把老康的袖子，半真半假地说：“不过，谢老介绍过来的保险单，你可别忘了我那一半呀！”

老康睁大了老眼，诧异着：“谢老？他会这么二五眼？平白无故的，会给我介绍保险业务.

“当然是我让他帮着卖的保险！我不是没有营业号嘛！不踅摸你做，还能踅摸谁做！”

“如果真有这好事，百分之八十算你的！”老康将信将疑地应付道。

大胡子搂住老康的肩，大脑袋往射击场一指：“走！让阮大头也买保险去！丫挺的划拉上咱们江美女，也不能让这老小子白捞了便宜！”

射击之后，大胡子本来要拉着阮大头喝茶，可江莉莉却尖着迷人的细嗓，嚷嚷起来：“不行！人家肚子饿得呱呱叫，早就饥肠辘辘啦！你们还有时间把酒临风的！我不去！”

面对大美女的娇嗔，阮大头自然是最先心软的男人：“江小姐说得对，我们是该撮饭啦！”

老康望一眼江莉莉红扑扑的大脸蛋儿，心里也说不清是个啥滋味，嘴巴张了几次，终于没发出声音。大胡子倒是格外地会见风使舵，瞥一眼阮大头的黏糊劲儿，再瞧一眼江莉莉的美丽红颜，立刻随声附和道：“女士优先！女士优先！莉莉，我们吃西餐如何？”

江莉莉一对美丽的大眼睛立刻流淌出了喜悦之色，忽闪几下长长的睫毛，爽朗地尖声说：“都说姚老师是个活神仙，他对我的心思真就是明察秋毫的！”

阮大头望一眼大胡子的大胡子，再细细地品味了一会儿大胡子脑袋上那道士一般高高竖着的发鬏，瞪起了大眼珠子，瓮着自己的声音，异常认真地问：“您是算命的？”

江莉莉毫不客气地纠正道：“阮董，人家是大隐朝市，您为啥子总把大智慧庸俗化呢？他是保险公司的姚老师！”

阮大头高兴了：“盖了帽了！我就信命！走到哪儿算到哪儿！人人都说我命好！如果不是命好，我怎么就会不当农民而当董事长呢！”

老康对大胡子这一套乌七八糟的东西压根儿就不信，但瞧在要进行‘保险神仙术’的份儿上，为了不得罪就要到手的保险单以及保单后面的大笔提成，他也不失时机、煞有介事地随声附和道：“我一辈子没摸过枪，姚老师偏偏说我是手枪天才。结果你们猜咋着？我今天真是枪枪命中靶心！”

也是三人成虎，阮大头在江、康二人一唱一和地蛊惑下，终于急不可耐地开口了：“姚老师一准儿要给我看一卦！瞅瞅我明儿个的财运如何！之后，我也不玩俗的，更不玩虚的，拿一张百元错币送给您！”

“错币？”大胡子的眼睛一亮，洋溢出贪婪的光。

“好不容易才淘换来！阿拉伯数字的一百，愣是有两排！我估摸着，这错币一准儿像猴票（注：稀有邮票）一样值钱！”

一直像黄花鱼一般跟在大家身后的文才子，见大胡子点头默许了算命的事儿，终于找到机会发言了：“算的时候，还应该给董事长瞅瞅婚姻大事！”

阮大头听文才子这么一提醒，立刻瞥了一眼江莉莉，而后大大咧咧地说：“对对对！算算我到底能娶一个什么样的媳妇儿！”

大胡子瞥一眼阮大头，再瞅一眼江莉莉，对阮、江的关系心知肚明地明了戏，便煞有介事地低声妄语道：“最近，你保准儿有桃花运！”

“真的?”阮大头将信将疑，“如果灵验了，我也叫你姚老师！”

大家在西餐厅就座的时候，阮大头自然拉大胡子坐在了一块儿，继续那一会儿上天、一会儿入地的话题。江莉莉见老康要挨着阮大头坐，赶紧拉了拉老康的袖子，让他坐在了自己的身边。老康见了江莉莉对自己如此热情，不但没感觉出甜蜜蜜的滋味，反而心里反酸起来，一口莫名其妙的恶气忽然梗在了心头。

等大家寒暄之后，各顾各地大吃大嚼起来，老康才把嘴巴凑近江莉莉的耳朵，气哼哼地问：“你跟姓阮的就算搞上了！?”

见老康一副酸模酸样的德行，江莉莉心里像开了一朵幸福的花，甜蜜得笑出了声：“真是大快人心！没想到，你平白无故地还会吃我的醋！”

老康被江莉莉揭了老底，像当众暴露了自己的屎屁股，立刻羞红了老脸，支支吾吾地辩解道：“啥平白无故！瞧着香花插在牛粪上，我痛心呐！”

江莉莉突然收住了笑，贴着老康的耳朵，轻声骂道：“狗屁！晓得我是香花，当时你为啥子不闻不问、置之不理！”

老康的老脸更红了，面对新世纪美女的质问，简直不知所措，更不知道说啥是好了。他想起了江莉莉醉酒之后的赖皮模样，心想：那时她咋就能叫嚷着“我要”呢?！可当时的自己为啥就……如果真的要了，现在自己与江莉莉的人生，会有啥改变吗?

老康这一胡思乱想不要紧，他不敢再瞧江莉莉了，也不敢看在座的诸位，只得自己坐正了身体，低了头，装出一副专心致志吃牛排的模样，聊以掩耳盗铃，再自欺欺人！

“莉莉，到银行工作，是嘛感觉嘛?”大胡子从与阮大头的神仙话题里回过神儿来，问一脸不高兴的江莉莉。

“像惊弓之鸟一样,惶惶不可终日!”江莉莉借机想向阮大头敲一下存款的事情,“不是还指望着阮董帮忙呢嘛!拉不来存款,比卖不出保险,还悲不自胜哩!”

“这么一个出口成章的大美女上门提供服务,阮董还能不给一点点儿面子?”大胡子不失时机地为江莉莉帮腔。

大胡子的这一句“上门服务”惹恼了江莉莉。她也不管大胡子是不是神仙了,立刻甩出一句:“说啥子嘛!我服务啥子啦!?整个是风马牛不相及嘛!”

阮大头和大胡子听江莉莉这么一叫,才回过闷儿来,知道大胡子失口说错了话,都顾不得向江莉莉解释,忍不住“哈哈”大笑起来。

“我和莉莉那绝对是革命的同志关系!姚老师可别加了黄内容,把事儿想歪了!”阮大头笑罢,赶紧为江莉莉打圆场。阮大头本是个套词老手,听大胡子一口一个“莉莉”地叫着,也借机把对江莉莉的称谓赶紧由“江小姐”改为“莉莉”了。

“对嘛!姚老师还是神仙呢!为啥子也这么利令智昏呢!?”江莉莉不满地嘀咕一声。

阮大头踌躇了一下,打岔道:“存款的事儿,我正给莉莉想辙呢!”

老康是最不喜欢“莉莉”两个字从阮大头嘴里吐出来的人。他听了,就像苍蝇踪了自己心爱的食品一般,既恶心又不是滋味。见桌上的人正聊得高兴,而且越说越没个正形儿了,自己索性借故去卫生间,赶紧悄没声儿溜了出来。

老康在卫生间里先蹲坑,蹲到清洁工一个劲儿地在外面问“还有人吗?”他才不得不出来。出了卫生间,本想站在走廊的窗口再待一会儿,可后腰却不知被谁捏了一下,扭头看时,却是江莉莉顽皮地站在身后!此时,她那一对美丽的大眼睛喜滋滋、笑盈盈的,顽皮地直视老康:“躲了和尚躲不了庙!我在这儿恭候多时哩!”

老康的一双老眼游离着,不敢瞧她的脸,更不敢看她的眼,一副尴尬万分的样子,说话也结巴了:“我……躲你干啥?没影儿的事儿!只是肚子不大舒服罢了!”

“口是心非!”江莉莉一下子挽住了老康的胳膊,爽快地说:“我和阮大头还没假戏真做呢!你就难受成这样啦?我又不是一个大傻瓜!”

老康听江莉莉爽快地直入主题,自己的尴尬也立刻释然,没好气儿地玩笑道:“我瞧你够傻的!”

江莉莉用美丽的大眼睛直视老康的老脸:“你这样儿,是领导怕下属一失足成千古恨,还是你自个儿另有啥子图谋不轨嘛!?”

听江莉莉这样一针见血地问自己,老康刚刚平复的尴尬又重新占领了他的整个身心。咋样回答呢?回答自己目前的难受样儿,是出于长辈或朋友对她的关心和爱护?这似乎既不是自己的初衷,而且也不会从江莉莉那里得到好脸色!回答自己另有图谋?这无异于回答自己打算与江莉莉建立稳固的男女关系!这关系,或许是未来的夫妻,或许只是永远的情人。他似乎都没准备。

见老康傻呆呆的不说话,江莉莉索性把柔美的头偎依在了老康的肩上,轻声细语道:“我真不晓得你怕啥子?原来你卖书,没有钱,倒也理所当然。因为,动窝离开了老婆,你就流离失所,就不好活。可现在……又是康总了,不算飞黄腾达,也算腰缠万贯的有钱人了!可为啥子还……”

老康自己也说不清楚现在的他自己。说自己和龚梅依然感情笃深?可龚梅已经离家不归好久了,而且他们一见面就是火星四溅的争吵,这是人所共知的事实。可说自己已经不再爱自己的老婆,要毅然决然地宣布离婚,娶江莉莉为妻?他也没想过。

在江莉莉大眼睛的逼迫下,老康急中生智,结结巴巴地打岔了:“你咋和姓阮的到这儿来了?”

江莉莉见老康问起自己来靶场的事情,想起对阮大头实施公关的一波三折的经过,忍不住笑了。

“笑啥?”老康没好气儿地问。

“要不是阮大头的寡妇娘从中作梗,我几天前就在这儿纵横驰骋了!”江莉莉顽皮地挤咕着大眼睛。

“她还管这事儿?”老康将信将疑。

“前两天,为了套上阮大头,拉那两亿美元存款,我硬是死皮赖脸地把小奥拓车拦在了至大投资公司的门口,绞尽脑汁地上了他的卡迪拉克车,却又和他的寡妇娘不期而遇!她硬是怒气冲冲地把我轰了出去!”江莉莉笑着笑着,突然阴沉了脸,瞬息之间,竟又匪夷所思地呜呜咽咽地哭起来,泣不成声地说:“我们这些平头百姓,挣点钱,为啥子就这么千辛万苦呢!拉存款和卖保险整个是半斤对八两,都不是人干的活儿!”

大美女哭了,老康的心疼了。他不知道现在的自己到底出于啥样的情感,竟情不自禁地轻轻地抚摸了江莉莉的后背,以作安慰。而后,他气哼哼地问道:“那王八蛋欺负了你?”

“他敢!”江莉莉见了老康对自己关心备至的模样,立刻又破涕为笑了,“我瞧呀,阮大头的寡妇娘就是一个见义勇为的贞洁保护者!有她看着,女人就是国色天香明摆着,再借他阮大头一个胆子,他也不敢干啥子!”

老康叹口气,不无怜惜地说出了一句古语:“以色事他人,能得几时好!色衰则散而已!”

不料,老康的感叹却触怒了江莉莉,她翻一翻大眼睛,气愤地吐出两个不雅之字:“放屁!”就丢下老康,头也不回地走了。

三十一、最到位的营销

回到北京的龚梅，忙碌得像一只采蜜的蜂，她用一整天的时间埋头处理外出期间积留下来的案头工作，接待了几拨分行以及企业上门来访的客人，又一连接了客户打进来的三十几个电话，这使她的心越发像躁动的春天了，只是她心里萌发的却没有半点姹紫嫣红的美丽，而全部是焦头烂额的烦恼！

一烦的是，她的感情生活。她听说老康在保险公司像一只重新入水的漏网之鱼，干得春风得意，又升了官，但是，自己回来多日，家里的电话却总是没人接。那老东西宛如一只断了线的风筝，无影又无踪，更不见有半点儿请自己荣耀回家的行动。从保险公司那边传来一星半点儿的消息，说他真的已与那大眼睛的女孩儿有染了！

二烦的是，银行的案子。在她离行外出期间，银行的玻璃窗竟被人用砖头匪夷所思地砸破了几块。值勤的保安只顾死睡，对什么人砸了银行、什么时间银行被砸的问题，竟一无所知！分行保卫处的同志专门为此来支行进行了调查。推测出的结论是：用石头砸银行，绝不是街头烂仔的恶作剧，而是别有用心之人有目的、有预谋的行为！很有可能是有人企图对五一支行图谋不轨，砸玻璃只是试探一下银行的保卫措施是否得力，属于火力侦察一类的行动。分行要求五一支行一定要提高警惕，严防盗、抢银行的恶性案件发生。

三烦的是，阮大头的存款。为了套住阮大头的寡妇娘，龚梅不惜动用了一切手段，可查来问去地折腾了好几天，就是找不到一个人能跟诸葛秀搭上头。没有熟人引荐，自己和谭白虎千辛万苦、几乎是用生命换来的瘙痒特效药就无从使用！

谭白虎见龚梅一副火烧火燎的样子，强挨到第二天，就主动跑进美女行长的办公室，一拍瘦脑袋，出了个傻主意："我上门硬磕去！"

"没脑子吗？你！"龚梅圆睁着杏眼，望着自作聪明的谭白虎，呵斥道，"你一个陌生人上门送药，特效药也会被她当成了毒药！"

听了美女行长的这一声呵斥，谭白虎只得尴尬地低头，不做声了。他回到北京之后，一听说有人预谋对五一支行图谋不轨，心里就"咯噔"一下。联想到在银行门口捡到的五四式手枪，他的脑门子都吓出了汗来！图谋不轨的人是谁？会不会就是这把五四式手枪的枪主？但是，他没敢吱声，更没敢把捡枪的事情汇报给分行保卫处。他晓得，那样一来，等待他的不是监狱的铁窗，也会是被银行开除的命运！他现在的努力，一切的一切，包括与龚梅曾经有过的亲昵，也就永远永远地完蛋了！

龚梅又在办公室里转了十个圈，突然停下脚步，问："老康最近有没有再和你联系？"

谭白虎抬眼瞧了一下龚梅，嘴上一声不吭，心里却嘀咕道："他是你老公，咋反问我？"

龚梅见谭白虎没吱声，就焦躁地问："我问你呢？老康与你联系过没有？"

"没有！"谭白虎被龚梅少有的大嗓门吓得站起了身。

龚梅停下脚步，叹口气，自言自语道："看来，老康身边那个送情报的，也指望不上了！"

"要不，我冒充医生，打电话过去？"

听谭白虎这样一说，龚梅的智慧仿佛突然被激发了，脑际似乎闪现了一朵天才的火花，她兴奋地一拍桌子："对了！工业部财务司施司长小舅子的弟媳妇在别墅小区当社区主任！也姓施！你去找施小姐，让她以社区体检的名义，把你这个假医生推荐给诸葛秀！"

谭白虎立刻喜上眉梢，可不等开口却又冷不丁儿地垂头丧气起来："我一个大小伙子上赶着找人家一个小媳妇儿！是不是不太合适呀？"

"我先给施小姐打电话，而后你再去！"龚梅不假思索地拨起了电话。她先找到了施司长，寒暄几句之后就向施司长索要别墅小区施主任的电话。

施司长惊诧地问："小龚，你发财了？"

龚梅的脑子一时没转过弯儿来，反问："我发财？"

施司长笑了："你没发财，怎么要小区的电话？那里的房子可是几百万人民币一套哟！"

龚梅为了五一支行拉存款的伟业，只得撒了谎，含含糊糊地敷衍道："朋友买！朋友买！"

挂断了施司长的电话，龚梅又准备按照施司长提供的电话号码去找施小姐。谭白虎却磨磨叽叽地开了腔："龚行，能不能让一个女同志去泡施小姐呀！"

龚梅见谭白虎一副窝窝囊囊的样子，反而被逗笑了："你又错了！这次还就不能找女同志去！"

谭白虎诧异了："大老爷们儿和一个小媳妇儿，咋……"

"你还是不动脑子！"龚梅胸有成竹地打断谭白虎的话："你怎么忘了，诸葛秀是一个神经病！在她眼里，女人是祸水！祸水上门，事情没做，早就失败一半啦！"

谭白虎这才无奈地点点头，重新坐在了龚梅对面的椅子上。等龚梅刚要打电话的时候，他又急忙站起身来，建议道："龚行，我还不能冒充医生！"

龚梅睁大了杏眼，不晓得眼前的这个小职员又要搞什么名堂："为什么？"

"您想，我在诸葛秀面前冒充了医生，可拉存款时，见了阮大头，不就又露馅了吗？！"

龚梅点了点头，表扬了一句："这次你是动脑筋了！"

谭白虎被美女行长一表扬，立刻感情激越起来，思想的火花又迸发出来："我瞧，您就自个儿冒充医生，我还是做真实的银行职员得了！我们告诉诸葛秀，是银行介绍您这个医生给她看病的，不就完了吗！"

"有施小姐带着，让诸葛秀相信我们，问题不大。可万一她问起为什么银行要给她介绍医生，怎么办？"龚梅顺着谭白虎的想法思索着。

“就说施小姐是我的亲戚,她无意中听我说起您,出于热心,就让我介绍您到小区来,再顺便给诸葛秀看病的!”

龚梅沉思片刻,把谭白虎的谎言进行了一次逻辑性的梳理,终于点头道:“就这样吧!”她笑了笑,开了一个玩笑:“明明我们是活雷锋,可却非得把美名推给施小姐!唉,长此以往,商将不商啦!”

龚、谭二人给诸葛秀的送药过程,简直像演一出双簧戏一样滑稽。

首先,她们要拉施小姐下水,把她转化成五一支行拉存款的同谋。当然,这之中少不了龚梅先谈自己的行为既不违法又不违纪,再大谈特谈自己与施司长的友谊,最后外加送出价值一千元人民币的纪念银币一枚。施小姐拿着沉甸甸的银币,心里美滋滋的,嘴上却快人快语地大叫:“哎哟妈呀!这银行工作听着那么好!可瞧你们这样儿,干的这哪儿是人干的活儿呀!”

而后,由完全成为拉存款战友的施小姐按照龚梅的指点,用电话通知了诸葛秀:“大妈,社区请来了一个龚医生,专门治皮肤瘙痒!您要不要看看?”

“刺挠!我身上刺挠着呐!可小保姆好模样儿的就回家了!我离不开!”诸葛秀不等施小姐再说啥,很痛快地把电话挂断了。她压根儿就不相信她的这个无名之病还能治好!

施小姐岂肯无功受禄,准备再把电话打过去。龚梅赶紧拦住了她,说:“先等一下,如果催急了,诸葛老太太来一个讳疾忌医就麻烦了!”

施小姐也为龚梅的苦心着急:“那可怎么办呢?”

龚梅杏眼一转,计上心来:“先给阮大头打电话,让他劝诸葛秀接受治疗!”

施小姐见过这个在小区里知名度颇高的民营大款,就按照龚梅提供的电话号码拨通了阮大头办公室的电话。

阮大头一听,仿佛深夜里见到了太阳,大眼珠子立刻亮兮兮的:“好呀!我立马儿过去!”

龚梅一听阮大头要亲自来,心里一惊:这不是等于提前暴露了拍诸葛秀马屁再由诸葛秀帮助拉存款的计划吗?这不是又要自己与阮大头单打独斗、弄不好再把自己重新陷入阮大头的色情陷阱吗?她赶紧跟施小姐连连摆手，一副焦急万分、有苦难言的样子。

施小姐没明白龚梅的意思，便捂着电话话筒，疑惑地追问："不是让他亲自来吗?"

"千万别让他过来!"龚梅压低嗓子，急赤白脸地叫，"让他劝他妈接受治疗就行啦!"

施小姐不愧是大司长的亲戚，也是聪明绝顶的，在这危机时刻，不慌不忙地把谎话编得一溜一溜的："阮董，我们是学雷锋、做好事儿！您一个大忙人，再亲自来，一来我们承受不起；二来，不就失去我们的本意了吗?!"

对面的阮大头却急赤白脸地打断了施小姐的话，大叫道："别说我忙！我忙，也忙不过治我妈的病去!"

施小姐继续急赤白脸地撒谎："人家医生就要走了!"

"别介呀！我多给钱还不成吗？只要给我妈治好病，花多少钱，我都不在乎!"阮大头依然执著。

施小姐也被阮大头说动了心，捂着话筒，反而劝龚梅："阮大头说只要治好了他妈的病，出多少钱都行！我看，还不如直接向他本人拉存款得了！这样不是更省事儿吗？何必舍近求远地兜圈子呐!"

施小姐见谭白虎把瘦脑袋摇成了拨浪鼓，就诧异地解释道："这个阮大头别看表面上粗声恶气外加色眯眯，其实，这个人挺仗义的，而且还是一个大孝子呐!"

龚梅心里连连叫苦："他一个色眯眯就已经够我一呛啦！他再怎么仗义，也得看跟谁！反正我不使手段，他是不可能把存款乖乖地放到五一支行去!"于是，龚梅把手向施小姐摆个不停，嘴上坚决反对："不行！不行！阮大头虽是个农民企业家，可说话没个谱，现在只有他妈能管住他！离开诸葛秀，我们这存款也就泡汤啦!"

聪明的施小姐似乎明白了龚梅的苦衷，立刻斩钉截铁地对阮大头说："不成！您不用亲自来！医生马上就走了！您赶快跟诸葛大妈说一声，说医生立马儿上门就诊去!"

阮大头的大眼珠子一连几转，也是急中生智："成成成！您让医生先去!

我现在就给我妈打电话!”说罢,他一边用手机给寡妇娘打电话,一边出了公司的门,钻进自己的卡迪拉克轿车,就往别墅小区风驰电掣一般地赶来。他当然要赶到医生走之前,见一见医生的面,讨个说法:这病,到底能不能治!?对于他来说,现在没什么比治好寡妇娘久治不愈的怪病更重要的事情了。

阮大头风驰电掣一般地刚走不远,他的手机就“吱吱”怪叫起来。电话是他在北京市东城区开办的地下钱庄经理打来的,说有要紧事请示。阮大头只好先在路边停了车。

“阮董,有一个坏小子,刚拿了我们的分红,立马就要取本!”东城区经理汇报道。

“这不是明摆着讹咱们吗!?”阮大头气狠狠地说。

“是呀! 可这孙子说,如果不给钱,他就到中央银行和公安局告我们非法融资!”东城区经理气急败坏地叫道。

“你想怎么处理?”阮大头冷冷地问。

“阮董,我想找个哥们儿,办了丫挺的!”

阮大头冷静地问:“你怎么个‘办’法儿?”

“弄残了丫挺的! 如果丫再闹腾,豁着我这个东城区钱庄,跟丫挺的干!”

阮大头呵呵笑了:“兄弟呀,我们现在只是在政府不准许的情况下做做金融生意,你可千万别在潜意识里,把你我当成黑社会啦!”

“我豁出去的只是东城区钱庄,对您和整个至大投资公司不会有一丁点儿影响!”

“把钱,给他! 本利全清!”阮大头命令道。

“可我……他妈的窝囊呀!”

“窝囊什么? 别因小失大! 下次甭搭理这样的客户就是了!”阮大头吩咐完了,开起车,继续往诸葛秀居住的别墅小区而来。

施小姐带着龚、谭二人敲响了诸葛秀三层小楼的门。

门“吱呀”一声开了,老脸布满了阴霾的诸葛秀站在门口。她睁着一双老眼，望了一眼门外的三个人，最后把痴滞的目光落在谭白虎的瘦脸上。一见男人的脸，她脸上疑惑的阴霾立刻变成了朝阳一般的笑容，问："你就是大头介绍来的医生？刺挠！我身上刺挠着呐！"

施小姐明知道诸葛秀歧视妇女，却依然一点儿不含糊，推着龚梅，站在了谭白虎的身前。一个女人隆重推出了另一个女人："这就是龚医生！她是专门治疗无名杂症的专家！"

望见龚梅，诸葛秀老脸上的笑容立刻消失了，朝阳一般的笑容立刻又重新变回了疑惑的阴霾。她低了头，自言自语地小声嘀咕道："唉，好模样儿的，咋来个女医生呀！"那个"女"字说得很重，是赤裸裸的鄙夷的意思。

施小姐见诸葛秀又犯了重男轻女的神经病，重新拉过谭白虎，一个女人比对龚梅更加隆重地推出了唯一的男人："他姓谭，是医生的助理，在五一支行工作。如果没有他的介绍，龚医生还来不了咱们小区呢！"

诸葛秀望着谭白虎年轻而清瘦的脸，老脸上的笑模样立刻就又重新恢复了："好！银行的好！"

谭白虎虽然是个丑男，此时此刻也只好学着俊男的模样，赶着鸭子上架，屁颠屁颠地跑上前去，像一只哈巴狗一样，向眼前的老女人毫不吝啬地大施"美男"计。他搀着诸葛秀颤巍巍的胳臂，用自己坚硬的身体倚住诸葛秀的老身，说："大妈，您吃了这药，瘙痒病保准儿会好的！"

诸葛秀"嘿嘿"地笑了，宛如在众人面前开放了一朵共和国的幸福老花朵。

龚梅没心思跟诸葛秀这个老神经病计较孰是孰非。虽然自知不招诸葛秀待见，但她依然认真地蹲在诸葛秀身前，学着冯瘸子给病人看病的样子，望了望诸葛秀的老脸，听了听诸葛秀的病情，再号了号诸葛秀的老脉，算是完成了望、闻、问、切的医疗过程，而后又煞有介事地拿出一张白纸，在上面写了写，虽然没有冯瘸子龙飞凤舞式的潇洒，也算是出了药方子。她对诸葛秀和蔼可亲地说："大妈，银行的这位小伙子叫谭白虎，我这方子开完了，一会儿让他给您抓药去！而后，再给您送回来！"

"啥？好模样儿的，让我吃啥'虎'？"诸葛秀的一双老眼只顾望着谭白虎痴痴地笑,根本没听清龚梅说的话。诸葛秀无论是说话,还是静坐,她的一双老手总是不肯闲着,不是在自己的脸上挠挠,就是在自己的腿上捏捏。

谭白虎赶紧上前,坐在诸葛秀的身边,大声说:“龚医生已经开了药。我一会儿给您抓药去!回来之后,我再给您煎!”谭白虎说完,趁诸葛秀没注意,没敢跟龚梅诉苦,只得朝施小姐做一个苦脸,咧了咧大嘴巴。

龚梅见谭白虎这个糖衣炮弹把诸葛秀炸得舒舒服服的,一颗心才算是落进了它舒服的位置,见为诸葛秀治病的事情已经安排停当,就对谭白虎一语双关地说:“我们就先走了!剩下的,可就是你的事情了!”

龚梅的话音未落,小楼的大门口,突然传来了敲门声,龚梅的心一惊:“不会是阮大头为了尽孝心,又言而无信地跑回来了吧!”

诸葛秀也听到了敲门声,挠一挠自己的脸,在谭白虎的殷勤搀扶之下,颤颤巍巍地站起身,老着嗓子问:“谁呀?刺挠!我身上刺挠着呐!”

“妈,是我!大头呀!医生还没走吧?”外面竟然传来了阮大头风风火火的声音。

三十二、色狼之心

听到门外阮大头的声音，仿佛听到了几声色狼的咆哮，龚梅突然感到气短、腿也软了。这感觉除了惊恐，也似乎是做贼被人抓了个现行一般。

谭白虎虽然在诸葛秀身上找到了自身的无限价值，但依然是晓得事情利害关系的，因此，他凭借着暂时为诸葛秀充当男性拐杖的职务之便，有意拖住了老太婆的老身子，不让她轻易走过去开门，弄得诸葛秀诧异地大叫："这孩子，好模样儿的，咋不让我动呀！大头回来了！"

谭白虎一边糊弄着诸葛秀说"大妈，我去开门"，一边把一对细眼睁得圆圆的，望着龚梅，那意思再明白不过了：龚行，您快拿主意吧，我可坚持不了多一会儿啦！

施小姐见身边的三个人像演对角戏一般各怀心事，都是一副莫名其妙的德行样儿，忍不住"咯咯"地笑了。她不解风情一般地轻声说："龚行，真是好人有好报！您本来就要找阮大头拉存款，这回还真把本人碰上了！让老娘当着儿子的面一吩咐，这事儿不就妥了嘛！"

龚梅不晓得如何应付施小姐的好心话，只得一声不吭，假装没听见，可鼻尖上却已经急出了细小的汗珠。见施小姐又要好心地主动上前开门，赶紧一把拉住了她的袖子。

门外的阮大头等得不耐烦了，用大拳头敲了敲门，等"咚咚"的声音响过之后，又大叫道："妈！您没什么事儿吧？"

诸葛秀终于挣脱了谭白虎的搀扶，扯着老嗓尖叫道："来了！来了！刺挠！我身上刺挠着呐！"她一边叫，一边晃晃悠悠地走向门口，完全忘记了谭白虎这把男性拐杖。

龚梅没时间左思右想了。她虽然没上过战场，却以冲锋一样的速度冲到了门口，在诸葛秀离门还有十余米的时候，“哗啦”一声，主动拉开了门，而后她像一只突遇灯光的蝙蝠一样，闪在施小姐身后，推着施小姐，出了小楼的大门。

阮大头正急不可耐地站在大门口，瞪着一对大眼珠子望着门里。他的一对大眼珠子与癞蛤蟆鼓眼睛的功能几乎一模一样，只是癞蛤蟆对四周细小的动静绝不会放过，而阮大头则在任何时候对女人都有着精准的捕捉力。现在的他，自然像觅食的老虎一般，敏锐地发现了最适合自己的猎物。

“龚行！怎么是你！”阮大头惊叫道。

龚梅已经做好了蒙混过关和不幸被发现的两手准备。如果阮大头真的愚蠢到没发现自己，她则顺理成章地溜走，使原来的拉存款计划继续进行下去。如果阮大头不幸发现了自己，她就赶快出门，把诸葛秀甩在身后，单独与阮大头见面。她料想，这母子俩不见面，就不至于揭开自己冒充医生的尴尬。

此时，龚梅见阮大头盯视自己的一副惊诧不已的神态，只得做出一副落落大方的样子，主动伸出了自己娇媚的小手，闪亮着自己的一对杏眼，笑盈盈地直视阮大头的一对大眼珠子：“没想到吧？阮董！”

趁阮大头徘徊恍惚的一刹那，龚梅对屋子里的谭白虎赶紧大喊一声：“你陪着诸葛大妈，千万别出来！外面冷！”

阮大头懵懂着自己的双眼，含含糊糊地支吾道：“没想到！真没想到！”一只大手稀里马虎地握住了龚梅伸过来的小手。

施小姐想插嘴为龚梅拉存款的计划添一把火，刚要开口，却被龚梅拦住了。她当然怕施小姐帮倒忙，干出弄巧成拙的事情，于是，想赶紧把施小姐好言好语地打发掉：“谢谢你啦！你先回吧，改日我们再聚！”

施小姐圆睁着眼睛，望一眼一脸疑惑和尴尬的阮大头，再瞧一眼落落大方的龚梅，莫名其妙地摇摇头。对她来说，当然是多一事不如少一事，于是，也和阮大头打个招呼，就知趣地走了。

龚梅以攻为守，把自己的美体站得离阮大头很近，一副亲密无间的样子，似乎与这个丑男人压根儿就没发生过野鸭湖上曾经有过的芥蒂。她用美妙动听的嗓音，像大人给小孩子讲童话一般地讲述道："小谭有个亲戚，亲戚就是刚才的施小姐。施小姐说起诸葛大妈的瘙痒病，瘙痒病明摆着要特效药治。而小谭又认识一个老郎中，老郎中专门会治这种病！于是，他找来特效药，就拉着我推掉一切应酬，到这儿学雷锋来了！"

阮大头之所以能从农民发展成大款，自然有着他的聪明和过人之处，他的心里当然明白龚、谭二人的醉翁之意不在酒！他们的所谓学雷锋是假，逼他拨付存款现金倒是真。他虽然粗俗，但却本能地知道将计就计的道理。瞧在为老娘治病和存有继续对龚梅图谋不轨之心的份儿上，他装出一副感动的样子，有意凝重着自己的面部表情，大着嗓门说："好好好！龚行和小谭不计前嫌，大人大量，简直让我不知道怎么谢你们了！"

龚梅笑了："阮董甭这么客气！小谭还说欠了你的人情呢！"

阮大头诧异了："他怎么会欠我的人情？"

"上次我们吃你、喝你、还拿你，可他居然用一把玩具手枪和你开了个天大的玩笑！这一来一往，还不是他欠你的情吗？"

阮大头有着厚厚皮肤的老脸也终于学会为难堪而发红了，他羞红着老脸，尴尬地支吾着撒谎："谭白虎这小子，瘦了巴叽的，还真有他妈的一丁点儿虎劲儿！我喜欢！我喜欢！我们也算不打不成哥们儿啦！"

龚梅听阮大头这样一说，赶紧为谭白虎的资信加大分量："小伙子对你母亲的病可上心了，他真正是一个善良、好心眼儿的人！"

阮大头瞥见龚梅秀美的身段和迷人的小脸蛋儿，那颗没死的色心又开始一点儿一点儿地复燃了。他睁着开始变得色眯眯的大眼睛，毫不掩饰地用大手碰一下龚梅的小手，说："走，回屋说去！可一准儿得在我这儿撮一顿饭吃呀！"

龚梅一惊，心说：跟你回屋，假冒医生的事情被揭穿，我何必还千辛万苦地找治痒奇药呢！？那不又让她这五一支行的行长重回用色相拉存款的境地了吗！龚梅嘴上赶紧客气道："不啦，留下小谭为诸葛大妈煎药就行了！我还有几笔贷款合同要回去签，我现在就走！"说着，赶紧不由分说地钻进自己白色的本田轿车,像逃跑一样,把车一溜烟儿地开走了。

望着白色小车远去的后影,阮大头"呵呵"地坏笑起来。他用淫荡的腔调自言自语道:"想他妈的跟我这儿装孙子,打我老娘的主意!让我老娘帮你们拉存款!姥姥!!"

此时的谭白虎,对龚梅的举动心领神会,心想:按照老太婆与老年痴呆差不离儿的智慧,自然不会揭穿龚梅冒充医生的事情。他把诸葛秀安顿在沙发,赶紧迎出来:"阮董!上次的玩笑,还只是玩笑吧!"

阮大头一见谭白虎,气就不打一处来!上次要不是这个瘦了巴叽的半彪子从中作梗,自己早就他妈的与美女行长投怀送抱、其乐融融了!听着谭白虎这不阴不阳的客套话,他真想像踢一只猫崽子一样,把这个小农民一脚踢出门去。但是,想起自己的董事长身份,他只得使劲儿连咽了几口唾沫,强打笑脸地主动和谭白虎握了手,用虚情假意地咧嘴算作了客套地微笑,没话踅摸话儿地说:"闹着玩儿嘛?!就是闹着玩儿!"

阮大头走近老娘,见她的浑身上下正放射着无数缕少有的幸福之光,便试探着问:"病瞧了?药方呢?"

诸葛秀见了儿子就仿佛在阴了多日的天里见了最明媚的太阳,她挠一挠自己的脸,乐呵呵地说:"医生开了,在银行这孩子手里呐!全都好模样儿的!刺挠!我身上刺挠着呐!"

谭白虎怕诸葛秀招出龚梅假冒医生的细节,赶紧把自己脚边的大纸口袋一指,说:"药我早就带来了?"按照原计划,为了获得诸葛秀的信任,他本来应该出去转一圈,做出到药房抓药的样子,而后再拿出这药的。阮大头这一突然回来,把原计划全部冲乱了!

诸葛秀慢慢地转过头,挠一挠自己的老脸,半明白半糊涂地问谭白虎:"合着,这药早就抓好了!可我……还没给钱呐!"

谭白虎见诸葛秀已经忽略了龚梅假扮医生、装模作样开药方的细节,赶紧敷衍过去:"是呀!是呀!这药我早就先抓好了!"

诸葛秀拉了谭白虎的手,对阮大头夸耀道:"这孩子好!赶明儿,让他到你们公司去得了!这样呀,天天可以来陪我,家里的小保姆也甭要啦!有女人在,我还是觉乎着脏! 忒脏!!”

阮大头明知道谭白虎除了拉存款,不会再安什么好心,但是为了老娘高兴,就继续将计就计地敷衍道:“这怎么成? 人家小谭才舍不得他的美女行长呢!”见谭白虎殷切地收拾着一包包的草药,阮大头瞪了一眼谭白虎,继续说,“情,我领了,可钱我一准儿得付!”

谭白虎一听阮大头的话,一直揪着的心算是落了地,不管咋样说,这药算是送到这母子俩的手上了!

“多少钱?”阮大头问。

“先吃三包,病见好再说吧!”谭白虎嘴上支吾着,心里却狠叨叨地说:“三味药吃下去,可就不是一点儿药钱的事情啦! 我瞧你阮大头还要不要流氓!”

谭白虎心里正拨打着小算盘,阮大头的手机却响了。江莉莉的笑声仿佛美妙的音乐一般播放而来:“阮董,你答应过小妹啥子事情喽? 可别贵人多忘事哟?”

阮大头丈二和尚摸不着头脑了,学着江莉莉的南方口音,玩笑道:“我答应你啥子事情喽? 我咋记不得喽!”

“恬不知耻!”江莉莉哆着迷人的小嗓,打情骂俏一声,“存款! 给我存款嘛!”

阮大头见谭白虎一个劲儿地犯愣,便一语双关地对江莉莉玩笑道:“人家五一支行为了存款,都开始伺候我老娘喽! 可你,连我也没伺候好嘛!”

江莉莉一时无话可说,无词以对,尴尬之余,就送来了一阵迷人的谄笑之声。

“说嘛!”阮大头继续用南方口音调侃着,“你伺候我啥子嘛?”

江莉莉仿佛像一只被逗急了的兔子,突然来了浑劲儿:“即便是不以身相许,我也还能以色事人嘛!”

阮大头没想到一个顽皮的大美女竟顽皮出了黄话,立刻收住了自己嬉皮笑脸的臭德行,怕老娘和谭白虎猜出什么,赶紧走到门外,认真地惊呼:“真的!?”

“不过，我有一个条件：我们一定要光明正大，不许背着你妈！”

阮大头喜出望外，瞥一眼屋里正忙活的老娘和谭白虎，要起了流氓：“不许背着我妈干啥子？”

“你说干啥子嘛？”

“我琢磨着……”

江莉莉打断了阮大头的话：“让你妈先举手赞成嘛！”

阮大头警惕地转转大眼珠子，赶紧追问：“你憋着嫁给我！？”

“白日做梦！”江莉莉娇嗔一声，那一声娇嗔里有无限的温柔。

“那，你憋着……干啥子？”阮大头的笑容里有着难以掩饰的淫荡。

江莉莉“咯咯”地笑了：“我要对你以观后效喽！”说着立刻挂断了电话。

在踅摸女人方面一直属于居无定所的阮大头，像吞食了焰火一样，心里立刻开了花，那心中的花仿佛把灰蒙蒙的天空都照耀得姹紫嫣红的。他把大腿一拍，哈哈大笑数声，默默地叫道：“我这是交了桃花运啦！这么瞅着，大胡子的话还真他妈的准！两个美女一齐来啦！”

见刚进门来的阮大头一副喜不自禁的怪模样，诸葛秀对儿子一抹老脸，退去阳光，换上阴沉，警告道：“你又有啥花肠子啦？刺挠！我身上刺挠着呐！”

阮大头被老娘问得尴尬万分，心说：“要不是您一天到晚讨厌女人，我怎么至于到现在还他妈的光棍儿一根呦！”但他的嘴上，却依然十分耐心地支吾着：“妈，我都这么大了。您怎么还什么都管呀！”

诸葛秀把老脸一沉，换上一副万恶旧社会的怪模样：“说一千道一万，我就是不要女人进家门！刺挠！我身上刺挠着呐！”

三十三、免职行长像根草

任博雅把美女外援江莉莉作为一颗糖衣炮弹打了出去，可一连数日盼下来，却没听到半点动静儿，只瞧见大美女花枝招展地出门，再如花似玉地回行。他一连张了好几次嘴，却始终没好意思问一下大美女的战况。本来嘛，男女之间的事儿可以演变出千万种故事，可哪一种故事是能够对外人道的？一来，都不好问；二来，人家大美女恐怕也不好说！于是，任博雅闷闷不乐地又憋了几天，可他的话还没找到机会说，分行马行长的电话却先打过来了。

“博雅呀，情况怎么样啦?”马行长虽然依然客气，可语气里的不耐烦之意像热锅上蒸发的水蒸气一样明摆着飘荡过来，已经表露得不能再明显了。

任博雅就像冷不丁儿地碰上了一个躲避了多日的债主，心里的感觉不是滋不是味的，竟然支支吾吾地一时说不出话来。

马行长是股份制商业银行的一行之长，而绝不是无偿施舍的救济会的会长。他作为职业经理人，拿着每年几十万的高薪，就要对银行股东负责，尤其是要对作为最大股东的国家负责。而已经筹备了三个月的至大支行，竟然没从因其命名、因其而建的至大投资公司那儿拉来一分钱的存款，这对他的职业道德标准来说，无疑是一个挑战！这是他无论如何也无法接受和容忍的。

其实，马行长早已经对任博雅的能力开始怀疑，也慢慢对齐美丽协助工作的力度深感不满了。在中国已经入关的现在，在国内金融竞争日趋白热化的今天，他应该怎样处理这个半死不活的至大支行呢？这个问号，在脑海里像一颗流星一般刚刚划过脑际，他便拍案而起，自己对着自己大喝一声：

“调整！至大支行的领导班子已到了非调整不可的程度啦！”

但是，鉴于齐美丽那不小的面子，鉴于任博雅名下的十个亿同业存款，马行长只得把他的屠刀举到了至今一分钱存款也没有的左忠堂头上。他毫不犹豫地向分行党组提交了一份决定，题目是《关于解聘左忠堂至大支行副行长职务的决定》，目的自然是以惩罚左忠堂而敲打任博雅，令其加速对至大投资公司这个优质客户的开发力度。

由于左忠堂丑陋的业绩有如秃头上的虱子，是明摆着的，作为分行一把手的马行长把这项任免决定一提出，其他的革命领导同志自然就举双手赞成了。结论甭动员就完全一致，就是：市场经济条件下，能者上，庸者下，绝不养懒人，哪怕这个懒人是博士或者博士在读！

马行长此次打电话就是想宣布分行这项决定，但是，从任博雅的支支吾吾中，感觉出现在的他保准儿是有着一副心事重重的不良精神状态的，于是，便及时地改变了主意，吩咐道：“博雅呀，赶紧派个人，到分行来取文件！”

“啥方面的？”

“人事任免！”

任博雅正准备再具体问问究竟是任了谁、免了谁，可马行长却已经毫不客气地把电话挂断了。那意思分明是：让你任博雅自个儿琢磨吧！

“人事任免？”任博雅自言自语道。他冷不丁儿地惊愣了，因为他知道，这项任命绝不是啥好事儿，否则，马行长是明摆着不会舍去对自己进行一阵和蔼可亲的关怀与问候的。

“免的，肯定不是我！”这一点，任博雅心里有数，俗话不是说，不看僧面看佛面嘛！“那么，这被免的，明摆着就是左忠堂了！”

免去左忠堂的职务又不跟他这个支行一把手商量，可见自己在马行长心目中的分量，已经沦落到何种地步？！那简直无异于是可有可无哇！

想到这里，再盘算一下支行毫无长进的业绩，仿佛在晚春的屋里放了一个大火盆一样，任博雅感到浑身发热，并开始冒汗了。那汗珠子一准儿很大，因为他分明可以感觉到脊背上的汗水“哧溜哧溜”地往下滚！

时间一分一秒地走着，窘迫万分的任博雅，脑子也从焦虑状态中一点儿一点儿地冷却下来。“干呀！再不努把子力气，下一个被免的，就明摆着是我啦！”他自言自语地站起身，直接冲出办公室，跑下楼去，径直闯入分管支行统计的会计室。

他风风火火地调出来《员工业务统计表》，火急火燎地翻出左忠堂和江莉莉的统计表。只见左忠堂的那张表格上赫然在目地写着：“日均存款：0；存款余额：0；员工创利：0！”

等任博雅举起江莉莉的统计表，仔细查看时，他的心竟莫名其妙地狂跳起来。因为，他明白，现在江莉莉的业绩指标，不但代表着她自己，而且还意味着整个至大支行对阮大头营销攻势的现状。但是，任博雅最终还是失望了。因为，江莉莉的业绩情况好像是从左忠堂的统计表上拷贝的一样，几项指标也一水儿地都是丑陋的“0”！！！

“任行！你怎么躲在这儿！”会计室的门外，出现了左忠堂的黑脸，他的一对三角眼依然熠熠地闪烁着，“我小姨子的丈夫的舅舅的妹妹……”

任博雅一听，脑袋就大了，嘴上赶紧毫不客气地大叫：“打住！打住吧您呐！赶紧说主题吧！”同时，在心里骂道：“难怪分行免了丫挺的，丫就会装他妈的孙子，整个是一个大白话蛋呀！”

见任博雅对自己一副不耐烦的德行，本来想表一下功的左忠堂只得放弃了这个讨好一把手的机会，直截了当地说：“我在至大公司当会计的亲戚说，龚梅傍上阮大头的寡妇娘啦！如果我们不抓紧，阮大头就要把两亿美元资金打过去啦！”

“江莉莉那边呢？现在咋样了！”六神无主的任博雅没对左忠堂的话太注意，眼睛把江莉莉的统计表看了一溜儿够，却依然不死心，盼望着有奇迹就在此时此刻发生。

左忠堂顾不得说江莉莉的事儿，也不管任博雅听还是不听，继续表白他的劳动成果：“我听说，龚梅给诸葛秀踅摸到了一种药！这药专门治诸葛秀的瘙痒病，而且我怎么也想象不出，这金融竞争竟把龚梅也逼得人性全无啦！明明是两副药连续吃，就可以治好诸葛秀的病，可五一支行愣是把药只拿出了一副，等诸葛秀吃完这一副，刚有一点儿见效，不再叫‘刺挠！我身上刺挠着呐！'可药也就没了！"

任博雅终于听进去了左忠堂的故事，冷不丁儿地感觉眼前一亮，他似乎已经忘记了刚才对左忠堂的不耐烦，立刻叫道："我们也帮着弄药去！我们也拿捏住诸葛秀！我们也逼他阮大头就范！！"

左忠堂无奈地苦笑一下，三角眼不由自主地耷拉下来："阮大头也是这么想的！诸葛秀吃药之后，那谭白虎逼着阮大头把资金打到五一支行，让阮大头就范的关口，阮大头就笑了，说：'你小子还想跟我拔份儿！你能弄来的药，我阮大头就更能弄来！'"

"结果，阮大头弄回来没有？"任博雅追问道。

"哪儿弄去？"左忠堂叹了口气，"根本就没有药方！而且据谭白虎说，即便是踅摸到药方，也没地方抓药去！"

"放屁！有药方就能抓药！"任博雅对左忠堂的话义愤填膺的。

左忠堂已经是斗败了的公鸡，早没有了在五一支行时的威风，听了任博雅的呵斥就只当是没听见，面不改色地继续说："谭白虎说，这药是深山野林里的土郎中自个儿采的！同仁堂都没卖的！！"

听左忠堂这么一说，任博雅急得大脑像一张白纸似的，完全是一片空白，只有在会计室里团团转的本事了。他竟一时忘了左忠堂已经被分行免职的事情，急赤白脸地叨咕道："甭净装孙子！你丫是副行长！你丫快想辙呀！如果阮大头死心塌地跟着龚梅走，我们支行就彻底栽了！要么关门，要么就得改名啦！"

任博雅的哭腔落去，美妙动听的歌声却在楼道里飘扬起来："九九那个艳阳天来哟，十八岁的哥哥呀告诉我小英莲，这一去呀翻山那个又过海呀，这一去三年两载呀不回还！这一去……"

任博雅先鼓起了自己的眼，而后率先蹦出会计室，高声大叫："江莉莉！别唱了！"

江莉莉被突然跳出的任博雅吓了一跳，原本写满柔情蜜意的大脸蛋儿，立刻如黑云压城一般阴暗，她诧异地问："任行，您为啥子一惊一乍的嘛?!"

任博雅虎着自己白净净的脸，瞧一眼江莉莉，再瞥一眼左忠堂，没好气儿地吩咐道:“走,一块儿到我办公室去!”

此时的左忠堂依然以副行长自居,一边跟任博雅上楼,一边跟江莉莉开着领导式的玩笑:“莉莉同志,这么瞧着,你工作得蛮顺利呀?”

任博雅等左忠堂和江莉莉鱼贯而入后,“砰”的一声关了门,从办公桌抽屉里拿出江莉莉的试用期协议和江莉莉的业绩统计表,合在一起,往桌子上“啪”的一摔,阴沉着白净净的脸,恶狠狠地质问:“江莉莉同志,你自个儿瞧一瞧!你咋就还有心思大唱革命歌曲!?”

左忠堂见任博雅跟江莉莉甩了脸子,一半是和稀泥,一半是继续以副行长的身份附和任博雅,他一针见血地揭示道:“对对对!速发银行明文规定,员工三个月试用期满后,存款拉不来三千万人民币,就等于自动解聘!!”

左忠堂本以为江莉莉会突然利用女人的眼泪作武器,呜呜咽咽地大哭起来,这场戏最终以江莉莉服软求情,要求再给她几个月宽限期,而任博雅正好顺坡下驴,再要求或者说逼迫江莉莉对阮大头发动更猛烈的一轮美女攻势而告终。但是,左忠堂却想错了。他附和任博雅的话音一落,江莉莉却突然睁大了美丽的大眼睛,面露喜色地叫起来:“噢!拉来三千万人民币,就可以在至大支行心安理得、舒舒服服地拿工资啦?”

任博雅被眼前的大美女搞糊涂了,不知所措地点点头:“协议里就是这么写的!”

“折合美元,只有四百万嘛!”江莉莉的大眼睛里洋溢着无穷无尽的欣喜,仿佛找到了人生幸福的彼岸一般。

任博雅仿佛悟到了啥,眼前像放电影一样闪过许多个黄色的镜头,将信将疑地问:“你的意思是,阮大头早就跟你搞……”

左忠堂也面露喜色:“小江,阮大头存款的事儿,八成儿早就八字有那么一撇啦?”

江莉莉像一个大孩子一样无所顾忌,自己找了一把椅子,坐在了任博雅办公桌的对面,忽闪着一双大眼睛,异常认真地说:“齐总介绍我来的时候,苦口婆心地让我拉存款两个亿美元呢!我自始至终都感觉被啥子压着,好像苦难深重得喘不过气来似的!这下可一马平川了,我只需要和大头哥开一个小口，就可以在银行名正言顺地转正啦！”见任博雅和左忠堂都大眼瞪小眼地望着自己瞧，江莉莉诧异了，“我说的，是天方夜谭吗？”

任博雅瞪一眼左忠堂，那意思是：“你这个分管行长，是咋跟江莉莉布置任务的？”左忠堂望一眼任博雅，一副不服气的样子，那意思分明表示：“你老婆叫江莉莉来，就是奔着两个亿美元存款去的！谁知道你怎么又莫名其妙地拿出劳动协议来吓唬女孩子！”

江莉莉见两个大男人都像弱智人一样，同性恋一般地暗送秋波，却又都莫名其妙地一声不吭，只好再忽闪几下大眼睛，主动请缨了：“请任行再给我一个星期，不不不，两个星期，我完成三千万存款的任务，决不含糊！”

左忠堂必然比任博雅智商高出一截，见了江莉莉的神态，听了大美女的话语，已经明白了她和阮大头目前关系的深浅。他在心里把小算盘一扒拉：这三千万人民币的存款，对于两亿美元来说，无异于九牛一毛，即便是江莉莉真的拉来四百万美元存款，对堂堂一个以至大投资公司命名的支行来说，又有啥意义？这不是等于放掉了江莉莉这条美人鱼，也放跑美人鱼后面的金融巨鳄阮大头吗？！想到这儿，见任博雅依然一副半傻半呆的德行，就是不开口，自己不得不越俎代庖了。他眯起三角眼，嘻嘻笑着，说：“莉莉同志，士气可鼓不可泄！四百万美元存款算什么？沧海一粟罢了！这不是辜负了齐美丽总经理和任行对你的厚望吗？”

任博雅听了左忠堂的话，也品过味儿来，赶紧站起身，点头哈腰地来到江莉莉身边，把刚才自己摔过来的协议和统计表飞快地划拉整齐，一块儿托在手里，躬腰驼背地绕过办公桌，重新回到自己的座位上，用异常敏捷的速度，把这两份材料“倏”地塞进抽屉里。消灭掉自己不光彩的历史之后，任博雅对江莉莉欠欠屁股，柔声细语道：“左行……”想起左忠堂已经被免职，他又赶紧改口，“老左说得对！老左说得对！你还要继续努力，光拉来四百万美元，可不成！”

江莉莉性感的嘴唇一撅，把不高兴挂在脸上，毫不客气地质问：“任行，您刚才义正词严的话，现在还掷地有声，可为啥子又朝令夕改了？我的任务不就是四百万美元嘛！”

江莉莉的话终于把任博雅脸上的尴尬转化为鸡血一般的羞红，本来就没一点儿城府的他，这一急，不由自主地说了实话：“我刚才是被分行马行长逼急眼了！我们支行现在连至大投资公司的一分钱存款也没有，马行长把我们支行行长的职都撤了，你一个试用期职员，我觉着还不……”

左忠堂最先坐不住了，惊大了一对三角眼，他阴沉着黑脸膛，失魂落魄地问：“免了行长？那免的是……你还是……我？”

任博雅终于留住了一点儿理性，没回答左忠堂的话，沉默了片刻之后，把自己美男的丹凤眼直视江莉莉的美丽大眼，推心置腹般地说：“莉莉同志，明儿个请你到分行人事处，帮忙取一下任免通知，到时候你一瞧，就明白我为啥发火啦！”

聪明的江莉莉似乎已经晓得了啥子，用怜悯的眼光飞速地瞟一下左忠堂，而后装傻充愣道：“行，我取！莫非我在速发银行早就大限临头了吧？”

任博雅见江莉莉一副大人不计小人过的样子，自己羞红的老脸也逐渐退去了血色，慢慢地恢复了白净白净的本来面目。他见江莉莉情绪很好，便赶紧鞭打快牛一般地叮一句：“莉莉呀，两个星期拿下阮大头，这可是你自个儿说的！”见江莉莉鼓鼓漂亮的嘴还想说啥，他赶紧用自己亲昵的话堵住了美女的嘴，“莉莉哟，现在我和你是一荣俱荣，一亡俱亡的关系啦！如果阮大头没搞定，我们俩一起滚蛋！如果阮大头的两个亿来了，我就到分行，把你报成至大支行的副行长！现在，你的一切费用，都由我兜着，你憋着咋样花就咋样花吧！”

左忠堂似乎也明白了什么，就仿佛在突然之间，被人告知自己得了癌症而且已经到了晚期一般，他的脑袋立刻像炸开了一样，思维混沌起来，浑身上下也沁出了一身热汗。他恍恍惚惚地瞧见江莉莉站起身来，走到自己的面前，用甜美的嗓音关切地问：“左行，您有啥子身体不适吗？”

左忠堂使劲儿挤咕两下自己的三角眼，故作镇静地摇摇头，龇牙笑笑，酸了巴叽地对任博雅说：“人家莉莉呀，本来就是奔着副行长的位子来的呀！”

三十四、情难舍

龚梅的心像躁动的春天一样，开始萌动了爱的细芽，她已经有再次主动找老康言归于好的想法了。这当然也要归功于近来她在工作上的春风得意。在龚梅千辛万苦的努力下，五一支行不但成功地放出了几笔大额贷款，而且由于治痒奇药拿捏住了诸葛秀，也无异于控制了阮大头。

第一次捷报是谭白虎气喘吁吁地跑进行长办公室带来的："龚行，冯瘸子的药真灵，诸葛秀真的不再浑身乱挠了！"

龚梅当然也高兴，只是碍着行长的身份，没有欢蹦乱跳起来。她一边继续签批着贷款合同，一边一本正经、不动声色地告诫谭白虎："关键是让诸葛秀开口，让阮大头往我们五一支行打款！"

谭白虎有几分尴尬地再汇报一句："诸葛秀自打不叫'刺挠！我身上刺挠着呐'之后，对我比亲儿子都亲，我的话，她保准儿听！"

望着谭白虎匆匆远去的背影，龚梅没有得意，反而心里酸酸的。她倒不是吃了谭白虎的醋，只是感觉自己怪对不起这个农村来的苦孩子的！人家也是一个大男人，没额外得到什么，凭什么为自己这么尽心尽力地工作呀！?

谭白虎从美女行长那里汇报出来，就与阮大头进行了一番斗智斗勇的斗争。刚开始，那阮大头就是不服谭白虎这个瘦了巴叽的小农民，更不堪被谭白虎控制。阮大头竟神不知、鬼不觉地从诸葛秀的药里偷出一些，拿到中医研究所进行化验分析，以期从其他地方踅摸出同样的药来。可中医研究所的结论出来了，却没给阮大头提供任何帮助。报告说，药里有一种草，是药谱，包括李时珍的《本草纲目》上，从来没见到过的！研究人员为了破解中医的诸多奥秘，立功心切，反而逼着阮大头交代出那种草药的来处。阮大头只得转着大眼珠子，支支吾吾地应付道：“祖传的，是秘方！什么是秘方，您懂吗？”他趁研究人员不注意的时候，只当是做了一回贼，撒腿就跑，钻进卡迪拉克轿车，一溜烟儿地溜走了。

由于诸葛秀把“刺挠！我身上刺挠着呐”的唠叨，化为了对大款儿子施加的无与伦比的影响力，阮大头为了继续享有自己大孝子的美名，只得不得不接受了谭白虎的条件，答应向五一支行汇入美元两亿元。为了表示诚意，他先开出了一张一千万美元的支票，由谭白虎拿走了。于是，谭白虎在诸葛秀断药数周之后，又给诸葛秀带去了三包治痒奇药，当然，他继续了他的谎言，当着阮大头的面对诸葛秀说：“大妈，这药可是人家老郎中刚刚从深山野林里采来的！”

谭白虎第二次汇报，是他主动拉来椅子，坐在了美女行长的面前进行的。在龚梅办公室汇报得次数多了，他也就越来越随便了。

“阮大头认栽了，已经同意把存款资金划过来！”谭白虎汇报时，喜色在他的眉梢之间荡漾，“只是……”

“只是什么？”龚梅正准备兴高采烈地拍一下桌子，谭白虎的一个“只是”，让她举起的小手又放下来了。

“阮大头说资金要分批到位！”谭白虎扬一扬手里那张阮大头第一笔拨付的一千万美元的支票，“他泡上了一个女孩儿！好像啥子还没动就动了真感情！那女孩儿是至大支行的，当然也想拉存款！而且这女孩儿原来在保险公司工作，就是老康手下的江莉莉！”

“这个江莉莉，怎么又闹腾到银行来了！”龚梅一听江莉莉的名字，一个阴影立刻笼罩住了她的心。她焦躁地摇摇头。

“据说是任博雅老婆介绍过来的！”

“任博雅也学会用美人计了！”龚梅咬牙切齿，一副不屑一顾的样子。

谭白虎却冷不丁儿地红了脸，他没想到美人计在龚梅眼里是如此丑恶！再想起自己与诸葛秀的关系，这关系也真的比江莉莉的美人计高尚不了多少！

龚梅看谭白虎一副尴尬的样子，似乎也晓得了什么，便无奈地叹口气，自言自语道："银行的产品就这么几种，利率我们也不能违规提高，人的智慧也没多大诧异。那就这么竞争吧！随他任博雅去吧！"而后，她对谭白虎柔声细语地布置道："盯紧阮大头，加快公关速度，跟他说，支票再一千万一千万的开，可不行！至少也得一次三千万！"

"成！"谭白虎应承着，正准备转身出去，却又被龚梅叫住了。

龚梅坐下身，从办公桌抽屉里拿出一个厚厚的办公信封，递给谭白虎，又一声不吭地站起身来。见谭白虎一副受宠若惊的样子，才开口道："近来，你辛苦了。"

"这么多钱！"谭白虎摸着厚厚的信封，感情复杂极了。他当然喜欢钱，钱是自己劳动所得，也是自己劳动价值的表现形式，但是，这钱从美女的手里给出来，他却感觉不是滋、不是味的。因为，这个美女是一个曾经偎依在自己的怀抱里哭泣过的人。不知为啥子，谭白虎觉乎着这钱仿佛使这温馨的感觉，仿佛使那亲昵的触动，离自己的身心越来越远了。

"一万块，不多！这只是存款奖金的第一笔！好好干吧，五一支行一定不会让你在经济上吃亏！"

听龚梅这样一说，谭白虎拿着钱的瘦手颤抖了一下，走出美女行长办公室大门的时候，他没有兴高采烈地笑，而是心灰意冷地差点儿哭出声来。

等谭白虎一出门，龚梅就主动拨打了老康的手机。老康手机的对面，传来了女声："对不起！该用户没有开机！需要留言请按'1'，否则请挂机！"

龚梅没好气儿地埋怨道："这老东西，还牛起来了！"她收拾一下自己桌面上签批完的合同，跟办公室打了个招呼，就跑下楼去，开起白色本田轿车，忙里偷闲地往老康就职的保险分公司来了。

在好奇心的驱使下，受任博雅之托，风风火火赶到速发银行北京分行来的江莉莉，在取文件之前，心是一颗含苞欲放的美丽蓓蕾，充满了青春的活力；在取文件之后，心里那颗美丽蓓蕾却已经不知不觉地凋零了，只剩下了苟延残喘的力气。在分行人事处给她的文件上，赫然写着：

至大支行：

经分行党委研究，决定免去左忠堂同志至大支行副行长职务，改由支行任派，其工资级别按普通客户经理标准执行。为适应金融竞争的新形势，你行要切实加强经营力度，大力调整人员结构，对业绩不突出人员坚决予以降级或辞退。

江莉莉看罢，来不及为左忠堂感到悲伤，更想不到左忠堂让位之后自己就有了可能晋升的机会，兔死狐悲的惊恐与忧虑像一股冰凉的寒气，侵入了全身。她呆立在早春的上午天里，迎着细细的凉风，大口地倒吸了几口凉气。

难怪昨天的任博雅对自己如此凶恶，原来来头如此！江莉莉真的想不到，在梦幻支公司与老康一起干得如火如荼的她，竟然在小银行里沦落成“业绩不突出人员”，面临了“坚决予以降级或辞退”的境地！想想现在的老康，大把大把的人民币挣着，还有一个不大不小的官位载着他青云直上，而自己却由于齐美丽的误导，不但已经失去了金钱，眼瞧着还要失去饭碗，而且在不知不觉之中，还失去了自己人生中最不该失去的一个高素质的大活人：老康！

对于江莉莉来说，眼前摆着两条路，一条是在银行或者保险公司继续苦熬苦挣地自我奋斗，过着朝不保夕的日子；一条就是俗话说的“干得好不如嫁得好”，凭借着自己的美丽动人，找一个大款傍上，相夫教子，安逸一生。目前，她的身边已经如饿虎扑食一般地围绕着两个大款。一个是国营大款许俊男，另一个自然就是农民企业家阮大头。即便是现在，她的脑海里依然浮现着许俊男对她威胁利诱、巧以勾引的臭德行：

那是许俊男买了江莉莉和老康推销的保险不久，他就背着老康附庸风雅地偷偷邀请江莉莉来到了一家情侣茶室。几杯侬茶落肚，许俊男就仿佛被茶水搞醉了，睁着一对色情四溢的小圆眼睛盯视着面前的大美女，赖叽叽地开口了：“莉莉呀，大哥我对你咋样？”

江莉莉自知欠了国营大款的情，只能赔着笑脸，说：“没啥子说的！”

可江莉莉的话音未落，她的一只手就被色眯眯的许俊男从茶桌底下抓了个正着。二十一世纪的女大学生此时此刻对自己的手竟一时没了主意，不知道抽回去好，还是被许俊男继续握着好，心里像吃了一只大大的绿豆蝇，大脸蛋儿则真的窘成了一个红苹果。

许俊男见眼前的大美女没有断然收回自己丰腴的手，立刻得寸进尺、宜将剩勇追穷寇了，急不可耐地叨咕道："莉莉呀，我自打见了你，就总是忘不了啦！国家的企业亏了几千万，我见的女孩儿就有几百个！可唯有你最棒！"

江莉莉听许俊男这样一说，好奇心立刻代替了窘迫感，她忽闪着自己的大眼睛，问："这么说，每见一个女孩你就亏损一百万！？可你买我的保险，并没给我带来一百万的利润呀！"江莉莉说着，做出娇嗔状，赶紧把自己的手从许俊男的魔爪里逃回来。

许俊男被江莉莉揭了短，鼻子上急出了汗，急赤白脸地解释："我可没有经济问题！我敢向毛主席保证，我只是这样打一比方！如果一个女孩就给一百万，我这脑袋不是早就搬家了吗！"

江莉莉索性反客为主、乘胜追击，娇嗔道："许大哥对我这样好，就不能再买我一点保险吗？"

许俊男叫苦不迭："上次那笔保险支出我还怕说不清楚呐！在国企当老板，虽然比民企滋润得多，可忒不自由！你大概不知道，国家审计署就要到我们公司查账啦！"见江莉莉阴沉着美丽的大脸蛋儿不吱声，许俊男故伎重演，又把自己的手从茶桌下摸过来，这次索性摸到了江莉莉丰满的大腿！而且一只多毛的老手还试试探探地往她大腿的根部蚕食而来！！！

江莉莉这次没有躲，脸蛋也没有红，她"呵呵"坏笑着挖苦许俊男："许大哥，您这是做啥子嘛？"

江莉莉的大方倒让许俊男尴尬起来，他感到自己的手缩回去不是，继续摸下去也不是了，只好停在原处，结结巴巴道："我……喜欢你嘛！"

江莉莉明知道许俊男有妻有子而且又怕老婆，索性半真半假地主动推销自己："那就娶我回家吧，做小也成！我也从此脱胎换骨，赖上许大哥，一觉睡到自然醒，永远不稼不穑啦！"

让江莉莉没想到的是，她的话音未落国营大款许俊男桌下的一只老手竟像突然遭受了开水烫,“倏”地收了回去,再也没有偷偷摸摸地拿上来。

江莉莉的心里仿佛有一面小镜子,清清楚楚地照出了国营大款的原形:这个许俊男完全是个凭借手中国有资产来吃美女豆腐(注:地方话,意为:占便宜)的主儿,凭啥子托付终身?!而自己要嫁的大款绝对不能是许俊男这路的银杆镴枪头!

于是,在江莉莉的心目中,大款的最好人选,当然非阮大头莫数了。因为,这阮大头不但至今未婚,而且多次迫不及待再加乐不可支地向她提出了请求,要坚定不移地娶她为妻。

江莉莉徘徊在北京的十字街头。见一辆出租车开来,她便神差鬼使般地招了招手,出租车“嘎”的一声停住了。上车之后,她对司机说:“到保险分公司!一刻别停!”

江莉莉要找老康,看老康对她的人生之路怎么看,有啥子高见。她当然希望老康能和自己一起走上人生的第三条路,就是不存在大款与富婆的彼此相亲相爱,苦是甜、累是乐的日子!

龚梅、江莉莉同时杀奔老康办公室的征程,以江莉莉的轻车熟路、提前到达而告终。

保险分公司的办公大楼位于北京市的市中心,虽然比不上同级银行办公楼讲究,可总比梦幻支公司气派得多,也比银行的支行豪华不少。江莉莉快步走在自己本来熟悉的楼道里,心里既兴奋又失落。兴奋的是,老康几个月不见就坐上了总经理助理的高位;失落的是,由于齐美丽的误导,这里一切的一切虽然近在咫尺,却又仿佛远在天涯。

“咚咚”,江莉莉轻轻地敲响了老康办公室的大门,里面却没回音。江莉莉正准备再敲几下的时候,门却“吱呀”一声,自动开了。一个瘦高个儿的男人站在了门口,他有着一张清瘦的脸,高而细的鼻梁上架着金丝镜,一副典型的文人做派。

“老康!”江莉莉一声尖叫之后,不顾一切地扑上去,用自己的双臂搂住了老康的脖子。

老康被江莉莉的出现和不顾场合的热情,吓出了一身冷汗,他赶紧挣脱大美女的拥抱，前后瞥了几眼楼道，见四周无人，才把江莉莉拉进自己的办公室，故意阴沉着老脸，不耐烦地唠叨道："莉莉同志，你咋能这样呢!"

老康的惊慌和故作姿态，立刻变成了江莉莉肚子里的怨气，她撅了自己美丽的嘴唇，不管三七二十一地坐在了办公室的沙发上，而后再突然起身，走到饮水机前，为自己沏了一杯清香馥郁的龙井茶。

就在江莉莉进入老康办公室的时候，龚梅的白色本田轿车也赶到了保险分公司的楼下。在保安的指引下，她把车停放妥当，东瞧西看地进了保险公司的办公大楼。

"小姐，总经理办公室在几层!"在龚梅的思维里，总经理助理必然是和总经理同层办公的。

"九楼!"大堂小姐热情地回答，"您有预约吗?"

"有!"对写字楼的会见程序早已经烂熟于心的龚梅撒了个谎，她才不想提前给老康打电话预约见面呢！颇具扫楼经验的她为了证实自己的谎言，拿出行长的工作证，坦然地说道："我是合作银行的!"

小姐见龚梅一副端庄、富态的仪表，自然对龚梅的谎言深信不疑，她二话不说，就指点着电梯，放行了。

三十五、美女之战

此时,办公室里的老康见江莉莉一声不吭地撅了嘴,也感觉自己刚才的冷漠有些过分,望一眼昔日推销保险的战友,赶紧走上前来,坐在江莉莉的身边,苦口婆心地解释道:“莉莉,你可得为我注意影响呀!”

“狗屁!”江莉莉没有了文绉绉的词,索性跟老康犯起了美女的浑劲儿,“你有啥子影响可怕!? 一个要离婚的男人!”

老康被江莉莉弄了一个大红脸,可面对一个曾经与自己有着说不清、道不明的感情瓜葛的大美女,自己又是气不得、恼不得的,于是,便脱口而出道:“谁说我要离婚? 你咋知道我要离婚?”

其实,老康说这话的时候,自己都没搞明白自己是言不由衷地随口一说,还是居心叵测地有意回绝江莉莉的亲昵。

可江莉莉虽然大方,但毕竟有着与任何女人一样的敏感,老康这话,在她听来,弦外之音当然是谴责自己在无故纠缠着一个已婚男人! 而且这个已婚男人依然对现任老婆感情笃深! 想到自己行将被至大支行解聘的命运,想到自己有可能就要永远地投入一个丑男人的怀抱,美女毕竟也和普通女人一样地脆弱,忍不住呜呜咽咽地哭起来。

老康面对女人的眼泪,更加感到身心没着没落的。情急之中,他赶紧拿过面巾纸盒,抽出几张,递给江莉莉,急巴巴地劝慰道:“快别哭了! 好好的,哭啥呀?”

江莉莉接过面巾纸,一边擦眼泪,一边气呼呼地嚷嚷道:“你是升官发财了,可人家的含辛茹苦,你晓得啥子嘛!”

老康一脸羞愧地重新坐在大美女的身边,关心地问:“在银行干得不顺心？那不是你自个儿愿意去的吗？”而后赶紧打岔，问起了江莉莉在银行工作的是是非非。

就在老康和江莉莉一问一答的时候，龚梅已经急急忙忙地上了九楼。见九楼的办公室，一个个都宽大敞亮，明窗净儿的，龚梅由衷地笑了，心说：“看来，我家这个老东西，又混出人模样来了！”

龚梅在九楼楼道里转了一个圈，却始终没发现贴有“总经理助理”字样的办公室。她只得问一个正在擦楼道踢脚板的清洁工。清洁工一指脚下，告诉她：“在楼下！总经理室下面就是总经理助理室！”

龚梅摇了摇头，笑了一下自己的无端猜测，只好又从安全通道，悄悄地下到八楼。

就在龚梅已经悄悄摸近老康办公室的时候，老康和江莉莉正在办公室里纠缠着那份扯不断、理还乱的情感。

老康听完了江莉莉对其处境的哭诉，自己也开始心烦意乱起来。“要不，你还回梦幻支公司去？那里还有你的业务提成费呐！”

江莉莉美丽的大眼睛里盈着亮晶晶的泪珠，她娇嗔地瞥一眼老康，把工作的烦恼抛在了一边，准备言归正传。她轻轻地召唤一声：“哎！”而后羞答答地试探着问：“我要嫁人，你看好吗？”

“什么？什么？你？要嫁人？”老康仿佛没听清江莉莉的话。

“你一天到晚地可以唱王杰的《回家》，缅怀你的过去！可我还是一个尚无立锥之地的人，多想在北京有一个自个儿的窝，也有一个走到天涯海角都日思夜想的家呀！”

“你……嫁谁？”

“嫁你！”美女的大眼睛里，没有了泪水，洋溢的全部是顽皮。

“瞎说！咋可能呢？我比你大十几岁呢！而且还有老婆、有家！”老康装出一副厌烦的模样。

江莉莉眨眨大眼睛，笑了笑，讥讽道：“害怕啦？”

“我害啥怕嘛！我是说，你压根儿就不应该有这种想法！”

江莉莉嗔怪地瞪了老康一眼，面对男人的坚定，她不敢提心中那美好的第三条路了，只得阴沉着脸蛋儿，没好气儿地说："你只管和你那美女行长一起，唱你们那古老的歌谣，唱啥子《回家》之歌吧！我自会明哲保身，可不想不知深浅地自寻烦恼啦！"

老康这才明白江莉莉说的话是认真的，她是真心来向自己讨主意的。老康正了正西服，一本正经地问："瞧在咱俩是老同事的份儿上，我给你参谋参谋！说吧，这人咋个情况？"

江莉莉不好意思地笑笑，而后低垂了大眼睛上的长睫毛，低声说："也算是就地取材吧，就是你在射击场见过的那个人：阮大头！"

面对江莉莉要不要嫁给阮大头的问题，老康作为一个大男人，面对着一个美丽的小女人，在早春的季节里，心里却没有开出一朵灿烂无比的迎春花。他木呆呆地坐在大美女的面前，木讷得说不出一句话来。

"你说吗？我应不应该跟他缔结秦晋之好嘛？"江莉莉拉住老康的袖子，摇了摇，追问道。

此时的老康才仿佛如梦初醒一般，诧异地反问道："他！？你真要嫁给他！？"

"我只想有一个自个儿的家，过上衣食无忧的日子。难道这有啥子值得怀疑吗？"江莉莉的一双大眼直直地望着老康。

"果不其然呐！从一开始，我就瞧出那个姓阮的没安啥好心！反正，我是咋看咋觉乎着这个农民大款不是一个好东西！我琢磨着，他就是不始乱终弃，你们也不会长久！"老康控制不住自己的情绪，异常愤怒地脱口而出。

老康不是一个傻子，自然明白江莉莉闪烁其词之中的弦外之音。可他现在的脑子，已经被美女刚才的眼泪和似暗实明的情感搅和成了一团糨糊。他明明知道阮大头不是一个好东西，也明明知道阮大头是巧以婚姻的幌子行玩弄美女的实际，会不会真的履行娶江莉莉的形式，都是个悬案；退一万步说，即便是阮大头真的娶了江莉莉为妻，料想她江莉莉与色眯眯的阮大头共同生活的日子，也不会有幸福可言。

老康还明白，现在的江莉莉是被全大支行的指标压迫得扭曲了灵魂，也是被生计的问题,逼迫得走投无路了。她是要拿自己的美体作本钱,要拿一生的幸福作赌注,去搏一把明天了!

眼前的江莉莉是这么的美丽,眼前的江莉莉又是这么的无助,眼瞧着香花插在了牛粪上,他的心,疼得仿佛在滴血。他咋能在江莉莉这迷惘的节骨眼儿上,在自己认为她错误的选择面前,为那个丑男人的桃花运举起双手,投赞成票呢?不能,无论从做人的角度,无论从与江莉莉过去的交情上说,他都不能不负责地胡说八道。

但是,如果不投赞成票,他就要直接面对一个美丽姑娘的情感?他愿意接受吗?他敢于接受吗?龚梅咋办?难道他与龚梅的情感已经真的不复存在,以至需要颠覆家庭来做一个了结吗?

老康的一对老眼凝视着江莉莉美丽的大脸蛋儿,思维却穿越了时空,不知不觉地飞向了过去,飞进了他与龚梅在江南小城度过的那段美好的时光:

来江南小城调查的康处长为了与龚梅继续流连在桃花溪畔,把只需要三天的工作硬是拖成了一个星期。但是,这一个星期对这样一对像火山爆发一样突然热恋的情侣来说,简直太短暂了,几乎没有几次约会,时间便无情地走到了终点。无奈的康处长情急之下,博士的水平凸现了,他心生一计,谎称要到同学家做客,硬是让随从们先于自己两天,回去了。但是,工作结束了,银行的招待所也就没有继续住下去的道理。这可咋办呢?

当时的龚梅正住着银行的集体公寓。这公寓有一个很浪漫的名字,叫女子公寓。女子公寓是江南小城政府为国有经济体制下工作的单身员工统一修建的两座集体公寓中的一个。为了便于管理,政府规定,单身男子统一住一个楼,单身女子则统一住另外一个楼。但是,几年下来,男子公寓默默无闻,而女子公寓却由于一桩桩红杏出墙故事的不断流传而在整个江南小城变得赫赫有名!当时与龚梅合住一室的,就是储蓄所的那位同事:刘大姐。由于刘大姐刚出嫁不久,她留下的床位还没有安排新的员工,正好为老康提供了在瑶池里流连的机会。

面对着在江南小城孤苦伶仃、无依无靠的老康,本来不好意思招惹男人进家的龚梅,只得好意思让才热恋了几天的男人进了家门。厚脸皮的康处长当然正中下怀,义无反顾地跟着龚梅,屁颠屁颠快乐地去了!

他们打车来到了女子公寓的楼下。眼看着到家了,龚梅却不下车。

司机诧异了,问:“不是这个地方吗?”

龚梅回答得不动声色:“就是这里。”

“为啥子不下车哩?”司机更诧异了。

龚梅的一对杏眼向车窗外巡视着,回答得连康处长都觉得牵强附会:“我……不舒服,等一会儿嘛!”

“要不要去医院看大夫?”木呆呆的康处长不明白美女不下车的深意,颇为认真地问。

龚梅把细手指竖在小嘴前,示意他不要说话,把自己的一对杏眼注视着在楼下走动的三三两两的邻居。

司机索性把车熄了火,无可奈何地支吾一声:“搞啥子嘛! 反正表在走,钱你们付!”

司机的话音未落,龚梅却突然推开车门,闪电似的飞下了车。“快! 我们走!”她一边给司机钱,一边帮康处长卸下行李。

此时的楼下,已经是四周无人。

康处长神情复杂,表情更难描绘,强颜欢笑地问:“原来,你怕别人看……”

龚梅没让康处长继续说下去,接过行李,用自己的一双小手提起来,不容置疑地吩咐道:“我先上去! 五分钟后你再上。记住是五楼左手的房间!”说完,不等康处长唠叨什么,就摇晃着被行李压得扭曲的纤细身体,独自上楼去了。

康处长是幸运的,因为,他在楼下独自伫立的这五分钟里,身边没有一个人经过。康处长是应该庆幸的,因为,他从一楼爬到五楼,再鬼鬼祟祟地走进龚梅大门虚掩的家时,依然没有碰到一个人!

康处长刚一进门,早已经守候在门口的美女立刻关了门。刚才一脸矜持的她,立刻变成了一个顽皮的假小子,扬起纤细的手臂,挥起一个瘦小的拳头对准康处长的眉心,煞有介事地警告道:“我俩一人一间房,你可不许偷越雷池,欺负我!”

刚从中央银行的高位上走到民间小女子私宅的康处长木呆呆的,还没找到谈情说爱的感觉,只好老实巴交的应承着:“成! 成!! 可……”

“可什么?”龚梅撅起了小嘴,“就这么定了!”

康处长颇感失落地环视着龚梅的小家,不想他的命中桃花却如春雨一般及时地飞落了,龚梅不声不响从身后突然搂住了他。她把头贴在他的肩头,一绺棕色的长发恰好挨到了他的耳根,弄得他感觉痒痒的,也感到暖融融的。他转过身,拥抱了像一只小乖猫一样温柔的她,用自己的嘴唇从她的耳根顺着她的面颊一直吻到了小巧的嘴。此时,两人都紧闭着双眼,可他们的眼前却仿佛有一条蜿蜒流淌着的桃花溪。桃花溪的水是清澈见底的,在阳光的照射下,波光闪烁,无声地流向远方。桃花溪的岸边是一片空旷的土地,那土地开阔得像蒙古的大草原,只是生长着的不是草,而是一望无际的芦苇。芦苇的叶和茎是金黄色的,芦苇的花却是紫色的。天水一色,花草斑斓,这一切的一切简直是童话一般的世界……

当老康沉浸在曼妙的美梦之中时,让他和江莉莉做梦也想不到的危情已经迫在眉睫:龚梅已经摸到了老康办公室的门口!

当龚梅若有若无地听到办公室里传来了窃窃私语之声后,她仿佛本能地意识到了什么,聪明的她没立刻敲门,而是躲在了门口,把耳朵贴在门缝上,仔细地偷听里面的谈话。

办公室里的江莉莉,见老康凝视着自己的一对外凸的双眼一动不动的,便悄悄地走到他的身边,轻轻地伸出自己的双臂,重新拥抱住他,柔声地问:“我跟阮大头假戏成真,你心有不甘,对吗?”

虽然老康的思维依然停留在过去的时光里,但是江莉莉身体的温馨,却让他难于割舍,也让他情不自禁了。这回,他虽做努力,但却始终没决心拒绝江莉莉的亲昵,他无论如何也不忍心伤害这样一个美丽生命的心。他用双臂紧紧地搂住软玉幽香一般的她,低声说:“你和我,都是农村来的,你的苦,我知道!”

听了老康这发自内心的声音，江莉莉那一双美丽的大眼睛里立刻盈满了泪水，她哽咽着自己的嗓子，声音低低地说："其实，我千里迢迢到北京来读书，只是为了能有一个属于我自个儿的窝！"

"我明白，农村里太穷太苦了！"

"你晓得我学习的时候，是怎么艰苦卓绝吗？"

"一边插秧，一边背单词，是我学外语时的情景。你女孩家家的，总应该好一点儿吧？"

江莉莉苦笑一下，再吸一下因抽泣而阻塞了的鼻子："我压根儿就没进过中学！白天，我除了带着弟弟和妹妹玩耍嬉闹，还要在地里'脸朝黄土背朝天'。晚上，家没有灯，我在猪油里插一根粗线，点着读书，比映雪照明好不到哪里去！"

"你太不容易了，因此，你更要善待自个儿！"

江莉莉呢喃道："我这一辈子，有一个男人，真心地爱我、疼我，就心满意足了。"

"可阮大头他……"老康听江莉莉这样一说，真心感动的同时，也感觉自己现在这样做，实际上是对不起江莉莉的。但是他又不好马上推开美人的拥抱，便只得说了半句话就不做声了。

江莉莉依然呢喃着："我只想有一个家，其实也不一定很大。我愿意对我的男人好，相濡以沫，好就好上一辈子！"

老康怕自己在江南小城与龚梅发生的那一幕在此时此刻自己魂不守舍的节骨眼儿上，突然地再在自己的办公室里上演！他赶紧嗽嗽喉咙，提高一点儿音量，真心实意地说："我觉着，阮大头，包括我，都不适合你！你应该找一个和你年龄差不离儿的小伙子！"

江莉莉依然紧紧地拥抱着老康，宛如落水之后抱着一棵救命的大树，她不希望老康的话是对自己的婉言拒绝："年龄不是障碍，我不在乎。我只希望你坦诚相见，你真的不爱我吗？"

"阮大头狼子野心，肯定不爱你！"老康没正面回答。

"我晓得他对我的真假。那你呢？直言不讳地告诉我，你不爱我吗？"

老康又沉默了。现在的他，思维仿佛已经停止了，自己都说不清楚在龚梅与江莉莉之间，他真心爱着的是谁！

“告诉我，好吗？”江莉莉声音喑哑，情真意切。

老康舌头不利索了，依然打岔：“你千万别嫁啥阮大头！”

“可我……是一个没人疼、没人爱的女孩子，孤苦伶仃的，只想有个家，我……”

江莉莉的话音未落，办公室的门突然之间猛地开了。龚梅带着一脸与她的美丽极不相称的冷笑，站在了办公室的门口！

老康和江莉莉仿佛遭受到突然之间的电击，急忙各自分开，大眼瞪小眼地僵立着，大眼睛和小眼睛里全部都是惊愕！

龚梅随手关上了老康办公室的门，现在的她，依然保持了一点儿理性。因为，她还晓得给老康留着面子，不给老康未来的升迁制造障碍。她冷笑着走到老康的身边，再望一眼羞红了大脸蛋儿的江莉莉，阴阳怪气地说：“老康呀老康！你还要口口声声说抓我的奸！现在到底是谁抓住了谁？！”

江莉莉赶紧走上前来，对龚梅说：“龚姐，您别误会，我和……”

龚梅在门外听了一阵这孤男怨女的悄悄话之后，本来努力地克制着自己心中的怒火，想做一次无声的闷葫芦，一走了之，择日再与老康到法院上见个分晓。但是，转身才走两步，一想这狐狸精一般的江莉莉，不但要夺自己依然割舍不下的老公，还要在业务上对阮大头大施美人计，处处和自己作对，处处成为自己的绊脚石，这种肆无忌惮的缺德行径，简直是是可忍，孰不可忍啦！为了她的存款大业，为了她的行长人格，她还是又转回了身，破门而入。但是，万万没想到的是，这一对狗男女居然是相拥相抱着的！于是，怒火立刻就顶到了她的脑门子之上。现在，见江莉莉竟然厚着脸皮，还要掩饰自己的丑行，那郁积已久的愤怒终于爆发了。她没等江莉莉把话说出一半，就突然抡圆了自己不大的巴掌，照定她的大脸蛋儿，狠狠地抽过去。

“啪”的一声，猝不及防的江莉莉，竟一个趔趄，被打倒在了沙发上。她捂着依然美丽的脸蛋儿，突然怔住了，望一眼怒不可遏的龚梅，再瞧一眼左右为难的老康，好端端的一个大美女，只得无助地哭了。

老康没想到,几个月不见,龚梅的性子依然如此暴烈。当龚梅的小手无情地落在江莉莉美丽的大脸蛋儿上时,仿佛打痛的不是江莉莉的脸,而是老康他自己的心。江莉莉无助的泪水,激发了老康有生以来最大的音量,他对老婆怒号了:“住手!你咋下得去手,打一个苦命的孩子!”

“她苦命?还敢偷汉子!?”龚梅冲到老康跟前,脸对着脸地对着老康咆哮着。

“放屁!有家不回的,是你自个儿!”

江莉莉见老康夫妻大吵大闹,活像一对斗架的鸡,便挣扎着爬起来,支支吾吾地准备劝架:“我……”

老康的怒号以及江莉莉的一声“我”,把龚梅仅存的那一点点理性也赶到保险公司大楼外面去了。突然,她像一头发疯的母狮子一样扑上来,就要与江莉莉拼命,嘴里歇斯底里般地咆哮道:“臭婊子,勾引阮大头,我管不着;勾引我老公,没门儿!”!

老康见状,也是不管三七二十一,赶紧以平生从未有过的速度,扑上前去,拦在两个美女之间,一把抱住了自己那个恶狠狠杀将过来的老婆。不管龚梅咋样在自己的身上又抓又挠,不管龚梅怎么气红了一张娇小的脸蛋儿,他就是不撒手,同时,对着坐在沙发上不知所措的大美女大叫:“莉莉,你先回去!你我的事情,咱们回头再说!”

三十六、神仙摔死之后

就在龚梅与江莉莉发生了一场美女大战之后，翌日，老康心事重重地刚刚来到办公室，手机突然响了。液晶显示屏上显示的却是一个陌生电话。

“康总，祝贺你升官发财呀！”对方仿佛是捏着鼻子说的话，鼻音很重，让老康猜不出其姓甚名谁。

“您好！找我，有什么事儿？”老康很职业地问。

对面的人突然“哈哈”大笑起来，调侃地说：“老康同志，你真是贵人多忘事呀！”这次对面的人说话时，没有捏着鼻子。

老康从那咬不住字音的跑风发音里，明白了对面是谁！

见老康不说话，陌生人先不耐烦地开口了：“康总，跟你说实话吧，本大爷俺现在对男女通奸的事情，玩儿腻了！”

“玩儿腻了就别烦我！”老康也不耐烦了，真想立刻挂断电话。他现在与龚梅的关系已经到了分崩离析的这一步，对老婆是不是给自己戴了绿帽子的事儿，就仿佛得癌症的人不再惧怕小小的炎症，已经兴趣全无。按他对龚梅的了解，他们的婚姻几乎是无法挽回了。他像一个垂死的癌症病人一样，等待着不会太久、迟早要来的那一天，就是收到龚梅通过法院寄来的一份文书，宣告他们婚姻的死亡！

“俺寻思着换个玩儿法！”

“这是你的事儿，跟我有啥关系？你没事儿，我挂电话了！”

“别急！你现在挂了，俺不是一会儿又打过来了嘛！”陌生人冷笑一声。

“有事儿你就快说！”老康既不耐烦，又无奈。

“麻烦你好久哩，俺得给你再干一件好事情！”

“你说。我很感谢!”

“俺提供一个机会,让你和你老婆和好吧!”

老康愤怒地咆哮道:“你这不是诚心恶心我吗?!早你咋不这么撮合呀!”

见老康愤怒了,陌生人却颇为得意地“嘿嘿”笑了:“嗨!俺就是这么个人!看着自己的一个动作、一个主意能够影响别人,不管是好影响,还是坏影响,不管别人因俺而哭,还是因俺而笑,俺都高兴!而且打心眼儿里高兴!!”

“神经病!”老康骂道,立刻挂了电话。

可手机刚一挂上,陌生人就又把电话打过来了。看来,不说出个一二三,他就会始终纠缠不清下去。无奈的老康只得又接了电话。

“俺说要告诉你一件好事情嘛!”陌生人得意洋洋地开口了。

“快说!”

“冯瘸子死了!”

“谁是冯瘸子?这和我有啥关系?”

“和你老婆有关系!和阮大头,和五一支行、至大支行都有倍儿大的关系!而且,这关系还大得不得了哩!”

“那你就直接告诉他们!”

“那多没意思呀!”陌生人见老康不再烦躁,就神神秘秘地说,“冯瘸子上星期从云雾山的悬崖上掉下来,摔死了!你老婆为阮大头寡妇娘开的药,现在早就成了绝品啦!老寡妇的病,能不能治好,现在完全是你老婆说了算!”

“真有这回事儿?”老康已经悟出了这个消息的价值。

“云雾山下云雾镇!你老婆是按照俺给你提供的消息找到冯瘸子的,你不是还写了一篇论文,到银行赚了保险提成吗?谁不信,谁可以亲自到云雾镇去问!”陌生人说罢,开心地笑上两声,主动把电话挂了。

也是打仗亲兄弟,上阵父子兵,现在的老康只想到冯瘸子的死对老婆的拉存款战役有利,早把离不离婚的事儿抛到脑后去了。他立刻拨通了龚梅办公室的电话。

“你好!”对面传来老婆甜美的声音。

“你好!”老康的心里不知不觉地有些紧张,也支支吾吾地回应了一声。

这一声“你好”就仿佛有一个赤身裸体的老康从电波里被发送到身边一样,龚梅不但晓得了打电话的是老康,而且还仿佛感受到了老康的戏弄,她立刻怒不可遏了:“是小婊子又逼你了吧?告诉你,我给你自由!离婚的事情,我立马儿到法院去办!”

“别误会!我……”老康的话才讲到一半,龚梅突然把电话挂断了。

虽然身边没有人目睹,可老康依然又恼又气地红了自己的老脸。他自言自语地骂道:“还美女呢!我瞧,连一个女人都不像,简直是一个母夜叉!离就离,谁怕谁呀!”

心里虽然不高兴,嘴上虽然骂骂咧咧,可老康依然要把陌生人带来的消息一丝不苟地通报给龚梅。于是,他又不得不拨通了谭白虎的电话。连老康自己都没想到,这个曾经被他假想成的第三者之一,现在却成了他与老婆的通讯员,不知不觉之间竟成了夫妻二人缓和与协调关系的缓冲地区!

谭白虎听了老康的消息,不禁欣喜若狂了:“如果是真的,姓阮的就在我面前栽定了!”

老康见谭白虎多少有一点儿将信将疑,便补充道:“上次你用三十六张保险单换的那份‘拉存款必要性’报告,准吗?”

“准呀!”

“那这消息,也不含糊!”

谭白虎怕老康又借机推销保险,便踌躇地支吾道:“可我们支行每个人都买过保险了!您这次……”

老康听了谭白虎这为难的话语,倒开心起来,笑道:“你以为我又是来推销保险的?”

“那您……”

“我是瞧在龚梅眼下还是我老婆的面子上,才告诉你们这消息的!”

谭白虎一听,语调立刻轻松起来:“那就太谢谢您啦!”

“不过,我有一个条件!”老康把自己的语调变得十分严肃。

谭白虎心里又是一惊，不晓得老康又要出啥子幺蛾子，一时找不到话来应付。

“你一准儿要给你们龚行递一句话儿过去！”

谭白虎的心又放松了：“啥子话？我保准儿递过去！”

“前两天，我们这儿的大胡子送了我一张百元错币！原来可能是阮大头送给他的！”

谭白虎不等老康继续往下说，就不假思索地打岔道：“您手里也有错币？拿到银行来，我自己就可以给您兑换了！”

老康笑了，没好气儿地说：“没想到，你也会赚钱了！我知道这错币的价值，它比正常的纸币要值钱不知道多少倍！”

“您不换错币？那……”

“这张错币是钱币厂的印刷错误，对一个收藏者倒是天大的好处！这倒让我悟出一个道理！就是我们不能把自己变成了错币！”

谭白虎眨了半天眼睛，最后还是打断了老康的话：“康总，你的话，我咋没听明白呀！跟我们拉存款的工作更是不着边呀！”

“错币，对个人有好处，可对国家和整个国民经济不但没有好处，还有坏处！如果为了拉存款耽误了诸葛秀的病，那你们这些人就如同错币！错币还可以收藏，而银行之间的这种无序竞争，国家早晚是要禁止的！”老康说罢，不等谭白虎再客气啥，就把电话挂了。

谭白虎放下老康的电话，立刻兴冲冲地往行长室跑，连门也没敲就闯进去了，顾不得龚梅从桌上的卷宗中猛然抬头，一脸的不高兴，就兴高采烈地嚷道：“我们大获全胜，阮大头栽定啦！”

龚梅把脸一沉，一脸的凛然，厉声呵斥道：“喊什么？门也不敲！你要记住，我是行长，还是个女人！”

谭白虎这才晓得自己又不懂规矩了，低了头，喃喃地汇报道：“老康打电话过来了！”

龚梅一翻白眼，冷冷地说：“那是因为我把他的电话挂了！”

“他可给咱们带来了特大喜讯！”

“他？给我们送来好消息？”

谭白虎赶紧直扑主题：“冯瘸子嗝儿屁了！我们的药成绝品了！”

龚梅一怔，转瞬之间，小巧的脸蛋儿上露出难以掩饰的喜色：“真的？从哪里得到的消息？”

“上次老康写的那份东西，就是这同一个人透露的消息！”

龚梅终于坐不住了，在办公室的空地上一连转了三个圈，一拍自己秀气的脑门儿，吩咐道：“赶快联系阮大头，我要亲自和他谈存款！”

“好！”谭白虎立刻转身，准备回自己的办公室去打电话，冷不丁儿地又停下来，嘀嘀咕咕地说：“老康还留下一句话！”

“他的话，我不想听！”

“可他说这是提供消息的条件！”

龚梅冷笑了：“不会又要和那叫江莉莉的女人来卖保险吧！”

“不是！他说，让我们不要成为错币！”

“错币？拉存款跟错币有什么关系？”

“他说，错币这东西，对个人有好处，对国家有坏处！总之，他是怕我们耽误了诸葛秀的病！”

“放屁！”龚梅不假思索地狠狠骂道，“他这叫好了疮疤忘了痛！自己刚刚混好了一点儿，就忘了他是怎么从我们支行连蒙带唬卖保险的啦！如果我们拉存款是错币行为，那他卖保险是什么？中国就需要那么多保险公司吗？不连蒙带唬的，能有人买保险吗？”

“老康还说，错币可以收藏，银行之间为拉存款进行的无序竞争，国家早晚是要禁止的！”

龚梅冷笑两声：“这话没错！可他要是说话管用，就好了！他们卖保险的，四处煽呼着什么新三大件，还不跟我们一个德行，也比错币好不到哪儿去！”

谭白虎见美女行长脸色又难看起来，赶紧准备下楼，去打电话。可他刚走到门口，又被龚梅一把拉住了。

“不不不！”龚梅思索着，“先别约阮大头见面了，先把冯瘸子的生平事迹、从医地址，全都告诉他！给他留出探路子的时间！”

商场上的历练，仿佛让谭白虎的智商提高了。听龚梅这么一说，他细细的小眼睛立刻睁圆了，咧开大嘴巴笑道：“对呀！这样既显得我们真心实意，又让姓阮的晓得了我们手里药的价值！”

阮大头出生在“破四旧”加“打砸抢”的时代，自幼养成了从来不信邪的脾气。他接到谭白虎幸灾乐祸的电话之后，却没有半点沮丧。对于他来说，从压根儿就不知道治痒奇药产在何方，到知道了云雾山下云雾镇里的冯癞子，已经是不小的收获了。

一放下电话，他二话没说，立刻拉上文才子，直接去了飞机场。但是，就像在中医研究所一无所获一样，阮大头在云雾镇只踅摸到了冯癞子在青山脚下、绿水之滨的坟冢。经过一连几天的瞎折腾之后，他终于找到了冯癞子的驼背老婆。

驼背女人惨兮兮地叹道：“早就有人抓过治痒药哩！那阵儿，孩儿他爹还活着哩！”

“药方呢！？我要药方！”阮大头恨不能钻进驼背女人的肚子，把老娘的药方子掏出来！

“没哩！孩儿他爹从来不外传哩！”

文才子急中生智地插嘴：“孩儿他爹反正也没了，药方子再传出来，他也不会有意见啦！”

“全烧哩！”驼背女人抹一把溢出老眼的泪水，“孩儿他爹立了遗嘱哩，说，仙来仙去，来得既无影，去得也要无形哩！”

阮大头也算在商场上英雄了一世，面对一个驼背女人，现在却没了半点辙！他苦苦哀求道：“您自个儿回忆回忆！那药方子都写了些什么？”

驼背女人突然放声大哭起来：“我的孩儿他爹呀！你走了，我只有从地里刨食儿吃啦！”

阮大头无奈地摇了摇大脑袋，无可奈何地起身，正准备走人，他的手机却不顾时间场合地叫了起来。

电话是北京市朝阳区地下钱庄的经理打来的。

“阮董,最近我的右眼皮老跳,我感觉有些不对劲儿呀!”

阮大头冷冷地哼了哼鼻子:“说说,除了眼皮跳,还有什么迹象?”

“来过几个新客户,来买咱们的股票,一通问这问那的!”

“人家把钱放你这儿,能不问这问那吗! 甭净做贼心虚!”阮大头有些不耐烦。

“可这几个人在钱庄外面,已经转悠好几天了! 我怎么琢磨,怎么觉乎着他们是便衣警察!”

阮大头避开文才子,压低声音命令道:“成了! 这几个人的生意别做了,其他人的生意你们也先歇了! 一定要精明着点!!”

阮大头挂上电话,看着哭哭啼啼的驼背女人,突然把已经迈出门的脚重新收了回来。他摸出自己的钱包,捏出一沓子百元人民币,“啪”的一声,扔在驼背女人的桌子上,一声不吭地出门,走了。

文才子一副疑惑不解的样子:“董事长,咱没拿着药,干吗给那么多钱呀?”

阮大头拍一下文才子的瘦肩膀,拿出长辈的劲头儿,教诲道:“一两千块钱的事儿! 咱俩省一顿饭钱,就能当一回活雷锋! 值!”他有意把“值”字说得很重、很长。

见文才子依然一副疑惑不解的样子,阮大头大大咧咧地叫道:“小子! 学着点! 谭白虎手上的药毕竟是从冯瘸子这儿开的,而且这药还在,完全能治好老太太的病! 这就是我欠冯瘸子的! 而且,行点小善还能避祸去灾呐!”

文才子沉默不语地点点头,心里反思着做人之道,眼光里则洋溢出对自己长辈肃然起敬的神情。

阮大头见状,得意地笑了。他对着空旷的山谷放声大叫一声:“别人都觉乎着我是一个瞒天过海、十恶不赦的大奸商,其实,我他妈的仗义着呐!”

三十七、拉呀拉呀拉存款

让放长线钓大鱼的龚梅感觉意外惊喜的是，她还没布置谭白虎去约定与阮大头的谈判时间，那条大鱼就已经上钩了：阮大头主动把电话打到她的办公室里来了！

一阵爽朗的笑声过后，民营大款直言不讳道："谢谢龚行对我老娘的良苦用心！"

龚梅则明知故问："阮董何必客气，莫不是存款的支票早就给我开好了吧！？"

阮大头尴尬地再笑几声，支吾道："支票不是可以随时开的嘛！"

"噢，这么说，我们的存款还没有个着落呐！那阮董您这是……"

阮大头赶紧摇起了橄榄枝："今儿晚上你有没有空？咱们聊聊！？"

"晚上嘛，倒是可以把几个贷款户的事情推掉。可和阮董出去，哎哟！我可……怕呀！"龚梅装腔作势地调侃着。在与阮大头的交谈中，她还从来没有这样轻松过。

阮大头当然明白美女怕什么，于是赶紧向龚梅报喜："龚行，不瞒你说，我现在被人套住啦！"

龚梅以为阮大头又在捣什么鬼，便装作没听清楚的样子，问："谁敢套住您呐？"

龚梅这一问，反而把年纪一大把的阮大头搞得不好意思了，他一连咽了几口吐沫，才小了自己的嗓门，羞答答地回答："对象！我也算有对象了！"

"恭喜恭喜！"龚梅一听，心里就明白了八九分，"敢问这是谁家的千金呀？"

“还能有谁！江莉莉！你大概认识，她到你们五一支行卖过保险！”

“是真的，还是假的？”

“我原来对你是真的！现在对她也是真的！只是，我和你龚行没缘分，她对我，却有挺大的引力！”

龚梅一听，虽然结果正在预料之中，但是，依然是气不打一处来，她心里骂道：“这个小婊子，真够厚颜无耻的！什么真的假的，还不是为了拉存款！为了存款，她真就把身子搭进去了！”但是，转念又一想：“这回家里那个老东西倒应该踏实了！”

见龚梅一直不说话，阮大头“喂喂”了两声之后，一不注意，吐露了真情：“都说美女是男人的学校！我琢磨着，一星半点儿都不假！江莉莉这一个大美女，就把我套死啦！这几天，我感觉自己变了个人似的。你来吧，我一准儿保证你的安全！反正女人都差不多，江莉莉让我挺滋润的。我早就没心思再跟你起腻，更没那么大的色劲儿啦！”

“流氓！”龚梅压低自己的嗓子，恶狠狠地骂道。

阮大头没听清这个美女的骂声，大着嗓子反问道：“龚行，你说什么呢？大点儿声嘿！”

“我说，‘行’！咱们就晚上谈吧！”阮大头的真心话，着实让龚梅安了心，她立刻做出了决定。

就在五一支行拉存款的战役高歌猛进的时候，至大支行的任博雅却依然如坐针毡一般地做了瘪子，因为，虽然免了左忠堂，吓了江莉莉，可支行的全部存款加起来，依然只有齐美丽帮着搞来的那十个亿同业存款。任博雅手里拿着员工存款业绩统计表，只得像衙门过堂一样地传来了江莉莉。

现在的江莉莉依然很阳光，大脸蛋儿依然倍儿美丽，不但脸蛋美丽，而且整个人瞧起来还增添了几分女人才有的风韵。

任博雅嗽嗽嗓子，指一下自己办公桌对面的椅子，示意江莉莉就座。不等江莉莉的大眼睛再做几次忽闪，他便半认真半玩笑地开口了：“听说阮董要做我们支行的家属啦？”

其实，关于江莉莉与阮大头的关系全行早就有所风传，任博雅并没有更多地听说什么。之所以这么问，无非是想明白无误地表露他此时的心思。他以为，江莉莉一听自己这么说，一准儿会矢口否认。而后，他就再接再厉地逼迫江莉莉加大拉存款的攻势，这是最顺理成章的事情！

让任博雅始料不及的是，江莉莉的大脸蛋儿上却面无表情，嗓音也是不阴不阳的，回答道："哪里能这么飞速发展嘛？公狗找母狗，还得先撒撒欢儿，地上滚几滚，先做到趣味相投呢！"

听江莉莉没有急赤白脸地反驳，也没有羞红着脸承认，任博雅的心里倒是一"咯噔"，竟不知所措起来。他望着江莉莉一副玩世不恭的模样，吭哧了半天，才说出一句莫名其妙的话："让阮大头做我们支行的家属，有什……么不好嘛！"

江莉莉没发火，大脸蛋儿也没增加任何红色，她的大眼睛望着任博雅忽闪了几下之后，忽然淡淡地笑了："这就是您的开诚布公？"

"是呀！是呀！"任博雅言不由衷地附和着。

"那就谢谢您，我早就心知肚明，甚至一清二楚了。"江莉莉的一对大眼睛里，放射着多样的色彩，也有着无穷韵味，"我本是一个柴禾妞儿，家贫如洗，穷得几乎衣不裹体，食不果腹，能有阮董这样一个大男人爱我，千载难逢！有钱有势的，有啥子不好？"

任博雅终于按捺不住自己了："可我们至大支行，不是婚姻介绍所！我是让你去公关，不是给你们介绍对象！我要的不是家属，而是存款！存款！"见江莉莉依然是一副无动于衷的样子，任博雅开始激动了，"呼"地站起来，急赤白脸地质问道："早就过了一个多星期，可……你的存款呢！你的美元呢！"

江莉莉依然平静，不紧不慢地应付任博雅："我是说两个星期之后拿来存款，现在离我们的在先之约，不是还差三天呢吗？"

任博雅不知道眼前这个大美女为啥、在啥时候冷不丁儿地像立地成佛一般变成了刀枪不入的滚刀肉！只得气急败坏地提高音量，叫嚷："你可是自个儿下了军令状的！军令状的后果，你知道吗？"

江莉莉莞尔一笑:“就像左忠堂一样,被扫地出门呗!”

任博雅纠正道:“他是一抹到底!可你早就在最底下了!还有什么可抹的!? 剩下的呀,恐怕只有你自个儿说的,被扫……”

江莉莉突然起身,向前跨了两步,把自己的大脸蛋儿逼近任博雅白净的脸,大眼睛直视任博雅美女一样的丹凤眼,眼睛里闪烁着熠熠的光芒,她一字一顿地问:“如果我把两个亿美元如数奉上了呢!我的存款额最多,那么,你说过,你理所当然地给我啥子?!”

任博雅一愣,实在没想到一个才入行没多久的大姑娘就敢跟自己这个一行之长叫板!但是,瞧在存款的面子上,任博雅甘愿认怂,唯唯诺诺地应承道:“我任博雅,别的本事没有,可讲信誉,却是能做到的!两亿美元一来,我就到分行,把你报成至大支行的副行长!”

江莉莉听了,才把大眼睛从任博雅的白脸上移开,重新坐回刚才坐过的椅子上,美滋滋的,一言不发。

任博雅急了,声音里都带了哭音:“我的姑奶奶,您倒是去踅摸阮大头呀!客户也好,家属也罢,只要存款一来,您就是副行长啦!赶快去吧!”

任博雅的话音未落,江莉莉的手机就响了,是许俊男打来的。这个国营大款正闲着没事,又来找江莉莉逗闷子了。他开门见山地问:“听说你忒需要存款?早说嘛,我这里有嘛!”

江莉莉知道对面的老色鬼一定又没憋好屁,就望一眼一脸惊奇的任博雅,一边用手捂着话筒,一边走到办公室的门外,毫不客气地揭露道:“条件是和你上床不结婚!对吗?”

许俊男厚着脸皮辩解道:“话不能说这么明!情人也是爱人嘛!何况我又不是非要求你只跟我一个人上床!”

江莉莉本想骂一句“放你妈的屁”,但是,却没有骂出口。她坏笑一下,重新走回办公室,来到任博雅的身边,对话筒里的许俊男撒谎道:“我们这里有一个大美人!他忒需要存款,你跟他商量一下,好吗?”江莉莉一边把手机递给任博雅,一边调侃道:“有一个国营大款有存款,您自个儿做做他的工作嘛!”

任博雅只要一听到“存款”就来劲儿，赶紧喜形于色地接过江莉莉的手机，毫不含糊地大声嚷嚷：“成成成！只要来存款，你的任何条件我都答应！”

对面的许俊男已经被气歪了鼻子、羞红了脸，歇斯底里外加咬牙切齿地叫道：“可惜你他妈的不是女的！”立刻就把电话挂断了。

任博雅不解其意，无奈地摇摇标致的脑袋，叹口气道：“是呀！我他妈的要是美女该多好！”

阮大头仿佛要给对龚梅那曾经有过的不足挂齿的情感搞一回告别演出，把一次简单的晚茶，一次毫无悬念的存款谈判，搞得有情有调的。

今夜，月明星稀。月光照耀着一条缓缓划行的带顶小船，映出船下的粼粼流水；河岸上杨柳微摇，拂动得船栏轻响。春天的暖风轻轻地吹扬起船头上巨大的红灯笼，把红色的灯影变幻得光怪陆离。

阮大头在坐下之前，就把一张支票拍在了桌子上。龚梅仿佛在收获着一枚瓜熟蒂落的果实一般，把支票看也不看地递给谭白虎，谭白虎认真地审查了支票的金额和印章，对龚梅悄没声儿地说：“没啥子毛病！只是这不是美元，全部是人民币呀！”

“人民币?！十五个亿!?”

谭白虎无言地点了点瘦脑袋。

阮大头虽然没听到声音，但已经猜到龚、谭二人在嘀咕什么，就一语道破了自己的小秘密：“外面都说我有两亿美元，他们也不想想！在中国大陆，美元是要处处被监督、事事被管制的！我才不会要美元，找那个麻烦呢！”

龚梅用异样的眼光瞥了一眼这个金融巨鳄，心说：“看来，过去我是小瞧他阮大头了！他公司这么大的资金量，真的都是外资红利吗？还有没有其他不足挂齿的猫腻儿?”可转念又一想：“我又不是金融监管部门，只要存款是真的就成了！其他的事情，都随他去吧！”

于是，龚梅主动抬起自己的小手，伸向阮大头。阮大头则把伸到眼前的小手握在手里，“哈哈”地大笑两声，快人快语道：“我谢你，你谢我的话，现在就都免了吧！”

“好！爽快！”龚梅也还了阮大头一个侠女一般的慷慨应诺，转身对谭白虎道：“诸葛大妈的尾药，马上交给文秘书！”

谭白虎为难起来，支吾道：“出门时，我给落在办公室了！”

龚梅是绝不做不讲信誉的小人之事的，立刻横眉竖眼地呵斥道：“你怎么就这么糊涂！有什么事情能比给诸葛大妈治病要紧！”

谭白虎被龚梅这么一训，挤咕一下细眼，一副灰溜溜的样子，一声不吭地站在龚梅的旁边。

阮大头做出憨厚的样子，一连声地说：“不急不急！我妈剩的药，还能吃两天！我对五一支行信得过！”

“行行行！”龚梅对谭白虎摆摆手，“明天千万别忘了给诸葛大妈送过去！”

等谭、文二人到船尾舒舒服服地喝酒去了，阮大头端起茶杯，起身对龚梅说：“以茶代酒，咱俩干一杯！”

龚梅也起身，甜甜的一笑：“干！为我们这杯迟到的酒！”

阮大头坐下之后，叹了一口气，说：“云雾山下云雾镇一行，我冷不丁儿地对人生有了新的感悟！”

“不管原始目的为什么，你发现我给诸葛大妈治病的心是真的，你突然发现我不是一个奸商！对吗？”

阮大头没有大声说“是”，而是先点燃了一颗粗壮的雪茄烟，再深深地吸了一口。等烟雾在肺里转了几圈之后，他把烟雾在嘴里习惯性地蹂躏了几秒钟，“噗”的一声，吐出来一个大大的烟圈，而后他以从未有过的深沉，点了点头。等烟瘾一过，阮大头品了一口茶，用舌尖把喝到嘴里的茶叶送到手里的餐巾纸上，之后，他感慨道：“瞅着冯瘸子的女人，我冷不丁儿地学会了换位思考。我冷不丁儿地发现其实我也不总是一个奸商！”

龚梅也喝了一口茶，用一对杏眼望着被红色的灯笼照得时明时暗的阮大头的脸，半玩笑、半认真地说：“虽然江莉莉面如桃花，但却是一个家境贫寒、负担沉重的农村孩子，你却一点儿不嫌弃，真肯娶她为妻，这倒说明你还不总是一个坏人！”

阮大头突然哈哈大笑起来，用手指着龚梅爽朗地大声说：“合着，以前你一直把我当成坏人！和女人好，我就一定是玩弄妇女、始乱终弃，对吧？”

龚梅自知失言，赶紧狡辩道：“其实，一个人是好人还是坏人，很难说！”

阮大头喝一口茶，对龚梅瞪瞪大眼珠子，咧咧嘴：“不管是自己主动的，还是被人套住的，反正由于一直没遇上合适的，再加上我妈总是瞎闹腾，现在才娶个媳妇！就这么回子事儿吧！”

看看仿佛立地成佛的阮大头，再瞥一眼躲在船尾的角落里，“哧溜哧溜”地喝着小酒的谭白虎和文才子，龚梅感觉放松。业务上大获全胜、感情上躲避了丑男人的死磨烂缠，她感觉自己舒服得无拘无束的。那境界已经达到什么都可以说，也什么都可以不说、半人半仙的地步了。

阮大头的手机突然响了。手机刚一接通，对面就传来女人呜呜咽咽的哭声，原来是江莉莉！任博雅给她的拉存款最后期限，还剩下两天了，再不找阮大头做最后一搏，她就眼瞧着要步左忠堂的后尘，被速发银行处理，沦落成被辞退人员了！

江莉莉的哭声一落，突然大声对阮大头吼叫道：“阮大头，你妈把我拒之门外！她口口声声骂我是脏女人！你一个四十多岁的人，到底是成人男子，还是少年儿童？你一直在花言巧语地骗我！原来，你连自个儿感情的事情都不能自主！”

阮大头急了，当着龚梅的面就急赤白脸道：“天地良心！别人都骂我不是一个好东西，别人都污蔑我是巧以婚姻的幌子来行玩弄美女的实际！可这婚，我是板上钉钉儿地答应和你结了！你怎么能这么说……”

三十八、“高风亮节”新解

等阮大头风风火火地赶到老娘小楼下面的时候，江莉莉的小奥拓车依然停在小楼的门口；等阮大头跑下自己的车，拉开小奥拓车门的时候，他瞅见的，是江莉莉一对凄凄惨惨的大眼睛和一副欲说还哭的乖模样。阮大头的心从来没这么软过，他一边搀扶大美女出车，一边为大美女排解怨气：“你甭跟老娘一般见识！她从两张（注：地方话，意为：二十岁）多开始，就讨厌女人，要不我怎么被耽误到现在了呢！”

见平日里威风八面的大老板在老娘面前却是一副惨受压迫的小德行，江莉莉的大脸蛋儿上好像跨越着春、冬两个季节：她那美丽的嘴唇仿佛在春天，甜蜜的笑容好似开放着的幸福的花朵；她的大眼睛却仿佛留在了冬季，哀怨兮兮，姣美那堪凋零？凄婉的泪水还在不住地流！

阮大头虽然是个老光棍儿，却是在花丛中身经百战的大男人，讨好女人的手段，非一般童男子可比。面对此情此景，他赶紧张开粗大的手臂，把一个大美女紧紧地搂在怀里，大嘴贴着散发着幽香的脑门，呢喃道：“你不是要在我妈面前才那个吗？”

大美女万般娇羞地白白眼：“不是已经被你那个了吗？”

在老康的办公室，龚梅的一个嘴巴把江莉莉扇明白了：老康与龚梅的情感原来不是藕断丝连，而是切实的牢不可破！她晓得：自己曾经幻想的与老康一起拥有的苦是甜、累是乐的日子，将是永远的空中楼阁！老康的软弱与龚梅的霸道，让她的这一梦想，将会永远成为耗尽自己青春年华的竹篮打水一场空！于是，聪明、理性、实际的江莉莉，眼前就只有阮大头这么一条阳关大道了。当然，江莉莉更明白：当她成为阮夫人之后，至大支行所急需的存款，也就成了婚姻的副产品。心里一琢磨明白，江莉莉只用一个电话的联络，就自然而然地投入了阮大头那张开已久的怀抱。但是，江莉莉是一个不会让感情迷惘了自己理智的很现实的美女，让男人尝一次甜头还能接受，如果没有诸葛秀的认可至少是旁证，她是绝对不会把自己的美女之身永远白白奉献出去的！

此时，阮大头把大嘴巴贴在江莉莉的耳边，说：“告诉你，老娘这儿，地下室的车库里，还有一个门呢！”

江莉莉一听，脸上的冬天立刻就全部换成了春天，那对大大的酒窝又凹在了白嫩嫩的大脸蛋儿上，一股少女一样的顽皮溢满了她的大眼睛：“那我们就从车库破门而入！吓你妈一个心惊肉跳！”

老寡妇诸葛秀怎么也不会想到，她在三楼幸福地酣睡时，二楼的卧室却悄没声儿地成了儿子与江莉莉鸳鸯戏水的天堂！

阮大头的年龄虽然已经四张有余，可摸进小楼之后，老东西立刻变成了小顽童，他扔掉自己所有的东西，只抱起了一个大美女，居然一步一摇地上了二楼。等关上二楼卧室的门，阮大头已经累成了一摊泥！在美女面前的一次勇武，让他大口大口地喘着粗气，几乎口吐白沫了。

江莉莉倒是轻盈得有如燕子，把卧室巡视一圈之后，重回男人身边，指着他的鼻子，尖着小嗓，小声玩笑道：“要玩猪八戒背媳妇的浪漫呀，冲你这破体格，真得找龚梅那种娇小玲珑的美女去！”

阮大头一声不吭，憋足了自己的最后一点儿力气，像一个扑食的恶虎，一下子把大美女扑倒在大床上，就想宽衣解带地纵横驰骋一番。

江莉莉挣脱了，尖着嗓子，叫：“大头哥，我们可是有言在先的，没有你妈的同意，可不能再轻举妄动啦！”

望一眼已经诚心归属于自己的大美女，男人再也不能发挥他几十年玩弄妇女的老功夫了，只得点头认栽，赖了巴叽地支吾一声：“可我们怎么睡呀！就一张床！”

江莉莉一翻大眼睛，更是赖皮：“床是我的！你嘛，地下，啥子地方都可以，悉听尊便！”说着，把被子扔下一床到地毯上，算作给男人今夜的铺盖。

是夜，在大美女的欺负下，阮大头真的立地成佛，修炼成了一个对妇女同志认真负责的男人。他的一腔热血空沸腾，却苦守大床搞不成。辗转反侧一百次，再反侧辗转一百二十次，进行几千次深呼吸之后，却依然大睁双眼睡不着。

在此情此景的感召下，在床上舒舒服服躺着的大美女终于心软了。她轻声细语道："大头哥，其实你是一个好人！"

阮大头自知这一声赞美是以自己苦守大床的煎熬换来的，便没好气儿地应一声："好人！没用！"

"算了！"江莉莉叹口气，对男人露出了一点儿恻隐的温柔，"我就为你，再破一回清规戒律吧！"

男人一听，立刻忘记了自己的老迈，起身就要上床。大美女赶紧补充一句："我可有个条件！"

"什么条件我都满足你！"男人一骨碌上了床。

大美女抓紧自己的衣领，捂着自己美艳而丰满的胸："你的存款，秋毫无损，要全部放在至大支行！"

男人趴在女人身边，睁大了自己的大眼珠子："什么？什么？存款全给你？"

"肥水不流外人田！我是你老婆！你不给我给谁！"

阮大头张口结舌起来："可我……早就和五一支行签协议啦！"

江莉莉笑了："这就像婚姻自由一样，客户钱的存、取，理所当然，也是自由的！"

"而且，我也没有什么美元，全是人民币呀！"

"你又要瞒天过海！"江莉莉装出不高兴的样子，"我听说你早就给五一支行存过一千万美元了！"

"公司里划拉来划拉去，就那么一点儿美元啦！"

"人民币更好！那就给我存十五个亿人民币！五一支行那一星半点的美元，就算我给龚梅一个顺水人情吧！"

"可我得……积小善呀！鸡鸣狗盗，盗亦有道，我不能言而无信不是?!"

“狗屁盗亦有道！别人不择手段，暴殄天物，等你遵守‘盗道’，恐怕只能喝西北风了！”大美女坐起了身，对男人嚷嚷道。说罢，索性拿出自己做美女的看家本领，气呼呼地钻进被窝，对他不理不睬了。

阮大头也只得像所有的俗男一样，赶到床边，小声央求：“可我早就……黑（注：地方话，意为：耍坏）过龚梅一回了！人家不计前嫌，还给我妈踅摸药！千里迢迢的，也挺不容易的！天地良心……”

被窝里的江莉莉，听阮大头这么一说，转念一想：“看来，他还真是有一点仗义！嫁一个仗义的人总比嫁一个翻脸不认人的人强！”于是，江莉莉原本就是子虚乌有的气恼便立刻消失到爪哇国去了。大美女一计不成，再生一计，变被动求人为开导式进攻。她忽然坐起身，望着一脸阴霾的阮大头，“咯咯”地笑了。见男人一副莫名其妙的德行，她把美丽的头偎依在他的厚肩膀上，亲昵地说：“我真没瞧错人！你真是一个一板一眼的好人！盗当然应该有道！”

“你话里有话！不是说我傻B吧！？”

江莉莉把脸一沉，一针见血地说：“可龚梅那一套假仁假义，都是银行为了拉存款耍的阴谋诡计！任博雅也想为你妈找药！只是他绞尽脑汁，不晓得到啥子地方找罢了！他们一个个的，全都是奸商，为商无道！”

阮大头终于说出了自己一直想问而又不敢问的话：“你和我在一起，不会也是拉存款之术吧！”他怕这句话背后的真实，破坏了自己对这样一个大美女的真情实感。

江莉莉斩钉截铁、一丝不苟地回答：“最初，是齐美丽专门把我拉过来向你施美人计的！为了拉拢腐蚀你，任博雅还给了我五千块钱公关费呢！”

“不对劲儿吧！？咱俩在一起的时候，你可从来没吐过血（注：地方话，意为：花钱）！？”

江莉莉忽闪着大眼睛坏笑起来：“谁让你叫‘大头’，也的的确确是‘大头’（注：地方话，意为：傻大手）来着！任博雅见我没花这钱，就又一分不少地要回去啦！”

阮大头一听，阴着大脸，一声不吭地坐起身来。

“不过，我发现你没她们说得那么十恶不赦！其实，你一直不结婚甚至去寻花问柳的原因，也不能全怪你！”

阮大头叹口气：“现在的小银行，比我原来玩的，还他妈的狠呐！”

大美女把自己的身体整个投入了男人宽大的胸膛里：“你晓得任博雅骂我啥子吗？”

“这个大绣花枕头，还能放出什么好屁来！”

“他说，我把银行当成了婚姻介绍所！他还说，他成了给我介绍对象的媒婆！”

大美女接近自己的实情被残酷印证之后，一直闷闷不乐的阮大头终于笑了：“你也够坏的！不但玩了任博雅，还跟我玩了个将计就计！”

大美女从男人的怀里坐起身，一脸严肃地说：“大头哥，你现在可不需要追悔莫及！我的情况都是明摆着的，你还有机会‘觉昨是而今非’！”

阮大头笑了，望着江莉莉月光之下的大眼睛，说：“那个龚梅其实也挺坏的！她竟然夸我，说我肯于娶你这么一个柴禾妞儿，就算好人！这不是挑拨离间吗？”

“她也可能是有口无心。虽然我不喜欢她，但我相信这个人品质倒不坏！”

“可这个女人聪明一世，糊涂一时！她忘了我也是一个地地道道的农民！现在还是农村户口呢！她还忘了，你父母家里那一点儿经济困难，对于我阮大头来说，算个屁！恐怕老娘这套房子每年的物业费就够他们用好几年了！”

江莉莉一听阮大头的话，大眼睛里立刻闪烁了亮晶晶的泪光。她把自己的脸贴近男人的脸，把嘴唇对着他的大嘴，说：“大头哥，你是好人！”

于是，一场男人与女人的有如战争中一对一肉搏一般激烈的性爱，在不知不觉之间开始了。皎洁的月光勾勒出了一幅唯美的图画，只是这画中酣畅淋漓的主人公，不是仙女，不是白马王子，一个是曾经的农民，一个是农民的女儿！

一场男人与女人的战争结束了。阮大头惬意得浑身酥软，大汗淋淋，他终于再一次吃到了梦寐以求的天鹅肉！

江莉莉把香气微喘的嘴，贴住行将睡去的男人的耳朵，小声嘀咕道：“以后，我们在经济上实行AA制，再搞一个婚前登记，我对你的钱，一定要不沾秋毫，泾渭分明！省得别人说，我爱你的钱！”

“谈钱，没意思！”阮大头已经有一点儿意识模糊了。

“我心知肚明：我自个儿一定要事业有成！否则，毋庸置疑：你还会重新变成一个坏人！”

“哎呀！我一个农民，年龄四张多，除了钱，什么也没有！是我爱你也好，是你套住我也罢，反正娶了你，我早就知足了！还瞎闹腾什么！?”

“不过，我可跟你定个城下之盟！存款一定要放至大支行来！这才不叫始乱终弃，这才叫盗亦有道哩！”江莉莉当然没忘掉她找阮大头的最原始动机。

阮大头稀里糊涂地应承道：“随便！随便！对我来说，都他妈一样！”

江莉莉真心地笑了，伸出嘴唇在男人宽大的脑门上亲了一下。而后说：“支票呢?”

阮大头依然迷糊：“车里就有！”

江莉莉翻身坐起来，“我立竿见影就去开！”

大美女翻身下床的震颤，把阮大头的睡意赶跑了，诧异道：“你？现在要开支票?”

“对！明天相当于两亿美元的人民币到账！我瞧任博雅会有啥子人模狗样！”

阮大头急了，张口结舌道：“可今儿晚上，我早就把十五亿人民币的支票交给龚梅了！”

江莉莉已经找到了做阮夫人的感觉，几乎是呵斥一般地对阮大头喊：“你必须给我完璧归赵！”

牛B了大半辈子的阮大头哪里受过这等被人呵斥的污辱，混劲儿一上来就不管什么美女不美女了。他一骨碌爬起来，冲下了床，把自己的大脑袋贴近江莉莉美丽的大脸蛋儿，把大眼珠子瞪得牛眼一般大，厉声回击：“生意上的事儿,你甭管!"

"你!你和龚梅盘根错节,还口口声声盗亦有道!你们到底是啥子关系!?"江莉莉见阮大头一副翻脸不认人的臭德行样儿,想起自己的一番苦心就要付诸东流,气得嘴唇直哆嗦。

"我和她什么关系?你管不着!只是我告诉你,支票我不能往回要!"

江莉莉也把自己的尖嗓子提高了八度:"你!你……"恶毒的话还没出口,卧室的门却被人用钥匙打开了!诸葛秀睁着一双老眼,颤颤巍巍但却怒不可遏地站在了卧室的门口!!这次,她没有唠叨着她的老话:"刺挠!我身上刺挠着呐!"

阮大头立刻把自己由发怒的狮子变成了蔫茄子,像狗夹尾巴一样地缩了头,一边慌慌张张地穿衣服,一边喃喃地朝老娘埋怨道:"妈!您怎么门也不敲就进来了!?"说着,一步上前,赶紧把自己刚才扔在地毯上的避孕套捡起来,用大手抓了,再把手背在了身后!

江莉莉见了,立刻上前,一把夺过充满精液的避孕套,一下子丢在了老太婆的眼前。

"你们!好模样儿的,敢在我这儿,干这个!"诸葛秀的一双老眼是雪亮的,哪里揉得下阮大头手里的那粒沙子!盯着脚下的脏东西,眼瞅着脏兮兮的精液浸湿了洁净的地毯,顿时气得脸色铁青,下巴抖动的振幅足有半寸,"脏!太脏了,你们!"

已经在匆忙之间穿好衣服的大美女,刚在男人那里碰了一鼻子灰,一腔的怨气正没处出呢。她听说过阮大头老爹的故事,也晓得诸葛秀"脏"的由来,面对老太婆的污辱话,立刻不管三七二十一地迎头还击了:"你那老头子才脏呢!他的病是在妓院染上的,不要跟女人混为一谈,跟我和你儿子更没啥子关系!"

"你说什么?他的病是在妓院染上的?!"诸葛秀听明白了江莉莉的话,仿佛听到了一声惊雷,惊诧地望着大美女,自己则呆若木鸡一般地不知所措了。

江莉莉不管不顾地高声叫喊:"我未婚待嫁,你儿子没娶欲婚,我们合理合法，‘脏’啥子了？他一天到晚偷偷摸摸、朝不保夕的，才脏呢！”

诸葛秀颤巍巍地走近阮大头，结结巴巴地问：“你？好模样儿的，就偷偷娶了这媳妇儿？”

阮大头不知如何解释，只得点点头，把避孕套重新握在手里，一把丢进了垃圾筒，无奈地说：“妈！您别管我的事儿！要不是您一天到晚‘脏脏脏’的，现在您恐怕连孙子都抱上了！”

此时的江莉莉已经完全穿好了衣服，收拾好了自己的东西，趁阮大头和诸葛秀理论的当口，气冲冲地走到门口。阮大头知道江莉莉要走，眼瞅着好不容易踅摸来、自己才尝了两口的大天鹅，就要这么飞走了，他岂能甘心？赶紧一步上前，拦住江莉莉的去路，急不可耐地大声说：“你不是想让我妈做见证人吗？我们的事儿，她现在都瞅见了！你还走什么？！”

江莉莉咆哮道：“阮大头，我算有眼无珠，错把鸡毛当令箭！你就是奸商，你就是坏人！”说着，使劲摆脱男人的一双大手，还要往外冲。

阮大头抱住江莉莉，大叫道：“我跟龚梅能有什么嘛？如果有，也是我一厢情愿地瞎闹腾！是她拿着特效药！存款不给她，我妈的病，就永远治不好啦！”

江莉莉听阮大头这么一说，突然站在原地不动了，大眼睛瞧一眼诸葛秀，再看一眼阮大头，将信将疑地问：“五一支行没把药全给你！？”

阮大头见江莉莉不跑了，赶紧扶着老娘坐在乱七八糟的床上，见老娘一副傻愣愣、气哼哼的样子，一声不吭地算是安静下来了，再跑到江莉莉身边，解释道：“谭白虎那半彪子，最他妈损！丫明明知道，两副药连续吃才可以根治我妈的病，可丫挺的愣是一副一副的给我，结果，病一时半会儿的虽然好了，可一不吃药，就他妈的又犯了。现在的一副药，明儿个就吃完了！如果谭白虎再跟我装孙子，不拿过第三副药来，我妈的病就永远没治了！”

江莉莉对冯瘸子的死，已经有所耳闻，便如梦初醒一般地问：“所以你心存顾忌，不敢把支票要回来？你怕谭白虎见利忘义，不给第三副药？”

平日里一副豪侠做派的阮大头面对着老娘的怪病，面对着大美女美丽的大眼睛，竟像个苦大仇深的受气包儿一样，一声不吭，默默地点了点头。

江莉莉又望一眼依然气哼哼的诸葛秀，再望一下一声不吭的阮大头，突然“咯咯”地笑起来。

“嘿?!”阮大头诧异了，“你笑什么?”

“你刚才说龚梅是聪明一世，糊涂一时，我瞧你和她是一丘之貉!”

“什么意思?”

“你不给五一支行存款，我料她龚梅也会一如既往地送药来!”

“可冯瘸子早就嗝儿屁拉稀(注:地方话，意为:死)了！谭白虎手里拿着的，是唯一存世的一副药啦!”

江莉莉睁着一下也不忽闪的大眼睛，异常肯定地说:“就因为冯瘸子命已归西！就因为龚梅手里拿着的是唯一存世的一副药，所以，这第三副药就与拉存款没啥子关系了！你不给五一支行存款，她龚梅依然会把药义无反顾地拿过来!”

阮大头将信将疑地问:“为什么?”

“为啥子?”江莉莉挽着男人的粗胳臂回了卧室，坐在沙发上，当着诸葛秀的面，用手指一点他的脑门子，嗲着声音说，“性格决定行为！既然龚梅不是奸商，她能拿咱妈的病形同儿戏吗？她是想当劳模的主儿，对她来说，这就叫高风亮节!”

江莉莉说“咱妈”的时候，有意瞟了一眼诸葛秀，见诸葛秀脸上为之有了一点点动容的样子，不禁偷偷地乐了！一朵胜利的花也悄悄地在她鬼机灵的心田里，开放了!

“你可不知道！为了存款，龚梅恨不得命都搭上了！我还黑过她！她?会在这个节骨眼儿上高风亮节?”阮大头把大脑袋摇成了拨浪鼓，根本不相信江莉莉的话。

江莉莉的脸上浮现了有生以来从未有过的坚毅，斩钉截铁地发誓:“我拿我自个儿做赌注！如果存款我拿走了，龚梅的药没送来，我就给你和咱妈当牛做马一辈子!!!”

江莉莉的话音未落，诸葛秀却突然走上来，一把拉住了江莉莉的手，用一对老眼仔细地审视着儿子找来的女人，身体颤巍巍的，却始终一言不发，直把个江莉莉搞得不知所措,心里发毛。

阮大头怕自己心爱的美女遭受老娘的欺辱,赶紧走过来,企图拉开诸葛秀的老手,嘴上含含糊糊地问:“妈,您到底要干嘛吗?”

诸葛秀的老眼里突然溢出了异样的光芒:“不脏!我好模样儿地瞧着,这姑娘真是不脏!”

诸葛秀的一句话把江莉莉搞得不知应该哭还是应该笑,一时语塞,竟把一张大脸蛋儿红成了熟苹果的模样。

阮大头舒了一口气,一颗忐忑的心终于放进肥大的肚皮里,对老娘撒娇一般地埋怨道:“妈,您夸人也没有这么夸的吧!”

诸葛秀把老脸一板,厉声说:“办了!赶快把婚事办了!只要让我看见,就不许你学你爸爸,再出去偷偷摸摸找别的女人,再闹一身的脏病!”

三十九、泪洒庆功会

比金子还炫目的迎春花谢了，比少女还清纯的樱花开了，龚梅、谭白虎心中的花，一朵朵地开放着，却没有一朵凋谢，比越来越浓郁的春天都更加明媚。为了庆功成功开发存款大户，龚梅从阮大头那里拿来支票的翌日，一大早就召开了全行员工参加的庆功大会。

会场安排在足有一百多平方米的会议室里。全行三十六名员工，一改往日银行职员忙碌而严谨的做派，嘻嘻哈哈地分坐在东、西、南、北四面，每人身前的茶几上都摆满了鲜花、糖果。那份吃喝时的轻松，那份闲聊时的悠闲，还是五一支行成立以来，从来没有过的。会议室的中央，被大家围坐出了很大的一块空地，地上洒满了五颜六色、荧光闪闪的纸屑，这些纸屑本来是用于结婚典礼上撒向新人的吉祥、喜庆之物，现在却被龚梅用来烘托会场气氛了。

在轻松与悠闲之间，龚梅没忘记再次叮嘱一下谭白虎："分行跑交换的同志来了，千万别忘了送单子！"

谭白虎自然晓得那十五亿存款的重要性，把手里的大信封朝美女行长一扬，胸有成竹地说："全在这里呢！保准儿误不了！"

龚梅容光焕发地走到会议室中央的空地上，神采飞扬地环视了四周，慷慨激昂地对全体员工宣布道："今天是我们全支行的庆功大会，召开这个庆功大会的原因，大家都应该清楚了。就是今天，我们支行的存款，增加了十五个亿人民币！"龚梅说罢，停顿了一下，自己先不由自主地鼓起了掌，全行三十六个人也都情不自禁地鼓起了掌。

有人兴高采烈地嚷嚷道："龚行，这一下，奖金要多发了吧？"

龚梅笑意写在脸上，喊出了一句让大家感到提气的话："我可以负责任地承诺，年底的奖金，每个人至少增加这个数！"说着，她向大家伸出了一根细指头。

"多少？每人多一千？"有人悄悄议论。

龚梅索性大声宣布："每人至少增加一万！"

美女行长的话音一落，大家立刻鼓掌叫好起来。

"从今天开始，我们支行在存款指标、利润指标方面，都将名列合作银行所有支行的榜首！这一段时间以来，在北京市金融竞争如此白热化的时候，大家坚守岗位，勤奋工作，勇创佳绩，同时，全行也没出什么大事情。在此，我对全体员工表示感谢！"

群众的眼睛的确是雪亮的，大家鼓掌之后，有的说："最辛苦的还要算咱们龚行！"

"对，龚行没白天没黑夜的工作，一天都没清闲过！"

"据说，龚行老公因为她不管家，闹腾着要离婚呐！"

有的赶紧补充："谭白虎也不错！听说上次出差到云雾镇那阵儿，他差一点儿把命丢了！"

"最可惜的是左忠堂，如果跟着龚行不动窝，他的奖金明摆着不止增加一万！"

也有幸灾乐祸之人："听说，左忠堂早就被速发银行一抹到底了！在咱们这儿，他大小也算个干部，处处由龚行罩着，可到那边呀，整个什么都不是啦！"

"人呀，要是没了自知之明，不知道哪个炕头儿热，就什么都没啦！"

就在五一支行的全体员工像过节一样喜气洋洋的时候，江莉莉也没闲着，天才蒙蒙亮，她就离开了男人的被窝，起了一个大早，开着小奥拓车，从小别墅直接赶到了至大支行。上班的时间刚一到，她就拨通了至大投资公司原来开户银行的电话。直接找了资金部的主任："我是至大投资公司的！"

"您好！"资金部主任很客气。虽然这是一家依然没有进行体制改革的国有商业银行,但是,对存款大户也同样客气有加。

"我们公司早有打算,本想转走十五亿人民币的资金……"

江莉莉的话才说出一半就被资金部主任惊诧万分地打断了:"转这么多!为什么?是不是我们国有银行服务不到位呀?"

江莉莉笑了,她实在没想到这家航空母舰一般的国有银行也如此惧怕十五亿人民币的流失,赶快顺着话茬,说:"就是考虑到国有银行的服务也在不断改进,所以,我们又当机立断,不准备划款了!"

资金部主任立刻心知肚明了:"您是请求我对准备今天划走的十五亿人民币进行止付吧?"

江莉莉笑而不答,只用美丽的鼻子发出了几乎让人无法听到的"哦哦"声。

资金部主任赶紧又追问道:"您贵姓呀?"

"我姓江!"

"您姓江?"

"我是阮董的秘书!"

"阮董的秘书?阮董没有女秘书呀!"

"我还是阮董的老婆,从今以后,阮董就有女秘书了!"在诸葛秀的监督下,江莉莉已经拿到了与阮大头结婚的所有手续。她现在已经可以理直气壮地以阮夫人自居了。

资金部主任赶紧唯唯诺诺地说了几个"好",而后又叮嘱道:"江秘书,您应该知道吧?"

"我应该晓得啥子?"江莉莉没想到这个资金部主任如此啰唆,便有些不耐烦了。

"我们是国有银行,规章制度多,做事儿死!款可以先止付,可您还要补一个阮董签发的止付令呀!"

江莉莉把大眼睛一忽闪,爽快地答应了:"没啥子!不需多时,让文才子送过去!"

江莉莉刚挂上电话,任博雅的一张白脸就像一个大大的开花馒头一样,开放在了她的眼前。他挤一挤鼓鼓的小眼睛,笑呵呵地问:“莉莉,阮董终于被你拿下了吧?”

江莉莉一听任博雅的话,就像嘴里含了块大山楂,吞不下咬不碎的,整个的感觉就只有一个:“别扭”!她起身,用大眼睛盯着任博雅的白脸,没好气儿地问:“任行,您没忘了您的千金一诺吧?”

任博雅继续龇牙笑着:“不就是副行长的位子吗?上报材料好办,把我原来给左忠堂写那份儿,换上你的名字,就齐活儿啦!”

江莉莉一听,依然感觉别扭:“可左行长是个名副其实的博士呀?”

任博雅不屑一顾地撇撇嘴:“博士在读!一直又不是全日制学校正规出来的,我瞧,不是名副其实,而是汤事儿!比你这个正规大学生强不到哪儿去!”

“可人家毕竟经验丰富!”

“没啥用!他这么多年,我瞧也是一个瞎混饭吃的主儿!拉存款,比你差了个十万八千里呢!”一想到江莉莉承诺进两亿美元的时间明天就到了,他赶紧追问,“副行长我保准儿给你报!可你的钱呢?明儿个保准儿能到吗?”

大美女莞尔而笑:“本来我是准备明天连开户、带存款的,既然任行长急不可耐,那我今天就来个立竿见影,先把至大投资公司的存款户开了!”

任博雅见江莉莉拿出了至大投资公司的全部开户资料,甚至拿到了阮董的个人名章,心里简直笑开了花,嘴巴咧得口水都拢不住了,一连声地说“好好好”,根本不会说第二个中国字了!

这边的江莉莉正紧锣密鼓地挖龚梅的墙角,五一支行的庆功会却依然进行得正酣。龚梅对全体员工宣布道:“等银行跑交换的同志一来,咱们就一起到海鲜餐厅吃庆功宴。下午,除了值班的,全都放假半天,彻底放松放松!”

龚梅的话音未落,分行跑交换的同志就出现在了会议室的门口。谭白虎赶紧迎了出去,把早已经准备好的支票和材料递过去,千叮咛、万嘱咐道:“一定要赶上第一批交换,这钱早到账一分钟,我们就早踏实一分钟!”

“您放心,绝对误不了!”跑交换的同志异常配合,接了大信封,办理了一下交接手续,立刻风风火火地跑下楼去了。

正在龚梅准备招呼大家奔赴海鲜餐厅的时候,有的人感觉庆功会就这样平平淡淡地结束,不过瘾,便嚷嚷着出主意:“时间还早,不如我们搞它两个小时的庆功舞会吧!”

不等美女行长发话,群众已经全体说“好”了。于是,大伙一齐动手,把茶几又往墙边靠了靠,开启了本来就装配着的音响设备。立刻,在大家的欢声笑语里,轻快的华尔兹乐曲像一针强心剂,把大家的精神调节到了亢奋的顶点。

龚梅还在稀里糊涂的时候,就被早已蓄谋已久、眼疾手快的谭白虎一把揽在了怀里,整个身子也被小职员拖着、伴随着舞曲轻快的节奏,旋转起来。

此时的江莉莉已经为至大投资公司办理完了开户手续,她没兴趣再和任博雅磨牙,就直接下楼,开起小奥拓车,径直杀奔五一支行。她自认自己是明人,就当然不做暗事。她要明明白白地向自己商场上的敌人,不幸也曾经是自己情敌的小巧玲珑的龚梅宣布:“戏,应该收场了! 在这场残酷的拉存款之战中,柴禾妞儿江莉莉,至此为止,已经完全彻底地大获全胜了!”

乐曲像一杯温馨的酒,醉了五一支行的全体员工,更醉了谭白虎和龚梅。在小职员的怀里,舞曲带给龚梅的体会,是成功的快乐,是被众星捧月一般尊崇的荣耀,是人生从追求到成功这个过程中由苦到甜的甘醇滋味。在她的一对杏眼里,洋溢出的是祥和与幸福的光芒。

怀中搂着自己日思夜想的美神,虽然有舞曲像醇酒一样陶醉着自己的心,但是,谭白虎的心脏,却依然很不争气地比平日里加快了跳动的速度。对美女行长的爱,与任何男人对女人的爱一样,像一股暖流,温暖了他的身体,也滋润了他的心。对美女行长的爱,也与任何一个男人对女人的爱不同,因为,这爱没有像一针兴奋剂,激起他的性亢奋,反而像一针麻醉剂,麻醉了他男性的荷尔蒙,让他感觉她与自己永远有着距离。而且,这距离大得仿佛是天上与地下之间那无穷无尽的广袤的空间。

“小谭,支行的一切都有你很大的功劳!”龚梅望一眼小职员不敢正视自己的细眼睛,诚恳地肯定道。

美女行长的一句话,没有让谭白虎高兴,因为,那话依然是领导对下属的关怀,也更像是母亲对儿子的真切情意。“没啥子!还要感谢您的再造之恩!真的!”谭白虎说出这句话的时候,突然感觉自己好委屈、好心酸,眼泪差一点儿流出来,因为这句话的意思,简直就像自己在向心中的美神宣布:“我爱你,但是,我晓得我不配你”一样残酷!

“小谭!你老大不小的了,赶紧找个女朋友吧!”龚梅对谭白虎说,她的语气里,有着十足的大姐姐对小弟弟的关心,“这次业务提成下来,我觉得,你自己就有钱买一套房子了!”

谭白虎几乎要流泪了,他强忍着自己心中的酸楚,颤抖着声音说:“爱上一个不回家的人,要房子有啥子用?”

“爱上一个不回家的人?”龚梅没想到原来的小保安、现在的得力干将还有这样丰富的内心世界!她似乎悟到了什么,尴尬地笑笑,诚心地明知故问道:“她是谁?能告诉我吗?大姐给你参谋参谋!”

谭白虎心跳加快了,一句话已经顶到了嘴边,那就是:“远在天边,近在眼前!”但是,他的嘴努了好几次,却终于没勇气把这句嘴边的话,说出口。

龚梅把杏眼一眨,做出老大姐的样子,诚恳地谆谆劝导道:“小谭,你是个好小伙子!现在呀,中国人生活好了,这一茬一茬的美女,多得是!何必偏偏跟自己过不去呢?何必偏偏爱上什么‘不回家的人’!何苦呢!”

龚梅的这句话饱含了无尽的深情与厚意,谭白虎似乎听明白了啥子。他一声不吭地点点头,可一对细眼睛里却充盈了满眶酸楚的泪水。

突然,会议室的大门被人推开了。江莉莉大模大样、容光焕发地出现在了门口。“龚行长!龚行长!”她中气十足地大声招呼着。

有人调小了舞曲的音量。龚梅站住脚,望着喜形于色、盛气凌人的江莉莉,诧异地问:“你?找我?”

“对!”江莉莉昂首阔步地走进会议室,站在了临时舞场的中央,脸对脸地望着依然在谭白虎怀里的美女行长。此时的谭白虎,想马上放开龚梅,让她走过去,与江莉莉说话。可龚梅却有意不放开谭白虎,继续保持着跳舞的姿势,侧过脸,对着江莉莉,落落大方地问:“说吧,你有什么事情?”

江莉莉望一眼会议室前面的一条横幅,不怀好意地念叨道:“庆祝至大投资公司存款户开发成功?!”而后,冷笑着,用她漂亮的鼻子“哼哼”两声。

龚梅把自己的手从谭白虎的肩上放下来,自己也瞥一眼横幅,颇为得意地问:“你没想到吧?”

“是你没想到吧?”江莉莉张开美丽的嘴,先冷笑两声,而后阴阳怪气地反问。

龚梅爽朗地笑了,索性放开了谭白虎,走到墙边的茶几旁,拿过一把椅子,坐了下来,一字一顿地对江莉莉说:“笑话!我以诚待人,以义服人,进行的永远是公平竞争!我有什么想不到的!?”

江莉莉见龚梅还算给自己留了面子,没说出“用身子换存款”之类的话,更没有“臭婊子”一类的谩骂,便走到她身边,也从茶几后面,拿过一把椅子,舒舒服服地坐下来,用一对大眼睛,忽闪忽闪地望着霸气十足的美女行长,轻轻地笑起来,说:“龚行长,虽然我和老康身正不怕影子斜,本来没啥子,可毕竟让人捕风捉影地瞎嚷嚷过!所以,我曾经对你深感愧疚过。”

龚梅拿出一副得意洋洋的样子:“上次,在保险公司的办公室,我们俩早就扯平了!”

江莉莉晓得龚梅是指自己挨了嘴巴而没还手的事情,立刻也换上了一副志得意满的神态,瞥一眼现在的对手、过去的情敌,说:“言之有理!所以,现在我是以平等的身份,来告诉你一个在劫难逃、穷途末路的坏消息!”

龚梅做出不屑一顾的样子:“如果说平等呀,至大支行来的,不应该是你,应该是行长任博雅吧!?”

江莉莉被龚梅这么一挖苦,立刻红了大脸蛋儿,索性一针见血地开口道:“我只是告诉你,阮大头和我有了金兰之好,而且这也是诸葛秀额手称庆的!应该算,明媒正娶吧!?”

龚梅一时没琢磨过来江莉莉此话的深意,便爽朗地调侃道:“恭喜你呀!

不过，这除了让老康踏实了，跟我和五一支行好像没什么关系吧!?”

江莉莉被龚梅不阴不阳的一激，气终于上来了，她立刻起身，对着龚梅一张秀美的脸蛋儿，大声说：“我代表阮董，坦言相告，至大投资公司给你们的支票，全部作废！而且，已经止付了！”

龚梅不相信自己的耳朵，也站起身来，注视着江莉莉的大眼睛，几乎是本能地问：“什么？什么？阮大头止付了？”

谭白虎也蹿上来，对着江莉莉大声说：“透支是要巨额罚款的！诸葛秀的药还在我手里，他狗日的阮大头不仁，也别怪我姓谭的不义！”

江莉莉故意“咯咯”笑了两声，做出一副不慌不忙的样子，轻声说：“我是瞧在我们曾经是朋友的面子上，才来告诉你们这个消息的！否则，你们向分行一表功，事与愿违，洋相可就出大了！”

江莉莉的话音未落，分行跑交换的同志气急败坏地跑进了会议室的大门，上气不接下气地喊：“你们那十五亿的支票被退回来了！到底怎么回事儿？有没有损失？你们是不是让企业给玩儿啦？”

江莉莉一声不吭地转身要走，谭白虎愤怒地冲上前去，横在了她面前：“姓江的！你给我说清楚，这是不是你捣的鬼？咱们都是银行，竞争也没你这么孙子的!!!”

江莉莉连瞧也不再瞧过去的小保安一眼，对表情木然的龚梅说：“我是阮董的老婆，或者说是未婚妻，妇唱夫随，他不听我的听谁的？五一支行想要那十五个亿的人民币？好办！把行长的位子，拱手相让！”江莉莉说罢，不等谭、龚二人做出反应，立刻绕过谭白虎，冲出会议室大门，风一样地消失了。

龚梅一声不吭地呆立着，一对杏眼直勾勾、一动不动的，没有眼泪，也没有悲伤；在这大千世界里，也不知道她凝视的，是虚无缥缈的四维空间，还是会议室里某一微小的世界。忽然，从她娇小的鼻子里发出了“哼”声，那声音仿佛是天籁之音！谭白虎赶紧冲上前来，准备问美女行长到底说了啥子，到底要干啥子？可龚梅却突然摇晃了几下，竟支撑不住自己娇小玲珑的身子，有气无力地向地上瘫倒了。

四十、医院内外的硝烟

等老康得知总不回家的老婆病重的消息，心如刀绞一般地赶到医院看望龚梅的时候，偌大的医院里除了白茫茫的一片，就是一片白茫茫。他满世界里找，也找不见那个小巧玲珑、精灵一样美丽的身影了。老康自然想到了“死”！这个“死”字像一条时空的小船，把恍恍惚惚的他载到了那永远不会重来的在江南小城中已经逝去的美妙光阴里：

那是他与她，那是在江南小城的女子公寓里，那是在一场酣畅淋漓的性爱之后。这性爱有如一场最最激烈的体育比赛，他被累得酣然大睡了，而她也被累成了一只柔弱的小猫，偎依在他的身边，进入了甜蜜的虚幻世界。

也不知过了多久，窗外船夫的一声哨子响，划破了夜空的宁静，也唤醒了康处长。他扭开床头的台灯，迷迷糊糊地睁开眼睛，瞧见了龚梅那一张甜美的脸，如冰似玉，更像一朵淡雅的粉色樱花，开放在眼前。这美丽的脸蛋儿荡漾起了他心中的爱；这爱就像一股暖流，慢慢地滋润了他的心；这暖流让在北京一直鳏居的他感受到了从来没有过的幸福和甜美！

康处长凝望着这样一个美丽的生命，想这美丽的生命对他这样无所顾忌的奉献、对他毫无理由的眷恋，他的身心忽然感到了某种震颤。他情不自禁地把脸贴过去，端详着这张美丽的脸。此情此景的温馨，引来的不是他脸上的笑，而是他的泪水，这泪水似如泉涌，像一条小小的溪流，匪夷所思地流淌下来。

龚梅被男人的气息惊醒了，她望着他在昏暗灯光下那一副泪流满面、动情、动容的样子，诧异地问：“你哭了？为什么？”

康处长把自己的嘴唇贴在美女的脸上，低声说：“我爱你！我要永远对你好!”

那时的那一声“我爱你”,康处长说得绝对深情,绝对真诚,也绝对开心!

“我也爱你!”龚梅回了他一个同样的热吻。见他又要驰骋男人的勇武了,她笑了笑,挣脱了,很顽皮地眨了眨杏眼,说:“我饿了?你呢?”

康处长诧异地问:“这都几点了?半夜三更的,你不会还想吃饭吧!”

龚梅也坐起了身,爬下床去,跑到门厅去看表,不知是无心还是有意,她竟把一个苗条、婀娜的裸体毫无保留地奉献在了康处长贼溜溜的眼前。没一会儿,一个赤裸的美人大呼小叫地跑回来:“时间都被我们弄颠倒了!现在才晚上十点钟呀!”

康处长一拍脑袋,如梦初醒地提醒道:“你一下班,咱们就上床了!连饭都忘吃啦!”

她用纤细的手指点一下他眼镜下的鼻子:“谁让你馋猫似的!”

于是,一对让爱情填满了整个身心的情侣,借着江南朦胧的月色,听着桃花溪的流水潺潺,饿得前胸贴后背地上街觅食了!

“我们还是去那家西饼店吧?”龚梅走在前面,向饿猫一样直扑有着食品香味的地方。她还记得她与他初来这个西饼店时的尴尬。

康处长也没忘记他与她第一次在西饼店里道貌岸然的表演,心虚得像个空水桶,赶紧提醒道:“咱们亲亲热热的,你就不怕市政府的人瞧见啦?”

龚梅眨眼一笑,一副鬼机灵的样子:“你不是惦记着始乱终弃吧?”

康处长赶紧急赤白脸地反驳:“这话是哪儿跟哪儿呀?!我还没‘乱’够呢,咋就谈‘弃’啦!”

龚梅没好气儿地娇嗔道:“看来,你一个大博士的内心世界也和普通男人一样肮脏!除了‘乱’,就是‘弃’!”

于是,在粼光闪烁的桃花溪畔,在月色朦胧的江南小城,出现了一对新的爱侣,他们手挽手地走路,桌对桌地吃喝,脸对脸地谈话,嗅着彼此的气息,臭味相投得不得了!时不时地,他们还要拥抱和接吻!于是,一段关于中央银行大处长与江南小城小职员谈情说爱的故事,尤其是这一对新人未婚性爱的段子,就在这个人口稀少、观念传统的小城编排并流传开来,而且一直流传到了现在！

老康幻觉出的风流往事是被一阵手机铃声打断的。打他手机的，不是别人，而是那个自称要换个玩法因而好久没了音讯的陌生人！

“你又要玩啥？我现在正烦着呢！”老康恨不得一接电话立刻关机。

“您烦啥子？”今天的陌生人不但情绪稳定，而且说话很客气，他跟老康说话没用“你”，改用“您”了。

“我老婆出了一点儿事儿！弄不好就……”老康格外焦急，但终于没说出那个“死”字。

陌生人没说话，却突然“呵呵”地笑了！

老康急不可耐地骂道：“你笑个屁！”

“俺笑你消息太不灵通了！”

“我老婆现在在哪儿？你知道？”老康依然担心那个“死”字。

“到阮大头的寡妇娘那里去了！全须全尾的！”

“到那儿干啥？还拉存款？”老康听说老婆没啥事儿，一颗悬着的心才算是落了地。

“老寡妇对拉存款，早就没用啦！”

“那她们还想干啥？”

“学雷锋，做好事呗！”陌生人竟然有心思调侃了。

老康又开始大惑不解了：“她？怎么立地成佛啦？！”

陌生人停顿了一会儿，忽然改变了话题：“康总，咱们今儿能不能见个面呀？”

“我？和你见面？”老康实在没想到阴魂还敢见天日，“有这个必要吗？”

陌生人又沉默了。老康听到自己的手机里，除了对面街道的嘈杂之声，就只有陌生人的呼吸声了。等老康又“喂喂”了两声之后，陌生人才喑哑着嗓子，像是乞求，又像是命令一般地重新开了口：“你！把钱给俺！”

老康没有惊诧，反而感觉这一切尽在意料之中，是迟早要发生的事儿。俗话说，无利不起早嘛！这个神经病一般的陌生人，一直对自己神出鬼没、纠缠不舍的狼子野心，现在终于昭然若揭了！而且，没有一点儿浪漫，也没有一点儿脱俗，完全是俗不可耐的伎俩，玩来玩去说到底，还就是一个字："钱"！

"要多少？"老康问得心平气和，他本来就欠了陌生人的，尤其是通过陌生人的消息在五一支行获得的那单保险业务。

陌生人突然呜呜咽咽地哭了。那哭泣之声，通过话筒传过来，依然悲悲切切，十分撩人心肺！

"你？这是……咋回事儿？"老康把自己外凸的眼睛惊得大大的，简直是不知所措了。在他的脑海里，这个陌生人一直被假想成头顶礼帽，眼戴墨镜，强悍凶恶的大汉！大汉顶天立地，站要站得直，死也要死得像个样儿，咋会娘们儿一样，哭起来了呢!?

"他们……他们不让俺考试？"陌生人突然倾诉一般地说，仿佛老康不是他未曾谋面的对手，而是他的父母师长或者挚友亲朋一般！

老康张口结舌地问："你……是个学生?!"

"俺这学期没钱，学校竟不让俺参加期末考试了！"陌生人继续控诉，哭的声音却越来越大起来。

"你是啥学校的？需要多少钱？"老康见陌生人的情绪这样不稳定，联想到以往他那时而阴险、时而真诚、神神秘秘的德行，推想对面的陌生人恐怕不是一个阴险狡诈之徒，更大的可能却是一个精神自闭、感情脆弱的精神不太正常的青年人，甚至是未成年人！见陌生人只顾哭，就是不说话，心地善良的老康没心思再想自己对此人的恩怨了，反倒着急起来。他本想大包大揽地帮助陌生人解决难处，但又怕被这个匪夷所思之人敲诈勒索，便试探着问："说吧，你到底要多少钱？我都尽量满足你！"

"借俺四千块钱……行吗？"陌生人终于停止了哭泣，试探着问。

听对面这样一说，老康开心地笑了。现在看来，虽然帮了自己一些小忙，但却更多的是让自己心烦意乱，甚至心惊胆战的陌生人，明摆着是一个比自己还要呆的书呆子！本来自己就欠他的钱，他却依然好着自己的面子，偏说要"借"！

老康用像大人对小孩儿一样的语气说："那我就先给你五千！说吧，我到哪儿给你送钱？"

"野鸭湖！"

"野鸭湖到底在哪儿？你说了好几次，我还真没去过！"

"问你老婆不就行了吗？"

老康不高兴了："老弟，你不是说换玩儿法了吗？咋又提她？"

于是，对面的陌生人用从未有过的合作态度，向老康认认真真地描述了去野鸭湖的线路。老康终于听明白了，顺口说道："正好，我还可以顺路给人送一笔保险业务提成！"

"保险业务提成？"陌生人仿佛悟到了什么，警觉起来，并一刻不停地问，"一定是一笔不小的钱吧？"

在老康赶到医院之前，陪龚梅出院的人，当然是非谭白虎莫属。虽然龚梅在庆功会上只是一时之间气闷心儿地昏厥，虽然她只在医院里躺了一会儿就苏醒过来，但是，谭白虎依然为自己心中的美神所遭受的委屈而义愤填膺。仇恨像酒精一样浸透了他的血液与神经，他咬牙切齿地发誓，不治一治阮大头，放倒至大支行的任博雅，自己就不算个男人！虽然任博雅是自己的老乡，也曾经多多少少地帮过一点小忙，但冲任博雅那不地道的为人，他谭白虎也只得在所不惜了！他盘算着，自己的最坏结果无非就是：举起依然藏在地砖下的手枪，让手枪里剩下的四颗子弹，一颗留给自己，其余的三颗，分别穿透阮大头、江莉莉和任博雅的脑壳！！！

办理完龚梅的出院手续，谭白虎搀扶着美女行长下楼，汇报时，却是一副难以掩饰的恶狠狠，他说："龚行，诸葛秀的第三副药，我给扔了！"

龚梅立刻惊叫道："扔哪里啦？"

谭白虎不晓得龚梅惊诧的意思，鼓起自己的细眼睛，诧异道："反正是鱼死网破，随便扔到咱们支行的垃圾箱里啦！"

龚梅一听，就阴沉了脸："有你这么做人的吗？"

小职员急了，一张瘦脸第一回当着美女行长的面，拉得像驴脸一样的长:“咋?姓阮的伙同姓江的狼狈为奸,这样欺负我们,难道我还给老太婆送药去不成!?”

龚梅一声不吭地钻进支行开来的汽车,脸上密布阴云,对司机低声吩咐道:“回行!快!”

汽车从医院开到支行只用了十几分钟,可这短短的十几分钟,在谭白虎的精神体验中,却仿佛长得有如几天一般。因为,龚梅的脸一直像憋着倾盆大雨的黑暗的天,嘴也好像行将喷发的火山的口,一动一动的,却又始终没一句话说出来。

等司机为龚梅拉开车门,她跳下车,却没回她的办公室兼卧室,而是直接奔向了办公楼后面的垃圾箱。她用自己纤细的小手,在垃圾箱里,翻来倒去地找着什么,全然不顾垃圾箱的臭气熏天。

谭白虎立刻晓得了龚梅的心思:她明摆着是找被自己扔掉的治痒药!

谭白虎冲上去,攥住了龚梅的小手,又像愤怒又像哭地大叫:“龚行,您这是为了啥子吗?”

龚梅白了一眼谭白虎,气愤地甩开他的瘦手,把自己的小手重新放进肮脏的垃圾箱里,翻来覆去地继续寻找那被扔掉的治痒药!

“阮大头这样耍我们!江莉莉这样欺负你!可你……你却还惦记着那个老神经病!”谭白虎说罢,气愤地蹲下身,双手抱住脑袋,拼命地抓挠着。

“躺在医院那阵儿,我想到了死!”龚梅见谭白虎一副气急败坏的样子,就用平静的语气开了口,“我想,假如我起不来了,什么存款呀,什么业绩呀,一切的一切也就结束了。这时,我就问自己,我的一生都做了什么?我们千方百计拉存款,到底是为什么?如果国家真的禁止了银行之间的这种无序竞争,我们现在的工作,除了挣钱糊口之外,还有什么意义?”

谭白虎见龚梅开始说话了,又是一副不找到那包草药不罢休的样子,就无声地起立,再无声地走近垃圾箱,用身体挤开龚梅,用自己的瘦手,很不情愿地开始往垃圾的下面翻去。

龚梅把自己脏得看不出模样的手,在土地上擦着抹着,继续说:“我醒来的时候,突然想起老康的话:咱们真的不能把自己变成一张错币!不能因为拉存款把诸葛秀的病耽误了！人嘛，其实谁也不比谁傻，互相奸来奸去的，人生最后只剩下了一个无休止的尔虞我诈的争斗过程，还真不如那张不能花的错币有意义！”

“可，为商必奸的，是阮大头和江莉莉！”谭白虎依然愤愤不平。但是，在龚梅的执著下，还是屈从了，终于把自己扔掉的药，重新找了出来！

龚梅用自己刚在地上抹干净的小手，把被塑料袋装着的药放到自己的面前，顾不得恶臭扑鼻而来，把布满泥土、泔水的塑料袋一层层扒掉，发现里面那用牛皮纸包裹的药包，依然严严实实、完好无损！这时，她秀气的脸上，阴霾没有了，灿烂像明媚的朝阳一样，重新照耀而来。她见谭白虎依然是一脸阴沉，就笑了笑：“我想，其实失败也是一笔财富！既然我们已经失败了，已经获得了这笔财富，何必不把自己升华成好人，还让一个年老的精神病患者成为牺牲品，成为我们升华成好人的累赘呢！”

谭白虎没有龚梅这样达观，也没有从失败中完成思想的升华，他瞥一眼美女行长，心里默默而忿忿地埋怨着：“啥子狗日的错币、好币的！你简直就是一个二十一世纪的女阿Q！！”他的嘴上则气哼哼地说：“也可能江莉莉就是这么盘算的！要不，她就敢那么嚣张！？现在人家那一对狗男女，有可能正男盗女娼地偷着乐呢！！！”

龚梅却一点也没想到在谭白虎的心里，自己已经变成了一个彻头彻尾的女阿Q！她把自己心里酝酿已久的一个以提高自身服务质量、增加服务手段来加强支行竞争能力的方案透露给谭白虎：“你给诸葛秀送完药之后，就通知全行所有的人开会。少走旁门左道，广开阳关大道，坚决不当错币，才是中国金融业的出路。套一句老话说，咱们已经到了非对过去的竞争手段进行彻底改变不可的时候了！”

谭白虎一听美女行长的话，不晓得应该哭还是应该笑，只得咧咧嘴，提着诸葛秀的药，无奈地走了。

四十一、野鸭湖畔的枪声

老康正准备离开办公室赴陌生人之约的时候，办公室的门却被轻轻地敲响了。

“请进！”老康一连喊了两声，门不但没有被推开，敲门声反而更大了。老康只好离开办公桌，主动拉开了门。

一个五十多岁的老太太，出现在办公室的门口。她挣着一对老眼，谄笑着，操着浓重的上海腔，迟迟疑疑地问道：“侬就是康诗人的啦?!”

老康觉乎着老太太有一点面熟，可一时半会儿的也想不起与老太太在啥地方见过，便也学着老太太的模样，迟疑地问：“您是……”

老太太尴尬地笑了两声，恭维道：“侬已经是自我实现的啦，就不晓得阿拉的啦！阿拉是甜水园图书市场的摊主哎！帮侬找大胡子……”

老康终于想起了图书市场里的那个好心肠的上海老太太，便一边往办公室里请，一边诧异地问：“大妈，您这是……”

老太太坐在了沙发上，谄笑两声之后，一对老眼里满含着企盼的目光，试试探探地问：“阿拉买了分红人寿保险的哦，不晓得可不可以退的啦！”

“可以退！不过只能退还本金的一部分，这一来您的损失可不小！”老康按照保险公司的规定，老老实实地解释着。

“阿拉做了一本书，被查处的啦！”老太太说着说着一双老眼里默默地流出了泪水，“十几万赔进去，阿拉哪里来的钱，再每年支付一万块买保险的啦?!”

老康诧异了：“您这种情况，咋买这么多保险呀!?”

老太太按捺不住了悲伤和不满，终于放声大哭起来：“都是大胡子骗阿拉的啦！他说,买保险是中国人的时尚！买得多老了幸福久！可阿拉……侬是这里的领导,侬……可不能逢商必奸的呀!”

老康被老太太这么一哭,把脑子搞得乱糟糟的,嘴上也不知道说啥是好了,吭吭哧哧着:“我们不是奸商,大胡子他怎么能……”

老康送走了上海老太太,是开着保险公司配给的一辆老旧奥迪 100 型轿车如约赶到野鸭湖畔的。现在,他的身上带了几沓子厚厚的人民币,除了自己的钱,还为陌生人带来了五千,为大胡子带来了保险提成费整整五万！他想打发完了陌生人,就直接找大胡子去。

大名鼎鼎的至大投资公司,就在眼前了！由于今天是星期日,那扇并不宏伟的大门,静静地关闭着。老康把车在至大公司的门口刚刚停下来,“吱呀”一声,大门旁边的角门却开了。从角门里出来的,竟然是久违的老马头儿!

“您咋在这儿?”老康颇为诧异。

老马头儿虽然知道老康已经荣升为保险公司的领导了,但依然把康总视为老同学。他一把拉住老康的手,咧着老嘴,憨厚地笑起来:“老同学,你咋到俺这儿来了!?”

老康当然不会提起与陌生人有约,更不会说要在野鸭湖畔进行金钱交易,他尴尬而善意地撒谎道:“一来瞧瞧你老同学,二来和一个朋友在湖边谈点儿事儿!”

老马头儿感到纳闷:“你咋要在湖边谈事儿?”

“有啥不对吗?”

老马头儿依然迷惑不解:“这整个野鸭湖都被俺们至大投资公司承包了！三十年内,没人能进去!”见老康一副期盼而迷惑不解的神情,老马头儿料想老康要会见的朋友,保准儿是一个不愿见人的江莉莉一类的女朋友！眼下老康的期盼,明摆着是想让自己帮忙而又要知识分子好面子的臭毛病,开不了口呢！于是,老马头儿就自作聪明地龇牙笑了:“不过,老同学来了！今个儿,俺也利用一回职权,把野鸭湖的大门打开！谁愿意进谁就进！也让你俩都方便方便吧!”

老康不明白老马头儿的深意,例行公事地说声“谢谢”,走到了野鸭湖的大门口,才又想起了老马头儿的保险业务,便扭回头来,尽一下领导关心下属的义务,问:“老马,你那保险卖得咋样了?”

老马头儿苦笑着,用难听的声音回答:“哎!一单也没卖出去!反而倒贴不少宣传费!”

老康大惑不解:“偌大一个至大投资公司,就没一个人买保险?”

“甭提啦!俺们这儿的保险,全让那个姚讲师包啦!”老马头儿见老康疑惑地望着自己,便凑到老康身边,神神秘秘地小声说:“另外,我们公司大概要出事儿!总有便衣探头探脑、鬼鬼祟祟的!我这保险,八成也没的卖啦!”

老康在心里骂一声:“大胡子推销术,美了他自己,不但害了上海老太太,也害了最基层的老马头儿!”他捏一捏手包里厚厚的一堆人民币,忽然想起自己与老马头儿同住时的承诺,就拿出六千块钱递给老马头儿:“今儿,我给你做一回客户!买六份人寿险。”

老马头儿推托着:“我再咋穷,也不能让您明摆着给钱不是!”

老康玩笑道:“老马,您这就不对了!我给自个儿买保险,您还能拦着?”

听老康这么说,老马头儿只得领了老同学的情意,颤着自己的老嗓,说:“那就谢谢您了!保险单子,明儿个我给您送过去!”

在老马头儿接过自己手中那一沓子百元人民币的瞬间,老康的心中突然有了一种作诗时才会出现的快感。他的心中突然一亮,对人生的价值又有了新的顿悟:难道自个儿对金钱的这种分配不就是一首美妙的诗歌吗?虽然这里没有优美的文字和动人的节奏,难道不也是一种实实在在的自我实现吗?

走到野鸭湖边,老康望着远处已经变成一个米粒大小的老马头儿的身影,深深地叹了一口气,自言自语道:“我得给惠总出出主意,再不能为了增加公司的营业额,就一天到晚‘鸡鸣狗盗、盗亦有道’,其实是不择手段、不管不顾的了!‘鸡鸣狗盗、盗亦有道’只能得逞于一时,不能得益于一世!”

春天的野鸭湖是格外美丽的。去年的薅草虽然没有复燃的本事,却有着更生的能力！在惨黄与斑驳的薅草深处，青春的绿色挣扎出死亡的沉重，已经朝气蓬勃的再生了！湖水没有了冬日的肃穆，波光闪烁地蒸发着青春的气息。

老康站在浩渺的湖水之滨，不由自主地溜起了从来没有放开过的嗓子，“啊啊～咦咦”地大吼起来。他的喊声在空旷无人的野鸭湖上扩散开去，飘向辽阔的湖面，飘向遥远的天空。就在老康的声音四散得无声无息的时候，他的后脑壳却被一个硬邦邦、冷飕飕的铁家伙顶住了，而后，就是一个喑哑而鼻音很重的声音，在身后低声的命令道：“不许动！不许出声！”

老康有一点儿慌乱，因为他的那颗宁静而舒畅的心突然受到了意外的惊吓。但是，这慌乱只是一会儿就飞跑了，因为，他不相信，在这光天化日之下，还有持枪打劫者！他以为，这恐怕是啥人在和自己玩着啥把戏！他试试探探地想回过头来，可他的脑袋才转过来几度，就被手枪猛地顶了一下，随着一声“老实点儿”的断喝，他只得又把头转了回去。

“钱！全部拿出来！”身后的声音命令道。

“兄弟，钱只是身外之物，咱……咱们有话好好说！”老康真的慌了，开始确信身后的人绝不是一个游戏者！

“别他妈废话！快拿钱！”

老康把怀里的钱包扔在地上，结结巴巴地说：“这儿有五千多块钱，你都拿去！”

“包里！包里的钱也拿出来！”

老康傻眼了，因为包里那五万块，是要交给大胡子的业务提成！“包里的钱是朋……友的！”老康支吾着请求打劫者的赦免。

可他的话音未落，就听到脑后“砰”的一声巨响，枪响了！老康立刻歪歪斜斜地瘫坐在地上。

随着远处一群野鸭的惊飞，老康的身后传来了阴沉的声音：“别他妈的废话！把钱，全拿出来！”

老康早已经吓得魂飞魄散，赶紧把自己的手包扔到了身后。身后的人一边摸索着拿出包里的全部现金，一边对老康恶狠狠地说：“不许回头！只要你一回头，这第二颗子弹就不是对着野鸭子打的，而是要穿透你的脑袋！”

“成成成！！我不看！我不看！”从书堆到书堆，从办公室到办公室，这样一步一步混出来的老康，还从来没见过这般阵势！他只得乖巧得像一个温顺的小孩子，一连声地回答。

也不知过了多久，身后早已经没有半点人声了，老康还是不敢回头。当他确认四周已是一片莺歌燕舞、水暖风轻的祥和气氛时，他先是试试探探地挪挪身子，见身后没有任何反应，再改蹲坐为半蹲。当他发现身后依然没有半点动静时，凄凄惨惨的老康现在可以肯定了，打劫者早已经逃之夭夭了！但是，此时此刻的他，依然不敢回头。他试探着站起身，再查寻着身后有没有动静。见身后终于没有任何响动了，他才大着胆子，慢慢地回过头来。他发现，原来身后，除了茫茫薅草和刚刚穿上绿装的杨、柳树，连一个人影也没有！如果不是手包丢在地上，如果不是手包里的东西乱七八糟地撒了一地，他宁愿相信刚才的这一切都是一场梦！他简直不敢相信他的身边发生了抢劫！而这个被抢劫的主儿，就是他自己！！

他找遍了手包的里里外外，也找遍了周围的草丛，包里除了没有了那五万块钱，还没有了他的手机！

老康心里骂道：“这孙子还怕老子报案呢！”

老康是重新走回至大投资公司向老马头儿借了电话，才报了案的。等派出所的管片干警陆卫国赶来的时候，日头已经照到了大家的脑瓜顶。

现在的陆卫国精神状态异常饱满，一对眼睛炯炯有神，几乎像一个电影里的英雄警察了。因为，他现在可谓双喜临门，一喜，他的老婆又找到了一份高薪而没压力的新工作。因为阮大头娶了江莉莉，使至大投资公司不用女工的陋规得以解禁，陆卫国的老婆一不注意竟在这家大公司混上了一份白领工作；二喜，多年的媳妇已经熬成婆，陆卫国多年来，虽然无功，但也无过，很快就要调到分局刑警队，当一个不大不小的头头！

老康按照陆卫国的提问，首先一问一答地报上了自己的生辰八字、被抢劫钱物，态度之好，配合之默契，颇令陆卫国同志满意。可问询进行到对抢劫者进行描述时，老康傻了眼，陆卫国也简直气得发了疯。

陆卫国问:“抢劫者是男,还是女?”

老康答:“应该是男的!”

“怎么是应该!到底是男的,还是女的?”

“那人塞着鼻子说话,鼻腔音倍儿重,我判断他应该是男的!”

“你没瞧见他的脸?”

老康心说:“我如果瞧见他的脸,现在的我就是一具僵尸啦!”见陆卫国一对红红的眼珠子直视自己,仿佛自己就是抢劫犯一般,他赶紧调整了自己的心态,认真地回答:“他一直用枪顶着我的脑袋,我哪儿敢回头呀?!”

陆卫国异常机警,立刻发现了老康话语的漏洞:“他一直用枪顶住你的脑袋?那他是怎么跑的?”

老康苦笑着摇摇头,不得不把自己最猥琐的细节汇报给警察同志听:“他不让我回头!说我啥时候回头,他就啥时候开枪!”

“枪是真的吗?”

“是真枪!一点儿错没有!”老康见陆卫国依然将信将疑,便描述道:“那小子在我身后放了一枪,远处的野鸭子都打飞了!”

“你为什么到湖边来?”

“会一个朋友!”

陆卫国立刻警觉起来,睁大眼睛,问:“什么朋友?叫什么名字?怎么会约到这儿来?”

陆卫国的警觉让老康的心里突然一沉,此时此刻,他的心里在刹那之间仿佛豁然开朗了。约自己到这里来的人,不就是那个说话跑气的陌生人吗?为啥只来了打劫者而没来陌生人呢?

突然之间,老康仿佛瞧见了身后举枪的人是谁,抢劫是为了啥!但是,他不想把自己百分之百准确的推断说给警察听。他不但没给陆卫国透露半点信息,不但没提起要给那个陌生人钱的事儿,反而竟鬼使神差一般地撒了谎:“我们单位的同事,姓姚,我是给他送保险业务提成的!”

“跑这里送钱?”陆卫国再一次警觉起来,“你们这钱,是怎么个回事?”

老康见陆卫国总是一副怀疑一切的神情,就颇为不屑地苦笑起来:“警察同志，如果我们经济上有啥问题，是不是也应该转到检察院来查呀!”

陆卫国一愣，没想到一副书生气的老康竟提出不同意见，脸色立刻难看起来，他严厉地驳斥道:“你们的钱，有没有问题，以后会有人说清楚！现在进行的调查，涉及抢劫动机，当然是我调查的范围！你要配合，没什么要求可提的!”

等打发走了陆卫国，老康趁老马头儿外出的机会，赶紧给大胡子打了个电话:“哥们儿，我被抢了?”

大胡子一听，却没体现出半点仙气来，惊叫道:“嘛玩意儿？你被抢劫了?”

“本来要送给你的钱，全被抢了!”老康懊恼之极。

“嘛玩意儿？横着您是拿我打岔吧?”

老康想不到大胡子竟怀疑了自己的人品，就赶紧发誓:“我绝不是想与人合谋来昧(注:地方话，意为:私拿)你的钱！那被抢劫的五万块钱，我认！损失也全部算我的!”

大胡子一听老康的慷慨激昂，长长地舒了一口气:“我倒不是这个意思！我只是担心你嘛!”

老康赶紧长话短说:“警察可能会找你调查咱俩这笔钱的事儿！交接地点，千万别说是在你的家里！说是在野鸭湖，至大投资公司门口不远的地方！交接时间，就说是今天上午!”

“这是为嘛?”大胡子又不理解了。

“我现在早就知道是谁抢了我！可我不想让警察抓他!”

“嘛玩意儿？那你报案干吗嘛!”

老康急不可耐地解释:“我也是在与警察的交谈中才意识到抢劫者是谁的!”

“他是谁吗？值得你这么保护着?”

老康叹口气，说:“就是一直跟着我的一个神经病！是个穷大学生！也是一个苦孩子！你琢磨，他这事儿，如果被抓住了，会咋样?”

“枪毙！没嘛说的，明摆着是枪毙!”

“可其实他没那么坏！而且恐怕只是一念之差，远够不上枪毙的罪呀！”

大胡子终于又恢复了他的大智慧：“老康，我跟你说，现在咱俩说的这些话，一准儿算是没说过！要不然，就成了串供！这可也是罪呀！”

“对对对！”老康对大胡子节骨眼儿上的高风亮节很是感动，赶紧安慰道，“不会让你跟着吃挂落儿，我立马儿找到这个大学生，让他自个儿去投案自首！咱俩不但没事儿，还应该算做了好事儿呢！”

大胡子赶紧补充一句：“我还怕跟着吃挂落儿？不过，咱俩还得再串一下供词，好把这事儿圆乎过去！就是我为嘛没到野鸭湖呢？就说是睡过头啦！”

“成成成！你就这么说！”老康叹了口气，忽然想起了上海老太太的事儿，沉思了片刻，问大胡子：“老兄，你说最美的诗是啥样的？”

大胡子没想到在保险业干得轰轰烈烈的老康还有兴趣谈诗，便不假思索地回答：“韵角、意境、炼意……”

老康打断了大胡子的话：“不对！我觉得最美好的诗不是人类的文字，而是人类自个儿做出来的事儿！”

“嘛玩意儿？你横是旁敲侧击地点拨我吧！?”大胡子似乎悟到了什么，试探着问，“是不是那个上海老太太找你去了？”

老康没有正面回答大胡子，继续按照自己的思路说道：“我还觉乎着，经商也是如此！不但要讲人格，而且还要讲商格！经商到了一定份儿上，其实也是在作诗！为商必奸不是诗，‘盗亦有道’只算是打油诗，为商不奸才是真正的诗！”

大胡子急赤白脸地辩解道：“按照规定，上海老太太那单业务，只能退还百分之四十，可我已经贴着自己的钱，百分之百退给她了！”

“你真成了活雷锋！?”老康将信将疑地玩笑着。

“汇款到账不是得几天嘛！上海老太太就是唧唧歪歪地不相信我！我现在还是为千八百块钱，就砸自己牌子的主儿吗?!”

见老康不吭声了，大胡子确信老康相信了自己，便拿出半仙的做派，顺着刚才大学生的线索，提醒道：“我估摸着你身上有一点儿不好的征兆呀！

你自个儿现在是异想天开，而那个大学生有枪，又是神经病！可得小心点，千万别神经兮兮的，为了救人一命，反让疯狗给咬了！！！”

现在的老康已经忘了自己在野鸭湖时的窘迫，义无反顾地说：“没问题！我心里有数！”

四十二、揭开假学历的老底

就像龚梅在失败中突然悟出不要因为拉存款而把自己变成错币一样，谭白虎也在失败中对人生有了新的感悟。只是这感悟与美女行长的正好相反，他陷入了狭隘的对立情绪之中，发誓要以恶治恶，以期自己的人生过得轰轰烈烈。当在龚梅的带领下，窝窝囊囊地把第三副绝品药，拱手送给诸葛秀；当阮大头、江莉莉依然我行我素地把十五亿人民币存款存入至大支行；当他以老乡的身份，求任博雅开恩留钱而遭拒绝；当眼瞧着就要到手的足以买一套房子的奖金灰飞烟灭，谭白虎更是把窝囊的感觉化为了复仇的火焰。

"谭老弟，看在咱哥儿俩是老乡的份儿上，我劝你一句：你可千万别让美色乱了心智！龚梅可不是你这种人能娶来的媳妇儿！"任博雅斩钉截铁地拒绝了谭白虎给五一支行留一点存款的要求之后，说的这句话，更像一个马蜂的毒刺，蛰得他从心里难受到了心外。

当时，谭白虎恶狠狠地咬着牙，低声哼出几个字："行！我明戏了！"

银行客户经理的工作，让谭白虎的思维变得缜密而深刻了，此次的复仇，他连想都没想依然藏在地砖下的那把五四式手枪！因为，拔出枪来，对准阮大头、江莉莉以至任博雅的狗头扣动扳机，瞧着子弹从他们的后脑进、前额出，虽然快乐，但毕竟过于低级，他要斗智，要用智慧整垮这帮子为商无道、厚颜无耻的奸商！

他斗智的第一招，是想走官道。通过官场运作，压迫阮大头把存款由至大支行划转到五一支行来。他得知大胡子经常出入于高官之家，搞一些有人说是迷信，有人说是特异功能的活动。于是，便通过老康从大胡子那里又买了几份保险，才得以用朝圣一般的心态，见帝师一般的模样，窥到了大胡子的圣颜。

“嘛玩意儿？横是你要把存款从至大支行转到五一支行?”大胡子听了谭白虎的请求做出一副惊诧万分的样子。见小职员的眼睛里除了乞求，还射出凶恶的光芒，大胡子的眼珠子转了几转，再瞥一眼若无其事的老康，说：“好嘛！瞧在康老弟的面子上，我保准儿跟谢老开这个口!”

老康赶紧争辩：“这跟我可没啥关系！我对这种错币行为，压根儿就持保留态度!”

大胡子把眼睛一翻：“嘛错币行为？不就是损人利己嘛!”

老康一字一顿地回答：“错币由于印刷错误不能流通，却被收藏家所追捧。它无益于国民经济，却因价值不菲而暴富于持有者，因而，正是一种损人利己的商业行为的象征。错币还可以收藏，可像错币一样的人，却没有一丁点儿生命的价值!”

“话是说得没错，可拉存款的事，还是和你有关系嘛！五一支行的行长不还是弟妹嘛!”

老康的一张老脸立刻变得像几天没洗的样子，灰突突的。过了好一会儿，他才叹口气，说：“我那老婆呀，还是我的老婆吗？也许明儿个我就接到法院的离婚裁定书啦!”

大胡子没想到老康两口子真的闹到了这个份儿上，赶紧问：“横是她板儿上钉钉儿地要和你掰啦?”

“管她是真是假，反正法院的出庭通知，我是得着啦!”

“那你就赶快跟老婆认个怂！以后诚心诚意地服她管得了!”

老康其实给老婆打过几次电话，却都阴差阳错地没找到龚梅。但是，老康不能当众认这个怂，就嘴硬道：“我才不主动找她呢？我又没找第三者!”

谭白虎一听，像是老鼠见猫掉水里一样，心里一阵窃喜，简直忘了自己的正事儿，一声不吭地竖起耳朵，倾听下文。

“法庭那边做嘛了?”大胡子问。

老康苦笑一下，无奈地说：“我压根儿没去!”

“嘛玩意儿?”大胡子诧异了，玩笑道：“你一个书呆子竟敢蔑视法庭!”

谭白虎几乎是不由自主地冒出一句:“不去也不成!人家法庭是会缺席宣判的!”也不能怪他心里阴暗,因为,每每回想起美女行长办公室传来的呜咽之声,他就控制不住地企望着老康与龚梅这段婚姻的彻底结束!至于此后他自己能不能捡一个瓜落儿(注,地方话,意为:便宜),他压根儿就还没想过!

谭白虎的这一句明白话,立刻把老康搞了个心烦意乱,把大胡子弄了个脸色难看,一个劲儿地翻白眼。在尴尬之中,大胡子嗽了嗽嗓子,打发小职员道:“你的事儿就是弟妹的事儿,我保准儿踅摸谢老,把这事儿给你们办了!他要是发话呀,北京也要抖三抖,不信他阮大头,还有嘛任博雅、江莉莉,不给一丁点儿面子嘛!”

可谭白虎第一天,欣喜若狂地等过去了,没有大胡子的消息;第二天,提心吊胆地等过去了,还是没有大胡子的消息。第三天,谭白虎已经变成热锅上的蚂蚁,眼瞧着已经到了快下班的时候,却还是没有大胡子的半点音讯!他终于坐不住了,赶紧拨通了大胡子的电话。

“我还想告诉你呐!那个谢老呀,整个一个铁面无私、刀枪不入哇!”大胡子仿佛有一肚子委屈。

谭白虎虽然晓得事情不妙,也还是没弄明白大胡子话的意思,就试探着问:“谢老说啥子?”

“这个老家伙,算起命来精神大得很,可我一提存款呐,他就困了!眯眯瞪瞪要睡觉啦!最后,被我堵在床上,逼急了,你猜他说嘛?”

“说啥子?”

“他说,‘你一个仙人,就甭管俗人的事儿!’没给我面子!”

谭白虎放下大胡子的电话,又找了老康,想让老康再帮着找大胡子疏通一下。

老康听出是谭白虎,倒先开口了:“听说,你们龚行长设计了一套改善金融服务的新方案?”

“是呀,我正准备送给工业部财务司的施司长呐!”谭白虎不解其意。

“能不能给我一份?”

谭白虎诧异了:“难道您对龚行拉存款的事情也感兴趣了?”

老康尴尬地笑两声:“变错币行为为创新竞争,同舟共济,天下太平嘛!”

谭白虎倒有不同看法:“我看,龚行这东西没啥子用!人家不择手段,她却与人为善,不是自取灭亡嘛!您还是帮我求求大胡子,从上头做文章吧!”

老康的语气倒是很诚恳:“小谭,我还是那句话,拉存款为了啥?”

谭白虎一听,知道求助老康的想法又没戏了!便破罐破摔地冷笑一声,不冷不热地回敬道:“您不是跟龚行说过吗?‘天下熙熙,皆为利来!天下攘攘,皆为利往!’”

“商人们熙熙攘攘,只为了利,没错!可熙熙攘攘地为利,是在童叟无欺情况下进行的公平交易!我是一个弃官从文,再弃文经商的主儿,我琢磨出一个道理,你听听对不对!我感觉,经商其实也是在作诗!为商必奸不是诗,‘盗亦有道’只算是打油诗,为商不奸才是真正的诗。经商不但要讲人格,而且还要讲商格……”

谭白虎听老康一会儿诗,一会儿商的,而且又要讲大道理,似懂非懂立马儿变成了不耐其烦,不耐其烦立刻变成了恼羞成怒,怒火又从心底涌上头顶,再从头顶往上冒了三丈高。小职员咬牙切齿一般地低鸣:“我们天下熙熙,为了啥子?不是为了诗,是为了拿钱、活命、买房子!我们天下攘攘,为了啥子?还不是为了错币良币,是为了业绩,让你老婆光彩快乐!”

“可存款从这家银行熙熙攘攘地转移到那家银行,对中国的经济没熙熙攘攘出半点好处嘛!到头来不还是错币行为吗?”

谭白虎没等老康把话说完,就把这个愚顽不化的书呆子的电话挂断了。

于是,谭白虎不得不实施了他与至大支行斗智的损招,就是以破釜沉舟的勇气,做一回生死斗!

在北京市的大街小巷柳絮纷飞的时候,速发银行总行的监察部却仿佛依然停留在了冬季。这里每一名工作人员的心都是冰冷的。他们正低声议论着:

“据说全国有十六万干部的学历是假的!”

“没想到我们速发银行也有这种骗子!”

“任博雅的骗法也太弱智了吧？连学校都没买通,直接从假证贩子手里买假证!”

办公桌上,放着一份无异于揭开了速发银行丑闻的署名举报信。信的内容是揭露至大支行行长任博雅购买假学历经过的,信的末尾写道:

“贵行不用辨别我的举报是否真实,只需要认真核对任博雅的假学位证书就可以揭穿这个骗局。第一,你们可以上网查询他的学位号！这号码要么根本不存在,要么就是张冠李戴！第二,他的学位证书上还有一个一目了然的错误,就是真的证书都是各大学自印的内页,落款处除印刷了‘学位委员会主席’字样外,还印刷了大学校名,而假证贩子不可能为一个学位证书搞一次印刷,使用的是通用内页,因此,落款处除了‘学位委员会主席’字样外,没印刷大学校名!

我留下我的联系电话,并对我的举报负一切法律责任。”

落款处写了日期、手机号码,并大大地签了三个字:“谭白虎”!

谭白虎给速发银行总行寄出检举信后,并没有老老实实地静候佳音,他义无反顾地采取了主动出击之策,除了把同样的一份检举信邮给了中央银行,又怀揣一份,径直敲响了速发银行马行长办公室的门。

谭白虎连敲几下,却一直没听到回答。隔壁的银行小姐听到敲门声,赶紧风一样地跑过来:问:“您找马行?”

“马行不在?”谭白虎颇感失落。

银行小姐年轻漂亮,才入行不久,自然把找马行长的人都视为马行长的朋友或优质客户,热情地作答:“马行在人力资源部,正讨论至大支行领导班子的调整问题呢!”

“任博雅咋样啦?”谭白虎料想自己的举报信不应该这么快就发挥作用。

“您是……”银行小姐对谭白虎还保留了一份警惕性。

“我是任博雅的同乡,我们原来还是同事呢!”谭白虎为了套出小姐的话,把对任博雅的一腔怨恨都掩藏得无影无踪了。

“是吗?”银行小姐的眼睛里放射出单纯和惊喜的光,“他们至大支行这回可牛啦！不但江莉莉提了副行长，任行不久还有可能上调回分行呐！”

谭白虎一听，立刻憋了一肚子的气：“任博雅上分行干啥子？不会当分行的副行长吧？”

银行小姐笑了笑，快人快语道：“人家任行，要学历有学历，要业绩有业绩，要关系……”小姐“要关系有关系”的下半句话，终于没说出口。

谭白虎冷笑两声，尖酸而寓意深刻地挖苦道：“我瞧江莉莉倒立马儿要主持工作了！”

谭白虎话音未落，身后传来了一声问话：“谁说江莉莉要主持工作呀？”

一个穿着笔挺的蓝西服，系一条紫红色的领带，文质彬彬的中年男人走上来，一对鼓鼓的黄眼珠，笑眯眯地望着谭白虎。

谭白虎和银行小姐都赶紧毕恭毕敬地叫一声：“马行！”

马行长虽然只是小银行分行的行长，可做派分明是一个大领导，他慈祥地点了点头，问谭白虎：“我们好像认识？”

谭白虎赶紧自我介绍：“在齐美丽的梦幻支公司见过！”

马行长爽朗地笑了：“对对对！刚开始，我还以为你是扫楼拉存款的呢！”说罢，对银行小姐挥挥手，打发她走了，拉着小职员走进办公室，玩笑着询问道，“怎么？你来，就是跟我说江莉莉要主持工作？”

谭白虎听马行长这样一问，本来挂在脸上的笑容立刻像开败了的迎春花，枯萎而后消失了。他从自己的怀里，摸出第三份检举信，认真严肃地呈给马行长，一声不吭。

马行长诧异地瞥一眼小职员，好奇地展开信封里面折叠整齐的信，先瞧一眼谭白虎的表情，而后再把自己的老眼注视到信的内容上。

此时的谭白虎盯视着马行长，想通过他的一颦一笑，一举一动，推测出他的内心世界，是波涛起伏，还是波澜不惊？此时此刻，谭白虎心里的那份惬意，是从来没有过的；谭白虎心里的那份自得，也一定不亚于猫捉老鼠！

谭白虎猜想，马行长一个大领导做派的分行行长，咋也得矜持地向自己质问点啥子吧？他正在搜肠刮肚准备词汇的时候，马行长突然像一只受了惊的猴子，猛地改变了正襟危坐的样子，一下子从沙发上蹿起来，神经质地大呼小叫道:“任博雅！他欺骗组织！他欺骗领导!!”

谭白虎乐不可支地趁火打劫:“我把自个儿送上门来,就是要负法律责任的!”

马行长大概早已经从谭白虎的署名信和临危不惧的登门造访中,体悟出了告状者的来者不善和被告者的不可救药以及自己将面临的尴尬和责任！见谭白虎一副王者必胜的神态,马行长的失态只持续了几秒钟,就立刻消失得无踪无迹了。他笑了,笑声虽然很难听,却是那样的洪亮,直笑得桌子上的几张纸,随着他笑出的小风飘落到了地面上;他重新坐回到沙发上,虽然拿起茶几上的面巾纸,是擦去脑门子上刚才惊出的汗珠,可姿势却颇为优雅。

“来来来！小谭同志,请坐请坐!”他招呼依然站立在办公室中央的谭白虎,“你这也属于为了理顺金融秩序而大义灭亲之举呀！佩服佩服!”

谭白虎早已经把自己视作了一头死猪,还怕马行长这杯开水烫吗？于是,小职员毅然坐在了大行长身边,颇为大义凛然。

马行长做出感慨万千的样子,说:“中央银行早就三令五申要严处金融干部队伍中假学历者！没想到,在我的地盘上,居然出了一个任博雅事件！而且,这个任博雅竟胆大包天到直接从高中生伪造成硕士!”

谭白虎听马行长这样一说,心里的阴影几乎变成了大片的乌云,黑压压的。他虽然没胆大包天到直接从高中生伪造成硕士,但也从高中生伪造成了大专生呀!！再联想到马行长给自己戴上的那顶高高的大帽子,他的一张瘦脸在不知不觉之间就变成了公鸡脖子的颜色!

马行长见谭白虎不说话,便拿出一盒烟,递给小职员一支,自己也捏了一支。本来不抽烟的谭白虎由于心绪不宁,索性也借着大行长的火,把烟点着了。

马行长把嘴里的烟,深深地吸了一大口之后,望着把一口烟才吸了一半就咳嗽起来的谭白虎,说:“你做银行,我也做银行。你寒碜,是银行寒碜;我寒碜,还是银行寒碜!”见谭白虎傻兮兮地吸着烟就是不说话,他索性直截了当了:“我是怕寒碜！因为,我坐到现在的位子,真的不容易呀！苦熬了三十年，我拉了数以百亿计的存款呐！”

谭白虎听了马行长“你寒碜我寒碜”的高论，冷不丁儿惊得站了起来。他惊的倒不是马行长的辉煌业绩，而是惊自己的思维出现了漏洞！他盘算着：“自个儿咋早没想到直接拿着检举信敲马行长的竹杠，让他划转阮大头的十五亿存款给五一支行呀！？这样一来，一切的一切都在私下里解决了，自个儿何必还担这啥子大义灭亲的虚名呢？！”

谭白虎试探着问：“您是说，我们私了？！”

马行长吐了一口烟，而后“扑哧”一声笑了。“小谭呐，解决问题的辙有千万种，就瞧你选哪一种！”

“把至大投资公司的十五亿人民币存款全部划到五一支行！”谭白虎把他的底价脱口而出。

马行长一愣：“你……你的胃口也太大了吧？至大投资公司的钱一走，我的至大支行还叫什么至大支行嘛！”

谭白虎“嘿嘿”一笑，亮了自己的底牌：“我这封检举信可是一式三份，一份给了你们总行监察部，一份给了中央银行！”

马行长没等谭白虎的话音落下来，就又像受惊的猴子，突然从沙发上站起来。他的一对黄眼珠瞪得老大老大的，结巴着说：“你……早就把这信撒出去了？”

谭白虎志得意满地点点头。

“那……那咱们还有什么可谈的！你没有存款，任博雅等着免职就是了！”

现在，谭白虎的智慧像北京那用荒地建起的中央商务区，算是点石成金一般地充分开发出来了。他咧开嘴巴，笑了笑，瞥一眼马行长手中的检举信，不阴不阳地说：“您不是瞧见这信了吗？落款有一句，就是我愿意承担任何法律责任！当然，也包括举报不实！”

“你的意思是说，你愿意自个儿再把那两封信，要回来！”

谭白虎点点头：“剩下的事情就是民不举、官不究了。让官忘掉这封信，对于您马行来说，应该不难吧？”

马行长咧开嘴，尴尬地笑了半天，才笑出声来。他望着小职员，支吾道：“我们试试?”

谭白虎站起身，同样咧着嘴，可却一直没笑出声来，说：“试试？让我们。”

四十三、世事轮回人难料

任博雅事件不仅仅是任博雅个人的耻辱,也是马行长,乃至整个速发银行的耻辱。因为,通过任博雅这样一个假学历骗子的青云直上,无疑让社会瞧见了马行长乃至整个速发银行的屎屁股!这不是赤裸裸地昭示社会:速发银行为了竞争,不择手段,有奶便是娘!?为了拉存款不惜使用低素质、甚至品行有问题的人,这叫真正的金融竞争吗?这样的金融竞争能经得起外资银行的挑战吗?

为了稳住恶狗一样四处告状的谭白虎,为了把任博雅事件扼杀在摇篮里,从而挽回马行长乃至整个速发银行的面子,马行长打发走谭白虎之后,立刻就给总行的监察部打了电话。

监察部的同志们还在就假学历的问题,议论纷纷。有的说,一定要严惩不贷!有的说,应该不了了之!有的说,应该悄悄地调查!马行长的电话,终于统一了大家的意见,就是把信先压一压,既不马上查,也不说不查!不管任博雅学位证书是真是假,都一定不能把此事张扬出去!

马行长稳住了总行,又赶紧把电话打给江莉莉,因为,只有把至大投资公司的十五亿存款让给五一支行的谭白虎,任博雅事件才算有个了结!而江莉莉恰恰就是这十五亿存款的承办人和利益的直接收益人,她如果拧着不办,也是麻烦事儿!

但是,让马行长没想到的是,这个才入行不久的大美女在支行副行长的任命就要下、还没下的节骨眼儿上,竟然对他马行长的指示提出了异议:“我为啥子把劳动成果划给五一支行?岂有此理!”

鉴于江莉莉是速发银行优质客户的家属,马行长才没有发火。他只得对不顾大局的美女同志，苦口婆心地劝慰道："莉莉同志，虽然你的副行长任命与这十五亿存款有关，但是，我向你保证，这十五亿存款即便是走干净了，你的副行长任命同样会下来的！请你相信组织，也相信我！"

"可我的奖金呢？我的业务招待费少了几十万，无法弥补呀?!"柴禾妞儿江莉莉是一个穷怕了的大美女，有几十万的收入和没几十万的收入，对她来说，那简直是一个在天上，一个在地下！

马行长没想到一个美女还这么难缠，就集自己三十年银行工作的功力于一时，连蒙带唬道："莉莉同志，你是这么在乎一丁点儿小钱儿的主儿吗？大头同志那么多亿资金在手上，他的跟你的，也没什么不同嘛!?"

江莉莉也集自己做了将近三十年美女的功力于此刻，说出了一句至理名言："没有经济自主的女人，就永远不会是一个真正的美女！"

马行长一点儿一点儿地点拨着江莉莉："莉莉同志，堤内损失，可以堤外补嘛！人生除了金钱，还有比金钱更重要的事业呀！"而后，他的眼睛里放射着只可意会、不可言传的光，寓意深刻地说，"莉莉同志呀，你是个聪明的孩子，人只要有了事业还能没有钱吗？"

"可到底是为啥子？您不能让我不明不白吧？您能不能告诉我事实真相嘛？"江莉莉的口气有所缓和，但依然打破沙锅问到底。

"莉莉同志，有些事情，你很快就会知道了！"马行长见电话对面的美女同志没吱声，就继续循循善诱，"莉莉同志，你可能还不知道，我已经决定把任博雅同志调走了！"

聪明的江莉莉，脑海里立刻闪亮出了智慧的火花，她的大眼睛终于又重新忽闪起来，不糊涂装糊涂地问："您肯定还要调兵遣将的，到底谁来当一把手嘛？"

马行长见江莉莉终于把她的人生追求回归到自己安排的轨道上来了，就开心地笑起来："至大支行人才济济，我怎么还会再支援你们人力呢？你可以从支行里自个儿物色一个助手，先任命他为行助，你瞧好吗？"

江莉莉立刻晓得了马领导的心思：分行这是要搬开任博雅，让自己主持工作了！只是对自己的任命恐怕不是一上来就是行长，而是副行长主持工作,否则,马领导就不会让自己物色行助,而是让自己物色副行长啦!这一点,江莉莉可以理解,也能接受,因为,由普通职员到副行长,对她来说,已经算是坐上直升机一般地飞黄腾达了!她应该给组织一个面子,让组织走一个合规的程序。这一点,对于她自己和速发银行来说,都是有长远好处的。

于是,江莉莉点了点美丽的头,欢快地同意了:“我对领导的话一贯遵照执行,您说怎么做,我就怎么做!一切都按部就班!”

速发银行内部的工作,终于做完了,下一步就是托朋靠友摆平中央银行了!马行长长长地舒了一口气,一屁股陷在了沙发里。

可他的屁股还没坐稳,门口就响起了敲门声。“咚咚咚!”敲得很急。马行长只得无奈地喊一声:“请进!”他的声音发得很虚弱、很勉强,因为,他感觉累了,实在不希望再有人打扰,更怕再有什么意想不到的事情发生。

门开了。左忠堂大模大样地走进来,黑黑的脸上,带着自信的微笑,一副容光焕发的样子。他身穿笔挺的西装,皮鞋擦得很亮。他的身后,还跟着一个年轻的小伙子,也是西服革履的。

马行长一见左忠堂,知道一个难缠的小鬼又撞上来了!他本想起来的身子又重新懒洋洋地陷进沙发里。见左忠堂一行两人和自己热情地打招呼,马行长才有气无力地向对面的沙发上挥挥手:“坐,坐,坐下说。”

等左忠堂两人一本正经地坐下来,马行长起身拿出了烟。他自己先抽出一支,而后把烟盒颠了几颠,分别颠出两支,算是招待左忠堂两人。见左忠堂两人纷纷举手谢绝,马行长只顾点燃了自己的烟,长长地吸了一口,对左忠堂说:“听说,你一直没上班?一准儿对分行的免职处理有些意见吧?”

左忠堂赶紧从自己放在茶几上的手包里抽出一张纸条,递给马行长,解释道:“这是我的病假条!长假三个月!”

马行长不怀好意地笑了:“噢!慢性病还要歇三个月时间呀?”

左忠堂没有笑,继续解释道:“其实,这三个月,任博雅行长没发我一天的工资!虽然我这个人已经不在这儿工作了,但毕竟我的档案还在速发银行。我们只是彼此之间默契了一下。”

马行长吸足了烟,重新恢复了精神头。他坐起身,望着一脸荣光、踌躇满志的左忠堂,以领导兼长辈的口吻劝慰道:“忠堂呀,分行处理你,没别的,只是因为你没存款嘛!人嘛,做一次瘪子,没关系!你应该向江莉莉同志学习,人家一个大姑娘,怎么一下子就拉来十五个亿的存款嘛!”见左忠堂一脸不怀好意的笑容,马行长知道左忠堂那意思分明是在说:江莉莉有美女的身体天赋,这就像女人会生小孩儿一样,男人永远也学不了!于是,马行长尴尬地咳嗽一声,转移了话题,“当然了,江莉莉同志有江莉莉同志的特殊情况,但你一个在读博士,怎么说,也不应该一分钱存款没有吧?”

左忠堂坦然道:“马行,自打您一把我免职,让我真真切切地做了一回瘪子,倒把我给免得明白了。我的老父没有文化,是一个普普通通的工人,却总希望我能干一番大事业,不至于像他一样窝窝囊囊一辈子。于是,我学完大专考大本,考完大本考硕士,现在连博士学位都拿下来了。结果干拉存款的工作,有什么成绩呢?还是被免了!”

马行长见左忠堂一副动情动容的样子,便强压内心的欢喜,故作同情、不痛不痒地安慰道:“你还年轻,才四十多岁嘛!有的是机会!”

左忠堂苦笑一下,继续说:“我在家里痛定思痛了两个月,终于悟出了一个道理!就是要做事先做人!而且呢,人有所长,也有所短!我相信,假如继续在支行干拉存款的工作,我依然还要做瘪子!而且,为了无序竞争,我就是把自个儿再进一步变得狼心狗肺,让自个儿再进一步地做一个市井无赖,同样不会成为一个好职员!恐怕九泉之下的老父都会为我汗颜!!”

马行长似懂非懂地频频点头:“人贵有自知之明!人贵有自知之明呀!”他见左忠堂起身还要说什么,大有了被喧宾夺主的感觉,而自己作为一个堂堂大行长对下属应该进行的教诲却还没有到位,就赶紧对左忠堂摆摆手,示意自己还有话,抢着说道:“江莉莉同志要主持至大支行的工作了。你如果感觉自个儿还行,可以向她汇报一下,争取当一个行助,让她把存款任务给你定得少一点儿,贷款的风险控制、银行日常管理,让你抓得多一点儿!你不就人尽奇才,博士也没白读啦?!如果依然感觉我这里没有你的舞台,我觉乎着你一个大博士,离开这儿,还不至于找不到饭碗吧?你依然可以到别的地方开始做你不市井气的好人、做令你不汗颜的事儿嘛!”

左忠堂的黑脸，像分不清季节的天，表情极为复杂，他嗽了嗽嗓子之后，才开口说话："听马行这么安排，我应该向您祝贺一下：您真的也有一丁点儿进步了！"

马行长见左忠堂出口不逊，不知所措地睁大了眼睛。

左忠堂接着说："马行，今天我不是为我自个儿的事儿来讨说法的！"见马行长一脸疑惑，便从手包里拿出一个牛皮纸的信封，递过去，"我首先跟您介绍一下现在的我自个儿。两个月以前，中央银行举办了一次招聘会，为了人生的重新开始，我应聘了中央银行银行检查处的处长职位，还好，笔试、面试都顺路通过了。"

左忠堂身边的小伙子看一眼左忠堂，打断了他的话，向马行长介绍道："这是我们检查处的左处长！"说罢，小伙子把自己的工作证和介绍信递给了马行长，"我叫张冲锋，一直在中央银行工作！这是我们的证件。我们是专程为了任博雅假学历事件来的！希望您配合！！"这张冲锋本是老康的手下，老康辞职一走，他也没有任何升迁。正处于郁郁不得志的苦恼之际，没想到中央银行却面对行内、行外招聘处级干部了。他也参加了本行的这次招聘考试，应聘到了银行检查处，当上了副处长。

马行长听了左、张二人的话，看了左忠堂递来的谭白虎的检举信，自己的脑海里仿佛进行了一次核爆破，一个刺眼的闪光之后，只剩下一片空白，一切的一切都仿佛不复存在了！

他颤抖着嘴唇，低吟道："中央银行还真他妈的……有辙！让我整过的主儿来……整我！"

左忠堂谦虚道："我还在试用期！我如果做事不公，马行可以揭发检举，我的底细您是知道的，我立马儿就会被拉下来！"

张冲锋不高兴了，拿出了在江南小城与老康抢龚梅这个舞伴跳舞的劲头，一针见血、毫不留情地指出："马行，这就是您的不对了！我们是中央银行，代表国家，这之中没有任何个人恩怨！就是左处长不来，我同样也会秉公办事！现在是市场经济了，我们就是干这个的！"

从分行通知自己，要自己带着假学位证书去人力资源部的那一刻起，任博雅就知道自己完蛋了！

他实在没想到，自己在事业的顶峰，在一览众山小的那一刻，却要栽倒在一张花四百块钱买来的假文凭上！无可奈何的他，只好作无可奈何的争斗，企图等待着大事化小、小事化了的奇迹发生！

他主动把电话打给分行的马行长。声音不但卑微，而且是战栗的："马行吧？我是博雅呀！"

对面传来马行长冷酷的声音："你先告诉江莉莉，至大投资公司那十五亿人民币存款别动了！"

任博雅傻了，仿佛意识到了啥，结结巴巴地问："我听江莉莉说，您不是想用那十五亿存款堵住谭白虎的嘴，还摆平我那假……"

"你也曾经是个支行行长，这种话，亏你也说得出口！找完江莉莉，你就赶紧直接到分行人力资源部办手续！"

任博雅死皮赖脸地追问："可……分行咋样处理我？您也给我一个准信儿！"

"我只能免于你不被以诈骗罪起诉，至于饭碗的问题，你只好找齐美丽去解决了！！！"马行长说罢，就恶狠狠地摔了电话。

任博雅的白净脸在瞬息之间，仿佛经历了春夏秋冬四季，由秋天的杂色，转入严冬的冷漠；再由春天的严冰初融，进入夏天饱满的色泽。只是这饱满的色泽不是蓬勃的生气而是羞愧的绯红。那绯红不断加重着色彩，直至可以与猪肝比美！

任博雅虽然英俊，但必然是个听话的男人。虽然他嘴里默默念叨着："看来，我的行市跌到底儿了！江莉莉的行市涨上天啦！"但是，他却依然有气无力地从自己的行长室出来，摇摇晃晃地来到普通员工江莉莉的格子间，忘记一个昔日行长的尊贵，向一个昔日的卑微小职员，汇报马行长的指示去了！

四十四、先结婚后恋爱

江莉莉与阮大头的婚礼在北京最高档的酒店盛况空前地举行了。入了洞房的江莉莉，疲惫入眠之后，做了一个无比美妙的梦。

她没有梦到白天如龙一样浩大的婚礼车队，也没有梦到婚礼上多如牛毛一般的客人，在她的梦里，马行长打来了一个电话，通知她主持支行全面工作。这无形无影的电话竟变成了一只美丽的白天鹅。白天鹅从分行飞进了她与阮大头的别墅，不知怎么的，就用翅膀托起了她。她像皇帝上辇一样，上了天鹅的背，忽悠悠地就飞向了天空。在天空中翱翔的感觉，好美呀！身子轻飘飘的，没有了地球的引力；空气清新得沁人心脾，没有了人类的污染；眼前那叫广阔呀，有永远看不完的天，永远穿不尽的云。在太阳照射的地方，金灿灿的，仿佛不是云，而是凝固的东西。那东西是啥子呢？分明是比十五亿人民币更值钱的黄金！可身下的白天鹅却不听话，无论江莉莉怎么指挥，它就是不向金子的方向飞！

江莉莉情急之中，却被阮大头推醒了。

“宝贝儿！别做美梦了！”男人的大脸上一改从前的得意，也没有半点笑容。

江莉莉见阮大头一副魂不守舍的样子，立刻忘了重温自己美妙的梦境，惊诧地问：“出啥子事情了？你今天为啥子一反常态，起这么早？”

阮大头只顾低头穿衣服，闷了半天，也没回答江莉莉的问话。

“出了啥子事情吗？”江莉莉拉住男人的手，睁大了自己美丽的大眼睛，继续追问。

阮大头的大眼珠子里流露出少有的阴郁，他亲了一下美女的大脸蛋儿：

"宝贝儿,在这个世界上,要问我真的爱过谁。我可以一点儿不含糊地说,过去只是一个,现在也只有两个!"见江莉莉一副疑惑不解的样子,阮大头强颜欢笑地咧咧嘴:"过去是我自个儿。现在一个是你,一个还是我自个儿!"

江莉莉不希望和阮大头的谈话这样沉重,就玩笑一般地反驳道:"不对,你还爱你妈妈!"

"你说的不对!孝和爱,是两码事儿!现在想来,要是我妈反对咱俩的婚姻,那我选择的,保准儿是你,而不是她!"

江莉莉心满意足地笑了。早就听人说,女人是男人的学校,自己不就教会了阮大头怎样去爱一个女人吗?于是,江莉莉笑盈盈地玩笑道:"谁说曹操永远成为不了刘玄德!你就是一个最好的例子!"

阮大头知道江莉莉的所指,是说自己的一颗花心终于放回了家。望着美女美丽的大眼睛,阮大头竟然感觉尴尬起来,含糊地支吾道:"家里有个美人儿,再往外瞎折腾,不成了神经病吗!?"

见男人穿好衣服准备出门了,江莉莉脸上的笑容没有了,诧异地追问:"你明摆着有啥子事情!否则,为啥子这么魂不守舍地走?"

阮大头苦笑一下,说:"刚才,一个分局的哥们儿打来电话。说市公安局一直猫(注:地方话,意为:注视)着我,公司里出了一点儿事儿。你甭怕,这与你一点儿关系都没有!"

江莉莉把自己一颗美丽的头偎依在男人的怀里,真切地说:"大头,我们有了一纸婚约,我一个柴禾妞儿已经心满意足了。其实,我跟你并不只是一纸婚约,我也爱你!"

"板儿上钉钉儿啦?"阮大头搬起美女的头,用大眼珠子凝视着那对诱人的大眼睛,"虽说我不是一个二五眼一般的傻帽儿,可人一有了钱,就变成了瞎子!是真爱,还是被套,一时半会儿的,还真他妈的分不清楚!"

江莉莉用自己美丽的大眼睛盯视着自己有钱的丈夫:"我不否认,原来我曾经爱过老康,但和你交往多了,我就晓得了,其实更适合我的,不是书生气十足的他,而是敢想敢做的你!你表面上是个粗人,可却大智大勇,所以能轰轰烈烈地干出一番大事业;老康表面上是个博士,但却局限于书本,刻板保守,永远只是一个高级打工仔而已!”

“忒棒了!就像因为有了你,我都琢磨不出原先为什么还曾经想跟龚梅扯那些里格楞一样了!有你这话儿,我这一辈子,就嘛都不缺了!我就是今儿被公安局拉出去,‘啪’的一枪,嗝儿了屁拉了稀(注:地方话,意为:死),也他妈的值啦!”

江莉莉用自己丰满的手指捂住男人说不吉利话的嘴,轻柔而深情地说:“别人不怀好意,认为我嫁的,不是你这个人,而是你的钱!可你晓得吗?如果有一天,你真的出了啥子事情,变得身无分文,那搀着咱妈沿街乞讨的人,一定是我!”

阮大头一把将美女重新抱在了怀里,趁她的头埋在自己的胸前,瞅不到他的眼睛时,他的大眼珠子里,却沁出了一颗颗豆大的泪珠儿。那泪珠儿像麻包里泄漏出的黄豆一样,扑簌簌地落在了江莉莉秀美的长发上!这可是阮大头一辈子里的第一回落泪!他怕被美女察觉,更怕被新婚燕尔的老婆嘲笑,就赶紧趁江莉莉不注意,用自己的袖子,几把就把眼泪偷偷地擦干了。他强忍着自己声音的呜咽,故作坦然地说:“说什么呢?到什么时候,你也不至于要饭呐!至大支行的存款是我的,可存款的业务提成却是你的婚前劳动所得!这是千真万确的事情!谁他妈的也抹杀不了!”

见美女睁着一对泪汪汪的大眼睛痴痴地望着自己,阮大头以从来没有过的凝重叹了一口气,说:“唉,其实我只梦想当一个民营银行家,可现在政府偏偏不准许我这样的人搞金融!如果说,我有错,就是错在比时代前进了两步!”

江莉莉诧异了:“你搞啥子金融了?”

阮大头龇牙笑了笑,苦涩着声音,打岔道:“宝贝儿,我现在也悟到了。今后不管你混成什么样儿,不管是拉存款,还是卖保险,都要光明正大,遵纪守法,千万别当奸商!都说是逢商必奸、无商不奸,可奸来奸去,最终谁他妈的也没好下场!”说罢,阮大头赶紧和江莉莉告别,头也不回地扬长而去了。

江莉莉望着男人远去的背影,不明其意地点了点头。由于任博雅已经通知了她,不需要再划转那十五亿人民币存款给五一支行了,因此,现在的江莉莉，不但有了自己的钱，而且还就要有了自己做一把手的地盘！

江莉莉无心再睡，稀里马虎地收拾一下自己，开起了那辆小奥拓车，奔赴她就要当家做主的至大支行。其实，有了钱的江莉莉，现在完全可以抛弃她的小奥拓了，因为，在她自家的别墅下面，阮大头已经比照龚梅的坐骑，为她买了一辆一模一样的白色本田轿车。只是江莉莉不喜欢开，她还想多一份自我，少一份金丝雀的劲儿！

江莉莉按照马行长的意思，早已经开始物色至大支行的行助人选了。可想来想去，也非左忠堂莫属。但她只晓得左忠堂抱病在家，并不晓得左忠堂早已经是身不在曹营，心已经在汉，虽然档案没走，可人已经是个中央银行试用期的处长了！

在自己的格子间，江莉莉拨通了左忠堂的手机。对面立刻传来了左忠堂爽朗的笑声。

江莉莉诧异地问："左行，一听即知，您的病养得卓有成效呀！"

"快别叫我行长啦！免了就是免了，我倒不嫌寒碜！莉莉同志，真没想到你还惦记着我！"左忠堂半真半假地说。

"您在我心目中，始终如一地是一个大能人！只是马行和任博雅都没让您人尽其才罢了！"

左忠堂叹口气："苦读了几十年的书，却一直浑浑噩噩地有如蒙在鼓里！这职一免，倒把我免明白了！其实，我还真不是在支行拉存款那块料儿！"

江莉莉怕左忠堂因为被免职而有了自卑心，因为有了自卑心而对拉存款的事情打退堂鼓，就赶紧鼓励道："听说，您的博士学位已经如愿以偿地拿到了？恭喜恭喜！"

左忠堂叹口气："学习跟实干真不是一回事！也只能算对得起我老父的在天之灵吧！"

"现在的银行的确太急功近利，一副十足的奸商相！如果您这样的人不去赶鸭子上架一般地拉存款，而是搞搞风险控制、搞搞银行日常管理，那呆账少了、案子少了，不也等于拉来了存款、为银行创造利润了吗！"

左忠堂感慨万分地连连说"是"，而后像是玩笑，像是认真地说："莉莉同志，如果你早是至大支行的行长，我恐怕也没有被免职的那一天啦！”

江莉莉听左忠堂这么说，料想到他已经听说了自己副行长主持工作的任命，便一语道破：“左行，您还回来，官复原职吧！任博雅走啦！”

左忠堂沉吟了许久，没说话。江莉莉以为左忠堂在犹豫，就赶紧给他减压：“左行，分行马行长已经让我重新组阁，大头也早就把十五亿人民币全拿过来了！以后，这十五亿存款，一半算您完成的任务！我专门负责市场开拓，您专心搞好支行的管理。这样，您甭天天拉存款，我甭天天埋头案牍，我们都可以各得其所、人尽其才了！您有啥子意见吗？”

左忠堂听了江莉莉一片热情洋溢的话，压低了自己的声音，对江莉莉说：“莉莉同志，既然你这么瞧得起我，咱们马上在中央银行附近踅摸一个地方，聊几句，怎么样？”

江莉莉以为左忠堂碍于自己的老面子，还要拿拿糖，就爽快地答应了。

“那么，咱们一会儿在星巴克咖啡厅见？”

江莉莉抿一抿丰满的嘴唇，笑道：“不过，咱们要主客分明，单一定是我买哦！”

就像江莉莉享有着一个有钱男人的爱情一样，依然忙忙碌碌的龚梅，也期盼着与老康重温旧梦。只是她重温旧梦的地方，不是在温馨的家里，而是在进行离婚裁决的法庭门口。

这已经是龚梅第二次孤独地站立在法庭的门口了。第一次离婚宣判由于老康的无故缺席没有成功之后，她一直等待着老康的消息。可老康却随着他的平步青云，身边叫“康总”的美女渐多，仿佛越来越矜持、越来越清高起来。他竟然没来一个电话，向自己服输认软！虽然那个江莉莉已经明珠暗投一般地嫁给了阮大头，可她与老康抱在一起的丑态，是自己亲眼所见的！他老康自己不来说清楚，难道还要她独吞苦果不成？眼睛里从来不揉沙子的龚梅，只得请求法庭进行现在的第二次开庭宣判了。

没有了往常的喧嚣，孤独地站在法庭门口，四周依然不见老康的半点人影，龚梅仿佛孑然一身地茫然伫立于无人的荒野，心里空落落的。她依然记得老康离开江南小城之后，自己独自留守桃花溪畔的女子公寓，那一段凄清而又快乐的日子。

那时，最凄清的，是老康走后，空空荡荡的房间里，没有他的影子，却又仿佛处处有他的音容笑貌。那时，最快乐的，是每到夜晚，她和他都躺在床上的时候。打电话就成了他们谈情说爱的唯一选择。

“睡下了吗?”这总是他的第一句问话。

“想我吗?”每一次，她总是这样开头。

他最讨厌她的是，她谈够了、聊足了之后，每次都会成为撩拨男人的高手。

“老康，你晓得我是怎么躺在被窝里的吗?”她问。

“小姐，我当然知道!”他答。

“说嘛!”

“当然是一丝不挂!”

于是，她在电话对面做出一个亲嘴的声音，顽皮地说一声：“忍着吧!拜!”赶快就把电话挂断了。

等男人幻想着美女美妙的裸体，欲火中烧的时候，他忍不住再把电话打过去。

此时的龚梅更加可恶，她拿起电话就嗲声嗲气地继续逗弄老康：“你晓得我的手放在哪儿呢吗?”

“肚子上!”他忍住坏笑，故意说到了身体的中间。

“不对！再往下!”龚梅开起了黄色玩笑。

“还是肚子上!”

“不对，还得往下!”

老康终于告饶了：“行啦！拜拜吧您呐!”赶紧挂断电话。

电话里的谈情说爱虽然属于精神恋爱，但是成本却颇高，老康一个月，最多那阵儿，竟花了一千三百块钱！本来就收入微薄的龚梅，有一个月，也竟然花光了全部工资，把八百多块钱全部交给了电话局！她嘴上吃的需求，还是依靠向同事借贷，才得以勉强维持过去。

“龚梅、康迎曦到庭!”法庭里一声嘹亮的大喊,打断了龚梅美好的回忆。她再一次单独走进了法庭的大门。

望着庄严肃立却又一脸茫然的法官和书记员,龚梅还能回忆起她第一次来法庭时的情景:

当时的法官,望着垂头丧气的她,征询意见:“您如果坚决离婚,我们可以出于维护妇女儿童合法权益的考虑,进行缺席审判:离婚。”

“在我们人民法院,不存在离婚难问题!”书记员是一个四十多岁的女同志,善意地劝解道:“但是,我瞧您现在和丈夫的情况,恐怕还有缓和的余地!”

由于离婚案没有第三方在场,法官也没那么严肃,和善地说:“您丈夫不来,其实明摆着就是不想离嘛!”

书记员继续劝解:“从案情上看,你们俩,感情基础很好!什么第三者呀,什么感情不和呀,恐怕都是误会,都是因为双方个性太拔尖儿,互不相让造成的!”

心烦意乱的龚梅只得告饶:“行!我请求暂停宣判!”

龚梅的回忆被法官大声的问话打断了:“龚梅女士,被告康迎曦给本庭邮寄来一盘磁带,是王杰的歌曲集。被告康迎曦还附了一句话:‘一曲《回家》远胜于我的出庭辩护!’”

龚梅简直不相信自己的耳朵,想不到固执己见的老康到这个时候了,倒学会了浪漫!可这浪漫来得也忒不是时候!这不是等于无视法庭吗?

女书记官依然好意地劝说:“被告康迎曦还请求本庭为你当庭播放王杰的《回家》。这项要求,已经被本庭驳回!”

“鉴于面前的情况,龚梅女士,我再问您一回,您坚决要求离婚吗?”这次法官的话,问得很坚决,看来他没有再调节她与老康离婚案的耐心了。

龚梅晓得,如果她肯定地说:“我愿意!”那么,法官为了维护她这个妇女同志的权益,一定会一敲惊堂木,大声宣布:“本院缺席裁定,龚梅与康迎曦离婚!”这时,她与老康过去曾经有过的一切的一切就都完结了!她希望这样吗?她愿意看到这个结果吗?

龚梅像一个如梦初醒的人一样,突然对法官大声喊叫:“不!”而后像一朵晒蔫了的玉兰花,有气无力地低下了秀气的头,低声说:“我撤诉!”

书记员极务实地提醒道:“你愿意承担全部诉讼费用吗?”

玉兰花已经打不起精神,萎靡得有气无力:“我……愿意!”

就在龚梅像一只泄了气的皮球,从法院里缓慢而出的时候,工业部财务司施司长却把电话追过来了。一阵爽朗的笑声之后,施司长像大旱天里飘来的及时雨,爽朗地说:“小龚,你在哪里?我往你办公室打了好几次电话,都没人接!我有个好事要找你呐!”

龚梅以为施司长是拿自己寻开心,便声音喑哑地含糊其辞:“我……我临时办一点私事。”

“速发银行的马行长晚上可又要请我吃饭啦!你还不过来抢他的行市?”

龚梅一心的阴霾和一脸的疲惫立刻一扫而光了:“什么什么?这个马行长又要挖我的墙脚?这可不是好事!”

施司长开着玩笑:“据说,他手下的任博雅被你打了个落花流水,他才不得不老将出马一个顶俩啦!”

龚梅知道马行长的为人和手段,料定工业部在自己支行的一些存款又要往速发银行搬家无疑,便以破罐破摔的心态拿自己寻开心:“听他瞎说!是他手下的江莉莉把我打了个落花流水!他这是要宜将剩勇追穷寇啦!”

施司长听龚梅这样一说,忽然严肃下来,说:“小龚呀,你让谭白虎给我拿过来那份开发金融产品、改善金融服务方案,我看了!不错!另外,你们支行有没有一个叫康迎曦的人?他也寄来一份你们的方案,并附了一份银行改善金融服务的论文,提出银行诚信竞争、企业合作发展的想法。对我启发很大,也让你们的方案可信度更大了!”

龚梅简直不相信自己的耳朵,不明白老康为什么要搅和到自己的工作事务上来,听施司长的意思,他的搅和分明对自己的五一支行有利!难道这个为人夫者真的体悟出自己工作的艰辛，突然放下偏见，立地成佛，要用他的方式帮助自己吗？

龚梅没有正面回答施司长的问话，试试探探地问："他到底说了什么？让您这么称赞！"

"这位康同志说，经商不但要讲人格，而且还要讲商格！经商之道即为作诗之道，为商必奸不是诗，盗亦有道只算打油诗，为商不奸才是真正的诗！这就是我想说而一直没有说出来的心里话！"

龚梅的心里一亮，赶紧问："这么说，我不用马上赶过去抢马行长的行市了？"

"你可能还不知道，国家审计署正对中央级的公司都进行突击审计！有几家公司在存款的过程中有高息存款和索要回扣的问题！有一些人恐怕要被撤职查办了！而且以后，国家为了避免银行之间为拉存款进行无序竞争，一个公司只能够在银行有一个账户！不论银行还是企业，想搞歪门邪道也不成啦！"施司长又爽朗地笑几声，而后说："好在我算是光明磊落、两袖清风，至少也在作'盗亦有道'的打油诗吧！今儿呀，我自个儿应付马行长一下得了！赶明儿个，你带上谭白虎，最好再叫上你们那位康迎曦同志，咱们把方案再讨论一下！我准备把账户上散落在几家银行的那一点儿钱，大概能有十几亿人民币吧，都存你们五一支行！这应该算好事吧？"

龚梅一听，心里一亮又一热，鼻子立刻酸酸的，一时竟说不出话来，一对杏眼也不由自主地流下了泪水。这么长时间了，终于听到了一个让她欢欣鼓舞的重大的利好消息！

四十五、山雨欲来风满楼

近来，老康像一个隔年的土豆，外表漂漂亮亮的，可心里却心力交瘁了。本来时来运转的他，一不注意，却又仿佛打开了藏着魔鬼的魔瓶，突然遇到了人生的多个难题。

老婆通过法庭送传票试图离婚的事儿，弄得他焦头烂额。他就不摸门儿，他这一方，对她龚梅是否曾经有过不明不白的事儿，已经做到了既往不咎，可自己和江莉莉原本没啥，老婆为啥却揪住不放，就是不依不饶呢？接到法院的传票之后，他给龚梅打过多次电话，可不是手机设置了呼叫限制，就是办公室没人接。看来，对这个老婆，自己不准备个八抬大轿，就不可能让她回心转意了！强扭的瓜甜不甜的倒不说，只是这瓜还有啥吃头？老康索性把心一横，终于大男子主义了一把：是自己的跑不掉，不是自己的得不到！她龚梅爱咋着，就咋着吧！

虽然大话好说，可老康的心却依然被过去的美好回忆搅动着，他与龚梅第一次性爱的情景，有如晚霞里那玫瑰的色彩，几乎每天都要在他的脑际出现：

他与她在江南小城偷居的那套女子公寓，被桃花溪畔湿润而神秘的夜空笼罩着。在没有星星，也没有月亮的夜晚，在桃花溪水流淌的伴音里，在一盏昏黄的小灯下，有一个亚当一样的男人，还有一个夏娃一般的女人，他们用彼此的身心，共同唱起了一支最原始、最激越，也是最迷人的情歌。那情歌沿着清新的空气，钻出床前的小窗，飘上流淌的桃花溪，流向远方……

老康在总经理助理的位子上，自己把自己规定成了快牛，没有惠总经理抽打,也一刻不闲着。他针对目前保险公司揽保、赔付问题多多、诚信观念淡薄的情况草拟了《人寿保险诚信赔付计划》,以期把保险公司引入诚信发展的阳关大道。再加上保险公司的日常工作,让他忙得仿佛是一台永动机,每日里都是不亦乐乎。寻找持枪抢劫了自己五万块钱的陌生人,更让他费尽周折,煞费苦心,以至熬得精疲力竭。

因为,他所掌握的陌生人的实际资料和具体情况的的确确非常有限。他的底牌算来算去的,其实不过如此:第一个情况,就是这是一个考试交不起钱的穷学生;第二个情况,就是他说话跑气;第三个情况等于没有,就是老康还留下了他曾经用过的几个电话号码,而这些又全部是公用电话!就凭着这三点微不足道的情况,老康硬是走遍了北京市所有的大学,到处打听、四方查访交不起学费的大学生。几个星期下来,大概会见了近百个穷学生,可老康就是没有发现说话跑风的人,更没有听到那令他刻骨铭心的熟悉的声音。

就在老康几乎绝望的节骨眼儿上,他的手机响了。液晶显示屏上出现了一个陌生的电话。他的心一紧,似乎从电波中意识到了陌生人的临近。他几乎是屏住呼吸接听电话的!他盘算着:这次绝不能放过和这个陌生人面谈一回的机会,一定要督促其到公安局自首!

可电话对面传来的,却是一阵熟悉的笑声,原来是大胡子!

"我说老弟,这几天你都忙嘛呢?"

老康长舒一口气:"还不是找那个大学生嘛!"

大胡子神神秘秘地向老康透露消息:"警察还真踅摸着我啦!把我盘了一个底儿掉!我就是照咱哥儿俩约好的,对付过去了!"

"你就是告诉我这事儿?"

大胡子由神秘变得故弄玄虚了:"还有更要紧的呢!"

老康像一只警觉的兔子,立刻竖起了耳朵。

大胡子接着说:"姓阮那这老小子,搞非法融资,出事儿啦!"

老康在瞬息之间倒有了几分幸灾乐祸的感觉:"我一瞧那老小子,就知道他不是一个好东西!"

“这回咱们的保险可卖不成了！我觉着，阮大头整个一个破坏金融秩序罪！不判死刑，也得判个十五年、二十年的！”大胡子想到没卖出去的保险，不由自主地叹口气。

“他那钱不是好来的吧？”

“是呀！这老小子整个开了个地下银行，而且早就被市公安局和中央银行盯上啦！原来他那两亿美元是美国人在华的分红！由于美商与原公司闹翻了，划款回国嫌回报低，继续在华投资一时又没有合适的项目，才让阮大头见缝插针地得了便宜。明面上，他与美商签了一个共同开发野鸭湖生态园的项目，把利息回报写成了最低利润分红，把借款使用期限写成了第一期合作时间；暗地里，他又和美商签订了一份财产抵押协议，声称为了规避美商投资风险，愿意把自己的资产抵押给美商作为投资保障。他还让美国人把美元换成了人民币，可实际上还是非法融资！大钱、小钱、中国钱、外国钱，这老小子统统都敢划拉！胆忒肥啦！”

“这是你猜的，还是确有消息？”

“当然是确有消息啦！”大胡子听老康一直在将信将疑，笑了两声之后，一着急，终于招出了自己的实情：“我哪儿有嘛大智慧？人就是人，我就是我，哪儿有真神仙？！我不过是改变了一下做人方式、发挥了自己的真才实学，装神弄鬼地糊弄一下庸人，混口好饭吃罢了！”

老康被大胡子的坦诚搞了个目瞪口呆。挂断了电话，正为大胡子的事儿苦苦琢磨，同时也为老婆没有搅和进阮大头案而感到庆幸的时候，老康的手机又响了。他不假思索地打开手机，对面却一直没人说话，死一般的寂静。

老康很是诧异，赶紧“喂喂”了两声。突然，对面开腔了：“康总！你应该知道我是谁！”

老康的眼睛不由自主地一亮，明白了对面的人是谁！这才真叫踏破铁鞋无觅处，得来全不费工夫呐！他赶紧火急火燎地问：“你在哪儿？咱们得谈谈！你这样下去，可不成！”

对面的马苦苦并没按照老康的思路说话，他已经把这次与老康的对话当作了终生告别:“康总,您是这个世界上唯一的好人。俺在野鸭湖那样对您,现在向您道歉!”

老康只想搞清楚对面人的真实身份、在啥地方?根本就没有琢磨这个陌生人为啥会突然立地成佛一般地进行忏悔,赶紧问:“这都没啥?我想帮助你,你告诉我,我咋样找你!”

马苦苦继续按照自己进行告别仪式一般的思路说:“俺还感谢您!您没向警察招出俺来!如果您把知道的,真的告诉了警察,俺恐怕早就被抓走哩!”

“你还是个孩子!你的许多想法是不对的!我就是不希望警察抓到你,才想找你单独谈,才那样做!”

马苦苦停顿了片刻,而后,声音喑哑地说:“康总,您很快就能找到俺了!俺们说不定还会见面!俺……有预感!”

“为啥这么说?”老康被马苦苦弄得莫名其妙。

马苦苦轻轻地笑了笑:“最近俺要干一件轰轰烈烈的大事,干之前,俺会再吱一下声,告诉您那五万块钱藏的地方!”

老康诧异了:“你没用那五万块钱?”

“那五千块,早就够俺花了!您不是说,这是俺应得的吗?而且,我还用一张错币,从大款手里换了五千块!”

“错币?啥样的错币?”老康想起大胡子送自己的那张百元错币,不由警觉起来。

“一张百元错币!在一张钞票上并排写着两个阿拉伯数字的100!”

“你卖给了谁?是不是一个叫阮大头的人?”

马苦苦没有回答,打岔道:“反正我有了钱,就把您那五万块还了吧!”

老康心里暗自思量着,嘴上自言自语道:“其实,你不是一个坏孩子!你既然有钱,干啥还抢……”

马苦苦笑了,没回答老康的问话,继续我行我素又像是神经质一般地说:“等俺的大事儿一干成,五一支行也出名了!这也算俺帮助您教训一下您老婆吧!”说罢,马苦苦给老康送来一声愉快的笑声,立刻把电话挂了。

等老康按照来电追踪过去的时候，发现对方使用的，依然是一部公用电话！

由于星巴克咖啡厅的咖啡，卖价是麦当劳的五倍到二十倍，因此，这里的客人很少。等江莉莉开着小奥拓车赶来的时候，门可罗雀的大厅里，除了躲在角落里的左忠堂，几乎空无一人。

左忠堂见了江莉莉，并没有寒暄，而是站起身，和她握了握手，就一声不吭地又坐下了。等服务小姐给江莉莉上了一杯浓浓的巴西咖啡，左忠堂才望着美女同志美丽的大眼睛，开口了："莉莉，感谢你的惦记，可是我……不想再回小银行工作了！"这次，左忠堂没有叫"莉莉同志"，而是直接叫了"莉莉"！现在他们的关系已经由同事变成地地道道的朋友了。

江莉莉本来是以施舍者自居的，因此她瞧左忠堂的眼神，一直都是怜悯和赐予的神情，现在左忠堂的一句话，倒把她搞得不知所措了。她本来就大的眼睛变得更大了："为啥子？因为我……少年得志，您感觉颜面扫地，对吗？"

左忠堂赶紧摆摆手，把自己到中央银行应聘和自己现在的工作情况跟江莉莉说了个一清二楚。

江莉莉美丽的大脸蛋儿阴郁起来，心里也像塞满了乱蓬蓬的杂草。她晓得，如果没有了左忠堂，至大支行的工作让她一个人扛，可就真有她的罪受了！

"是的，对您来说，中央银行的工作的确更能才尽其用！"江莉莉没滋没味地喝了一口苦咖啡，嗓音喑哑了："您让我过来，就是以这种方式借以推辞吗？"

"是，也不是！"左忠堂把头凑近江莉莉，低声说，"虽然咱俩在一起工作的时间不长，工作上还有过小摩擦。"说到这儿，左忠堂停顿下来，满脸的苦笑："我一直憋着向你道个歉！"

"为啥子向我道歉？"

左忠堂叹口气，用中央银行处长加博士的水平提炼道："在金融无序竞争的情况下，我也曾经迷失了自个儿！无意之中把自个儿变成了一个不仗义的市井之徒！怕别人说自个儿没本事，怕别人超过自个儿，因此，就时不时地，不由自主地扮演了给你上眼药、紧鞋带的丑陋角色！现在琢磨一下，不但不值，而且汗颜呐！”

江莉莉倒被左忠堂的坦诚搞得不知所措了，赶紧拿话堵他的嘴：“我其实也是大大咧咧的脾气，对您说的这些，不但没心存芥蒂，甚至毫无感觉！”

左忠堂脸上的苦笑变成了淡淡的微笑：“这一点我相信，你虽然个性强，但绝对是一个仗义而善良的人。因此，我有一些事儿，才不得不特意告诉你！”

江莉莉看左忠堂那一张严峻的脸，就晓得他要说的不是好事，而且也不是小事！她的一对大眼睛默默地望着对面的三角眼，一声不吭地点了点头。

“阮大头的钱，来路不正！立马就要被查处了！”左忠堂开口说话了。可他这话，让江莉莉听起来，字字都有千钧重！

江莉莉立刻一脸土灰，强打精神支撑着自己说话的中气，可问话时，依然是有气无力的：“早就证据确凿了？”

“这事儿，还没执行，当然还算秘密。但不会再拖下去了！中央银行与公安部门已经制定了打击草根金融的行动方案，也许明儿个，也许现在，就要采取行动了！我还在试用期，他们没让我参加！我觉着，你与阮大头虽然已经结为夫妻，但毕竟时间很短，公司里的猫腻儿，他保准儿不会告诉你！他公司里的事儿，你可千万别再掺和！你可千万别把自个儿陷进去！”

让左忠堂和江莉莉都想不到的是，就在左忠堂话音一落的时候，北京市公安局的警车开动了，一路呼啸着杀奔城南的野鸭湖！车上载着全副武装的武警战士和有张冲锋在内的中央银行工作人员！

此时，依然蒙在鼓里的江莉莉，一对大眼睛仿佛凝固了，一动不动地凝视着小餐桌上的苦咖啡，脸上除了密布的阴云，没有其他表情。

左忠堂以为江莉莉不相信自己的话，索性揭开了至大投资公司的全部秘密：“我们做银行那阵儿，阮大头其实也在做银行！可他的银行却没有中央银行颁发的金融许可证！是地下银行，也可以叫草根金融！他的资金来源,除了从外商处融资外,还从老百姓的手里高息揽存!这是非法融资,要被定为破坏金融秩序罪!”

江莉莉的大眼睛终于又能动了!她几乎是本能地不愿意相信左忠堂的话,她任性而激愤地大声反问:“这是空穴来风!外商和普通老百姓凭啥子相信他?”

左忠堂瞧一瞧四周,见空无一人的咖啡厅里,除了服务员没有任何人注意他俩,才示意江莉莉沉住气,耐心而细致地解释:“老话说,逢商必奸,无商不奸!阮大头在短短的几年里,由一个农民,混成了一个大老板,没有奸的邪的,怎么可能呢!?他除了以外商投资的名义,引进大笔的资金,还以投资入股的名义向北京市甚至外地的普通老百姓出卖股权证,实际上就是吸收存款。老百姓凭借手里的股权证,八年内不可以取本,但可以按季向阮大头分布在北京市许多地段的地下钱庄,提取比银行存款高一倍的红利。八年后,购买股权证的钱,就可以本息全清!”

江莉莉学金融、干银行,自然一下子就懂得了自己男人融资的手段,但依然不愿意相信这事儿是真的,就将信将疑地反驳左忠堂,更是在心里做着最后的挣扎:“可他……高息吸存的钱,再怎么奸,也应该高利走出去,才能维持资金运转!可你是晓得的,他在至大支行存的十五个亿人民币,利息全是按中央银行规定利率浮动的,根本无法弥补他的成本呀!”

“这就是阮大头的大奸大慧了!别忘了,我国没有一家银行的资本金达到了百分之八!阮大头比我们银行的资本金还高许多呢!从这一点看,他比我们银行有更高的资金运作能力!”左忠堂让服务员给情绪已经渐趋平稳的江莉莉倒了一杯热水,让美女同志舒舒服服地喝上几口,就痛打落水狗一般,继续揭露道,“他用拆东墙补西墙的招,让公司的资金链不断。他不在乎一时一事的利益得失,一年甚至几年之内,他动用数十亿的资金,只需要成功地运作一次短平快的生意,一次大钱挣了,所有的资金,几年内的成本,就全部弥补回来了!这一点,他又比我们银行灵活机动得多了!”

江莉莉的心仿佛已经被乱糟糟的杂草充塞得挤没了心智,她没有比现在再迷惘的时候了:“可近一年了,他只出了一回国,又很快就回来了。而后，就一直寸步不离北京市，他怎么挣的钱呢？”

左忠堂笑了：“你别拿我们小职员养家糊口的方式去想阮大头！他最近的一次生意，是在俄罗斯做成的，据说，一次政府行为的借贷，就让他赚了投入资金的百分之三十多！你琢磨琢磨，他的资金一动，就是数十亿人民币，赚百分之三十多，那是多少钱？他上次去俄罗斯，又想投资于石油管道项目，由于资金占用期太长，他才作罢回国！”

江莉莉终于无话可说了，干睁着一对大大的眼睛，一动不动，像一座美丽的雕塑！她的心里自然清楚左忠堂的话对她来说意味着什么：至大支行的存款不复存在！阮大头的家产化为乌有！阮大头本人没有杀身之祸，也必有牢狱之灾！她的行长位子不但不保，而且还和诸葛秀一道，立刻面临着身无分文的生存危机！

“阮大头不是坏人，而是一个悲剧性人物，也许他晚出生几十年，就会成为中国最会经营的银行家。他错在太超前，在中国还实行金融管制的现在，就违法违规大搞民营金融！”左忠堂把江莉莉的咖啡杯子推到她的手边：“瞧在老同事的份儿上，我说一句不该说的话。你现在应该劝阮大头赶紧自首，退还违法资金，争取宽大处理！”

“难道这现实生活中，这一切的一切……都是空中楼阁、水中捞月！！！”江莉莉的大眼睛凝重而深邃得像浩瀚的大海。

“龚梅与任博雅带着我们进行的无序竞争，其实，是建立在阮大头非法融资基础之上的，因此，一切的一切当然像水中捞月一样荒诞！五一支行与至大支行争来斗去的时候，也正是阮大头风雨飘摇、被立案调查的当口！而且，他还打着螳螂捕蝉，黄雀在后的坏主意！你不觉得这拉存款的商战，是一场没有观众、毫无意义的滑稽戏吗？！”

江莉莉突然“哈哈”大笑起来，那笑声里散发出绝望的恐怖。当她的笑声又突然戛然而止的时候，她那一对美丽的大眼睛里，终于像八月的山洪一般，喷涌出了晶莹的泪水。她突然站起身，惊天动地地哭号着向卫生间奔去！

“莉莉！莉莉！你！冷静点儿！你和阮大头的时间毕竟不长，一纸婚约也说明不了什么！你完全可以重新开始、重新选择……”左忠堂不知所措地起身，随在江莉莉身后，一边喊着，一边追过去。

就在谭白虎腰里别着那把五四式手枪，借到至大投资公司找材料的机会准备再溜进野鸭湖试试枪，出一出近来蓄积已久的恶气时，手机上的《欢乐颂》却奏响了。

就像瓜熟了，瓜蒂自然脱落一样，谭白虎早已经预感到的厄运，终于降临了！为了找到谭白虎，合作银行分行人事处竟把电话追到了野鸭湖畔，并且毫不留情地发来了几乎与任博雅相同的通知：“携带学历证书，到分行人事处报到！”

“为啥子？”谭白虎阴郁着脸，幻想着恶果不会砸到自己的脑袋上。

原来，谭白虎假学历问题的败露是齐美丽和任博雅两口子的合谋之作。现在的齐美丽，已经没有了往日的辉煌，她所领导下的梦幻支公司的经营业绩也已经是每况愈下。能蒙的卖保险的亲戚朋友，她齐美丽已经蒙遍了；该通过招聘骗卖的保险，她齐美丽也已经骗光了。她只有得逞于一时之辙，却想不出能得益于一世之法！她对继续维持梦幻支公司高增长的发展势头已经是黔驴技穷、无能为力了。见老公因使用假学历问题被速发银行开除了公职，本来就心情阴郁的齐美丽立刻把自己变成了一条恶毒的蛇，顺理成章地把谭白虎当成了她发泄郁闷的泄洪口。她毫不犹豫地唆使任博雅，对自己的老乡来了个鱼死网破的损招，以谭白虎之道还治谭白虎之身，也把谭白虎买假大专文凭的事情到合作银行北京分行揭发了！

合作银行怎么会因为谭白虎这样一个小职员而败坏了自己的名誉？于是，一接举报，马上就对谭白虎进行毫不迟疑的追查了！

谭白虎比任博雅的高明之处在于他还会抵赖，为了自己曾经获得的一切的一切，还要进行顽强的斗争。他要赖道：“我的学历证书丢了！”

“丢了？”分行人事处的同志也不好糊弄，“那就带上复印件来！”

“没有复印件！”谭白虎依然负隅顽抗。

“那就尽快报上毕业学校、学历证号码！”人事处的同志冷笑两声，“如果这两条最起码儿的东西还不能提供,我们可要对你按照使用假文凭论处啦!”

谭白虎一想到自己将失去曾经拥有的一切的一切,同时也要失去身边那一对秀美杏眼的注视,他的心乱了。人有欲则不刚,他在马行长面前的大义凛然之气就像被摔瘪的瓜一样,现在已经无形无影了!他不知不觉地开始心惊肉跳起来:“对我……是不是要开除呀?”

人事处的同志直截了当地告诉谭白虎:“中央银行是这么要求的,但是分行领导考虑你曾经为合作银行做出过贡献,拟对你从轻处理!提前解除劳动合同!!”

谭白虎听了这义正词严的通知,原来的那一点儿精气神儿,随着大口呼出的冷气,消失得不见了半点踪影!他连骑自行车的力气都没有了!他把车停住,勉强地用一条瘦腿支住了自行车,一歪身溜下车,一屁股坐在了地上,来不及支撑住的红旗牌加重型自行车,也随着他的身体,歪倒在了路边。

突然,远处传来了“呜哇呜哇”的警笛声。一连五六辆警车呼啸着往至大投资公司的方向风驰电掣一般地疾驶而去。

有气无力的谭白虎,一颗疲惫不堪的心依然被揪动了一下,已经混沌成糨糊的脑海里,立刻闪现出了一点儿火花:“莫非阮大头出了啥子事情?这世界真狗日的是善有善报,恶有恶报,不是不报,时候未到吗?”

他的心被这强烈的念头一刺激,立刻又找回来几许力气。他勉强起身,慢慢上车,一摇一晃地向五一支行骑去。

在保险公司豪华办公室里端坐着的老康,心里从来没这么乱过!胸膛里像跑进来一只精气神儿十足、上蹿下跳的野兔子,搞得他挠心挠肝、坐卧不宁。自打陌生人提起曾经向人出卖过一张百元错币,老康就总把大胡子送给自己的那张错币翻来覆去地摆弄。

手里的错币也的的确确是一张百元错币!错币上也的的确确并排印着两行阿拉伯数字“100”!错币本来就是稀有的东西,难道这世界上还真会出现两张一模一样的百元错币吗?老康咋样琢磨,咋样觉乎着自己手里的这张错币就是陌生人的那张百元错币!!! 这样一来,只要自己找错币的原主人阮大头问一问卖主,这个真相就可以大白于天下,陌生人也就可以乖乖地束手就擒! 但是,他迟疑着,没有立刻行动。他思考着,通过阮大头找到这个大学生之后,应该怎样做。

老康的耳畔总是回响着这个大学生的声音:

“最近俺要干一件轰轰烈烈的大事儿!”

“等俺的大事儿一干成,五一支行也出名了! 这也算俺帮助您教训一下您老婆吧!”

老康的脑海里总是飞动着一个一个的大问号:这个大学生要干啥大事儿? 他的大事儿与五一支行有啥关系? 当然,老康左思右想也始终不能把马苦苦的怪异言行与银行抢劫联系到一起。在老康的心目中,抢劫银行与大学生,压根儿就是风马牛不相及的两回事儿!

焦躁的老康,想起大胡子的五万元提成费由于陌生人的搅和自己还没来得及付给他,就赶紧坐在计算机旁,通过网络银行一卡通,划到了大胡子的账上。只是这次他划过去的,不是五万元,而是连带欠江莉莉在梦幻支公司的提成费一万元,一同划了过去。

等计算机的液晶显示屏上,一出现“成交”字样,老康立刻拨通了大胡子的电话:“老哥儿,钱我已经给你划卡上啦!”

“嘛玩意儿?”大胡子现在没有一点儿仙气,他像个普通人一样,只是感觉老康有一点儿不对劲儿:“你这么快就踅摸到抢劫的主儿了?”

“没影儿的事儿!”老康吭吭哧哧地撒了谎,“我不是说,这个损失我自个儿认嘛!”

大胡子爽朗地笑了:“行,既然是你我的劳动所得、公平交易,我就谢了!”

“还有一件事,我得跟你说清楚! 你原来送我的那张错币,后来我才知道,忒值钱,弄不好能卖个二十万呐! 不当得利的事儿,我可不干! 我得找个时候,把那错币还给你!”

大胡子认真起来:“有一件事儿,你可能忘了!”

“啥事儿?”

“我没钱那阵儿,也是我最难的时候!我昧着良心从你那儿诓了五百块钱!我送你那张错币,就算还那五百块钱了!!”

老康没想到大胡子还记着自己被讹去的那五百块钱摊位费,便赶紧推辞:“那都是猴年马月的皇历啦!?”

大胡子拿出了从未有过的较真劲儿:“我早就琢磨好了,直接给你钱不合适,那张错币就算我连本带利、外加良心债,一起还你啦!你记着得了,没有你那五百块钱,就没有我的现在!我是拿了你那五百块钱之后,喝醉了酒,被惠总经理开车撞翻,而后才到保险公司当上培训师的!”

想起那个大学生也曾经提到那张错币,老康便做出漫不经心的语气,实则异常认真地认证:“阮大头是从谁哪儿淘换来这张错币的?”

“说是老马头儿!”

“老马头儿咋会有这种错币?”老康赶紧追问。

“说是老马头儿的儿子,在云南淘换来的!他们不知道这东西值钱,就找阮大头这个大头套俩钱儿花!我想,阮大头知道这东西值钱,但也想不到它能值二十万人民币!”

“老马头儿的儿子是个大学生,好像叫马苦苦呀!”老康心里始终不敢确定的判断在大胡子这里终于得到了印证。

“嘛玩意儿?你不是怀疑老马头儿的儿子就是那个抢劫犯吧?”大胡子惊诧了。

老康在心里坚定地确认:“没错!!!”可嘴上却赶紧和稀泥:“没影儿的事儿!”

现在的老康已经没心思和大胡子多纠缠这钱的事儿了,赶紧说:“我原来还欠江莉莉一万块,你见到她,一块儿帮我还了吧!”

大胡子感觉意外了:“你今儿这是为嘛?办‘后事’一样嘛!可不能出嘛岔子,你提出的《人寿保险诚信赔付计划》惠总经理可是非常重视,而且马上就要报总公司批去啦!”

此时的老康,已经把陌生人、大学生和老马头儿的儿子马苦苦连成了一条确凿无疑的线,他的心里也暗暗地下了决心。他不想向公安局报案,更不希望公安局对老马头儿的儿子进行逮捕,他依然想通过自己的言行去拯救一个因苦难、虚荣而变得畸形的灵魂。于是,老康叹口气,用一副无可奈何的口气,对着话筒说:“心里闹得慌!”见大胡子还有再说钱的意思,就赶紧说:“得了,我还有事儿,再见了!”说着,不等大胡子再吱声,就自己先把电话挂断了。

四十六、自卑的扭曲

生于、长于云雾山下云雾镇的马苦苦，是一个天生不想平庸，却一直在悲惨境遇里挣扎，不但平庸，甚至连平庸都难于达到的年轻人。这种反差，使他的灵魂一直受着炼狱一般的煎熬。

由于自打马苦苦降临人世，就面临饥寒交迫的生存危机，所以他的身体在南方人里依然算是瘦小枯干的。由于还在娘胎里那阵儿，母亲就无钱乱吃便宜药，致使他一生下来就是一个像兔子一样有着三瓣嘴的豁子！因此，苦难深重的他不但总受着不想平庸想法的折磨，还要面对周围人群的各种歧视。这种歧视在他考入京城大学之后，越来越烈，几乎把他压迫、煎熬成了疯子。

面对同样的分数，当全须全尾的正常人甭交钱就能够上学时，马苦苦不得不多交三万元人民币，才能够跨进大学的门槛儿，而这一切的一切，就因为他是个豁子！对此，校方的理由是：马苦苦属于残疾人，他的入校名额是占用了计划外指标的！其实，他心里门清儿极了，京城大学是怕招了他这么个豁子，影响了学校的校容，有意通过经济的杠杆欲将他拒之门外！！！

拥有同样的年龄，当全须全尾的同学们，在大学校园里都成双成对的谈恋爱时，马苦苦却永远是一个无人搭理的丑小鸭，就因为他是个豁子，而且还一贫如洗！

最受刺激的，是周末的夜晚。马苦苦寝室里的四张上下床，八个床位内，经常偎依了七对爱侣。听着男女同学做爱的低吟，难受的不光是他，还有被压在男生身下的女生！平日里看似面如桃花、心慈面软的小美女们，此时此刻都变成了白骨精。

有的喊:“马苦苦,你躲着偷听,恶心不恶心呀!”

有的说:“马苦苦,你给我们一丁点儿心灵的宁静好不好!”

“马苦苦,我家有一个农村来的小保姆,我介绍给你如何?”

马苦苦原本正常的对美女的好感和爱慕,在这一声声刁钻的喊声里,慢慢地消失了;对美女的仇视却随着对美女好感与爱慕的消失,像一个丑陋的爬虫,慢慢地吞噬了他的心,扭曲了他的灵魂。

对马苦苦来说,像往伤口上撒盐一样的事情,无异于每学期必须交齐的学费!面对数千元的学费,总像面对着巍峨耸立的喜马拉雅山,他总是无法翻越,无法按时足额交齐。因为,他的母亲和姥姥有病,不但不挣钱,还要大把大把地花钱!而全家唯一的经济来源便是在至大投资公司看门的老马头儿那一点点微薄的工资。校方为了抵制不交学费的穷学生越来越多的现实,索性做了一刀切的硬性规定:不交齐学费,不准考试!

而不准考试,就不能毕业!不能毕业就无法谋生!这一规定,无异于要了马苦苦的命!这样一来,对于他来说,不要说不甘平庸了,就是能做到平庸毕业,也不容易,也有如登天了。

马苦苦当然想到了勤工俭学。在某一个时段里,他是个幸运儿。因为他遇上了一个大款,大款的儿子也是个豁嘴。于是,大款便为豁嘴儿子特地请了一个豁嘴老师。那是一段让他最永生难忘的好日子。

大款为了不让儿子自卑,就对豁嘴老师格外尊重。那时的马苦苦,不但每月可以拿到一千元的家教费,而且还在寒假期间,跟着自己学生的一家,去了一趟云南。那次,他还第一次尽了自己的孝心,把从来没旅游过的老马头儿,带到了云南边境,一睹了祖国的大好河山。

西双版纳的热带雨林,有多少棵碧绿欲滴的奇树异草,马苦苦就有多少次心花怒放的快乐;蜿蜒、开阔的依洛瓦底江,有多少次蜿蜒的回转,马苦苦就有多少次的欢笑。但是,他快乐的高潮也就是他生命开始走向地狱的起点。

在云南与缅甸的边境公路上,在一个树多、人稀、路险的地段,单独外出的大款一家乘坐的小车,却遭到了持枪者的枪击!本来可以扭转马苦苦一生命运的豁嘴学生,还有他的父母,在这次打劫中,全部中弹身亡了!

后来,马苦苦听当地的人说起抢劫者的枪时,才如听天方夜谭的故事一般地知道了,在云南与越南的边境上,手枪就像丛林里的地雷一样多!

通过豁嘴学生一家的死亡,马苦苦似乎感悟了人生。其实,人的生命像花一样的脆弱,人的生命也像流星一样的短暂。自己为什么不在有限的生命里,干出一番轰轰烈烈的可以改变自己一生命运的大事业来呢?于是,他背着老马头儿,拿着大款给他的和遗留的钱,偷偷到中越边境上,买手枪去了。马苦苦明白,豁嘴学生一家三口能够因为手枪而覆灭,自然就有人会因为着同样的手枪而一举发财!手枪无异于某些人,包括他自己,从快、从速改变命运的最好利器!

让马苦苦想不到的是,越南小贩卖手枪,就像卖青菜一样坦然。小贩拿起一把五四式手枪,先向他伸出两根指头,而后再比划出三个零!

"两千?"马苦苦没想到,这一扣扳机就可以要人命的东西,原来这么便宜!但是,他自然知道做生意的诀窍,他拿起手枪,对小贩子伸出一个手指,再比划了三个零。

小贩子摇摇头,用生硬的中国话说:"解放军不援助我们了!货少了!如果赶上越战刚结束那阵儿,一支枪二百元就可以的!"小贩子见马苦苦一副犹犹豫豫的样子,便从草席里又摸出一支同样型号的手枪,把两支手枪都塞在他的手里,伸出三个指头,再比划了三个零。马苦苦终于心满意足了,心说:"俺回到北京,光倒枪,就能赚一万!"

马苦苦不但买了枪,还用五毛一颗的价格买了一盒子弹;再与老马头儿会合,坐上火车,一路平安地回了北京。

在与越南小贩进行金钱交易的过程中,一张不能花的百元错币被越南小贩用偷梁换柱的手段有意地换到了他的手中。马苦苦像越南小贩一样不知道错币的价值,对经济窘迫的他来说,虽然只是一百块钱,也是一个不大不小的损失。那张错币被谭白虎拒绝兑换后,却被老马头儿发现了。就在老马头儿为儿子懊恼的时候,文才子慧眼识珠,把错币交给了阮大头。阮大头自然如获至宝,竟甩给文才子整整一万元真真切切的人民币。当文才子把已经少了一半的真钱交给老马头儿时，老马头儿先是喜出望外、欢天喜地，而后便是对文才子感激涕零。

手里有了枪却失去了豁嘴学生的马苦苦，虽然在学校里，再一次陷入了贫困的境地，但是，他的心情却格外地好起来。因为，马苦苦终于找到了放飞他灵魂的好去处：老爹的就业之所，至大投资公司的野鸭湖。野鸭湖成了他练习射击的天然射击场，而野鸭湖里的飞禽走兽，便是他练枪的活靶子！随着文才子把枪声当成野鸭湖里传来的二踢脚之声的次数越来越多，他的半盒子子弹已经被打光了；随着文才子越来越多地要求老马头儿不要带豁嘴儿子来公司、更不要放二踢脚，他的枪法也越来越准了！

每当周末的夜晚，马苦苦寝室里再响起做爱的呻吟声时，他都会“呼”地坐起来，把手扮成手枪的模样，对着那一起一伏、淫声四起的被子，嘴里发出“砰砰”的声音，而后独自“呵呵”地笑起来。于是，寝室里的女客越来越少了，甚至在大部分周末，一个寝室四张上下床内，空荡荡的只有马苦苦一个人了。当面斥责他的小美女们少了，可校园里，关于他的流言蜚语却越来越多了。

有的说：“马苦苦是神经病！八十年代后出生的大学生，怎么竟有这种人！”

有的抗议：“让我们和马苦苦住在一起，简直是对中国新生代的迫害！”

还有人索性喊了口号：“清除马苦苦，送他去精神病医院，还我们一个正常的生活秩序！”

每次听到这样的议论，马苦苦就傻兮兮地笑了。他不屑一顾地喊：“燕雀安知鸿鹄之志哉？俺才对你们没兴趣呢！马加爵算狗屁！俺要干大事儿！俺要顶天立地！哎！”喊罢，他总是欢天喜地地从床上那最上面的床位里，学着鹰的样子，呼啸落地。在飞翔的瞬间，他体会到了从来没有体会过的自我实现的快感！

什么是从快、从速改善自己命运的大事儿呢？马苦苦不糊涂！一下子就明晰了：当然是抢银行！抢银行的好处之多，简直不可胜数！一是，轰轰烈烈；二是，立刻致富；三是，最先与国际接轨……

自打有了抢银行的打算，马苦苦简直变了一个人。在课堂上，他总是默默地发呆，设计着一个又一个的步骤。回到寝室，他也经常彻夜不眠。他恐惧，仿佛看到一颗正义的子弹穿透了跪在刑场上的自己的脑壳！他也兴奋，真想对着同寝室的同学们大喊："把你们丫挺的小美女都贡献出来吧！如果从了，老子就每人赏你们一万块！如果不从，老子就一枪一个，统统送你们回老家！"

此时此刻，他有了从未有过的成就感；此时此刻，他炼狱一般的灵魂折磨没有了，仿佛觉得自己已经是一个顶天立地的大人物了！

虽然马苦苦是一个很情绪化的人，喜欢心血来潮地干事情，但是，他毕竟是个大学生，逻辑思维的能力还是很强的。在抢劫方面，虽然他是个门外汉，但是，依然给自己设计了一个严密有序的抢劫计划：

第一步，踩道摸底。在冬天一个寒冷的傍晚，他从校园古塔下的草丛里，偷偷地摸出了一把他精心隐藏的手枪。他在弹夹里，悄悄地顶上了五颗金光闪闪的子弹，裹上破报纸，揣在怀里，以兑换错币、申请助学贷款为借口，急匆匆地赶到了五一支行。看来，干大事儿真不是一件容易事儿，他第一次出征，就碰上了贼了巴叽的小保安：谭白虎。在谭白虎一番不怀好意地盘问下，他居然做贼心虚地慌了。不但错币没有兑换成，贷款的事遭到直接拒绝，而且在应付了几句，赶紧溜走的时候，还不知不觉地丢了手枪！

第二步，是搞乱敌营。马苦苦由于对美女怀有敌意，因此，通过美女搞乱银行阵脚的事情，他不但心有灵犀，而且干起来得心应手。他从在银行踩道的过程中，发觉那个叫谭白虎的小保安对美女行长颇有那么一点儿说不清、道不明的意思。他再顺藤摸瓜地搞清楚了老康的情况，于是，挑拨离间开始了。等五一支行和至大投资公司搭上线之后，通过老马头儿和文才子，他对龚梅的一举一动简直无所不知。玩老康也简直是玩到了置其于股掌之间的地步。在玩弄老康、搞乱五一支行的过程中，马苦苦体会到了从来没有体会过的真的自我实现。当然，让他最快乐的是，在搅和银行的过程中，居然还做了一些有利于人民、有利于社会的好事儿！

一来是帮助他的抢劫对象龚梅找到了根治诸葛秀瘙痒病的特效药；二

来还帮助他的玩偶老康卖出去保险三万六千元！三来是当阮大头在野鸭湖上实施食色计划时，由于实在看不下去阮大头玩弄妇女的那副臭德行，他竟偷偷地给阮大头在酒里下了速醉药！而且还在阮大头偷锁了办公室的门企图对龚梅实施强奸之时，他从老马头儿那里拿来了钥匙，悄没声儿地打开了门！

为此，马苦苦不由得一声叹息，以感叹自己的情绪无常和心地善良！

第三步是，火力侦察。他趁着龚、谭二人远赴云雾山向冯瘸子求药的机会，躲在五一支行的外面，向里面连投了两块大砖头！他万万想不到的是，银行的玻璃碎了，里面的保安却连出来看一眼的热情都没有！可见，五一支行的安全防卫措施以及职工的责任心都极为薄弱。于是，那两块扔进五一支行的大砖头，就仿佛成了两针强心剂，让他的信心倍增。

第四步是，模拟实施。他想看一看，一个人面对死亡，面对自己的枪口，是个什么状态？还有无可能在自己的逼迫之下从保险柜里拿出钱来！当然，这个被试验的人，不应该是五一支行的内部员工，他怕因此而打草惊蛇。于是，他把目标锁定为老康。他没想到，像老康这样一个高智商的主儿，面对死亡，面对自己的枪口，都这么顺从！简直是任人宰割！这第四步的顺利实施，不但让他从此有了钱，还让他品尝到了成功的滋味，知道了古今中外的侠客，在行侠仗义时，都是一种什么样的感觉！

第五步，抢劫银行。他的方案也是因势利导的杰作。就是利用五一支行所处地理位置交通便利、靠近小商品批发市场的条件，拟定在傍晚人最多，银行最无防备的时候，突然冲进柜台，用枪像顶住老康的脑袋一样，顶住柜台营业员的脑袋，逼迫其拿出保险柜里的现金，而后，自己快步冲进小商品批发市场，在某个角落，更换衣物和装钱的提包，再若无其事地溜走。

现在，马苦苦像鹰一样地搜寻着五一支行的动静，眼睛睁得比任何一个时候都大，他把剩下的那把五四式手枪，从校园古塔旁的草丛里取出，擦得干干净净的，又顶上了五颗金光闪闪的子弹。

四十七、血泣归途

老康伏在办公桌上，手里揉捏着那张错币，感觉诸事缠身、千头万绪，思绪万千、心乱如麻。

他想起五一支行，就想起了老婆。他拿过办公桌上的电话，准备打给龚梅。他希望与龚梅约一个时间，把他们之间的误会与恩怨彻底了结，他当然希望一对曾经的恩爱夫妻是鸳梦重温，而不是孔雀东南飞！但是，他的电话还没拿起来，电话铃声却先“铃铃铃”地闹腾了。

老康拿起电话，还没来得及说“你好”，老马头儿的儿子那跑气之声已经像一只狩猎的老虎，急不可耐地扑了过来：“五万块，一分钱不少您的，全藏在京城大学古塔下面的草丛里！”

老康喜出望外：“你是不是要自首了？你的错币在我手里！我已经完全确认了你是谁！”

对面传来了轻蔑的笑声，那笑声像一丝丝冰冷的寒气，几乎冻结了老康一颗火热的心。笑声只维持了几秒钟，跑气的声音就立刻变得慷慨激昂了：“我只是想让你知道，这点钱，对您来说，什么都不是；现在，对我来说，也什么都不是！我一个农村来的小瘪三，也是一个人，也是一个顶天立地的人！”

“你到底想干什么？”

“干什么？成就一个比马加爵更轰轰烈烈的伟业！”

“你想……”老康的话还没问出来，就被马苦苦粗鲁地打断了，他豪情万丈地说：“你老婆立马儿就和我一起出名了！我们，也再见啦！”说罢，老马头儿的儿子声嘶力竭一般地哈哈一笑，不等老康反应过来，就立刻挂断了电话。

老康的心经过马苦苦冷笑的冰冻，已经不堪重负，现在又被不祥的黑云压迫着，他几乎喘不过气来。他无力地站起身，在办公室的地面上，来回来去地走着，他的大脑急剧地思索着：他到底要干啥？他要成就什么比马加爵更轰轰烈烈的伟业？他到龚梅的五一支行能干啥大事儿？联想到马苦苦上次对自己告别仪式一样的言语，联想到马苦苦对自己那五万块钱的不屑一顾，联想到马苦苦手中的枪，老康脑海里的几个大大的问号，立刻变成了几个点；这几个点再瞬息之间又连成了一条线；这条线勾勒出了他的行为轨迹；这轨迹让老康不由得倒吸了一口凉气，差点儿吓得坐在了地上！

老康的心里一遍又一遍的惊呼："他要抢银行，绑架龚梅！马苦苦想绑架龚梅，抢劫五一支行！"

此时此刻，龚梅秀美的脸蛋儿突然在老康的眼前浮现了。她的美貌历历在目，是如此的楚楚动人！她的柔情，宛如江南小城的月色，依然甜蜜在他的心间。老康在心里大叫一声："不成！我得保护我老婆！我不能让她受一丁点儿伤害！"

他拿起那张错币，顺手塞进自己的衣兜，他想把它物归原主，让马苦苦和老马头儿一家人就此摆脱贫困。他像旋风一样地转身出门，飞一样地跑下楼去，来不及开保险公司配给他的那辆老旧奥迪 100 型轿车，就从路边上拦了一辆出租车，连滚带爬地冲进去，对司机大叫道："快！五一支行！"

出租车立刻有如开弓之箭，射向五一支行的方向。

此时的马苦苦，已经风风火火地赶到了五一支行的大门口。

今天的他，一副虽然不时尚，却是酷得不能再酷的打扮：身穿一件米色大风衣，头戴一顶运动帽，脸用一个大大的白口罩蒙着，左手提着一个旅行包，右手插在风衣兜里。他右手里握着的，就是那把已经拉开保险并子弹上膛的五四式手枪！

他是听说了阮大头出事的消息，才决定立刻采取行动的。虽然现在不是银行正准备下班的时间，虽然现在大街小巷上还不够人多，但他依然毅然决然地要行动了。因为他明白，此时公安局有限的警力几乎全部赶到至大投资公司去了，五一支行无异于唱着一出空城计！就算是五一支行的谭白虎之流敢于跟自己对抗，他依然料想：几颗子弹射出去，也定叫五一支行尸横遍野、血流成河，任他马苦苦信手取钱，如入无人之境！

此时的马苦苦，远远地望见银行大厅里客户不多，一个保安员正悠闲自得地坐在问询台前，低头瞧着什么，一副似睡非睡的德行，就把心一横，默默叨念一声：“干！”而后，就毅然决然地推开了五一支行的玻璃门！

此时的谭白虎已经赶回了五一支行。银行的营业大厅里，平静而祥和，正放着轻松的流行音乐。王杰那忧郁而动人的歌声，余音绕梁一般地在大厅里轻轻地盘旋：“……微凉的风吹着我凌乱的头发，手中行囊折磨我沉重的步伐，突然看见车站里熟悉的画面，装满游子的梦想，还有莫名的忧伤……”

谭白虎见美女行长正在营业室的柜台上检查收支账目，便招呼营业员打开营业室本来锁着的小门，本能地把后腰上的手枪重新掖了掖，也进了营业室。见营业员又要锁那小门，谭白虎反身招呼道：“别麻烦了，我跟龚行说两句话，立马就走！”

龚梅是在分行问询完谭白虎之后，立刻就接到了分行提前解除他劳动合同通知的。现在，她的眼睛看着会计账目，心里却像翻江倒海一样地不平静。

在接到分行的电话时，由于有营业室的两个女营业员在场，龚梅的脸上一直故作平静，只是频频点头，没有任何提问。她怕两个女营业员从自己打电话的只言片语里，提前猜到谭白虎的不幸。她作为一行之长，当然不会对谭白虎的事情善罢甘休！不要说自己还没有听到谭白虎亲口承认使用假学历的问题，即便是他真的使用了假学历，她龚梅也要以不惜牺牲自己行长宝座的代价，保下谭白虎！凭什么？就凭这个小职员对自己始终如一的尽心尽力！就凭她龚梅现在还是五一支行的一行之长！仅仅因为有这些，让她拿自己的职务做赌注，她龚梅就认为：“值！”

小职员瞧见美女行长的脸上流露着少有的阴郁，立刻晓得了分行人事处的所作所为。望着她一对凝重的杏眼，望着她紧闭的嘴唇，谭白虎的内心世界里，立刻掀起了惊涛骇浪一般的波澜。他站在她面前，瘦脸上毫无表情，因为现在，他面部的肌肤已经无法承载和表现他此时此刻异常复杂的心情了。他的嘴动了动，一句话顶到了嘴边："龚行，我认错了，我是罪有应得，我宁愿接受处分，也不希望离开支行！"但是，这一句话却仿佛像银行保险柜的门，沉重得无法张嘴说出来。在龚梅阴郁的眼睛里，他仿佛瞧见了她的心。这颗美丽女人的心，冷不丁儿地让谭白虎改变了注意！他不想再求情了，因为，他晓得，分行在中央银行的督察之下做出的决定不是一个支行行长能够扭转得了的！他咋能让已经背负上他这个沉重包袱的心中美神，再添新的沉重呢？

没等谭白虎开口，龚梅已经从他的表情里晓得了这个小职员的心思。龚梅苦涩地一笑，装出一副若无其事的样子，一边继续翻看报表，一边与谭白虎彼此心照不宣地问答。

"是真的吗？"龚梅依然低着头，问在自己身边站立的谭白虎，话语里，没有主语，也没有宾语。

谭白虎当然晓得她这句没有主语，也没有宾语问话的含义！他没出声，对冷不丁儿抬起秀眼，望着自己的龚梅，只是默默地点了点头。

龚梅轻轻地叹口气，用更轻的声音说："我会去争取！"这句沉重的话，依然没有宾语。

谭白虎当然晓得美女行长要去为自己争取啥子，就依然一声不吭地对她摇了摇头。见龚梅睁大了疑惑不解的杏眼，谭白虎苦涩地笑一下，依然一声不吭地再次摇了摇头。

龚梅像是对谭白虎，又像是对自己，低声地说："虽然你有能力重新开始，但我不会让你到五一支行以外的地方去重新创业！你晓得吗？施司长已经把工业部的全部存款都放到我们支行了！他指名道姓地说，这存款至少有一半要算你的业绩呢！"

美女行长的话，仿佛让小职员的鼻子突然遭遇了碰撞，立刻酸酸的，眼泪也险些喷涌而出。他明白龚梅的心思，她知道当下找工作的难度，尤其是对于他这种已经有了前科的无学历人员，离开自己刚刚干出一点眉目的五一支行，一定要面临着流离失所，艰难境遇可想而知！

此时，在风衣兜里紧握手枪的马苦苦，一闪身蹿进了五一支行的大门。他见两个顾客正伏案办理着业务，咨询台前的保安也依然低头瞧着什么材料，就阴风一样地飘进营业大厅中央，顺手把身后本来开着的大门关上了。他当然不希望大厅里的任何一个人能够在他亮出手枪之后，顺利出逃！

让马苦苦意想不到的是，营业室里面的小门竟然也打开着！他的一颗狂跳不止的心仿佛立刻被胜利的希望之光照亮了：自己竟然可以直接走到保险柜的旁边！再用手枪顶住龚梅的脑袋！这样一来，还怕里面的人不乖乖地拿出保险柜里的钱！

“简直天赐良机！此时不下手更待何时！”马苦苦在心里一声呐喊，立刻从风衣兜里拔出了手枪，一个箭步冲到营业室的里面，那速度快得仿佛是伴随着闪电的雷鸣，就在两个女营业员被突然出现的他吓得刚刚发出一声“嗷”的惊叫时，马苦苦已经把黑洞洞的枪口顶住了龚梅小巧的后脑勺！他随后对柜台内外的人，疯狂大叫：“谁也他妈不许动！”

见保安惊成一副呆头呆脑的德行，几乎是本能地做了一个原地起立的动作，马苦苦一个箭步上前，先锁住龚梅的脖子，而后把枪口对准营业室小门外的保安，声嘶力竭地大叫：“都给老子蹲下！要不，老子俺就要杀人啦！”

保安和两个顾客都一声“妈呀”的惊叫，按照马苦苦的吩咐原地蹲了下去。马苦苦见自己已经震住了门外的三个人，便把枪口对准营业室内的两个女营业员，大喝一声：“你们俩，脸向墙，站好！”

等两个女营业员按照吩咐站好了，马苦苦把枪口对准眼前的谭白虎，大叫：“你！打开保险柜！”

谭白虎像一个雕塑一般地站着，一脸冷峻，一声不吭。马苦苦再次大叫：“说你！开保险柜！拿钱！”

龚梅见谭白虎一副蠢蠢欲动的样子，赶紧用自己颤了音的声音对他叫道：“谭白虎，照他说的做！”

谭白虎僵立片刻,在马苦苦黑洞洞的枪口逼迫下,从柜台上拿了保险柜的钥匙,小心翼翼地走到保险柜的旁边,把钥匙插进了保险柜的钥匙孔里。他一连拨弄了几下,保险柜的门却纹丝不动。

此时,马苦苦见小门外的三个人趁机不断地挪动,立刻把枪口对准了保安,大声喊叫道:“不许动! 要不,俺真开枪了!”

龚梅依然保持着理性,她清晰地晓得两害择其轻的道理,她明白死了人比丢了钱损失更大,便依然用颤音对小门外喊:“大家都别动! 这事儿,我一个人扛着!”

马苦苦见谭白虎一连几分钟都打不开锁,立刻把枪重新顶住龚梅的头,歇斯底里地叫道:“告诉他密码! 别想骗老子!”

龚梅无奈,只得对两个女营业员说:“把密码告诉谭白虎!”

一个女营业员战战兢兢地回答:“左二十八,回转一圈,找三十六,再返回到八十二!”

谭白虎按照女营业员的指点,终于把保险柜的门打开了。一捆一捆的现金赫然出现在马苦苦的眼前。马苦苦高兴了,把左手里的旅行包扔到谭白虎面前,疯狂地几近神经质,狂呼乱喊道:“给俺装进去!”

谭白虎没有动,把脸朝向龚梅和马苦苦,一只手扶地,一只手慢慢地移向后背,准备伺机抽出后腰上别着的手枪!

“不许动!”马苦苦似乎意识到了谭白虎的不轨图谋,立刻大叫一声。

龚梅不晓得谭白虎随身携带着一把真枪,怕他轻举妄动闹出人命来,就赶紧叮嘱道:“谭白虎,装钱! 给他装钱!”

就在五一支行营业大厅里马苦苦步步得手,龚梅步步告退的节骨眼儿上,老康乘坐的出租车,风驰电掣一般地来到了五一支行的大门口。老康把早已经准备好的五十块钱扔给司机,一边下车,一边说声:“甭找了!”

老康下了车,定了定神,见五一支行的大门紧闭着,四周没有半点异常,才深深地舒了一口气。他拉一拉坐车时被搞乱了的西服,径直往五一支行的玻璃门走去。

此时，营业室里的谭白虎已经给马苦苦装完了保险柜里的全部现金。马苦苦用手枪顶住龚梅的脑袋，低声命令道："走！你们全给俺出去！"他是很明白银行报警装置的，那个报警的按钮就藏在营业员椅子的下面，他才不会给枪下的几个人提供按电钮的机会呢！

等两个女营业员在谭白虎的带领下，在前；龚梅在手枪的逼迫下，在后，都走出营业室大门的时候，马苦苦才一把提起了装满人民币的旅行包。就在谭白虎一行几人被逼迫到营业大厅玻璃门口的节骨眼儿上，大厅的玻璃门却被老康从外面打开了。

刚刚放松了心情的老康，蓦然之间发现了银行大厅里的此情此景，仿佛血液里突然注入了凝固剂，蓦然之间被惊得目瞪口呆，僵立片刻之后，才不由自主地对着马苦苦一声大叫："马苦苦……我是老康！你不能抢银行！"

老康到现在为止也没有和马苦苦面对过面，他怕马苦苦认不出自己，只得急中生智一般地提起自己的名字，同时从衣兜里拿出那张百元错币，高高地举在眼前，以期唤起马苦苦的记忆与良知。他用自己依然祥和的眼神，盯住马苦苦，大声叫道："这张错币，是你的！它值二十万呐！我把它还给你！"

老康的一声大叫打乱了银行大厅里的短暂平静。马苦苦见到了气喘吁吁破门而入的老康，望见自己那张粉红色的百元错币，那像搅起的豆汁一般乱的心，也仿佛突然被兑进了卤水，大脑在瞬息之间，突然出现了短暂的空白，他大睁着双眼，愣住了，不知道应该怎么办了！

老康见马苦苦愣在原地木头人一般地一动不动，一边走向马苦苦，一边大叫："抢银行，不算英雄！老马头儿也不答应！！"

此时的谭白虎，心中的一腔窝囊以及蓄积已久的全部委屈，早已经燃烧成了冲天的怒火。与银行抢劫犯一搏高下，正是此时此刻的他求之不得的良机，他不但要借此机会发泄掉胸中的满腔愤怒，而且还要借此机会给美女行长以及整个合作银行一个英勇、雄壮的交代！在这用自己的生命做赌注的一搏之中，如果死了，他可以像英雄一样地离开这个把他由一个小保安造就成银行白领的地方，他死而无憾！如果不死，他生命的尊严也将无疑可以用自己的英勇和鲜血得到捍卫！于是，早有准备、伺机而动的谭白虎，才不管老康是否能说服马苦苦呢！他趁着马苦苦分散注意力惊看老康的当口，来了一个在农村当民兵时常用的动作，突然蹲下身来，单腿跪地，以光一样的速度拔出了腰间的手枪，举枪的同时，对龚梅声嘶力竭地大叫："蹲下，龚行！"

就在马苦苦依然发愣的瞬间，就在龚梅顺势蹲下去的节骨眼儿上，谭白虎不管三七二十一，毫不迟疑地向近在一米之外、完全暴露在自己枪口之下的马苦苦的胸膛，扣动了手枪的扳机。

"砰！"剧烈的枪声响过了，可倒下的不是马苦苦，却是再一次舍身救美的谭白虎！！！由于谭白虎惦记着让龚梅蹲下去，却忘记了打开手枪的保险，他的手在扣动扳机之后，枪却没有响！而从瞬间的大脑抑制中醒过闷儿来的马苦苦，立刻毫不犹豫地扣动了手枪的扳机。一颗无情的子弹从谭白虎的前额打入再从他的后脑穿出，这个平凡的小职员一声没吭，就倒在了银行大厅光滑明亮的大理石地面上。一个年轻而复杂的生命就这样悄无声息地去了，此时此刻没有任何一个人感悟到他去的悲壮，更没有任何一个人感觉出他去的英勇！

一声罪恶的枪响，毁灭了老康多日来一切一切的努力，也惊飞了他一切一切的慈悲和善良。在马苦苦黑洞洞的枪口之下，老康已经没有半点思考的余地了，他撇下手中的百元错币，几乎是本能地扑向身前的谭白虎，主动跪倒的同时，一把抢过了谭白虎手中的枪。他把在射击场练就的本事施展开来，一下子就拉开了手枪的保险，他的手枪刚刚举起来，就听得"砰"的一声枪响，丧心病狂的马苦苦早已经杀红了眼，率先对准被他玩弄、力图挽救他、对他有着知遇之恩的老康，再一次扣动了手枪的扳机！同时，他一把撕掉了自己脸上的口罩，头上的运动帽也不知不觉地碰落地面，终于，他丑陋的原形在银行大厅里毕现无遗了！他用那张跑风的蒜瓣嘴，歇斯底里地大叫着："这是第一个拒绝给俺贷款的银行！死！俺要你们全他妈的去死！"

龚梅听了老康的话，蓦然之间又见到了马苦苦的豁嘴，她立刻明白了眼前这个持枪抢劫者就是曾经拿着错币、贷款而不得、在云雾镇一间破草房里有一个残疾娘和一个年迈姥姥的马苦苦！她立刻声嘶力竭地大叫一声："马苦苦，你的经济问题，我负责解决！"

完全疯狂了的马苦苦听到了龚梅的呐喊，不但没有幡然悔悟，反而把枪口掉转过来，对着美女歇斯底里地大叫一声："去死！就冲着你是第一个拒绝给我贷款的行长！你他妈的也去死吧！"

此时，遭到枪击的老康，前胸立刻溅出了殷红的鲜血，他的身子一晃，几乎要颓然而倒了。就在老康的身体摇晃着要倒而没有倒下去的瞬间，就在马苦苦疯狂叫嚣着把枪口指向龚梅秀美头颅的当口，老康用他生命的最后能量，在瞬间完成了在射击场上练就的近乎完美的射击动作：举枪、顺气兼瞄准、射击！！！

立刻，"砰"的一声巨响，一颗复仇的子弹，从老康黑洞洞的枪口里，呼啸而出，马苦苦疯狂的叫喊之声戛然而止，就像人形靶一样，突然一声不吭地"扑通"倒地了。这颗复仇的子弹，从他的眉心钻入，再从他的后脑击出！把荒唐的他，由穷苦而平庸的生界，带入了罪恶而不平凡的死境。

那颗带血的子弹力量如此之大！在射穿了马苦苦的脑壳之后，又射到了营业柜台的玻璃上，随着"啪"的一声巨响，把防弹玻璃射出一个黄豆大小的坑！

从马苦苦的枪口下侥幸逃生的龚梅，像疯子一样扑向倒在血泊中的老康。此时，老康的胸前已经完全被鲜红的血液染红、浸透了。他的脸色苍白，躺在已经没有任何知觉的谭白虎身旁，也是奄奄一息。那张粉红色的百元错币贴在老康身边的地面上，已经被老康和谭白虎的鲜血打湿了，已经被老康和谭白虎的鲜血染成了鲜红鲜红的色彩。

"老康！老康！"龚梅疯狂地大叫着，跪在他的身边。她让紧闭双眼的他倚靠着自己的身体，让他的头偎依在自己柔美的胸前，继续呼唤着，"你醒醒呀！老康！"

等已经被吓蒙了的几个在场之人，醒过闷儿来，赶上前，有的扶起身体已经开始发凉的谭白虎，有的围住龚梅和老康的时候，老康的一对老眼才微微地睁开了一条缝。他终于瞧见老婆秀美的脸又出现在自己的眼前了！他带血的嘴上，勉强地露出一丝微笑。他的声音小得仿佛像蚊子的嘤嘤之声：“是我不对……咱们……能不离婚吗？我和……江莉莉真的没……啥！我们……回家！”

说罢，老康的头一歪，他眼前的现实世界、他心中的无限遐思和梦想、他一切一切不了的情缘，瞬息之间都成为空白，都归于宁静。他就这样让人不敢相信地永远地离开了这个世界。

“老康！老康！你晓得吗？我和别人也没……老康！老康！我告诉你，我已经从法院撤诉了！老康！老康！你醒醒！你还记得我们在江南小城的日子吗？我要告诉你，那是我一生最快乐的日子……我们一起……回家！”

无论龚梅怎样声嘶力竭地呼唤，无论美女怎样像疯子一样叙述着她和他在江南小城曾经有过的温馨，老康依然是一动不动的。随着一个美好灵魂像影子一样地飘向天堂，他的身体开始僵硬了，他已经永远不可能听到他最想听到的老婆喊出的这温柔之声了！！！

此时此刻，营业大厅里王杰的歌声依然余音绕梁一般地盘旋着，那忧郁的歌，那首寄托着她与他热恋的美好回忆的歌，那首被他俩千百次听、千百次唱的歌——《回家》，正被王杰唱到了最高潮：

“……回家的感觉就在那不远的前方，古老的歌曲在唱着童年的梦想，走过的世界不管多辽阔，心中的思念，还是相同的地方。心中的思念还是相同的地方！”

四十八、尾声

由于阮大头积极配合中央银行和公安部门退还了众多普通百姓手中的股权证，才避免了在北京市发生一起足以引爆城市社会治安的金融危机。阮大头的其他剩余财产经过拍卖，全部用于补偿了外商对至大投资公司的投资损失。一个像航空母舰一般庞大的至大投资公司因非法违规融资的问题在短短的时间内，就像被爆破的高楼一样，“轰”然坍塌了。鉴于阮大头认罪态度较好，且有切实的立功表现，被北京市人民法院以金融欺诈罪判处有期徒刑七年，并被没收全部个人财产！

当枫叶宛如鲜红的血一样重新在西山红遍的时候，北京市出现了两个知名的美女。一个是因勇斗歹徒，保护国家财产免受损失、经营有方、业绩突出而被评选为全国金融系统劳动模范的龚梅；一个是因无微不至地孝敬有病婆婆，被当地街道妇联评为模范媳妇的江莉莉。

龚梅每日里开着她那辆白色的本田轿车，穿行于北京市各大企业之间，继续进行着她以改善金融服务、全方位竞争优质客户为主的金融竞争。虽然没有了至大投资公司的十五亿人民币存款，但是，在她领导下的五一支行，依然成了全合作银行业绩最佳支行。

龚梅在老康位于西山的墓地旁边，以和老康同样的方式安葬了谭白虎。这远离城市喧嚣的地方，也成了她工作之余唯一放飞心情、重温旧梦、感怀生死爱情和生死友谊的场所。

在一个经济适用房小区，经常可以看到一个高而苗条的大美女，搀扶着一个小老太太，缓缓地散步其中。陪伴诸葛秀安度晚年，就是江莉莉工作之余的唯一乐趣了。

同时在这个小区经常出现的,还有一个英俊的四十岁左右的保险推销员。他有着一张白白净净的胖脸,胖脸上长着一对男人少有的丹凤眼。虽然小区保安员时不时地把他像上门推销的无照商贩一样驱逐出区,但他依然会再瞅准个空子,溜进小区,无怨无悔地挨门逐户地宣传"保险是中国人新三大件"的道理!

最悲惨的人是老马头儿。他不但失去了工作,还失去了他唯一可以指望的大学生儿子!他是抱着马苦苦的骨灰回云雾山下云雾镇的。一路上他不停说着的,只有一句话:"早知道苦苦有了精神病,我再咋穷,也得给他看大夫呀!"那份自责,那份悲悯,几乎把他自己变成了一个精神失常的男"祥林嫂"。

马苦苦藏在京城大学古塔下的那五万元人民币,过了一年之后才被人意外发现了。由于始终无人认领,经北京市教育局、公安局批准,特将此笔款项,设为资助无钱交纳学费大学生的帮扶资金。至少有十名大学生因此项基金得以顺利完成了大学学业。